KB117309

골든 프린트

—

5

골든 프린트 5

지은이 은재
펴낸이 임상진
펴낸곳 (주)넥서스

초판1쇄 발행 2020년 10월 26일
초판2쇄 발행 2020년 10월 30일

출판신고 1992년 4월 3일 제311-2002-2호
10880 경기도 파주시 지목로 5
Tel (02)330-5500 Fax (02)330-5555

ISBN 979-11-90927-61-1 04810

가격은 뒤표지에 있습니다.
잘못 만들어진 책은 구입처에서 바꾸어드립니다.

이 도서의 국립중앙도서관 출판예정도서목록(CIP)은 서지정보유통지원시스템
홈페이지(http://seoji.nl.go.kr)와 국가자료공동목록시스템(http://www.nl.go.kr/
kolisnet)에서 이용하실 수 있습니다. (CIP제어번호 : CIP2020040859)

www.nexusbook.com

은재 지음

대미

골든 프린트

GOLDEN | PRINT

5

—— 디자인을 완성시킬 단 하나의 선, Golden Print ——

차례

인연의 연결고리 ⋯ 7

11년 11월 ⋯ 34

데뷔 ⋯ 59

Europe Architecture Conference ⋯ 77

짧지만 강렬한 ⋯ 104

대미(大尾) ⋯ 133

Warming up ⋯ 150

사업성이란 ⋯ 178

시간이 곧 돈이다 ⋯ 196

다시 봄 ⋯ 217

개장(開場) ⋯ 245

공백(空白) ⋯ 273

달콤한 열매 ⋯ 301

The first penguin ⋯ 326

시민들이 원하는 한강 ⋯ 343

Give & Take ⋯ 369

새 술은 새 부대에 ⋯ 397

인연의 연결고리

우진을 부른 목소리의 주인공은 벨로스톤즈의 대표 민주영이었다. WJ 스튜디오의 설립 초기 우진이 천웅건설의 모델하우스 외주를 맡았을 때 최고급 대리석인 로소 레판토의 공급을 도와줬던 신생 자재업체의 대표 민주영. 그녀와 벨로스톤즈는 그때 이후로도 WJ 스튜디오와 긴밀한 관계를 맺고 있었다.

WJ 스튜디오는 갈수록 더 많은 인테리어 현장을 시공하고 있었고, 그중에는 고급 수입 자재가 필요한 현장도 제법 많았으니 그때마다 벨로스톤즈와 협업하여 고급 대리석과 목재들을 수입해 사용했던 것이다. 하지만 지속적인 협업 관계에도 불구하고 민주영을 만난 것은 무척이나 오랜만이었다.

벨로스톤즈의 본사는 인천에 있었고, WJ 스튜디오가 성장하는 것처럼 벨로스톤즈도 갈수록 덩치가 커지는 중이었으니. 협업을 한다고 한들 그녀가 서울로 직접 건너오는 일은 드물었던 것이다. 그래서 이렇게 얼굴을 이렇게 마주보게 된 것은 거의 반년 만의 일이었다.

"이야, 민 대표님! 어쩐 일이세요?"

"후훗, 제가 뭐 못 올 곳을 왔나요?"

그래도 일주일에 최소 한 번은 통화한 탓에 목소리 자체는 아주 익숙한 주영.

"하하, 그런 의미 아닌 것 아시지 않습니까. 바쁘신 분이 이렇게 갑자기 얼굴을 보여주시니, 반가워서 그러지요."

"그런가요? 호호, 저도 대표님 오랜만에 뵈니 꽤 반갑네요."

민주영과 간단하게 대화를 나눈 우진은 차에 다시 오르는 대신 인근 카페로 향했다. 사옥 현장의 바로 옆이나 다름없는 서울숲 길에는 조용한 카페가 곳곳에 있었으니, 들어가서 차라도 한잔할 생각으로 말이다. 우진은 오랜만에 민주영을 봐서 순수하게 반가운 마음도 있었지만, 그녀가 어째서 갑자기 찾아왔는지가 더 궁금했다.

'뭐 재밌는 일이라도 있으려나?'

그리고 민주영은 우진의 그 기대를 저버리지 않았다.

— * —

고즈넉한 분위기의 서울숲 길을 지나 카페에 들어서자, 고소한 커피향이 코끝을 찌른다. 규모는 작지만 아기자기한 분위기의 빈티지한 카페. 따뜻한 아메리카노 두 잔과 작은 치즈 케이크 한 조각이 나왔고, 그것을 한입씩 떠먹으며 두 사람의 대화가 시작되었다. 민 대표는 지난번에 봤을 때처럼, 여전히 활기차고 에너지 넘치는 사람이었다.

"오늘 용산에서 좀 중요한 미팅이 있었거든요. 서울 온 김에 오랜만에 서 대표님 얼굴도 뵐 겸 여기까지 온 거고요. 좀 더 일찍 왔어야 했는데… 차가 밀리는 바람에 일곱 시가 넘어버렸네요."

"미리 전화 주시지. 그랬으면 사무실에서 기다렸을 텐데요."

"흐흐, 항상 야근하시니까 사실 사무실에 계속 계실 줄 알았어요."

두 사람은 커피를 홀짝이며, 간단한 안부 인사부터 나누었다. 하지만 그것도 잠시, 대화의 주제는 금방 일적인 부분으로 넘어갈 수밖에 없었다.

"그나저나 민 대표님, 용산에서 있었다는 중요한 미팅은 뭘까요?"

우진이 운을 떼자, 민주영이 웃으며 대답했다.

"역시 궁금해하실 줄 알았어요."

"처음부터 그게 본론 아니었나요?"

"눈치는 역시 빠르시다니까."

주영은 치즈 케이크를 한입 떠먹으며 다시 말을 이었다.

"매년 코엑스에서 리빙 페어(Living Fair)가 열리는 건 알고 계시죠?"

"네, 알고 있습니다."

"저희 업체도 작년부터 거기에 출품했는데, 올해 전시에서 일이 좀 잘 풀렸거든요."

민주영이 말하는 리빙 페어란, 매년 삼성동의 코엑스에서 열리는 서울 리빙 디자인 페어를 말하는 것이었다. 인테리어 업체부터 시작해 민주영의 벨로스톤즈처럼 자재를 취급하는 업체들, 그리고 다양한 가구를 디자인하는 가구업체들까지 말 그대로 주거(Living)와 관련된 모든 분야의 업체들이 자신들의 제품과 기술을 전시하는 곳이 리빙 페어였고, 때문에 이것은 우진도 관심이 있었던 행사 중 한곳이었다.

'2012년부터는 WJ 스튜디오도 참가하려 했었지.'

그래서 우진은 민주영이 운을 떼기 시작한 순간부터, 슬슬 흥미가 동하고 있었다.

"일이 어떻게 잘 풀리셨는데요?"

우진의 물음에, 주영이 기분 좋게 웃으며 입을 열었다.

"이건 사실 제 자랑이기는 한데요."

"하하, 얼마든지 자랑하셔도 됩니다. 자랑 값으로 커피 정도는 사주시겠죠, 뭐."

"히히, 물론이죠."

잠시 뜸을 들인 주영이 말을 이었다.

"이번에 저희가 이나트(Inart)라는 가구회사랑 콜라보해서, 저희 자재 전시부스 옆에 프리미엄 가구 전시를 했는데요."

우진의 눈이 반짝였다.

"그런데요?"

"그게 해외 바이어들 쪽에서 반응이 엄청 좋았거든요."

우진은 가만히 그녀의 말이 이어지기를 기다렸고, 민주영은 뿌듯한 목소리로 다시 말했다.

"전시됐던 가구들은 전부 다 팔렸고, 추가 발주가 엄청 쌓였을 정도예요."

우진은 이번엔 놀란 표정이 되었다. 사실 리빙페어에 전시된 가구들이 전부 다 팔렸다는 사실만 해도 엄청난 성과였는데, 추가 발주가 쌓였다고 표현할 정도면 대박이나 다름없었으니 말이다. 게다가 저가형 DIY 가구들도 아니고 민주영이 취급하는 최고급 자재들로 만들어진 프리미엄 가구들이라면 최소 수백만 원대 이상을 호가하는 물건들일 터. 그런 물건들이 싹 다 팔려나갔다는 것은, 전례 없는 수준의 흥행일지도 몰랐다.

'이나트가 모던하고 깔끔하게 디자인 잘 뽑아내는 곳이긴 하지만 그래도 이 정도까진 아니었던 걸로 기억하는데….'

이나트의 가구들에 대해 어느 정도 알고 있는 우진은 이 흥행의 지분 절반 이상이 민주영의 능력이라는 것을 직감했다. 기존에 이나트에서 출시하던 가구들의 디자인이라면, 깔끔하고 세련되었을지언정 특별함은 부족했으니 말이다. 그래서 우진은 속으로 혀를 내두르며 감탄할 수밖에 없었다.

'역시 대단하네, 민 대표.'

하지만 민주영의 이야기는 거기서 끝이 아니었다.

"후훗, 너무 자랑만 해서 조금 민망하긴 한데, 본론은 이제부터예요."

"아주 흥미진진하게 듣고 있습니다, 대표님. 계속하시죠."

우진의 기분 좋은 리액션에 민주영은 더욱 신이 난 목소리가 되었다.

"저희 쪽 부스가 워낙 크게 흥행하다 보니, 이게 주최 측까지 얘기가 들어갔나 봐요."

"주최 측이라면… 서울 디자인 재단이요?"

"네, 그렇죠. 잘 아시네요."

"그래서요?"

우진은 서울 디자인 재단을 잘 알 수밖에 없다. 그곳이 바로 우진이 처음 디자이너로서 데뷔한, SPDC공모전의 주최이기도 했으니까.

"오늘 미팅이 바로 이사장님 미팅이었어요. 서울 디자인 재단에서 크게 기획 중인 리빙 페어가 하나 있는데, 이게 12년 여름쯤에 코엑스에서 열릴 모양인가 보더라고요."

우진이 흥미로운 목소리로 물었다.

"원래 리빙페어가 가을인데, 그럼 내년은 페어를 두 번 여나 보죠?"

"그런 셈이죠. 원래 매년 열리던 페어는 가을에 그대로 열리고, 여름에 오픈할 페어는 국제 규모로 엄청 크게 오픈할 모양인가 보더군요. 아마 그 시점에 코엑스에서 K-POP 관련된 공연 전시가 크게 열리는데… 국제적인 관심이 몰리는 상황에서 디자인재단 측에서도 시너지를 내고 싶어 하는 모양이었어요."

이야기가 꽤 진행됐음에도 불구하고, 우진은 아직 민주영이 하려는 이야기가 어떤 것일지 정확히 예측되지 않았다.

'그 페어가 나를 만나러 온 것과 무슨 연관이 있는 거지?'

그런데 우진이 이런 생각을 하고 있는 것을 읽기라도 한 것인지, 민주영의 입에서 곧바로 본론이 튀어나왔다.

"여튼 그래서 이사장님 말로는 메인 부스가 크게 두 파트 세팅될 예정이라는데… 이 두 곳 중 하나를 저희 벨로스톤즈에 주시겠대요."

"…!"

"대신 이번 페어는 공간디자인 위주의 페어라서, 가구만으로 부스를 꾸미는 건 안 된다고 하고요."

여기까지 들은 순간, 우진은 그녀가 무슨 말을 하고 싶어서 성수동까지 한달음에 왔는지 짐작할 수 있었다.

'나한테 콜라보를 제안하려는 건가?'

그리고 그 짐작은 아주 정확하였다.

"주제에 맞춘 콘셉트 부스로, 이스트 부스 3분의 1 규모의 공간을 저희 쪽에 줄 것 같아요. 그래서 공간디자인을 아주 기깔 나게 해 줄 업체가 한 곳 더 필요하게 생겼는데…."

말꼬리를 조금 흐린 민주영이 눈웃음을 치며 우진을 바라보았다.

"일단 가장 처음으로 떠오른 얼굴이 우리 서 대표님 얼굴이었거든요."

우진도 마주 웃었다.

"하핫, 이거 황송해서 몸 둘 바를 모르겠네요."

민주영이 은근한 목소리로 다시 말을 이었다.

"어때요. 한번 같이 해보실래요?"

그녀의 이야기가 끝난 순간, 우진의 머릿속은 빠르게 회전하기 시작했다.

'내년 여름 국제 리빙페어라… 참가해서 나쁠 거야 전혀 없겠지만, 할 거면 제대로 해야 하는 이벤튼데….'

WJ 스튜디오의 일정부터 시작해서 우진의 개인 스케줄까지, 고려해야 할 부분들이 많았으니 곧바로 대답부터 할 수는 없었던 것이다. 그런데 이렇게 고민하던 우진은 순간 뭔가 재밌는 생각이 떠올랐는지, 주영을 향해 다시 물어보았다.

"혹시, 민 대표님."

"네?"

"그 '주제'라는 게 혹시 뭔지 알 수 있을까요?"

우진의 물음에 민주영은 대수롭지 않게 대답하였고….

"이게 결국 주체 기관이 공기관이다 보니까, 국제적으로 한국의 인지도를 올릴 수 있는 느낌이면 어떤 주제든지 상관없나 봐요."

"그래요?"

"하지만 제가 마음대로 정할 수 있는 부분은 아니죠. 한번 정해지면 이스트 부스는 전부 다 비슷한 컬러로 디자인 콘셉트를 맞춰 줘야 할 테니까요."

"그럼 민 대표님 쪽에서 제안을 하고, 디자인 재단이랑 회의를 해야겠네요?"

"아마 그런 방식으로 진행될 것 같아요."

이 이야기를 들은 순간, 우진은 몇 가지 퍼즐 조각이 한데로 모이는 느낌이었다.

"한국의 인지도를 올릴 수 있는 콘텐츠라…."

"그래서 저는 전통건축 느낌의 콘셉트도 조금 생각해봤어요. 자재 수입 업체인 저희 기업 색깔이랑은 좀 안 맞기는 한데… 해외에서 수입한 자재로 전통의 느낌을 내보는 것도 충분히 의미 있는 작업일 테니까요."

"맞는 말씀이시죠. 이국적인 자재를 활용해서 한국적인 디자인을 뽑아내는 프로젝트가, 어쩌면 이 전시의 콘셉트에 오히려 더 잘 들어맞을지도 모르겠습니다."

우진의 긍정적인 대답을 들은 민주영은, 좀 더 상기된 표정이 되었다. 그녀는 지난 일 년 동안 WJ 스튜디오가 어떻게 성장해왔는지 전부 다 지켜본 사람 중 한 명이었고, 때문에 이번 프로젝트를 꼭 우진과 함께하고 싶었던 것이다.

'서 대표가 공간디자인을 맡아준다면, 진짜 그럴싸한 작품이 하나 탄생할지도 몰라.'

그리고 주영이 이런 생각을 하고 있던 그 순간 우진은 이미 마음을 정한 뒤, 한걸음 더 나아간 생각을 떠올리고 있었다.

"그럼 민 대표님."

"네?"

"저희는 이 프로젝트에, '콘텐츠'를 더해보는 건 어떨까요."

뜬금없는 우진의 이야기에, 아리송한 표정이 된 민주영.

"콘텐츠라면…."

따뜻한 커피를 한 모금 홀짝인 우진이 은근한 표정으로 다시 말을 이었다.

"결과적으로 주최 측에서 원하는 주제라는 게, '한류(韓流)'라는 단어와 일맥상통하는 것 같아서요."

지금 우진의 머릿속에 떠올라 있는 한 사람은 바로 KSJ엔터의 강소정 대표였다.

— * —

강소정은 강석중의 친동생이다. 그 말인즉, 그녀 또한 재벌 3세라는 이야기. 국내에서 재계 순위로 손에 꼽는 NA그룹 오너 일가의 직계혈통이라는 말이다. 그래서 사실 그녀가 가족에게 손을 벌렸다면, 드라마 세트장 정도 제작비용이 빠듯할 리는 없었다.

NA푸드원의 대표인 아버지와 그 자리를 이어받을 큰오빠. 그리고 카페 프레스코를 통해 사업을 크게 확장 중인 작은 오빠 석중 정도에게만 손을 벌려도, 백억에 가까운 돈을 충분히 확보할 수 있었으니까.

하지만 그녀는 그러지 않았다. 애초에 그녀가 KSJ엔터를 설립하고 여기까지 올 수 있었던 시드머니 또한 물려받은 것의 지분이 절반 이상이었으니, 사업을 더 키워나가고 성공하는 과정에서는 가족들의 도움을 더 받고 싶지 않았던 것이다. 작은 오빠 석중이 카페 프레스코를 성공시킨 것처럼, 자신도 충분히 할 수 있다고 믿었다.

'지금까지도 충분히 잘해왔으니까.'

그래서 소정은 〈천년의 그대〉를 성공시키기 위해, 쉴 새 없이 발로 뛰는 중이었다. 〈천년의 그대〉는 단순히 KSJ엔터에서 투자한 드라마가 아니었다. 외부적으로 알려지진 않았지만, 〈천년의 그대〉의 제작사인 '미디트리'는 KSJ엔터의 자회사나 마찬가지인 곳이었다.

텅-!

"휴우. 시간은 맞춰서 온 것 같고⋯."

WJ 스튜디오가 있는 지식산업센터의 주차장에 차를 댄 소정은, 옷매무새를 살짝 다듬은 뒤 엘리베이터에 올랐다. 오늘은 지난번 석중의 집들이 날 이후, 처음 우진을 만나는 날이었다.

'얘기가 잘 풀렸으면 좋겠는데.'

지난번 집들이에서 우진과 나눈 이야기가 그냥 가볍게 오간 것이었다면, 오늘 만나기로 약속한 것은 회사 간의 오피셜한 미팅. 소정은 우진과의 이야기를 통해 어떤 결과가 도출될지, 기대 반 걱정 반으로 WJ 스튜디오의 문을 두들겼다.

— * —

사업체를 운영하다 보면, 다양한 상황에 직면하게 된다. 그 안에는 예상치 못했던 위기도 있을 것이며, 기대조차 하지 않았던 기회도 있을 것이다. 그래서 오너에게 가장 필요한 능력 중 하나가, 바로 상황에 대응하는 순발력이라고 할 수 있다. 같은 상황에서도 어떤 대처를 하느냐에 따라, 결과는 천차만별이 될 수 있기 때문이다.

어떻게 머리를 굴리고 상황을 어떻게 이용하느냐에 따라, 경우에 따라서는 위기가 될 뻔한 상황을 기회로 만들어낼 수도 있는 것. 그런 의미에서 우진이 사업가로서 가장 뛰어난 부분은, 상황을 활용하는 측면에 있어서의 '기지'였다. 완전히 별개로 보이는 어떤 상황들 사이에서 귀신같이 연결고리를 찾고, 그것들을 활용해서 최대한의 시너지를 뽑아내는 능력.

그것은 청담 선영아파트의 일을 해결할 때나 왕십리 패러필드 사업장에서 파빌리온의 시공권을 따낼 때도 빛을 발했으며, 강소정이 사무실을 찾아온 지금 이 순간에도 여지없이 발휘되고 있었다.

"그러니까 소정 대표님 말씀대로라면… 일단 부지는 확보가 되어 있는 상태네요?"

우진의 물음에 소정이 고개를 끄덕이며 대답했다.

"다행히도 그렇죠. 원래 이쪽 땅이 NA푸드원 공장부지로 활용될 예정이었는데, 인근 대부분의 부지가 그린벨트로 묶이면서 대규모 공장부지 조성에 실패했거든요."

"엇, 그린벨트면 드라마 세트장도 건축이 안 될 텐데…."

"아, 제가 가지고 있는 부지는 그린벨트가 아니에요. 경계선에 걸쳐있죠. 회사에서 보유 중이던 땅 일부가 그린벨트로 묶이면서, 공장부지가 들어서긴 애매한 면적이 됐을 뿐이에요."

"아하…."

"큰오빠가 헐값에 매도하려 하기에, 제가 그걸 산 거죠."

"〈천년의 그대〉 세트장 부지로 쓰려고요?"

"네."

소정의 말이 이어질수록, 우진의 머릿속에서는 점점 더 상황이 정리되었다.

"소정 대표님."

"네?"

"보여주신 지도상으로 보면, 일단 평수가 1,500평이 아니네요. 대충 봐도 2,500평은 넘어 보이는데…."

"아, 면적 자체는 거의 3,000평 정도 돼요. 하지만 그 면적을 굳이 다 쓸 필요는 없잖아요?"

"아, 그런 의미였나요?"

"네, 정확히는 2,850평인데… 부족한 예산으로 그 면적을 다 채울 바에는 퀄리티를 높여서 1,500평 정도로만 만드는 게 훨씬 나을 것 같아서요."

"아하."

"그나저나 귀신같으시네요. 지도만 보고 평수를 거의 맞추시네."

"저야 뭐 이게 일이니까요."

가볍게 웃으며 커피를 한 모금 홀짝인 우진이 다시 입을 열었다. 어느 정도 상황파악이 됐으니, 슬슬 준비한 카드들을 꺼낼 때가 된 것이다.

"혹시 예산을 더 늘릴 생각은 해보지 않으셨나요?"

"당연하죠. 어제까지도 자금 확보한다고 발에 땀나도록 뛰어다녔는걸요."

우진의 목소리가 좀 더 은근해졌다.

"그럼 혹시… 추가 투자를 받으실 생각도 있으십니까?"

"음…!"

우진의 물음에, 소정의 표정이 살짝 묘해졌다. 이것은 좀 더 난해한 문제였으니 말이다. 만약 WJ 스튜디오에서 투자를 해준다면, 그림이 예쁘게 그려질 수는 있을 것 같았다. 투자자로서 이 프로젝트에 참여한다면, 우진도 더 공을 들여 세트장을 디자인해줄 테니까. 하지만 문제가 하나 있다.

〈천년의 그대〉 프로젝트의 예산안은 이미 확정된 상태였고 이 상황에서 추가 투자를 받는다면, 소정을 비롯한 기존 투자자들의 지분이 줄어들게 되니 말이다. 그런 그녀의 기색을 느낀 우진이 은근한 목소리로 다시 입을 열었다.

"제가 말씀드리려는 투자는, 일반적인 투자의 형태는 아닐 겁니다."

우진이 검지를 들어, 소정이 가져온 지도를 짚었다.

"보유하고 계신 부지 전체를 세트장으로 만들면 어떻습니까?"

"더 말씀해보세요."

"기존에 책정해두신 예산 이상으로 초과되는 부분을, 저희 WJ 스튜디오에서 부담하겠습니다."

"…!"

"대신 투입되는 비용의 비율만큼, 이 세트장의 소유권을 저희 WJ 스튜디오에서 갖는 것은 어떻습니까?"

우진의 제안에 소정은 살짝 당황하였다. 그의 제안이 터무니없어서가 아니었다. 다만 그녀로서는 전혀 생각 못 했던 방식의 제안이었을 뿐이었다.

"드라마에 대한 투자가 아닌, 이 세트장 지분에 대한 투자인 건가요?"

우진이 웃으며 대답했다.

"당연히 드라마 자체에 대한 지분도 어느 정도 탐이 나기는 합니다만…."

우진이 손가락으로 가볍게 탁자를 두들겼다.

"드라마 저작권 투자로 넘어가면, 소정 대표님이 엄청 보수적으로 나오실 것 아닙니까."

우진과 소정의 눈이 허공에서 마주쳤다.

"제가 보여드릴 수 있는 카드를 놓고, 이제 구체적인 비율을 조정해봐야죠."

우진이 투자에 대한 관심을 조금이나마 언급한 이상, 이제부터는 친분관계를 떠나 완전한 비즈니스의 시작이었다.

— * —

최초에 1,500평 정도 규모로 세트장 제작을 이야기했을 때 소정이 타 업체들에 제시했던 금액은 대략 10억이 조금 되지 않는 수준의 액수였다. 단순히 드라마 세트장 제작이라는 카테고리만 놓고 봤을 때는 결코 적은 돈은 아니었지만, 그녀가 생각하는 특수한 디자인 콘셉트와 세트장의 규모를 생각했을 때는 확실히 부족한 돈이었던 것. 그리고 이 비용은 당연히 〈천년의 그대〉 드라마의 제작 비용 안에 포함된다.

회당 5억. 총 20부작 드라마로 계획이 되어 있었으니, 총 100억 정도의 제작비 안에 세트장 제작비도 포함이 되는 것이다. 그래서 만약 WJ 스튜디오가 10억 정도의 금액을 투자 차원에서 투입한다면, 거의 10%에 육박하는 지분이 우진에게로 넘어가게 된다. 소정은 제작비가 넉넉해져 드라마 퀄리티가 높아질 것을 생각하면 이것을 부정적으로만 보지는 않았지만, 문제는 그녀를 제외한 다른 투자자들이었다. 그들은 자신의 지분이 줄어드는 것을 결코 원하지 않을 테니까.

'설득하려면 정말 골치 아파지겠지.'

하지만 우진이 말한 방식의 투자라면 얘기가 달라진다. 일반적으로 드라마에서 세트장이란 드라마의 퀄리티를 올리기 위한 수단일 뿐, 그 세트장으로 인한 부수입 차원에서는 투자자건 제작사건 크게 욕심내지 않는 것이 보통이었다. 우진이 노린 것도 바로 그 부분이었다.

"정확히 견적을 내봐야 하겠지만… 2천 평 정도에 제가 생각하는 그림을 그려내려면, 대충 20억 정도의 추가비용은 태워야 할 것으로 예상됩니다. 총예산이 30억 정도 되는 거지요."

우진의 이야기에 소정의 두 눈이 휘둥그레졌다. 하지만 아직 그의 말이 끝나지 않았기 때문에, 그녀는 조용히 커피를 마시며 경청하였다.

"저희 WJ 스튜디오에서 이 정도 비용을 들여 개발에 참여하는 대신, 이 세트장의 소유권을 그 비용만큼 가져가고 싶습니다. 차후에 이 촬영장이 관광지가 될 수도 있겠고, 다른 드라마의 촬영장으로 대여가 될 수도 있겠지요. 그로 인해 발생할 수익을 지분만큼 셰어하게 되는 겁니다."

소정의 입장에서는 전혀 나쁠 것 없는 제안이었다. 이런 부분이라면 다른 투자자들을 설득하기도 쉬웠고, 그녀의 입장에서도 나쁠 게 전혀 없는 제안이었으니까. 하지만 우진의 제안은 여기서 끝이 아니었다.

"물론 투입되는 비용만큼 드라마 자체의 지분을 얻을 수 있다면 좋겠지만, 그게 어려울 건 잘 압니다."

우진이 마른침을 한 차례 삼킨 뒤 다시 입을 떼었다.

"그래서 제가 제안드리고 싶은 것은, 그 지분율에 대한 비율조정입니다."

쭉 얘기를 듣던 소정이 흥미로운 표정으로 입을 열었다.

"그러니까 투입하실 전체 금액의 일부분은 드라마 지분으로 받고, 그 나머지는 세트장의 소유권으로 받아가겠다는 말씀이시죠?"

우진이 웃었다.

"바로 그겁니다. 드라마 지분은 2퍼센트든 3퍼센트든 가능한 선에서 주시면 됩니다. 최소 1퍼센트 이상은 드라마 지분으로 받고 싶군요."

소정은 사업가답게, 머릿속에서 빠르게 계산기를 두들겼다. 우진의 제안은 매력적이면서도 묘한 것이었다. 그녀의 입장에서는 드라마 자체의 지분이 세트장 소유권보다야 훨씬 가치 있었고, 그래서 세트장의 소유권을 최대한 넘기는 것으로 이 제안을 성사시킨다면 남는 장사라는 판단이 들었다.

하지만 여기서 한 가지 문제가 있었으니, 그것은 바로 우진이 디자인하고 시공한 세트장이 정말 20억의 추가비용 가치를 할 것이냐는 부분이었다. 우진을 믿지 못한다기보단, 잘 모르는 분야에 대한 본능적인 불안감이랄까. 그래서 소정은 빠르게 머리를 굴렸다. 이 불안감을 해소하면서도, 완전히 윈-윈 할 수 있는 방법을 순식간에 떠올린 것이다.

"그럼 이건 어떨까요, 서 대표님."

"네?"

"기왕 이런 제안을 주셨으니, 차라리 WJ 스튜디오에서 드라마 세트장의 소유권을 전부 가져가시는 방향을 한번 생각해봤습니다."

"…!"

"저희는 아예 세트장 제작비용을 쓰지 않고, 전체 금액을 WJ 스튜디오에서 부담하는 겁니다."

의외의 제안에, 이번에는 우진이 흥미로운 표정이 되었다.

"좀 더 구체적으로 들어볼 수 있을까요?"

소정의 말이 다시 이어졌다.

"저희는 세트장 비용을 아끼는 대신, 세트장 부지로 매입했던 땅을 대표님께 저가에 매각하고 추가로 드라마 지분을 조금 드리겠습니다. 어떻습니까?"

"그 추가 지분이라는 건…."

이미 계산을 끝낸 소정이 구체적인 수치를 제시하였다.

"최대 2~3퍼센트 정도까지 가능할 것 같습니다. 가능하실까요?"

"구체적인 계약서를 작성해봐야 하겠지만…."

모든 그림이 깔끔하게 머릿속에 그려진 우진이 그녀를 향해 손을 내밀었다.

"좋습니다. 한번 그 방향으로 진행해보죠."

서로 원하는 부분을 깔끔하게 확보한 두 사업가가 서로를 마주보며 기분 좋게 웃었다.

— * —

소정과의 미팅을 기분 좋게 마친 우진은 그녀와 가볍게 저녁까지 한 끼 먹었다. 우진의 새집인 서울숲 클라시아 포레스트는 프리미엄 주상복합이었고, 때문에 단지 내에도 괜찮은 퀄리티의 레스토랑이 이미 몇 군데 입점해 있었다.

"서 대표님 덕에, 또 새로운 방향으로 이런저런 생각들을 해볼 수 있게 되었네요."

"하하, 저도 소정 대표님 덕에 드라마 쪽에도 발을 들여보고… 좋은 경험을 하게 될 것 같습니다."

"앞으로도 잘 부탁드릴게요, 대표님. 구체적인 계약서는 투자자들과 조율해본 뒤에 나오는 대로 메일로 쏴 드리도록 하죠."

"넵, 그럼 기다리고 있겠습니다."

우진과의 이야기를 마치고 주차장으로 향하는 소정의 걸음은 무척이나 가벼워 보였다. 우진 덕에 사업의 새로운 방향성들을 생각할 수 있게 됐다는 그녀의 이야기는, 결코 빈말이 아니었던 것이다.

'서울 디자인 재단이라… 공기관이랑 연계시켜서 뭔가 할 수 있을 줄은 꿈에도 몰랐는데 말이지.'

식사를 하면서 우진이 슬쩍 던져준 이야기는, 며칠 전 벨로스톤즈의 민 대표로부터 제의받았던 내용들을 살짝 흘린 것이었다. 우진은 이 〈천년의 그대〉 메인 세트장의 디자인을 벨로스톤즈와 콜라보할 한국적인 공간디자인에 연계시킬 생각이었다.

〈천년의 그대〉 드라마에 '한류'라는 프레임을 예쁘게 잘 씌워 코엑스에서 열릴 전시에 얹어 준다면 드라마의 홍보 효과까지도 적잖이 볼 수 있게 될 것이라고 얘기한 것이다. 이 내용을 들은 소정은, 혀를 내두를 수밖에 없었다.

'국제적인 행사에 한 숟갈 얹을 수 있는 기회야. 이걸 어떻게 이런 식으로 엮을 생각을 한 걸까?'

그리고 한 가지 더, 이 기회를 좀 더 확장시켜 크게 키워낼 생각 까지도 할 수 있었다.

'서 대표님 말에 의하면 K-POP과 관련된 대형 행사가 코엑스에 서 열린다는 건데… 여긴 분명히 콘진원과도 관련 있는 행사겠지.'

소정이 말하는 콘진원이란 서울 콘텐츠 진흥원이다. 디자인 페 어를 주관하는 국가기관이 서울 디자인 재단이라면, 소정이 예상 하기로 K-POP과 관련된 행사를 주관하는 것은 이 콘텐츠 진흥원 일 터. 우진 덕에 재밌는 사실을 알게 됐으니, 이제 그녀의 인맥을 활용해 새로운 시너지를 만들어낼 차례였다.

"어디 보자. 김 이사님 연락처를 내가 저장해뒀던 것 같은데…."

소정은 운전대를 잡고 주차장을 빠져나가며 어딘가를 향해 전화 를 걸었다. 그렇게 우진이 만들어낸 제안은 소정의 역량을 통해 더 크게 발아(發芽)하고 있었다.

— * —

소정과의 미팅이 있었던 바로 다음 날. KSJ엔터로부터 곧바로 계 약서 초안이 날아왔다. 양사를 오고 가며 수정돼야 할 계약서기에, 일단 메일을 통해 초안을 보낸 것이다. 그것을 확인한 우진은 오후 에 곧장 회의를 소집하였다. 많은 인원을 소집한 것은 아니었다.

현재 WJ 스튜디오의 모든 프로젝트를 관리하고 있는 진태와 자 금흐름을 관리하는 경영지원실장 임성훈, 그리고 마케팅 팀장으 로 얼마 전에 영입한 윤지예까지 총 네 명이 회의실에 모인 것이 다. 이번 프로젝트를 진행하기 위해 필요한 인력과 자금을 미리 확 보하기 위해 꼭 필요한 세 사람을 부른 것이었다.

"자, 계약서 초안은 다들 확인하고 들어오셨죠?"

"네, 대표님."

"이번 프로젝트는 좀 복잡하게 엮여있어서, 제가 설명드릴 때 집중해서 들어주셔야 할 겁니다."

"알겠습니다, 대표님."

"넵, 집중하겠습니다."

사무직원 한 명이 들어와, 네 사람의 앞에 서류 파일을 하나씩 올려놓고 나간다. 서류 파일 가장 앞장에는 '천년의 그대 프로젝트'라는 글씨가 큼지막한 폰트로 박혀있었고, 약속이라도 한 듯 네 사람이 동시에 첫 페이지를 넘겼다.

"우선 이번 프로젝트에서 저희 WJ 스튜디오가 설계·시공하게 될 현장은 〈천년의 그대〉라는 드라마의 메인 촬영장으로 사용될 드라마 세트장입니다. 해당 프로젝트는 드라마 제작사인 미디트리라는 업체와 협업하게 될 예정이며, 드라마의 메인 투자사인 KSJ 엔터테인먼트와 자금집행 조율을 하게 될 겁니다. 그리고 이 과정에서 디자인·제작된 세트장의 모듈들은…."

우진은 간결하게 핵심을 요약해서 세 사람에게 설명하였고, 그들은 각자 자신의 수첩에 메모하며 그 내용을 정리하였다. 하지만 같은 내용을 들으면서도 세 사람 모두 집중하는 부분은 다를 수밖에 없었다. 그들의 역할은 각기 달랐으니까. 우진의 설명이 어느 정도 끝났을 때, 가장 먼저 입을 연 것은 경영지원실장 임성훈이었다.

"그럼, 대표님."

"말씀하세요, 실장님."

"제가 계약서상에서 파악한 바로는 저희 측에서 투입해야 할 총 금액이 38억 정도가 될 것 같은데… 당장 사내 유보금으로는 턱없이 부족한 액수라서요."

조심스런 그의 말에, 우진이 고개를 끄덕이며 대답했다.

"그야 당연합니다. 지금 확보 가능한 여윳돈이 15억쯤 되죠?"

"맞습니다. 전부 다 끌어 모은다면 20억까지는 어떻게 될 것도 같은데… 그럼 사옥 공사에 들어갈 시공비용이 너무 빠듯하게 굴러갈 것 같습니다."

그의 걱정스런 표정을 본 우진이 빙긋 웃으며 다시 말을 이었다.

"우선 38억으로 산정해놓은 액수는 저희가 실질적으로 투입될 캐시를 기준으로 한 게 아닙니다."

"넵?"

"저희 WJ 스튜디오에서 이 정도 규모의 공사를 만약 외주로 받아 진행한다면, 설계·디자인&시공까지 모든 파트의 비용을 어느 정도로 책정할지 러프하게 계산해서 집어넣은 비용이지요."

"아아…!"

"저희가 직접 디자인하고 설계해서 시공까지 할 테고, 이걸 원가로 빠듯하게 산정한다면… 실질적으로 들어갈 비용은 20억 언더로 내려갈 겁니다."

"그렇겠군요."

"여기에 벨로스톤즈와 콜라보하여 디자인할 일부 모듈들의 경우에는 시공비용을 훨씬 더 절감할 수 있게 되겠지요."

우진의 말이 이어질 때마다, 임성훈의 펜대는 빠르게 움직였다. 우진이 생각하고 있는 자금흐름의 큰 그림이, 성훈의 머릿속에도 어느 정도 그려지고 있었다.

"리빙페어에 전시될 세트들을 말씀하시는 거겠지요?"

"바로 그렇습니다. 모듈화시켜서 이동할 수 있는 구조물들의 경우에는 대부분 벨로스톤즈와 협업하게 될 거고… 이러한 측면에서 최소 5억 정도는 시공비를 추가로 절감할 수 있다고 판단하고 있습니다."

성훈이 고개를 끄덕이며 대답했다.

"정확히는 계산기를 두들겨봐야 하겠지만… 고급 자재들을 벨로스톤즈 쪽에서 맡아준다면 확실히 크게 비용이 절감되겠습니다."

"네. 구체적인 계획은 실장님이 최대한 타이트하게 한번 짜서 만들어봐 주세요."

"예, 대표님."

"최소한으로 비용을 줄이는 게 당연히 좋지만, 디자인 퀄리티를 포기하면서까지 돈을 아낄 생각은 없습니다. 아시지요?"

"물론입니다."

우진의 입에서 나오는 내용들을 정리하면서, 임성훈은 속으로 감탄하고 있었다. 그의 설명을 들은 후 계약서 초안을 다시 살펴보니, WJ 스튜디오에서 얼마나 크게 실리를 챙긴 것인지 비로소 느껴졌던 것이다.

'우리가 가진 무형의 가치들을, 협상 과정에서 아예 현금화시켜 버리신 거네.'

계약서상으로 WJ 스튜디오가 투자하는 가치는 거의 40억에 육박하지만, 실질적으로 투입되는 캐시는 15억도 채 안 되는 상황이 만들어진 것. 이 정도 비용으로 세트장 전체의 소유권에 드라마 지분까지 3퍼센트 정도 챙기게 되었으니, 그야말로 알맹이를 확실하게 챙긴 것이다. 건전한 WJ 스튜디오의 재무구조상, 이 정도는 사업자 대출을 조금만 활용해도 충분히 감당 가능한 수준의 레버리지였다. 그리고 임성훈의 이야기가 끝나자, 이번에 입을 연 것은 마케팅 팀장 윤지예였다.

"대표님. 그럼 저희 마케팅 팀은 주로 미디트리 쪽과 협업을 하면 될까요?"

우진의 대답이 곧바로 이어졌다.

"미디트리는 사실상 KSJ엔터의 자회사나 다름없는 곳입니다."

"아…!"

"아마 드라마가 본격적인 제작에 들어가면 KSJ엔터에서 주도적으로 마케팅 전략을 제시할 겁니다."

"그… 렇군요."

"하지만 그쪽과 협업을 하는 건 세트장이 전부 다 완공된 이후의 일이 될 테고…."

우진이 말꼬리를 흐리며 품속에서 명함을 한 장 꺼내 들었다. 그것은 바로, 서울 디자인 재단 실무자의 명함이었다.

"이쪽으로 먼저 연락해보세요."

윤지예가 명함을 받고 확인하는 동안, 우진이 말을 덧붙였다.

"아마 디자인 재단 마케팅 관련 부서가 당장 1월이나 2월부터 본격적으로 움직일 겁니다."

"리빙 페어 홍보 차원에서 말이지요?"

우진이 고개를 끄덕였다.

"그렇습니다. 마케팅 협업은 일단 이쪽이랑 먼저 하시면, 지원받을 만한 부분이 꽤 있을 겁니다."

"이야기를 잘만 풀어내면… 디자인 페어 홍보 책자에, 저희 쪽 작업물을 메인으로 걸어줄 수도 있겠네요."

"바로 그렇지요."

곧바로 의도를 캐치하는 그녀의 대답에, 우진은 흡족한 표정이 되었다.

"제가 오전에 미리 언질을 해두었으니, 곧바로 얘기가 통하실 겁니다."

"알겠습니다, 대표님."

마케팅과 관련된 일정은, 예산책정이나 디자인 설계에 비해 아직 여유가 많이 있었다. 마케팅에 본격적으로 시동이 걸리려면, 일단 셀링할 물건이 준비되어야 하니까. 그래서 윤지예와의 이야기는 몇 마디 더 나누는 것으로 금방 마무리되었고 마지막으로 논의되어야 할 것은 이제 가장 중요한 디자인과 설계였다. 그래서 우진의 시선은 자동으로 진태를 향했고, 그와 눈이 마주친 진태가 입을 열었다.

"디자인 콘셉트 회의부터 진행해야겠네요, 대표님."

물론 진태가 디자인과 설계에 참여하는 것은 아니었다. 다만 그가 이 모든 스케줄을 관리할 총괄 관리자였으니, 설계와 디자인에 필요한 인력을 세팅하기 위해 그와 가장 먼저 논의하는 것이다.

"물론입니다. 디자인 2팀 지금 신규 프로젝트에 투입되어 있나요?"

수첩을 꺼내 든 진태가 고개를 저으며 곧바로 대답하였다.

"기존 프로젝트 일정이 아직 보름 정도 남았습니다."

"조금 당겨질 여지는요?"

"팀장에게 물어봐야 하기는 하는데, 아마 3일 이상 당기기는 힘들 것 같습니다."

"1팀이나 3팀은 어차피 여유 없죠?"

"네, 그쪽은 지금 세팅된 일정도 빠듯해서….."

"좋습니다. 그럼 11월 첫째 주부터, 2팀 스케줄 좀 비워주세요."

"알겠습니다, 대표님."

처음부터 머릿속으로 그려둔 그림이 있었기 때문인지 복잡하게 다뤄야 할 이슈가 많이 섞여있었음에도 불구하고, 이 첫 번째 회의는 빠르게 정리되었다. 물론 굵직한 방향성이 잡혔다 뿐, 세부적으로 해야 할 서류작업은 산더미같이 많았지만 말이다. 하지만 그 작업들은 우진의 몫이 아니었다. 이제 우진의 역할은 큰 그림을 그리는 것이지, 디테일한 구조를 잡는 것이 아니었으니까.

'생각한 대로만 잘 진행되면, 회사 밸류를 크게 끌어올릴 수 있을 만한 프로젝트야.'

회의 마무리 단계가 되어가자, 우진보다는 세 사람 사이의 대화가 더 많아졌다. 우진이 던져놓은 것들을 잘 정돈하여 깔끔하게 정리할 필요가 있었으니 말이다. 하지만 그렇다고 해서 우진이 멍하니 있는 것은 아니었다. 그의 머릿속에는 어느새 〈천년의 그대〉 프로젝트의 청사진이 펼쳐지고 있었다.

'1,500평 정도의 작은 규모에 그런 허접한 세트장만 가지고도, 이천시 상권을 살려냈을 만큼 엄청난 파급력이 있었던 프로젝트야.'

구체적으로 프로젝트가 진행되기 시작하자, 잊고 있던 전생의 기억들도 하나둘 추가로 떠올랐다.

'처음엔 작은 규모로 시작됐지만, 관광특구로 지정되면서 아예 테마파크처럼 조성됐지.'

외국인 관광객 수가 10만 명이 넘어갈 경우, 관광진흥법에 따라 관광특구로의 지정이 가능하다. 관광 안내시설과 공공성을 가진 편의시설, 숙박시설 등이 충분히 갖춰져 국제 관광객들의 관광 수요를 충족시킬 수 있게 될 시, 국가 차원에서 지역사회에 지원이 들어오는 것이다.

그 과정에서 그린벨트로 지정됐던 토지 중 일부가 특례법에 따라 해제되게 되고, 처음에는 작았던 세트장의 규모가 몇만 평 단위로 넓어지기도 했었다. 우진은 최종적으로 거기까지 보고 있었다.

'공사가 어느 정도 진행되고 추가자금이 확보되면, 주변 토지도 전부 다 매입해버려야지. 드라마가 터지는 순간 일대가 전부 금싸라기 땅이 될 테니 말이야.'

아직은 도화지에 점을 하나 찍은 정도일 뿐이었지만, 우진은 이 큰 그림을 완벽하게 전부 그려낼 자신이 있었다. 그것은 결코 자신의 능력에 대한 과신 때문이 아니었다. 우진은 단지 이 거대한 그림이 완성되기 위해 필요한 가장 중요한 핵심요소 하나를 쥐고 있을 뿐이었다.

끼익-

회의가 끝나고 임성훈과 윤지예가 회의실 밖으로 나가자, 자리에 남아있던 진태가 우진을 향해 물었다. 회의실에는 둘밖에 남지 않았으니, 두 사람은 다시 편하게 대화를 시작하였다.

"우진아."

"응?"

"프로젝트 내용 자체는 다 좋은데…."

말꼬리를 살짝 흐리던 진태가 조심스레 다시 말을 이었다.

"이게 네 생각대로 다 흘러가려면, 결국에는 드라마가 성공해야 되는 거 아니냐?"

우진이 반문했다.

"그건 당연하겠지?"

대수롭지 않게 말하는 우진을 보며 당황한 표정이 된 진태.

"드라마 흥행이… 확실하다고 생각하는 거야?"

찻잔을 한 모금 홀짝인 우진이 진태를 향해 빙긋 웃었다. 그리고
확신에 찬 표정으로 가볍게 고개를 끄덕이며 답했다.

"그럼, 당연하지."

11년 11월

10월은 여러모로 바쁜 달이었다. 원래대로라면 평이하게 흘러갔을 시기였지만, 갑작스레 벨로스톤즈, KSJ엔터와 엮이면서 대규모 프로젝트가 시작되어버렸으니까. 일을 풀어나가는 과정에서 힘든 부분도, 순조로운 부분도 있었지만 그래도 10월이 마무리되기 전 프로젝트의 일차적인 진행사항들은 어느 정도 일단락될 수 있었다.

3사 간의 계약관계와 더불어 서울 디자인 재단, 콘텐츠 진흥원 등과의 협력관계까지도 어느 정도 조율이 되어, 계획대로 진행하는 데 성공한 것이다. 그래서 우진은 한숨 돌릴 수 있었지만, 그렇다고 해서 오래 쉴 수는 없었다. 10월이 갑작스레 바빠진 달이었다면, 11월은 원래 바쁘기로 예정된 달이었으니까. 11월에는 아주 오래전부터 예정되어 있던 이벤트 하나와 얼마 전에 확정된 이벤트 하나가 있었다.

[오빠, 준비 다 됐어?]
"12시 반까지 회사 건물 1층으로 와."

[오케이, 제이든은 거기 있어?]

"아니, 아마 제이든도 오고 있을 거야."

[오빠 차에 자리는 충분하지?]

"4인승 세단에 세 명이 타는데, 자리야 당연히 충분하지."

[추가로 더 같이 가는 사람 없냐는 말이었어. 내 쪽에서는 한 명 더 있거든.]

"음…? 그게 누군데?"

[그건 보면 알 거야. 일단 끊는다?]

"어? 어, 그… 그래."

소연에게서 온 전화를 끊은 우진은 오전 업무를 마무리하고 사무실을 나설 준비를 했다. 오늘은 우진에게 아주 의미 있고 기분 좋은 날이었다. 오늘이 바로 우진이 디자인한 첫 번째 건축이라 할 수 있는 강북구 수유동의 요양원 준공 날이었으니 말이다.

'내가 기획하고 디자인한, 첫 번째 건축물이 완공되다니.'

물론 요양원의 건축 디자인은 우진 혼자만의 힘으로 한 것이 아니었다. 건축물의 첫 이미지와 다름없는 파사드의 느낌은 제이든의 스케치에 가장 큰 영향을 받았으며, 자재의 마감 색감과 전체적인 내부 인테리어의 무드는, 소연의 디자인 감성에 가장 큰 영향을 받았다. 그리고 기본설계라고 부를 수 없을 정도로 아주 기초적인 콘셉트 설계를 제외한다면 실제 건축물이 지어지기 위한 대부분의 역할은 천웅건설이 했으니 우진만의 건축은 결코 아닌 것이다.

'마지막 감리를 갔을 때도 거의 완공 느낌이기는 했지만… 완전히 준공 떨어진 모습을 보면 또 감회가 새롭긴 하겠지.'

하지만 그런 모든 부분들을 차치하고라도 한 가지 부인할 수 없는 사실이 있었으니, 그것은 바로 이 요양원이 지어질 수 있게 된 데 가장 큰 영향력을 행사한 사람이 바로 우진이라는 것이었다. 때문에 건축 디자이너로서 우진의 포트폴리오의 첫 페이지를 장식할 건축물이 바로 이 요양원이 될 것이었다.

명-!

설레는 마음으로 자리를 정리하고 나온 우진은 엘리베이터를 타고 주차장으로 향했다. 주차장에서는 먼저 도착해 있던 영국인이 우진을 아주 반갑게 맞아주었다.

"헤이, 브로. 왜 이렇게 늦었어?"

"늦지 않았어."

딱 잘라 대답하는 우진을 보며, 제이든이 입을 쭉 내밀고는 투덜거렸다.

"우진은 너무 까칠해."

그런데 제이든의 불만스런 표정을 잠시 올려다본 우진은 순간 위화감이 드는 것을 느꼈다. 평소에도 우월한 기럭지에 옷도 잘 입고 다니던 제이든이었지만, 오늘따라 특별하게 힘준 티가 확 났던 것이다. 심지어 우진이 제이든을 알게 된 이후로, 단 한 번도 본 적 없던 수트 차림.

"그나저나 옷은 왜 이렇게 빼입고 온 거야? 웬 수트?"

때문에 우진은 어이없는 표정이 되었지만, 제이든은 대수롭지 않게 대꾸하였다.

"우진이야말로 너무 아저씨처럼 입은 거 아냐?"

"평범한 이십 대 초반의 캐주얼 복장일 뿐이야."

"그럼 우진이 아저씨라서 그렇게 느껴지는 건가?"

"왜 이렇게 빼입고 왔냐니까, 딴소리하기는."

"크흠."

우진의 핀잔에, 어울리지 않는 헛기침을 한 제이든이 다시 입을 열었다.

"오늘은 이 제이든 님이, 건축 디자이너로서 처음 데뷔하는 날이야, 우진."

"음… 그건 그렇지. 그런데?"

"준공식이라는 걸 하면, 기자들이 엄청 오지 않을까?"

"뭐?"

"SPDC는 엄청 유명한 공모전이잖아."

"맞아."

"SPDC의 최연소 대상 수상자이자, 도담요양원의 건축 디자이너 제이든!"

"…."

"아마 다들 날 취재하고 싶어 할 테지."

"흠…."

"그런 의미에서 멋진 옷을 입고 가는 것은 기본적인 예의야, 우진."

"그래. 훌륭해, 제이든."

"어리석은 우진은 아마 후회하게 될 거야."

"뭐, 그럴 수도 있겠지?"

너무 제이든스러운 대사에, 우진은 한숨을 푹 쉬며 고개를 절레절레 저었다. 너무 진지한 표정을 앞에 두고 그럴 리 없다며 초를 치는 것도 미안했기에, 딱히 뭐라 대꾸할 생각은 없었다.

'진짜 신났네. 생각보다 별거 없을 텐데… 뭐, 미리부터 실망할 필요는 없으니까.'

물론 제이든의 말대로 기자들이 오긴 할 것이다. 어쨌든 SPDC
는 인지도 있는 공모전이었으니까. 하지만 현실적으로 인터뷰 한
두 번 정도를 제외한다면, 그렇게 특별한 이벤트가 없을 것도 분명
했다. 준공식이라면 전생에서 셀 수 없을 정도로 겪어본 것이 우진
이었다.

너무 과하게 꾸미고 나온 제이든이 조금 민망하다는 생각을 하
며, 우진은 차에 시동을 걸었다.
부릉-
그런데 차를 몰고 주차장에서 나왔을 때, 우진은 두 가지 사실 때
문에 또 한 번 당황할 수밖에 없었다. 첫째로는 제이든만큼 꾸미고
나온 사람이 또 있었다는 사실 때문이었으며….

"뭐야 오늘. 너도 제이든이냐?"
"아 놔, 이 오빠가 만나자마자 왜 시비야?"
"Bloody Hell!"
"소개팅 나갈 때도 추리닝만 입고 나가던 애가 갑자기 웬 원피
스?"
"내가 언제!"
"그 부러질 것 같은 구두는 또 뭐야? 키가 나보다 더 커진 것 같
잖아? 너 구두도 있었어?"
"으… 씨. 제이든, 이 오빠 한 대만 때려주면 안 돼?"

두 번째로는 생각지도 못했던 손님이 한 명 더 있었다는 사실 때
문이었다.

"오랜만입니다, 우진."

"브루노!"

요양원이 완공된다면 꼭 보러오겠다는 약속을 브루노가 지킨 것이다.

— * —

서울시 디자인 재단의 이사장인 안정묵은 오늘 무척이나 기분이 좋았다. 재단에서 가장 신경 쓰는 프로젝트 중 하나인 SPDC공모전이, 오늘 아주 기념비적인 날을 맞았기 때문이었다.

"김 실장."

"예, 이사장님."

"자네 지난주에, 사전답사 다녀왔다고 했었지?"

"예, 그렇습니다. 행사 준비 과정에서 미리 세팅해야 할 자료들이 있었거든요."

"어떻던가?"

"뭐가 말씀이십니까?"

"도담요양원 말일세. 건물 멋들어지게 지어졌냐는 말이지."

SPDC는 지금까지 수많은 공모작들을 배출하였고, 회차마다 당연히 한 작품씩은 대상작을 선정하였다. 하지만 그럼에도 SPDC를 통해 실제로 지어진 건축물은 도합 열 개가 되지 않는다. 대상을 받았음에도 불구하고 학부생들의 작품 수준으로는 시공까지 도달하기 쉽지 않은 경우가 대부분이었으니 말이다.

그나마 지어진 건축물들도 거의 작은 규모의 공공시설들뿐. 공사 기간이 일 년도 넘는 이런 큰 프로젝트는 아직 성사됐던 적이

없는 것이다. 그래서 정묵은 오늘의 행사를 무척이나 기다려왔다.

오늘의 행사는 아마도 SPDC라는 공모전의 격을 한 단계 크게 격상시킬 수 있는 아주 좋은 기회가 될 게 분명했다.

"그렇지 않아도 말씀드리려고 했었는데… 저, 그날 가보고 정말 깜짝 놀랐습니다, 이사님."

"오호, 어땠는데?"

"학부생의 공모당선작으로 건축했다고 해서 조금 엉성할 줄 알았는데… 일단 외관부터 엄청 독특하고 멋지더라고요."

"후후, 그래?"

"과장 조금 보태면, 해외 관광지에 있는 랜드마크 보는 느낌이었습니다."

김 실장의 칭찬에, 정묵은 마치 자신이 칭찬받은 양 기분 좋게 웃었다. 작년 공모전 당시 우진이 보여줬던 최종 발표는 아직도 그의 뇌리 속에 강렬하게 남아있었다.

"확실히 디자인이 독특하기는 했었지."

"엇, 이사장님도 이미 보셨습니까?"

"아니, 나는 이 작품을 발표할 때 심사를 했었거든."

"아아…!"

"자네가 올해 이쪽으로 전근 와서 잘 몰랐을 텐데, 작년 SPDC 때 진짜 난리도 아니었다네."

"그랬을 만합니다."

"이건 조금 미안한 얘기지만… 작년에 눈이 워낙 높아져서 그런지, 올해 당선작들이 형편없게 느껴졌을 정도라네."

"확실히 올해 당선작 중에는 눈이 확 뜨일 만한 작품이 없었죠."

"아쉬워."

"대상작이 그나마 괜찮았는데, 실무팀에서 아마 시공은 힘들 것 같다고 하더라고요."

"힘들다니, 아주 관대한 표현이로군."

"넵?"

"그 기하학적인 형태를 어떻게 시공하나?"

"그런가요? 저는 건축 쪽은 잘 몰라서…."

"그냥 형식적으로 입찰 공고만 올린 거야. 아마 어떤 건설사에서도 입찰하지 않을 거네."

"그렇군요."

김 실장이 운전하는 차에 오른 정묵은 차창 밖을 내다보며 생각에 잠겼다. 오늘을 위해 재단 차원에서 공들인 준비들이 헛되지 않을 것만 같은 예감이었다.

'인맥까지 동원해서 사람들을 불렀는데… 망신당할 일은 없을 것 같아 다행이군.'

지금까지 서울시 디자인 재단에서는 항상 당선작의 준공식 때 작은 행사를 열었었다. 하지만 이번에 재단에서 준비한 이벤트는 지금까지와는 차원이 다른 수준이었다. 이전까지는 최소한의 식순으로 형식적인 준공식을 한 뒤 기자 몇 명을 불러 기사를 태우는 정도였다면 이번에는 정묵을 포함한 재단의 실권자들이 인맥까지 동원하여 아주 크게 준공식을 기획했으니 말이다.

심지어 오늘 행사에 오기로 한 VIP 중에서는, 최근에 부임한 서울시장도 있었다. 취임 때 '디자인 서울'이라는 슬로건을 표방할 정도로 건축과 디자인에 관심이 많았던 서울시장 구윤권. 취임 후 그와 처음 만나던 자리에서 정묵은 올해 완공될 이 요양원에 대한 이야기를 꺼냈던 적이 있었고, 그때 그가 크게 관심을 보여 오늘의 준공식에까지 초대하게 됐던 것이다.

'그래도 준공식까지 직접 오신다고 할 줄은 몰랐는데….'

덕분에 오늘 재단에서 준비한 행사는, 안정묵이 처음 기획했던 수준보다도 훨씬 더 커져 있었다. 서울시장이 직접 행차한다는 사실만으로도, 행사의 무게감 자체가 달라질 수밖에 없었으니까.

'시장님께서 오시는 순간 정계 인물들도 줄줄이 사탕처럼 딸려 올 테고… 화제성은 걱정할 필요도 없겠군.'

머릿속으로 흐뭇한 그림을 그린 정묵은, 창밖을 다시 한번 확인한 뒤 입을 열었다.

"차가 좀 밀리는구면, 그래."

"그러게 말입니다, 이사장님. 그래도 간선도로만 벗어나면 금방 도착할 테니, 늦지는 않을 겁니다."

"하하. 늦지야 않겠지. 그냥 작년에 내가 느꼈던 그 감동이 완공된 건물에 얼마나 표현되어 있을지… 그게 점점 더 궁금해지고 있었을 뿐이라네."

요양원에 가까워지면 가까워질수록, 정묵의 기대감은 점점 더 커지고 있었다. 이 기대감은 건축물의 디자인적인 부분 때문만이 아니었다. 어쩌면 그가 가장 기대하고 있는 것은, 이 디자인의 디렉터였던 우진과의 만남일지도 몰랐다.

'얼마 전에 들어왔던 리빙페어 관련 협업 제의도… 오늘 얼굴 보고 한번 구체적으로 얘기해볼 수 있겠군.'

우진을 떠올린 정묵의 얼굴에 저도 모르게 흐뭇한 미소가 걸렸다. 어쩌면 오늘은 세계적으로 성장할 디자이너가 대외적으로 처음 데뷔하는 날일지도 몰랐다. 다름 아닌 서울 디자인 재단의 SPDC를 통해서 말이었다.

— * —

요양원의 입구가 가까워지자, 우진은 만감이 교차하는 것을 느꼈다.

'하하, 진짜 완공이네.'

지난번 감리 때만 하더라도 조경작업과 마무리 마감 공사로 한창이던 요양원의 입구가 문주(門柱)까지 깔끔하게 완공되어 멋지게 반짝이고 있었던 것이다.

'크, 진짜 뿌듯하잖아?'

폰으로 사진이라도 찍고 싶었지만 그럴 수는 없었다. 그가 운전대를 잡고 있는 상황이기도 했고, 호들갑을 떨며 사진을 찍는 것 자체가 모양 빠진다고 생각했으니 말이다. 하지만 우진과 달리, 이미 흥분해서 사진을 찍어대는 두 사람은 그런 것이 상관없는 듯 보였다.

"Bloody Hell! 미쳤어! 미쳤다고!"

"흑…! 너무 멋있잖아!"

일정 주기로 감리를 하러 왔던 우진과 달리, 두 사람은 지어진 건물의 모습을 처음 보는 것과 다름없었다. 공사기간 동안 한두 번 정도야 와봤지만, 그때는 거의 기초공사나 골조공사를 진행 중일 때였으니 말이다.

그래서 제이든과 소연은 자신들이 디자인한 건물의 실물을 사실상 처음 보는 것이었고, 때문에 우진보다 반응이 훨씬 더 격한 것은 당연할 수밖에 없었다. 우진은 운전석 오른쪽에 달린 룸미러를 통해 훌쩍이는 소연을 발견하고는 피식 웃음이 새어 나왔다.

"한소연, 혹시 울어?"

"울…! 기는! 내가! 왜!"

"오랜만에 화장 열심히 해놓고, 울면 마스카라 다 번진다."

"헐, 설마 벌써 번진 건 아니지?"

"내 뒤에 웬 판다가 한 마리 앉아있나 했네."

"으아아!"

우진의 말에 당황한 소연이 허겁지겁 손거울을 찾았지만, 당연히 그것은 거짓말이었다. 조금 울먹거린다고 마스카라가 번질 리는 없었으니까.

부우웅-

세 사람이 시끄럽게 떠드는 사이, 우진의 차는 어느새 문주를 지나 요양원 내부로 진입하였다. 우진의 설계가 그대로 반영되어 자연스레 주차장으로 이어 들어가게 되는 슬로프가 가장 먼저 눈에 들어왔고, 속도를 줄인 우진은 천천히 슬로프를 따라서 운전하기 시작했다.

원래도 슬로프는 감속 주행을 해야 하는 구간이었지만, 우진은 더욱 천천히 차를 몰았다. 평범한 방문객에게야 주차공간은 그저 주차를 위한 지하 공간일 뿐이겠지만, 우진을 비롯한 디자이너들에게는 이 공간 하나하나가 전부 소중할 수밖에 없었다. 이 공간 하나하나에, 그들의 손길이 닿지 않은 곳이 없었으니 말이다.

'예산이 좀만 더 많았더라면 더 고급스럽게 디자인할 수 있었을 텐데… 아쉽다.'

도담요양원의 주차장은 일반적인 요양원의 주차장과 조금 느낌이 달랐다. 요양원의 특별한 구조상 주차장의 입구가 방문객의 첫인상이 될 수밖에 없었으니, 전체 주차장 디자인을 전부 신경 쓰지는 못하더라도 슬로프를 비롯해 시선이 가장 많이 닿는 공간들은 최대한 깔끔하게 디자인해놓은 것이다.

어느새 조용해진 제이든과 소연도, 공간 구석구석을 꼼꼼히 살피고 있었다. 건축 경험이 많은 우진과 달리 두 디자이너에게는 오늘의 경험이 무척이나 새롭고 귀한 것이었다. 자신들이 디자인하고 설계한 공간이 어떤 느낌으로 시공되었는지를 직접 본다는 것은 건축 디자이너로서 성장하기 위해 꼭 필요한 과정이었다.

끼이익-

슬로프를 따라 주차장 최상층에 다다르자, 텅 비었던 아래층과 달리 자동차들이 빼곡히 주차되어있는 것이 보였다. 그리고 이것을 확인한 우진은 살짝 고개를 갸웃할 수밖에 없었다.

'음? 왜 벌써 차가 이렇게 많이 들어와 있는 거지?'

준공식까지는 아직 거의 한 시간 가까이 남아있었는데 이미 들어와 있는 차만 수십 대도 넘어 보였으니, 의아할 수밖에 없던 것이다. 관계자들의 차량이 상주한다는 점을 감안하더라도 이상할 정도로 많은 숫자.

'설마 내가 시간을 잘못 안 건 아니겠지?'

해서 요양원 건물 내부로 통하는 진입로에 세 사람을 먼저 내려준 우진은 빈자리에 차를 대고 나와 고개를 갸웃하였다. 하지만 우진이 생각한 것처럼 행사시간을 잘못 안 것은 당연히 아니었다. 총 주차대수가 200대도 넘는 요양원의 주차장은 오늘 가득 찰 예정이었으니까.

— * —

작년 여름, SPDC의 심사위원으로 참가해 우진의 발표를 들었던 브루노는 완공된 요양원의 모습을 무척이나 기대하며 오늘 소연을 따라왔다.

"소연, 오늘 오후에는 요양원의 준공식에 가야 한다고 했었죠?"

"네. 조기 퇴근해서 죄송해요, 브루노. 그리고 배려해주셔서 감사합니다."

"하하, 아닙니다, 소연. 소연의 첫 번째 건물의 준공식인데 디자이너로서 무슨 일이 있어도 가봐야 하는 게 맞지요."

"히히. 저 너무 기대돼요, 브루노. 그나저나 브루노도 함께 하실 수 있었으면 더 좋았을 텐데⋯ 준공식이 평일로 잡혀서 정말 아쉽네요."

"아, 아쉬워하실 것 없습니다."

"예?"

"저도 소연과 같이 오늘 조금 일찍 퇴근해볼 생각이니까요."

"그 말씀은⋯?"

"같이 가시죠, 소연. 성수동까지는 제가 태워드리겠습니다."

"오예!"

브루노는 용산에서 곧바로 소연과 함께 수유로 갈 수도 있었지만, 일부러 우진과 함께 가기 위해 성수동을 들렀다. 경로상 성수동을 들른다고 해서 크게 돌아가는 것도 아니었거니와, 엄밀히 말하면 브루노는 초대받은 손님이 아니었으니 말이다. 바쁜 일정 때문에 원래 못 갈 뻔했었는데 여유가 생겨서 가게 된 것이니, 세 사람과 함께 들어가는 것이 여러모로 그림이 좋을 것 같았다.

'작년에 느꼈던 전율을 다시 느낄 수 있으면 좋겠는데⋯ 어떨지 모르겠군.'

그래서 브루노는 우진의 차에 함께 타서 준공식으로 향하게 되었고, 시끌벅적한 분위기 속에서 기분 좋게 그곳에 도착하였다. 그리고 요양원에 도착한 브루노는, 두 눈이 반짝이기 시작했다.

'자, 그럼 하나하나 찬찬히 살펴볼까?'

제이든과 소연은 완공된 요양원을 보며 시작부터 호들갑을 떨었지만, 당연히 브루노는 그렇게 흥분할 이유가 없었다. 외관부터가 독특하고 멋진 디자인이었음은 분명했지만, 브루노는 이보다 훨씬 더 멋진 건축물들을 많이 봐온 사람이었으니 말이다. 다만 공간 하나하나를 살펴보며, 정말 우진이 발표했던 그 감동 그대로를 얼마나 잘 재현했는지 꼼꼼히 확인할 뿐이었다.

'확실히 분지를 지하주차장 구조로 활용한 건… 탁월한 선택이었군. 훌륭히 구현했어.'

세 사람이 디자인한 요양원은, 업계 종사자가 아닌 평범한 사람이 일차원적인 시선으로 보기에도 분명 훌륭했다. 모듈들의 조화와 스케일감에서 오는 조형적인 아름다움을 분명히 가지고 있었으니 말이다. 하지만 건축 전문가인 브루노는, 요양원의 내부를 둘러보며 그보다 훨씬 더 훌륭한 가치들을 발견할 수 있었다. 보기 좋은 디자인도 디자인이지만, 공간의 구석구석에서 사용자를 배려한 흔적들이 여지없이 묻어났기 때문이었다.

'그럴싸한 말로 포장된 UX가 아니야. 물론 완벽하진 않지만… 최선의 공간을 찾아내려고 노력한 태가 나는군.'

그리고 브루노가 가장 감탄한 부분은, 주차장에서 건물 내부까지 이어지는 깔끔한 동선이었다. 우진 일행은 주차장에서 나온 뒤 준공식의 주최 측을 만나기 위해 2층 로비 인근의 사무실로 향했는데, 돌아가는 느낌조차 거의 없는 직선에 가까운 동선이었으며 무엇보다 지하 1층에서 지상 2층까지 이동하는 동안 단 한 번의 경사로도 거칠 일이 없었던 것이다.

딱 한 번 엘리베이터를 탄 것을 제외하면, 전부 다 평지였던 것. 평지에 지어진 건축물이라면 너무 당연한 일이겠지만, SPDC의 심사위원인 브루노는 이 요양원이 지어진 지대가 얼마나 건축여건이 나빴는지를 알고 있었다. 절반 이상이 급경사였던 분지와 산지 위에 얼마나 저예산으로 설계를 뽑아냈는지 알고 있었으며, 때문에 지대를 깎아내고 메워내는 평탄화 작업을 최소화하며 이 정도의 구조와 동선을 뽑아냈다는 사실이 브루노로서는 꽤 감탄스러운 일이었다.

'건축의 수많은 제약 위에 디자인이라는 하나의 제약을 더 추가했다더니… 후후. 우진이 정말 멋진 건축물을 만들어냈군.'

어느 정도 감상을 마친 브루노는 우진과 함께 사무실 안으로 들어섰다. 아직 보고 싶은 공간들이 더 많았지만, 일단은 행사가 더 중요했으니까.

"그러고 보니 브루노는 표찰이 없으시죠?"

"하하, 초대받지 못한 손님이니까요."

"초대 여부와 관계없이, 브루노가 오셨다는 사실을 알게 되면 모두가 반길 겁니다."

"허허, 그럴까요?"

"물론이죠, 브루노."

사무실 내부의 인테리어는 비교적 평범했다. 어디서나 볼 수 있는 평범한 우레탄 마감의 바닥에, 하얀 형광등 조명과 하얀 페인트 마감의 석고 벽체. 그리고 이것은 너무 당연한 것이었다. 이곳은 이 건축물을 관리하는 역할을 하는 곳일 뿐, 사용자들에게 만족감을 주기 위한 공간이 아니었으니 최대한 실용성 위주로 디자인

된 것이다. 예산이 넘쳐흐르지 않는 한 당연한 선택. 그래서 고개를 끄덕이며 사무실로 들어선 브루노는, 우진을 따라 안쪽으로 이동했다. 그런데 그렇게 브루노가 몇 걸음 정도 걸었을 무렵.

"아니, 이게 누구십니까!"

"음…?"

"브루노! 오랜만에 뵙습니다!"

사무실 소파에 앉아있던 중년 남성 한 명이 자리에서 벌떡 일어나며 브루노에게 아는 체를 하였다.

— * —

주차장을 나와 요양원을 둘러볼 때까지만 하더라도, 우진은 별생각 없이 자신의 건축에 집중하고 있었다. 아직 오픈 전임에도 불구하고 사람이 조금 많아 보인다는 생각을 하긴 했지만, 크게 특이점을 느끼진 못한 것이다. 하지만 브루노의 표찰을 발급해주기 위해 사무실로 들어왔을 때, 우진은 당황할 수밖에 없었다. 사무실 안에는 수십 명이 넘는 관계자들이 분주히 움직이고 있었고, 심지어 소파에 앉아있던 몇몇 인물들 중에는 우진이 잘 아는 사람들이 있었던 것이다.

'아니, 이사장님 아니야? 게다가 교수님께서 여긴 왜…?'

서울시 디자인 재단의 이사장인 안정묵을 비롯해서, K대 공간디자인과의 학과장인 윤치형 교수까지. 업계의 거물급 인사인 두 사람이 준공식에 직접 걸음 해줬을 줄은, 생각조차 못한 것이다. 때문에 놀람 다음의 감정은 당연히 기쁘고 고마운 마음.

'바쁘신 양반들이 여기까지 다 챙겨 와주시고… 이거 감사하네.'

재단 이사장 안정묵은 물론 윤치형 또한 K대의 교수이기 이전에 저명한 디자이너였고 이들이 준공식에 얼굴을 비췄다는 사실만으로도 우진의 데뷔나 다름없는 오늘의 행사가 훨씬 더 이슈화될 테니 우진의 입장에서는 기꺼운 마음이 드는 게 너무 당연하였다.

그래서 우진은 두 사람에게 인사하기 위해 자연스레 그쪽으로 먼저 걸었다. 하지만 걸음을 옮기던 우진은 다음 순간 더욱 놀라야 했다. 멀리서는 제대로 확인하지 못했는데, 정말 상상조차 못 했던 얼굴이 그 자리에 한 명 더 있었으니까.

'잠깐, 저 사람은…!'

전생과 회귀 후를 통틀어, 한 번도 만나본 적 없는 사람. 그럼에도 불구하고 너무 유명해서 우진이 절대로 얼굴을 모를 수 없는 사람. 우진의 기억하기로 21세기에 들어선 이후 서울시민에게 가장 존경받았던 서울시장인 구윤권이 안정묵과 윤치형의 맞은편에 떡하니 자리 잡고 앉아 있었던 것이다.

— * —

우진의 기억에 있던 구윤권은 대단한 사람이었다. 2011년인 현재 그를 지칭하는 가장 보편적인 수식어가 '서울시 최연소 시장'이었다면 우진이 회귀하기 전인 2030년에는, '역대 최고의 서울시장'으로 평가받던 인물이었으니 말이다.

11년에 취임한 그는 재선을 거쳐 2019년까지 시장직을 지키게 되는데, 삼선까지도 출마만 한다면 거의 확정적으로 당선될 것이라는 의견이 지배적이었으나 출마하지 않았다. 정치에 크게 관심 있는 편이 아니었던 우진은 그 이유까지 기억나진 않았다. 다만 우진이 확실히 기억하는 것은, 이 한 가지 사실이었다.

'서울이라는 도시를 아름다운 도시로 만들어준 사람. 다른 건 몰라도 그건 정말 확실하지.'

사실 디자인 서울이라는 슬로건은, 구윤권 시장이 처음 들고 나온 슬로건이 아니었다. 그의 전임 시장인 조훈영 시장이 임기 중에 처음 꺼내 들었던 표어였으니까. 하지만 역대 최고의 시장으로 평가받았던 구윤권 시장과 달리, 조훈영 시장은 비교적 이상이 앞서던 사람이었다.

그가 추진했던 한강 르네상스 사업과 디자인 서울 등의 사업은 어찌 보면 구윤권 시장이 서울을 발전시킬 수 있었던 포석이 되기도 했지만, 조훈영 시장이 재임하던 당시에는 장점만큼 단점도 부각됐던 사업이었던 것이다.

이 두 가지 사업의 일환으로 11년 최초 완공됐던 반포한강공원의 세빛둥둥섬, 11년인 지금까지도 한창 공사 중인 동대문의 디자인 플라자 등 디자인적으로는 후에 고평가받았던 건축물들도 처음 완공되었을 당시에는 제대로 쓰임새를 찾지 못해 꽤 오랜 시간 방치됐었으니, 수백억 단위의 예산만 낭비했다는 평가도 많았던 것이다.

하지만 후임으로 취임했던 구윤권 시장은 조훈영 시장의 행적을 타산지석 삼아 단점들을 최대한 메우고 장점을 극대화시킨 인물이었다. 쉽게 말해 조훈영 시장이 비교적 이상을 앞세워 추진했던 도시정비 사업들을 완성하고, 나아가 더 뛰어난 역량을 발휘해 서울을 한층 아름다운 도시로 만들어냈던 인물인 것이다. 물론 구윤권 시장이라고 해서 모든 분야에서 완벽한 평가를 받았던 것은 아니나, 적어도 건축업계에서 일했던 우진은 그만큼 훌륭한 시장도 없었다고 생각했다.

'아마 구윤권 시장님이 아니라 다른 사람이 당선됐다면… 다른 부분에서야 더 나을지도 모르겠지만, 한강 르네상스부터 시작해서 서울시의 도시 정비 계획들이 전생에서처럼 깔끔하게 완성되긴 힘들었겠지.'

그래서 우진은 오늘 이 예상치 못한 만남이 너무 놀라웠다. 단순히 서울시장이라는 타이틀만 놓고 봐도 거물이었지만, 미래를 알고 있는 우진에게는 훨씬 더 큰 인물로 다가온 구윤권 시장. 그가 우진이 디자인한 첫 번째 건물 준공식에 방문했다는 사실은 믿기 힘든 것이었으니까. 때문에 걸음을 옮기던 우진은 잠시 멈칫하였고, 그사이 우진의 일행을 먼저 발견한 것은 저쪽이었다.

"아니, 이게 누구십니까!"

"음…?"

"브루노! 오랜만에 뵙습니다!"

브루노를 발견한 디자인재단의 이사장 안정묵이 반가운 표정으로 자리에서 벌떡 일어났다. 그러자 자연스레 옆에 있던 윤치형 교수도 자리에서 일어났고, 맞은편에 앉아있던 서울시장 구윤권도 따라 일어섰다. 갑작스런 전개에 우진은 더 당황했지만, 그래도 금세 정신을 차리고 그들의 앞으로 다가갔다. 윤치형이 가장 먼저 우진을 반갑게 맞아주었고…

"오, 우진이 왔구나."

"네, 교수님. 바쁘신데 여기까지 다 와주시고….'"

"하하, 우리 학과 차원에서도 의미 있는 자린데, 당연히 와야지. 조운찬 교수는 일정 때문에 오지 못하게 됐다고, 미안하다고 전해 달라고 하더구나."

"하하, 별말씀을요."

브루노와의 인사를 마친 안정묵도 이어서 우진에게 손을 내밀었다.

"하하, 서 대표님. 오셨습니까. 얼마 전에 잠깐 뵈었었죠?"

"예, 이사장님. 일주일 만에 또 뵙네요, 하핫."

"완공된 요양원이 정말 멋지더군요."

"과찬이십니다."

그리고 안정묵과의 인사 과정에서 우진은 자연스레 구윤권 서울시장을 소개받을 수 있었다.

"과찬이라니요, 허헛. 빈말이 아닙니다. 서 대표님 덕에 SPDC의 위상이 한층 더 빛날 수 있게 된 게 사실이니까요. 그렇지요, 시장님?"

우진의 시선이 자연스레 옆으로 돌아갔고, 구윤권의 시선과 마주치게 되었다.

"물론입니다, 이사장님. 직접 와서 보니 더욱 기대 이상이더군요."

이어서 구윤권은 기분 좋은 표정으로 우진을 향해 손을 내밀었다.

"반갑습니다, 서 디자이너님. 서울시장 구윤권입니다."

— * —

우진이 당황했다면, 제이든과 소연은 까무러칠 정도로 놀랐다. 제이든은 구윤권의 얼굴을 한 번도 본 적이 없었으며, 소연 또한 그저 어디서 본 사람 같다는 생각 정도만 하고 있었으니 말이다. 애초에 자신들이 디자인한 건축물의 준공식에 서울시장이 올 것이라고 상상조차 하지 못했던 것이 놀람의 가장 큰 이유였다.

"제이든… 입니다!"

"하하, 반가워요, 제이든. 한국말을 정말 잘하시네요."

"저는 K대학교 공간디자인과 학부생 한소연이라고 합니다."

"반갑습니다, 소연 양. 요양원의 건축 디자인은 정말 감명 깊었습니다."

"가, 감사합니다. 시장님!"

얼음이 되어 어쩔 줄 몰라 하는 두 사람을 보며, 우진은 피식 웃었다. 자신도 이렇게 당황스러운데, 둘이 얼마나 놀랐을지는 충분히 예상되었으니 말이다. 하지만 다행인 건지, 얼어붙은 두 사람과의 대화는 거기서 더 이어지지 않았다. 사실상 우진의 일행 중 가장 거물급 인사는 브루노였고, 건축 디자인에 관심이 있던 구윤권은 브루노를 알고 있었으니까. 구윤권은 유창한 영어로 브루노에게 인사하였다.

"작년 SPDC의 심사위원으로 참가해주셨다는 이야기는 들었습니다만, 이곳에 오실 줄은 몰랐습니다. 서울시장 구윤권입니다."

"건축 디자이너 브루노입니다. 반갑습니다, Mayor."

가벼운 대화가 오간 뒤, 우진의 일행도 세 사람의 옆에 자리 잡고 앉았다. 처음 대화는 주로 브루노와 구윤권 시장 위주로 진행되었지만, 머지않아 대화의 주체는 우진으로 넘어왔다. 어쨌든 오늘 행사의 주인공은 우진과 제이든, 그리고 소연이었으며 그들의 대표자나 다름없는 사람이 바로 우진이었으니까.

"서 디자이너님. 아니, 대표님이라고 불러드려야 할까요."

구윤권의 이야기에, 우진이 멋쩍은 표정으로 대답했다.

"편하신 대로 불러주시면 됩니다, 시장님."

"하하. 그럼 대표님이라는 말이 더 입에 잘 붙으니, 그쪽으로 가겠습니다."

우진과 다시 마주친 구윤권의 두 눈이 살짝 빛났다. 사실 오늘 이 자리에 나오기 전에도 그는 이미 우진에 대해 알고 있었다. 디자인재단 이사장 안정묵으로부터 이런저런 이야기를 듣기도 했지만 그전에 구윤권은 〈우리 집에 왜 왔니〉를 시청한 적도 있었으니까. 우진 본인은 크게 자각하고 있지 못했지만, 〈우리 집에 왜 왔니〉에서 이름을 알리기 시작하여 WJ 스튜디오를 키워내는 동안 우진은 꽤 유명인사가 되어 있었다.

"젊은 나이에 정말 대단하십니다. 처음에 서 대표님이 이십 대 초반 학부생이시라는 이야기를 듣고 이사장님께서 농담이라도 하시는 줄 알았으니까요."

"과찬이십니다, 시장님께서도 최연소 서울시장님 아니십니까?"

"하하, 그렇기는 하네요."

우진과 대화가 한 번씩 오갈 때마다, 구윤권은 여러모로 놀라고 있었다. 대화가 너무 물 흐르듯 매끄러운 것은 물론, 절대로 이십 대 초반의 화법이라고는 믿을 수 없었기 때문이다.

'말하는 것만 보면 동년배라고 해도 믿겠어.'

해서 몇 마디 형식적인 서로에 대한 칭찬이 오간 뒤, 두 사람의 본격적인 대화 주제는 사업적인 부분으로 넘어갔다. 얼마 전 우진이 벨로스톤즈, KSJ엔터와 연계하여 추진했던 12년 리빙페어와 관련된 사업. 사실 이것은 구윤권 시장이 취임 이후 직접 추진한 행사였고, 때문에 그는 우진을 만나면 이 부분에 대해 이야기를 나눠보고 싶다고 생각하고 있었던 것이다.

"서 대표님께서 이사장님께, 리빙페어와 K-STAR 페스티벌의 콜라보를 제안 주셨다고 들었습니다."

줄여서 KSF라고도 부르는 K-STAR Festival은, 콘텐츠 진흥원이 주관하는 K-POP 국제 행사였다. 우진이 리빙페어의 전시에 〈천년의 그대〉를 얹어 콜라보를 제안한 행사가 바로 이 KSF였던 것이다. 구윤권의 말에 우진이 고개를 끄덕이며 대답하였다. 서울시장이 이에 대한 이야기를 먼저 우진에게 꺼냈다는 것은, 우진에게는 활용하기에 따라 엄청 큰 기회라고 할 수 있었다.

"그렇습니다, 시장님. 어쩌다 보니 이번에 제가 이번에 〈천년의 그대〉라는 드라마 세트장의 디자인을 맡게 되었는데, 이 세트장의 콘셉트 자체가 한국적이면서도 미래지향적인 건축과 무척 잘 어울리더라고요."

"오호, 그렇습니까?"

우진은 첫 마디부터 윤권이 흥미를 느낄 만한 이야기로 시작하였고, 청산유수처럼 계속해서 말을 이었다.

"이사장님께 들어보니 이번 리빙페어의 목적점이 한국적인 공간디자인의 우수성을 국제적으로 알리는 데 있는 것 같더라고요."

"정확히 짚으셨습니다."

구윤권이 고개를 주억거리자, 우진이 다시 입을 열었다.

"일반적으로 한국적인 건축이라 하면 전통건축을 먼저 떠올리게 되는데, 이 전통건축이 가진 조형적 아름다움을 살리면서도 미래지향적인 공간을 보여줄 수 있다면 이것이야말로 리빙페어의 지향점과 일치하지 않나 하는 생각을 하게 되었습니다."

기다렸다는 듯 이야기를 풀어내는 우진을 보며, 윤치형은 혀를 내둘렀다.

'보통 놈이 아닌 거야 진즉부터 알았지만… 사업을 성공시킨 게

확실히 운은 아니었군.'

우진의 디자인적 역량이야 익히 알고 있었지만, 이렇게 사업적으로 뛰어난 수완을 발휘하는 것은 처음 봤으니 말이다. 자리에 앉은 모든 사람들은 우진의 이야기에 집중하고 있었고, 우진은 계속해서 말을 이었다.

"마침 한류의 수출이 본격화되고 있는 시점이며, K-POP 못지않게 한국 드라마가 해외에서 인기를 누리고 있으니… 드라마 세트장이라는 매개를 통해 건축의 영역을 콘텐츠와 한번 이어보고 싶었습니다."

"콘텐츠와 건축이라… 일견 연관성이 거의 없어 보이는 분야인데, 서 대표님의 이야기를 들으니 뭔가 그럴듯해 보이는군요."

"결국 좋은 건축, 좋은 공간을 즐기는 것 또한, 콘텐츠의 일부가 아니겠습니까?"

"하하, 그런가요?"

"마침 시기가 잘 맞아떨어지기도 했고, 명분도 맞아떨어졌으니 적지 않은 시너지를 낼 수 있는 프로젝트라 생각하고 있습니다."

"명분이 맞아떨어졌다는 건…."

"드라마의 세트장 콘셉트가 리빙페어의 목적점과 부합한 부분 말입니다."

"듣고 보니 그렇군요."

우진과 대화하던 구윤권이 자세를 고쳐 앉았다. 원래도 삐딱한 자세였던 것은 아니지만, 우진의 이야기를 더 집중해서 들어보고 싶어진 것이다. 우진에 대한 평가도 조금은 달라졌다.

'잠재력 많은 루키라고 생각했는데….'

아무리 우진이 특별한 이력을 갖고 있다 하더라도, 윤권의 입장에서 우진은 이십 대 초반의 젊은 디자이너일 뿐이었다. 전례 없을 정도로 뛰어난 잠재력을 가지고 있다고 생각할지언정 '루키 디자이너'라는 프레임에서 벗어나기는 힘들었던 것이다.

하지만 지금 이 순간, 윤권의 생각은 달라지고 있었다. 지금 그의 눈에 비친 우진의 모습은 이미 완성된 한 사람의 디자이너이자 사업가였으니 말이다.

데뷔

우진은 구윤권과 꽤 많은 이야기를 나누었다. 우진이 12년도에 추진하려는 콜라보 사업의 가장 핵심 결정권자가 바로 서울시장인 구윤권이었으며, 바로 옆에는 실무 총 책임자나 다름없는 디자인 재단 이사장 안정묵까지 있었으니 뜻밖에 만들어진 자리임에도 불구하고, 깊고 다양한 이야기를 할 수 있었던 것이다.

하지만 우진은 한 가지 아쉬운 부분이 있었는데, 그것은 바로 이야기를 나눌 수 있는 시간이 너무 한정되어 있고 짧았다는 점이었다. 어쨌든 오늘 이 자리에서 가장 중요한 것은 도담 요양원의 준공식이었으니까. 그래서 한 이삼십 분 정도를 대화한 뒤, 우진을 비롯한 일행들은 어쩔 수 없이 자리에서 일어나야 했다.

"이사장님! 행사 준비 완료되었습니다."
"엇, 벌써 시간이 이렇게 되었군요."
"알겠네. 내가 전부 모시고 나갈 테니, 5분 뒤 행사 시작토록 하지."
"알겠습니다."
우진은 아쉬웠지만, 자리를 털고 일어났다. 하지만 그 아쉬움도 아주 잠시뿐이었다. 뒤따라 일어선 구윤권이 우진을 향해 빙긋 웃으며 명함을 건넸으니 말이다.

"오늘은 아무래도 여기까지가 될 것 같으니, 다음에 시청으로 한 번 방문 주시는 건 어떻겠습니까?"

우진은 화들짝 놀랐다.

'…!'

사실 방금 전까지도, 처음 자리에 도착했을 때 자연스레 명함 교환을 하지 못했던 것을 아쉬워하고 있던 참이었으니까. 서울시장의 개인명함을 받을 수 있는 절호의 기회를 이대로 놓치나 했는데 오히려 그가 먼저 명함을 주었으니, 우진의 입장에서는 너무도 기꺼울 수밖에 없었다. 우진은 재빨리 품속에서 명함을 꺼내 윤권에게 마주 건네었다.

"초대 감사합니다, 시장님. 제가 오늘 이후, 조만간 시간 내어 찾아뵙도록 하겠습니다."

"하하, 서 대표님과는 나눌 수 있는 이야기들이 정말 많을 것 같습니다."

"그리 생각해주시니 감사합니다."

"제가 욕심이 좀 많거든요."

"욕심이라시면…?"

"서울시장으로 재임하는 동안, 하고 싶은 일이 너무 많아서 말입니다."

"아…!"

"그중에서도 이 서울시라는 도시를 전 세계 어떤 도시 못지않게 아름답게 만들고 싶다는 게… 제 가장 큰 욕심이지요."

어떤 일이든 첫 단추를 꿰는 것은 무척이나 중요하다. 사람과 사람 사이의 관계 형성에서도 첫인상이 차지하는 비중이 엄청 높은 것처럼 사업 또한 스타트를 어떻게 끊어내느냐가 향방에 적잖은 영향을 미치는 것이다. 그런 의미에서 12년도에 우진이 계획한 콜라보 사업은 더할 나위 없이 완벽한 첫 단추를 꿴 셈이었다.

이번 사업을 성공해내기 위해 필요한 성공요소가 열 가지 정도 있다면, 그중 일곱 가지 이상은 시작부터 휘어잡은 느낌이랄까. 행사를 위해 내무실에서 나가는 우진은 저도 모르게 두 주먹 꾹 눌러 쥐고 있었다.

'내 손에 쥐어진 이 모든 기회들을… 최대한으로 활용하고 내 것으로 만들어내야 해. 정신 바짝 차려야겠어.'

우진은 꿈을 향해 달리는 길 위에서, 점점 더 가속도를 내고 있다. 이 속도가 빨라질수록 꿈은 더 빠른 시일 내에 가까워지겠지만, 반대로 그 길을 따라 운전대를 움직이는 것은 점점 더 어려워질 것이다. 하지만 그렇다고 해서 속도를 줄일 수는 없다. 다만 자만하지 않고 겸손한 자세로, 더욱 정신을 바짝 차릴 것이다. 우진은 그렇게 다짐하고 있었다.

저벅- 저벅-

그런 생각을 하며 복도로 나온 우진은 행사 진행요원의 안내에 따라 걸음을 옮겼다. 준공식이 진행되는 곳은 요양원 중앙에 있는 운동장이라고 하였다.

"일정이 어떻게 되죠?"

우진의 물음에, 요원이 고개를 저으며 빙긋 웃었다.

"행사 자체는 금방 끝날 겁니다. 아시다시피 식순이 길지는 않거든요."

"제가 따로 준비하거나 주의해야 할 부분이 있을까요?"

"걱정 마세요. 사회자로 오신 분이 알아서 잘 진행해주실 테니까요."

"다행이네요."

우진의 뒤를 졸졸 따라오는 제이든과 소연은, 완전히 얼어붙어 얼굴마저 창백해져 있었다. 뜬금없이 서울시장이 등장했을 때부터 얼어있었는데, 행사가 코앞으로 다가오자 더더욱 긴장해버린 것이다. 그 말 많던 제이든이 그동안 한마디도 않았을 정도.

"제이든. 혹시 긴장한 거야?"

"긴장이라니. 제이든은 긴장하지 않아."

"다행이네."

"What?"

"내가 시장님이랑 얘기하는 사이에, 혹시 누가 제이든의 입을 몰래 꿰매버린 건 아닌가 걱정했거든."

"Holy…."

우진은 제이든의 긴장을 풀어주기 위해 실없는 농담을 던졌고, 그것은 제법 효과가 있었다. 두 사람의 대화에 옆에 있던 소연까지도 굳어있던 표정을 풀고 피식 웃었던 것이다. 그리고 이 가벼운 대화가 오가는 사이, 그들은 목적지에 도착할 수 있었다.

"자, 그럼 저쪽 단상으로 올라가시면 됩니다."

"네, 감사합니다."

조금은 풀린 분위기 속에, 기분 좋게 단상을 오르는 세 사람. 그런데 다음 순간,

"…!"

단상 후방의 돌계단을 따라 올라가던 우진의 두 눈이, 구윤권을 처음 발견했을 때만큼이나 휘둥그레 커졌다.

'뭐, 뭐야?'

계단을 오르자 운동장 방향으로 시야가 확보되었고, 그곳에 모여 있던 수많은 사람들이 눈에 들어온 것이다. 요양원의 관계자들과 SPDC 공모전 관계자 몇몇 그리고 요양원의 시공사인 천웅건설의 관계자들 몇 명 정도만 있을 줄 알았던 우진의 예상보다 최소 다섯 배 이상은 많은 숫자였다. 우진과 마찬가지로 그 광경을 발견한 것인지, 소연은 자신도 모르게 작게 비명을 터뜨렸다.

"으아아…!"

단상 위로 올라간 우진의 시선이 이번엔 좌우로 향했다. 그러자 이미 우진을 찍고 있는 수많은 카메라들과 그 사이에서 보이는 몇몇 공중파 방송국의 로고들이 우진의 눈에 들어왔다.

'이게… 언제부터 이런 행사였지…?'

그리고 무척이나 익숙한 한 남자의 목소리가 혼미해진 우진의 귓전을 두들겼다.

"어이, 서 대표!"

그것은 뒤늦게 현장에 도착해 곧바로 행사장으로 온 박경완의 목소리.

"거, 복장이 좀 너무한 것 아니요."

"박 상무님!"

그 목소리를 들은 우진은 그제야 자신의 심플한 복장을 다시 자각할 수 있었다.

'젠장….'

후회하게 될 거라는 제이든의 말이 맞아떨어지는 것은 우진 인생에 처음 있는 일이었다.

— * —

우진과 제이든, 그리고 소연은, 시간이 어떻게 지나간 건지도 인지하지 못할 정도로 정신없는 하루를 보냈다. 사회자의 진행에 따라 행사가 진행되고, 어느 순간 인터뷰가 시작되는가 싶었는데 정신을 차리고 보니 행사가 끝나있었으니 말이다. 우진조차도 정신이 혼미할 정도였으니, 제이든과 소연은 말할 것도 없었다. 두 사람은 우진과 달리 한껏 차려입고 왔으면서도, 이렇게까지 자신들에게 관심이 쏠릴 줄은 몰랐던 모양이었다.

"우진, 제이든은 역시 훌륭했지?"

"뭐라는 거야. 정신 차려, 제이든."

"오빠, 나 실감이 안 나. 나 인터뷰하면서 무슨 실수한 건 없지?"

"그런 거 없으니까 걱정하지 마."

소연은 하루 동안 있었던 일들이 마치 꿈처럼 실감 나지 않는다고 했지만, 그것도 아주 잠시뿐이었다. 당장 그날 저녁 공중파의 뉴스에서부터 잠깐이지만 세 사람의 얼굴이 곧바로 전파를 탔으니까.

[다음 뉴스입니다. 서울시 디자인 재단에서 주관하는 건축 디자인 공모전 SPDC에서….]

집에 돌아온 소연은 신난 동생들 사이에서, 쿠션으로 얼굴을 반쯤 가리고 뉴스를 시청했다.

[대상 수상자이자 도담요양원의 설계자는, K대 공간디자인과의 2학년 학생 세 사람으로….]

"언니 대박. 오늘은 쫌 멋지네?"

막내 아연이 입을 떼자, 둘째 동생 가연이 눈을 휘둥그레 뜨고 물었다.

"저기 요양원이 진짜 언니가 디자인한 건물이야?"

"그렇다잖아."

"언니 그냥 숟가락만 얹은 거 아냐?"

"그런가? 사실은 우진 오빠가 다 했나?"

쿠션 뒤에 숨어 재잘거리며 떠드는 두 동생의 말을 듣던 소연이, 고개를 홱 돌리며 아연을 향해 물었다.

"너 우진 오빠는 어떻게 알아?"

"지난번에 스튜디오 로비에서 언니 기다릴 때, 우진 오빠가 아이스크림 사줬거든."

가연이 끼어들었다.

"고작 아이스크림 한 번 사줬다고 그렇게 친한 척?"

"언니는 고작 아이스크림도 잘 안 사주잖아!"

"둘 다 시끄러워!"

뉴스는 짧았지만, 거기서 끝이 아니었다. 바로 다음 날 새벽부터, 도담요양원과 관련된 기사가 쏟아져 나오기 시작했으니 말이다. 웹상의 수많은 기사들은 물론 공중파에서 방영되는 뉴스에서까지도, 한동안 우진과 도담요양원은 크게 이슈화되었다.

실제로 도담요양원의 디자인이 이슈화될 정도로 훌륭하기는 했지만, 비단 그 때문만은 아니었다. 우진이라는 사람이 가지고 있는 수많은 소스들 중, 어느 것 하나 평범한 부분이 없었으니까. 우진은 대중이 좋아할 만한 요소를 어떤 측면에서는 연예인보다도 많이 가지고 있는 사람이었고 그것이 곧 '스타성'이었던 것이다. 한

번 매체를 타며 우진에 대한 관심이 커지기 시작하자, 그동안 우진의 행적이 재조명되며 이슈가 눈덩이처럼 불어나기 시작했다.

[〈우리 집에 왜 왔니〉의 서우진. 건축 디자이너로서의 역량을 단단히 입증하다!]
['건축의 목적이란 본디, 사람을 널리 이롭게 하는 것.' 스물셋, 디자이너 서우진을 말하다.]
[청담 선영아파트 천웅건설 수주의 숨은 주역. 알고 보니 〈우리 집에 왜 왔니〉의 서우진?]

〈우리 집에 왜 왔니〉에 전문가 패널로 출현했던 영상들부터 시작해서, SPDC결선에서의 발표 영상. 그리고 시공사 선정 총회 때의 〈청담 클리오 써밋〉 발표 영상까지. 그런 것들까지 다시 한번 수면 위로 떠오르면서, 우진의 인지도는 그야말로 수직상승하게 되었다. 이 일련의 일들은 정말 부지불식간에 동시다발적으로 터져 나왔으며 덕분에 지인들과 만나거나 통화할 일이 있으면 꼭 한번씩 인터뷰에 대한 이야기가 나오기도 했다.

[서 대표님, 뉴스는 아주 잘 봤습니다. 프흐흐.]
"그거… 보셨어요?"
[면바지에 바람막이 아주 잘 어울리던데요?]
"왜 보셨어요…."
[일부러 찾아본 건 아니에요. 그냥 인터넷 좀 하다 보면 곳곳에서 보이던데요?]
"…."

[이제 거의 연예인 다 되셨는데, 저희 KSJ엔터랑 계약하시는 건 어때요.]

"네? 농담이라도 그런 무서운 말씀은⋯."

[로드 매니저라도 한 명 붙여 드릴게요. 매니저 있으면 바람막이 입고 뉴스에 나오는 일은 없을 걸요?]

"대표님⋯."

[가끔 예능프로 한 번씩 출연해주시고⋯.]

"저 그럴 시간 없는 거 아시잖아요."

[농담이에요, 농담. 흐흐흐.]

"최근에 들었던 농담 중에 제일 무섭네요."

[그럼 대표님, 내일 미팅 때 봬요. 벨로스톤즈 대표님도 오시는 거죠?]

"네, 물론입니다. 오늘 고생 많으셨어요!"

[별말씀을요.]

강소정 대표의 전화를 끊은 우진은 한숨을 푹 쉬며 고개를 절레 절레 저었다.

"그놈에 바람막이⋯ 진짜⋯."

인터넷에서 심심찮게 자신의 인터뷰 기사를 발견할 때면, 바람 막이 트라우마에 걸릴 것 같은 심정이었다.

"퇴근이나 해야지. 내일 미팅 전까지는 진짜 푹 쉬어야겠어."

옷걸이에 걸려 있던 코트를 챙겨 입은 우진은 그날은 왜 바람막 이를 입었을까 또 한 번 생각하며 한숨 쉬었다. 그런데 퇴근하려던 우진의 사무실 전화기가 갑자기 다시 요란히 울리기 시작하였다.

[안녕하세요, 서우진 대표님 맞으시죠?]

"네, 제가 서우진입니다만…?"

[저희는 국내 디자인 잡지사 〈아르티카〉인데요….]

—— * ——

[〈아르티카〉의 편집부는 오늘 한 남자를 찾아갔다.]

[2011년 가을, 적어도 11월 한 달만큼은 한국 건축 업계에서 가장 핫한 루키 디자이너.]

[성수동 서울숲 인근에 있는 WJ 스튜디오에서 만난 그는 말끔한 헤어스타일에 깔끔한 흰 셔츠와 면바지를 차려입고 있었다.]

[20대 초반, 국내 최고의 디자인 명문 K대학교의 학부생이자 WJ 스튜디오의 대표이사.]

[〈아르티카 11월호〉에서 이달의 디자이너로 선정한 남자는, 바로 건축 디자이너 서우진이었다.]

[Question – 본인이 디자인하고 설계한 건축물이 이렇게 완공되었는데, 심정이 어떠십니까?]

[Answer – 너무 뻔한 대답일지도 모르겠지만, 벅차고 감격스럽습니다. 건축 디자이너로서의 첫발을 내딛은 셈이니까요.]

[Question – 건축 디자이너로서의 첫발이라고 하셨는데, WJ 스튜디오의 대표님이시지 않습니까? 이전에 〈우리 집에 왜 왔니〉에서 소개됐던 카페 프레스코를 디자인 설계하셨던 것으로 아는데, 이번이 첫 데뷔라고 말씀하신 이유가 궁금합니다.]

[Answer – 물론 인테리어도 건축의 일부이고, 공간 디자이너

로서는 이미 많은 포트폴리오를 가지고 있습니다만, 제가 모든 부분의 설계와 디자인에 관여한 완전한 건축물은 이번이 처음이었으니까요. (웃음)]

[Question - 디자인 재단 홈페이지에서 SPDC공모전 발표 당시의 영상을 봤습니다. 단순히 편안을 위한 설계를 넘어 행복을 위한 설계를 생각했다고 하셨는데요. 오늘 보신 완공된 도담요양원이, 서 대표님이 생각하셨던 그 건축물이 되었을까요?]

[Answer - 최고라고 말씀드릴 수는 없겠습니다만, 저의 최선이었다고는 말씀드릴 수 있을 것 같습니다. 적어도 이번 프로젝트와 관련된 모든 작업을 함에 있어, 항상 User의 행복을 최우선적으로 생각했거든요.]

…중략…

[Question - 마지막으로 한 가지만 더 여쭙겠습니다.]

[Answer - 네, 얼마든지요.]

[Question - 지금까지 이십 대 초반, 학부생의 신분으로… 대표님만큼 입지전적으로 성공한 디자이너는 없었는데요, 그 비결을 좀 여쭤봐도 될까요?]

[Answer - 하하, 입지전적이라니… 너무 제 얼굴에 금칠을 해 주시는 것 같습니다. 단지 운이 좋아 남들보다 조금 빨리 길을 찾을 수 있었을 뿐입니다.]

[Question - 너무 겸손하신 게 아닌가 합니다. 이 인터뷰를 보고 계실 대한민국의 수많은 디자이너 지망생 여러분들에게 작은 희망을 주신다고 생각해주셨으면 합니다. 대표님께서 단순히 운

이 좋아 성공했다고 하신다면, 그분들이 많이 아쉬워하지 않으실
까요?]

[Answer – 음… 굳이 비결이라는 걸 이야기하자면, 꿈에 대한
꾸준한 갈망과 열정이라고 말씀드리고 싶습니다. 어떤 순간에도
처음 꿨던 그 꿈을 잃어버리지 않은 게, 제가 성공할 수 있었던 이
유라고 생각하거든요.]

공항 라운지에 꽂혀있던 잡지를 뽑아 읽던 제이든이, 예의 그 익
숙한 탄성을 터뜨렸다.

"Bloody Hell!"

"왜 그래, 제이든."

"이건 뭔가 아주 크게 잘못됐어, 석현."

"뭐가?"

"11월의 디자이너가 우진이라니! 이건 틀렸다고!"

제이든의 발광에, 근처에서 음료수를 쪽쪽 빨아 먹고 있던 소연
이 그쪽으로 다가왔다.

"뭐가 또 그렇게 불만이야, 제이든?"

"이것 봐, 소연. 〈아르티카〉에서 11월의 디자이너로 누굴 선정했
는지 보라고!"

우울한 표정이 된 제이든은 들고 있던 잡지를 소연의 앞 의자에
툭 하고 떨어뜨렸다. 소연의 시선은 자연히 제이든이 펼쳐둔 잡지
로 향했고, 그 페이지에는 말끔하게 차려입은 우진의 사진이 1면
가득히 인쇄되어 있었다. 그 사진을 본 소연은, 피식하고 웃을 수
밖에 없었다.

'누구 동긴지… 멋지긴 진짜 멋지네. 20대 초반에 〈아르티카〉에

서 이달의 디자이너로 선정까지 되고….'

아르티카는 국내 디자인 잡지 중에서 가장 인지도 있는 곳 중 한 곳이었다. 업계에서 권위 있는 잡지사라기보다는, 대중적으로 가장 널리 읽히는 디자인 잡지 중 하나. 건축 디자인뿐 아니라 다양한 디자인을 주제로 다루는 이 잡지는 학교 과실에도 월별로 비치되어 있었고, 그래서 소연도 과제를 하다가 쉴 때면 종종 읽어보았던 잡지였다. 아마 우진이 〈아르티카〉에서 이달의 디자이너로 선정된 것을 윤치형 교수가 본다면, 〈아르티카〉 2012년 11월호를 과 사무실에 영구박제하려고 할 게 분명했다.

"서우진 인터뷰할 땐 바람막이 안 입었네?"

"소연! 그게 중요한 게 아니잖아! 11월의 디자이너는 다른 사람이 됐어야 했다고!"

"그게 누군데?"

"당연히…."

"설마 제이든이라고 할 건 아니지?"

"…."

"11월의 디자이너 선정 기준에 영국 국적을 갖고 있으며 K대학교에 재학 중이고, 한남동에 사는 21세 남자를 특별히 우대한다는 조항이 있는 게 아니라면…."

"Bloody Hell!"

"그럴 일은 없어 제이든. 그러니까 출국수속 준비나 해."

아련한 눈빛으로 잡지를 바라보는 제이든을 보며, 석현과 소연이 고개를 동시에 절레절레 저었다. 오늘 그들이 단체로 공항에 온 이유는, 당연히 영국행 비행기를 타기 위함. 오늘은 모두가 고대하고 또 기다렸던, 유럽 건축 디자인 컨퍼런스에 참석하기 위해 출국

하는 날이었다.

"그런데 우진 오빠는 어디 갔어?"

소연의 물음에, 제이든 대신 석현이 대답했다.

"브루노 데리러 갔어."

"그래? 통역도 없을 텐데 괜찮으려나…? 그 오빠 영어 알레르기 있잖아."

석현이 킥킥거리며 다시 입을 열었다.

"요즘 그래도 꽤 나아졌어."

"오…?"

"브루노와 협업하기 시작한 뒤로, 틈날 때 회화공부는 좀 하나 보더라고."

제이든이 끼어들었다.

"그냥 모르는 단어 몇 개 찾아보는 수준이지."

석현이 피식 웃었다.

"어쨌든. 저번에 보니까 일상적인 대화 정도는 잘하던걸? 그러니까 걱정 마셔."

"뭐, 그렇다면야."

"브루노는 대단해. 우진의 발음을 알아들을 수 있다니 말이야."

"제이든, 캐리어나 빨리 끌고 와."

"…소연은 제이든만 구박해."

"두고 간다?"

"흑, 제이든은 슬퍼."

오늘 영국으로 출국하는 인원은, 총 여섯 명이었다. 우진과 제이든 그리고 석현과 소연. 여기에 브루노와 조운찬 교수까지 같은 날

72

비행기 표를 끊은 것이다. 물론 모두가 컨퍼런스에 초대받은 것은 아니다. 이들 중 제이든과 석현은 컨퍼런스에 입장할 수 없었으니까. 소연은 브루노의 회사에 남은 초대권 한 장 덕에 입장할 수 있었지만, 제이든과 석현은 그냥 따라가는 것이었다. 하지만 어쩐 일인지, 제이든은 전혀 불만이 없었다.

"우진은 아마 나와 석현을 부러워하게 될 거야."
"어째서?"
"우리는 컨퍼런스가 열리는 바로 그날, 웸블리 스타디움(Wembley Stadium)을 직관할 예정이거든."
"부럽군."
"정말 부러운 것 맞지, 우진?"
"네가 부러워하게 될 거라며."
"맞아."
"그러니까 부러운 게 맞을 거야."
"젠장. 한국말은 너무 어려워 석현, 도와줘!"

제이든 덕에 시끌벅적한 가운데, 출국 인원이 전부 모여 탑승수속을 밟았다. 일주일 정도의 짧은 출국 일정이었지만 수도 없이 유럽을 왕래한 브루노와 조운찬을 제외한다면, 모두가 무척이나 설레고 있었다. 영국이라는 나라에 처음 가 보는 우진과 석현, 소연은 물론 오랜만에 영국의 본가에 갈 생각 때문인지, 제이든 또한 적잖이 설렌 것이다.
비행기에 올라 조운찬 교수의 옆자리에 앉은 우진은 반짝이는 눈으로 창밖을 내다보았다. 네모난 비행기 창밖으로 보이는 풍경은 아직 인천공항의 활주로뿐이었지만, 지금 우진에게는 이 모든 상황이 특별하게 느껴졌다.

"우리 우진이가 EAC 컨퍼런스까지 초대받다니."

"그러게요, 교수님. 언젠가 가 보고 싶은 곳이긴 했지만… 그게 올해가 될 줄은 정말 꿈에도 몰랐어요."

"브루노가 널 정말 좋게 봐주신 모양이다."

"정말 감사하죠."

"잠깐이지만 발표도 한다며?"

"네, 교수님."

"어떻게, 영어로 할 거야?"

"일단 영어로도 준비하기는 했어요."

"그래?"

"유창하진 못해도 미리 준비한 짧은 내용 정도는 외워서 얘기할 수 있으니까요."

"한국어로 해도 될 텐데."

"그래요?"

"애초에 국제 컨퍼런스잖냐. 영어 발표가 가장 많기는 한데, 유럽 애들은 자존심이 세서 그런지 영어 할 줄 알아도 꼭 모국어로 발표하더라고…."

"유럽에 인종차별이 꽤 있다고 들었는데, 건방지다고 받아들이진 않겠죠?"

"영어 못한다고 하면 뭐 어쩔 거야, 하하. 뭐 십 년 전쯤의 그 고리타분한 EAC였으면 그런 얘기를 들었을 수도 있겠지만, 최근 분위기는 그렇지 않으니까 걱정하지 마."

"다행이네요."

조운찬과 이런저런 얘기를 나누는 사이 모든 승객이 자리에 착석했다.

[손님 여러분, 우리 비행기가 곧 이륙하겠습니다. 좌석벨트를 메셨는지 다시 한번 확인하여 주시기 바라며….]

곧 여객기의 바퀴가 굴러가기 시작했다.

우우웅-!

요란한 소리와 함께 비행기가 이륙을 시작하자, 창문에서 눈을 뗀 우진은 두 눈을 살짝 감았다.

'유럽 건축 디자인 컨퍼런스라… 내가 잘할 수 있겠지?'

눈을 감고 허리를 등받이에 기대자, 컨퍼런스에 대한 약간의 걱정과 함께 근 한두 달 동안 있었던 수많은 일들이 주마등처럼 스쳐 지나갔다. 착공이 시작되어 어느새 기초공사가 제법 진행된 WJ 스튜디오의 신사옥 건설현장부터 시작해서 갑작스레 진행이 시작된 리빙페어의 콜라보 프로젝트와 도담요양원의 준공식. 거기에 바로 엊그제 있었던 잡지사의 인터뷰까지.

'내 손으로 벌려놓은 일들이 대부분이기 했지만… 진짜 어떻게 갈수록 더 정신이 없냐.'

우진은 이 모든 일들이 몇 달 사이에 벌어진 사건들이라는 게 믿기지 않았는지, 눈을 감은 채로 고개를 절레절레 저었다. 처음 WJ 스튜디오를 설립한 2010년도 상반기부터 시작해서 어느새 가을이 끝나고 겨울로 접어들고 있는 2011년 지금까지.

모든 일들은 생각대로 잘 되고 있었고, 오히려 우진이 기대했던 것 이상의 성과를 내고 있었지만, 요즘 들어 우진은 가끔씩 알 수 없는 불안감도 느끼고 있었다. 아무것도 없던 밑바닥부터 시작해서 앞만 보고 미친 듯이 달릴 때는 보이지 않았던 것들이, 이제 조금씩 보이기 시작한 것이다. 물론 앞으로도 자신이 없는 것은 아니었지만, 이제는 겁이라는 것도 조금 생긴 우진이었다.

'뭐, 앞으로 사업이 좀 안 풀리는 날도 있을 수 있고, 뜻밖의 난관에 부딪힐 수도 있겠지만… 그런 것들을 미리 걱정할 필요는 없겠지?'

하지만 그런 생각을 하던 우진은 결국 피식 웃을 수밖에 없었다. 이런 걱정들을 한다는 사실 자체가 잃을 게 많아졌다는 방증이었으니 말이다. 처음 맨손으로 업계에 뛰어들었을 때는 전혀 고려할 일 없던 부분들이, 이제는 꽤 무거운 짐이 되어 우진의 어깨 위에 얹힌 것이다.

'내가 이런 고민을 할 날도 오고 참…'

결국 머리를 비운 우진은 구름 너머로 내려앉은 노을을 보며 천천히 잠을 청했다. 우진이 고민 끝에 내린 결론은 결국 하나였다.

언제, 어떤 상황이 되든 초심을 잃지 않는다면, 그것으로 된 것이라는 것. 최고의 건축 디자이너가 되고 싶다는 그 한 가지 꿈만 잃지 않는다면 되는 것이라는 사실 말이다.

Europe Architecture Conference

우진은 전생에 당연히 비행기를 타본 적이 있었다. 관광 목적도 있었지만, 이리저리 회사를 옮겨 다니다 보니 해외로 출장 나갈 일도 많았으니까. 하지만 회귀 이후 비행기를 타는 것은 처음이었고 한창 두바이를 오가던 것은 10년도 더 된 일이었기 때문에 10시간이 넘는 장거리 비행의 고통은 까맣게 잊고 있었다.

"아이고, 허리야…."

쪼그린 채 잠을 잘못 잤기 때문인지, 자리에서 일어나자마자 비명을 질러대는 전신의 근육들. 그런 그의 뒤로 캐리어를 밀고 나오던 석현이, 혀를 차며 핀잔을 주었다.

"쯧. 목 꺾어놓고 잘 때부터 알아봤다, 서우진."

"깨워줬어야지!"

"내가 네 옆자리도 아니고 어떻게 깨우냐."

딱딱하게 뭉쳐있는 목 근육을 꾹꾹 누르며, 우진은 천천히 비행기 밖으로 캐리어를 밀었다. 그들이 도착한 런던의 공항은 영국을 대표하는 관문 공항이자 유럽에서 가장 번잡한 공항으로 알려진, 히스로우(Heathrow)라는 이름을 가진 대형 국제공항이었다.

"영국이라니…!"

공항에 내려선 소연이, 감격한 표정으로 공항을 둘러보았다. 막 새로 지어진 인천국제공항만큼 번쩍거리는 공항은 아니었지만 유구한 역사를 자랑하는 히스로우 공항의 전경은 그 규모와 수많은 인파만으로도 압도적인 위압감을 자랑하였다. 소연의 탄성에, 뒤따라 걸어 나온 제이든이 슬쩍 끼어들었다.

"Welcome to London. 우리 집에 온 걸 환영해, 소연."

"런던이 다 너네 집이냐."

"자꾸 그렇게 꼬투리 잡으면, 소연은 우리 집에 재워주지 않을 거야."

"…쏘리, 제이든."

언제나처럼 제이든을 구박하던 소연은 어쩔 수 없이 꼬리를 말고 사과했다. 영국에 있는 동안 우진을 비롯한 제이든의 친구들은 런던에 있는 제이든의 본가에서 신세를 지기로 했던 것. 제이든의 말에 따르면 런던에 있는 그의 집은 한남동에 있는 제이든 하우스보다도 훨씬 넓다고 했고, 게스트를 위한 방도 따로 마련되어 있다고 했으니 우진과 석현은 제이든의 방에서 신세를 지고, 소연은 게스트 룸에서 묵기로 한 것이다.

물가가 비싸기로 유명한 런던의 숙박비는 무시할 만한 수준이 아니었기 때문에, 영국에 있는 동안만큼은 제이든의 심기를 거스를 수 없었다. 제이든을 마지막으로 우진의 친구들이 전부 짐을 빼서 비행기 바깥으로 나온 뒤, 조운찬 교수와 브루노가 나란히 출구로 걸어 나왔다.

"히스로우는 오랜만이군요."

중얼거리듯 작은 목소리로 입을 여는 브루노를 보며, 조운찬이 웃으며 말했다.

"영국은 올 일이 잘 없으신가 봅니다?"

"컨퍼런스가 아니면 딱히 올 일은 없지요."

"영국의 디자이너 카나스(Kanass)와 친하시다고 들었는데…."

"아하, 카나스 그 친구와 친한 것은 사실입니다만 그 친구가 어디 영국에 잘 붙어있던가요."

"하하, 그렇습니까?"

"거의 미국에 상주하는 친구 아닙니까."

"저는 그분을 지난번 비엔나 컨퍼런스 때 한번 뵌 게 처음이라, 사실 그렇게 친분이 있는 편은 아닙니다."

"아하, 그러시군요."

히스로우 공항은 도심에서 그리 멀지 않은 곳에 위치해 있기 때문에, 공항철도인 히스로 익스프레스(Heathrow Express)를 이용하면 20분도 채 걸리지 않아 런던 패딩턴 역에 도착할 수 있다. 그래서 우진의 일행 여섯 사람도, 별다른 고민 없이 우선 패딩턴 역으로 향했다.

"제이든, 패딩턴 역에서 AA스쿨까지는 얼마나 걸려?"

"흠. 오래돼서 기억이 잘 나진 않는데, 차로 움직이면 15분 안쪽일 거야."

"가깝네?"

"그러니까 그렇게 서두를 필요 없어, 우진. 오늘은 짐 풀어놓고 신나게 놀자고!"

영국에서 열리는 이번 건축 디자인 컨퍼런스의 정확한 위치는 런던의 AA스쿨이다. 건축 분야에서는 그야말로 세계 최고의 명문 학교 중 하나인 AA스쿨이 이번 컨퍼런스의 장소로 선정된 것이다.

그래서 영국에 도착한 우진의 첫 번째 관심사는 AA스쿨일 수밖에 없었다.

"짐 먼저 풀어놓자는 얘긴, 너희 집에 먼저 들르자는 거야?"

우진의 물음에, 제이든이 고개를 끄덕이며 대답했다.

"당연하지!"

이번에는 소연이 물었다.

"너희 집도 패딩턴 역에서 가까워?"

제이든이 다시 대답했다.

"십 분이면 갈 걸? 아니다. 십오 분?"

"어딘데?"

"제이든의 집은 사우스 켄싱턴 쪽에 있지."

"사우스… 켄싱턴?"

고개를 갸웃하는 소연을 보며, 제이든이 핀잔을 주었다.

"어차피 말해도 모를 거면서, 왜 물어본 거야?"

"생각해보니 그러네."

하지만 영국 지리를 전혀 모르는 우진, 소연과 달리 석현은 아는 것이 있는지 눈을 휘둥그레 뜨며 탄성을 터뜨렸다.

"제이든! 너희 집이 사우스 켄싱턴에 있다고?"

"그렇다니까."

석현도 영국에 그리 여러 번 와본 것은 아니었지만, 워낙 영국 축구 리그를 좋아하다 보니 런던에 대해 꽤 많이 알고 있었던 것이다.

"대박. 제이든 너, 생각보다 훨씬 더 부자였구나?"

석현이 양팔을 벌리며 끌어안으려 하자, 제이든이 손사래를 치며 한 걸음 뒤로 물러섰다.

"그렇진 않아, 석현. 오해야."

"우진아, 제이든이 영국에 있는 동안 밥은 전부 다 사주겠대."

"훌륭한데?"

"석현, 항상 말하지만… 부자는 우리 아빠지 내가 아니야."

"어쨌든!"

시끌벅적 떠들어대는 세 남자를 보며, 소연이 고개를 절레절레 저었다. 하지만 그러면서도 조금은 궁금했는지, 석현을 향해 물어 보았다.

"켄싱턴이 부촌인가 보네?"

"마치 한국의 강남이랄까."

"아하…?"

"우리 앞으로 제이든에게 좀 더 잘해줄 필요가 있을 것 같아."

두 사람의 대화에 우진이 끼어들었다.

"난 이미 제이든에게 잘해주고 있었어."

그리고 제이든이 격노한 표정으로 이어서 끼어들었다.

"Holy! 우진은 거짓말쟁이야."

히스로 익스프레스는 우진의 일행을 순식간에 런던 도심으로 데려다주었다. 워낙 국제도시로서 위상이 높은 런던이어서 그런지, 2011년에도 이미 공항교통은 무척이나 편리하게 되어 있었다. 해서 패딩턴에 도착한 우진의 일행은 일단 둘로 찢어지게 되었다.

"그럼 다들 내일 다시 만나자꾸나."

"교수님도 제이든의 집으로 오셔도 된다니까요?"

"하하. 그럴 순 없어, 제이든. 학회에서 잡아준 호텔도 있어서, 그럴 이유도 없고 말이야."

조운찬과 브루노는 컨퍼런스 주최 측에서 잡아준 숙소로 곧바로 이동하였으며, 우진과 친구들은 제이든의 집으로 향한 것. 컨퍼런스가 열리기까지는 아직 하루가 남아있었으니, 그때까지는 각자의 시간을 갖기로 한 것이다. 아마 브루노와 조운찬은 각자의 일정이 따로 있는 모양이었다. 두 사람을 배웅한 우진이 제이든을 향해 말했고,

"자, 그럼 이제 우리도 움직여볼까?"

제이든은 그 어느 때보다 높아진 텐션으로 신이 나서 촐싹거리기 시작하였다.

"좋았어! 엄마한테 미리 얘기해놨으니까, 집에 가자마자 아침부터 얻어먹자고!"

제이든의 그 말에, 소연은 조금 민망한 표정이 될 수밖에 없었다.

"이거… 제이든의 부모님께 너무 실례인 것도 같은데…."

네 사람이 제이든의 집으로 향한 시간은, 영국 시간으로 무려 아침 여덟 시. 우진도 뒷머리를 살짝 긁적였지만, 어쩔 수는 없는 노릇이었다. 이미 계획도 그렇게 다 짜놓은 마당에 딱히 대안도 없었으니까. 해서 다 같이 택시를 탄 네 사람은 곧바로 제이든의 집으로 향했고 제이든의 말대로 그의 집은, 정확히 패딩턴 역에서 15분 거리에 위치한 곳이었다.

런던 도심, 그것도 부촌으로 유명한 켄싱턴의 한복판에 떡하니 자리 잡고 있는 널찍한 단독주택. 그곳에서 우진의 일행을 반갑게 맞아준 것은 중년의 나이로 보이는 아름다운 동양인 여성이었다.

"Jayden!"

"Mom!!"

그리고 다음 순간, 우진은 마음이 한결 편해지는 것을 느낄 수 있었다. 제이든의 어머니는 아주 친절하게도, 한국말로 세 사람을 맞아주었으니 말이다.

"다들 어서 와요. 제이든의 친구분들이죠?"

그제야 제이든의 어머니가 한국인이라는 사실이 기억난 우진 일행이었다.

— * —

제이든의 어머니 '수진 테일러'는, 완전한 토박이 서울 사람이었다. 결혼 전, 한국에서 쓰던 본명은 권수진. 그녀는 아침 일찍부터 찾은 제이든과 친구들을 아주 격하게 환영해주었다. 영국에 도착하자마자 한국에서 먹던 것과 다를 바 없는, 아침 한 상을 얻어먹을 수 있을 정도였으니 말이다.

"우리 제이든이랑 친하게 지내줘서 고마워요."

"별말씀을요. 제이든 덕에 학교생활도 재밌고, 제가 더 고맙죠."

"맞아, 이건 우진이 제이든에게 고마워해야 하는 거지."

"시끄러워, 제이든. 손님이랑 이야기하고 있잖니."

"힝."

제이든의 잘생긴 얼굴을 봤을 때부터 짐작하긴 했지만, 그의 어머니인 수진은 사십 대 후반이라고는 믿을 수 없을 정도로 동안의 미모를 가지고 있었다. 그리고 또 한 가지 알게 된 사실은, 그녀 또한 디자이너였다는 부분이었다. 수진 테일러는, 영국 현지에서도 알아주는 패션 디자이너였다.

"얼마 전에 한국 뉴스를 봤어요. 그리고 정말 놀랐어요. 제이든이 SPDC에서 대상을 받았다고 자랑해서 알고 있기는 했는데, 그렇게 큰 상인지는 몰랐었거든요."

"아, 요양원 말씀이시군요?"

"네, 정말 멋진 건물이었어요."

"감사합니다."

그래서 우진을 비롯한 디자이너 꿈나무들은 그녀와 꽤 즐겁게 대화를 나눌 수 있었다. 제이든의 어머니라고 해서 막연히 어렵게만 생각했던 것이 사실이었는데, 막상 만나보니 제이든과는 완전히 상반된 이미지를 가지고 있는 사람이었던 것이다. 제이든과는 너무도 다른 분위기 탓에, 제이든이 정말 수진의 아들이 맞는지 의심이 될 정도. 그것은 우진을 비롯해 소연과 석현까지, 이 자리에 앉아있는 모두가 공통적으로 느끼고 있는 감정이었다.

'제이든의 어머니께서 이렇게 여성스럽고 자상하신 분이라니….'

'제이든을 혹시 런던의 타워 브릿지 밑에서 주워 오신 게 아닐까…?'

하지만 제이든이 대체 어떻게 수진의 아들이 될 수 있었는지에 대한 세 사람의 의문점은 한 시간이 채 지나기도 전에 곧바로 알 수 있었다. 식사가 전부 끝나고 수진이 디저트를 내오러 부엌으로 간 사이 거의 제이든을 빼다 박은 하이 톤의 목소리가, 세 사람의 귓전으로 쏟아져 들어왔으니 말이다.

"Bloody Hell! 제이든!"

"Daddy!"

"집에 올 거면 미리 얘기를 했어야지, 아들!"

"지난주부터 전화로 대충 열다섯 번쯤 얘기한 것 같아요, 아빠."

"그럴 리가. 온다는 말은 했지만, 오늘이라고는 하지 않았겠지."

"아뇨, 정확히 얘기했어요."

"흠⋯."

"제이든에게 관심이 너무 없는 것 아니에요?"

"결코 그렇지 않아, 제이든. 이 아빠는⋯."

제이든의 어머니라는 사실을 알고 봐도 의문이 들던 수진과 달리, 길거리에서 만나도 제이든의 아버지라는 사실을 알아챌 수 있을 정도로 쌍둥이 같은 분위기를 가진 제이든의 아버지. 하지만 우진이 더욱 놀라게 된 것은, 제이든의 아버지가 제이든과 너무 똑같다는 사실 때문이 아니었다. 다만 잠시 후 알게 된 제이든에 아버지의 정체가, 생각지도 못했던 것이기 때문이었다.

— ＊ —

제운그룹은 SH그룹과 마찬가지로, 수많은 분야에서 압도적인 점유율을 차지하고 있는 거대 기업 그룹이었다. SH그룹이 반도체 분야에서 한국 최고의 기업으로 꼽힌다면, 제운그룹은 자동차, 건설 분야에서 최고의 기업으로 꼽히는 기업. 물론 건설 쪽이야 SH물산에게 역전당하게 될 예정이지만, 적어도 현재까지는 그러했다.

'역전된 후에도, 계속 도급순위 상위권은 지키는 회사가 제운건설이고⋯.'

인천공항 주차장에서 쉬고 있는 우진의 차도, 바로 제운자동차 브랜드의 것이었다. 석현이나 제이든은 우진이 산 차를 보고 실망했었지만, 우진은 구매 이후 단 한 번의 잔고장도 없이 아주 만족감 높게 타고 있는 차가 바로 제운자동차의 중형 세단이었다.

제운건설이 아슬아슬한 업계 1위라면, 제운자동차는 압도적인 업계 1위의 기업인 것. 하지만 대략 5~7년 전쯤만 하더라도, 제운건설은 국내 자동차 시장에서 압도적인 1위를 달리고 있지 않았다. 건설업계와 마찬가지로, 다른 기업들과 비슷한 수준에서 상위권을 지키는 수준이었으니까.

하지만 이 제운그룹의 자동차가 급격히 1위로 부상하게 된 계기가 하나 있었는데, 바로 05년도 제운자동차의 신 모델 출시였다. 제운자동차가 아예 크로노스라는 새로운 브랜드를 하나 론칭하면서 유럽의 프리미엄 자동차와 경쟁하기 위해 새로 출시한 모델.

크로노스는 우진이 샀던 중형 세단보다 체급도 작으면서 더 비싼 가격에 출시되었지만, 결과적으로 그 시도는 무척이나 성공적이었다. 크로노스의 첫 모델은 국내뿐 아니라 해외에서도 큰 인기를 얻게 되었고, 그것이 제운자동차가 급부상할 수 있었던 발판을 마련해주었으니 말이다.

그리고 지금 우진의 눈앞에는, 이 크로노스라는 브랜드를 성공시킨 가장 유명한 주역이 앉아있었다. 영국에서 손에 꼽을 정도로 유명한 자동차 디자이너이자, 크로노스의 첫 모델을 처음부터 끝까지 디자인한 총괄 디렉터. 영국의 유명 자동차 브랜드 '재규어'의 수석디자이너 출신으로, 제운자동차에서 영입하여 파격적으로 부사장 자리에 앉혀 이슈가 됐었던 천재적인 자동차 디자이너 콜튼 테일러(Colton Taylor)가 바로 제이든의 아버지였던 것이다.

물론 우진이 콜튼의 얼굴을 알고 있었던 것은 아니다. 다만 그의 이름을 들은 순간 어디서 들어본 이름이라고 느껴졌고 자동차 디자이너라는 이야기까지 듣게 되자, 머릿속에 번개같이 떠오른 것이다.

'제이든의 아버지가 콜튼이었다니….'

이 사실을 알게 되자, 제이든이 어째서 한국에서 고등학교부터 대학교까지 나오게 되었는지도 이해할 수 있었다. 콜튼 테일러가 처음 제운자동차에 영입됐던 해가 제이든이 고등학교를 입학하던 때였고 지금은 영국에서 일하고 있을지언정, 언제든 다시 한국으로 발령 날 수 있는 사람이 콜튼 테일러였으니 말이다. 우진이 알기로 콜튼은, 몇 년 뒤에 무려 제운자동차의 사장 자리까지 올라가게 되는 인물이었다.

'부자일 만했네. 제운에 영입되기 전에도 영국에서 디자이너 연봉으로만 수억 단위를 받던 사람일 테니….'

그리고 한 가지 더, 결정적으로 우진이 콜튼과의 만남을 놀랍고 반갑게 여기게 된 가장 큰 이유는 그가 미래에 디자인하게 될 제운자동차의 또 다른 신형 모델 때문이었다. 콜튼은 사실 2020년 즈음에 더 유명해지게 되는데 그때 그를 유명하게 만들어줬던 크로노스 브랜드의 신모델이 지금 우진이 건축에 접목시키기 위해 연구 중인 패러매트릭 디자인이 적용된 디자인이었으니 말이다. 건축 디자인과 운송 디자인은 완전히 다른 카테고리의 디자인 분야임에도 불구하고, 콜튼과의 만남이 특별하게 다가오는 이유가 바로 여기에 있었다.

"당신이 우진이군요."

"저를 아시나요?"

"하하, 제이든에게 귀에 못이 박히도록 많이 들었지요."

"아…."

"반갑습니다, 우진. 드디어 제이든의 Boss를 만나 보게 되다니, 이거 꽤 신나는군요."

콜튼은 제이든보다도 훨씬 유창하게 한국어를 구사했다. 약간의 미묘한 발음만 아니라면, 거의 한국인으로 느껴질 정도. 그는 제이든의 어머니인 수진과 연애할 때부터 한국어를 열심히 공부했었다고 했다. 정확히는 수진에게 고백하기 위해, 처음 한글을 배웠다고 했다. 그리고 제이든과 비견될 정도로 말이 많은 사람이었다.

"콜튼, 혹시 TMI가 뭔지 알아요?"

"흠, 글쎄요. 처음 듣는 용어입니다만…."

"아 누군가 이런 말을 쓰는 것 같기에, 혹시 아시나 해서 물어봤어요."

"그렇군요."

차마 콜튼에게 투 머치 인포메이션이라고 할 수는 없었던 우진은 고개를 절레절레 저었다. 제이든이 20년 정도 더 나이를 먹는다면, 딱 눈앞의 콜튼이 될 것 같은 느낌. 그래도 콜튼과의 대화는 흥미로운 것이 더 많은 편이었다. 그가 한국어로 수진에게 어떻게 고백했는지는 궁금하지 않았지만, 디자인과 관련된 이야기들은 꽤 재밌는 것이었으니 말이다.

"콜튼이 제운자동차의 그 콜튼이었다니… 정말 놀랍군요. 사실 제 첫차를 주문할 때, 크로노스를 주문할지 꽤 오래 고민했었거든요."

"후후, 크로노스의 디자인에 아쉬운 부분이 있는 것은 사실이지만 그래도 최선의 디자인이었다고 자부합니다."

"그런데 제이든은 왜 크로노스를 추천하지 않는다고 했을까요?"

"음…?"

"크로노스는 디자인이 별로니까 다른 차를 사라고 제이든이…."

우진의 고자질에, 콜튼의 고개가 휙 하고 돌아갔다.

"제이든."

"우진은 비겁해."

"제이든이 비겁하지."

"Daddy, 전 사실을 말한 것뿐이라고요."

"크로노스의 디자인은 훌륭해."

"Daddy가 한국에 버리고 간 벤츠가 더 훌륭하죠."

"그럴 리가."

시작은 유쾌한 농담이었지만, 결국 디자인과 관련된 이야기가 나오자 대화의 양상은 달라질 수밖에 없었던 것이다.

"콜튼, 오래전에 크로노스의 콘셉트 카를 기사로 봤던 적이 있었는데, 그 파격적이고 멋진 디자인들이 왜 다 빠질 수밖에 없었을까요?"

"오, 우진. 건축에서도 그렇겠지만, 디자인은 항상 변화와 익숙함 사이에서 균형을 맞춰야 한답니다."

"균형이라면…."

"사람들은 항상 멋진 콘셉트 카의 디자인에 열광하지만, 그 차를 실제로 구입하지는 않아요."

"어째서죠?"

"자동차는 조형물이 아니기 때문이죠."

"음…."

탁자 위에 올려져 있던 커피를 한 모금 마신 콜튼이 빙긋 웃으며 다시 입을 열었다.

"익숙하다는 건 다른 말로 검증됐다는 뜻이기도 합니다."

"경청하겠습니다."

"콘셉트 카는 일부 사람들에게 100점의 디자인 점수를 받을 수도 있겠지만, 누군가에게는 50점 미만의 점수를 받을 수도 있죠. 하지만 익숙함과 새로움의 경계에서 디자인해낸 크로노스는, 대부분의 사람들에게서 80점 정도를 받을 수 있는 자동찹니다."

"대중성이라는 거군요."

콜튼이 고개를 끄덕였다.

"사실 저는 개인적으로 파격적인 변화를 조금 더 주고 싶었지만, 사업부에서 꽤 여러 번 반려당했습니다."

"그래요?"

"이런 디자인으로 출시한다면, 한국에서 40대 이상의 고객을 대부분 포기해야 한다면서 말이죠."

"아하, 개인적으로는 조금 아쉽네요."

"하지만 사업부의 판단이 결국 옳았다고 생각합니다. 결국 크로노스는 성공했고, 지금도 40대보다는 2, 30대에게 더 인기 있는 자동차니까요."

건축 디자인과 자동차 디자인은 다른 분야지만, 디자인이라는 공통분모는 확실하게 가지고 있었다. 때문에 우진은 콜튼과의 대화에서, 꽤 많은 부분 인사이트를 느끼고 있었다.

"생각해보니 건축은 자동차보다 좀 더 파격적일 수 있겠네요."

"그런가요?"

"건축 디자이너는 건축주 한 사람을 만족시키면 되지만, 자동차 디자이너는 다양한 취향을 가진 대중을 만족시켜야 하거든요."

"듣고 보니 그러네요."

그리고 한편으로는, 오십에 가까운 나이임에도 아직까지 꿈을 꾸는 특별한 콜튼의 모습도 볼 수 있었다.

"언젠가 한 번 제 디자인 철학을 담은 건축에도 한번 참여해보고 싶군요."

"오, 건축 디자인에도 관심이 있으신 건가요?"

"제가 직접 디자인한다는 얘기는 아닙니다."

"그럼…?"

"크로노스의 브랜드의 아이덴티티를 가진 디자인 건축물이 하나 지어져도 재밌겠다 싶어서요."

"오호."

"자동차를 좋아하는 사람들의 아파트를 짓는 겁니다."

우진이 콜튼의 말을 이었다.

"예를 들자면, 멋들어진 리버뷰나 오션뷰와 함께, 거실에 슈퍼카를 전시해놓을 수 있는 그런 아파트 말인가요?"

"빙고, 바로 그겁니다. 내가 돈을 더 많이 번다면 한강 앞에 그런 아파트를 하나 짓고 싶군요. 어쩌면 WJ 스튜디오에 의뢰하게 될지도 모르겠습니다, 하하."

초롱초롱한 그의 눈동자를 보며, 우진은 피식 웃고 말았다. 콜튼이 꿈꾸는 그런 아파트가 곧 지어지게 될 것이라는 사실을 우진은 알고 있었으니 말이다.

'미국의 플로리다 주였나. 포르쉐 디자인 타워가 몇 년 지나면 지어질 테지.'

포르쉐 자동차의 디자인 스타일을 이어받아서, 굿즈의 영역을 넘어 다양한 분야에서 제품을 개발하고 디자인하는 회사인 포르쉐 디자인. 그곳에서 미국의 부동산 개발 회사와 협력하여 플로리다 해변가에 짓게 될 포르쉐 디자인 타워가 우진이 얘기했던 그런 꿈같은 일들을 조만간 현실화한다. 자신의 자동차를 전용 엘리베이터를 통해 집 거실까지 끌고 들어갈 수 있는, 그래서 멋진 플로리다의 오션뷰와 함께 자신의 차를 거실에서 감상할 수 있는 그야말로 자동차 마니아들을 위한 아파트.

'그게 2017년쯤 지어졌던 걸로 기억하는데… 그전에 내가 먼저 지어볼 수 있으려나?'

우진은 뜻밖에 만나게 된 콜튼 덕분에, 평소에 생각해보지 못했던 특별한 부분들을 또 고민해볼 수 있었다. 콜튼은 전생을 포함해도 우진보다 나이가 더 많은 사람이었지만, 그 어떤 젊은이보다 열정적이고 도전적인 디자이너였다.

"딱 2년 뒤에 다시 얘기하죠, 콜튼."

"뭘 말입니까? 아…! My dream house?"

"한남동 한강 변에 그런 아파트 하나 같이 지어보시죠. 2년 안에 얼마를 벌어야 가능할진… 감이 잘 오지 않지만 말입니다."

"하하, 좋습니다, 우진. 정말 그런 날이 왔으면 좋겠군요."

우진과 주로 대화를 나누던 콜튼은 석현, 소연과도 꽤 오랜 시간 수다를 떨었다. 영국 최고의 자동차 디자이너라는 콜튼의 배경은 소연은 물론 자동차광인 석현 또한 충분히 관심 가질 만했던 것이다. 해서 아침 여덟 시부터 거의 열두 시가 될 때까지 제이든의 집에서 수다를 떤 끝에, 그들은 영국에서의 첫 번째 일정을 치를 수 있게 되었다. 다만 약간의 의견 차이로 인해, 네 사람은 따로 움직이게 되었다.

"헤이, 우진. 나는 이제 석현과 함께 맨체스터에 놀러 갈 거야."

"축구 경기는 내일이라며?"

"Holy! 경기는 웸블던 스타디움이고, 오늘 우리가 가려는 곳은 맨체스터의 축구 박물관이지."

"…난 세인트 메리엑스를 보러 갈 생각이었는데?"

"Bloody! 영국까지 와서 건축 덕질이라니!"

"난 퍼거슨보다 노먼 포스터를 더 좋아하니까."

"젠장, 우진은 축구의 멋짐을 몰라."

"우선순위가 다를 뿐이야."

"석현, 아무래도 우리끼리 가야겠어."

"어쩔 수 없지, 뭐."

제이든과 석현이 축구 박물관에 가겠다며 맨체스터로 향하고 나니, 우진과 소연이 따로 남게 된 것.

"소연이 너는 따로 가보고 싶었던 곳 있어?"

"글쎄, 있기는 하지만… 적어도 축구 박물관보다는 세인트 메리엑스가 나은 것 같아."

"네가 가보고 싶었던 곳은 어딘데?"

우진의 물음에, 잠시 고민하던 소연이 대답했다.

"하이드 파크…?"

이어서 런던의 지도를 보고 있던 우진이 고개를 끄덕이며 대답했다.

"좋아, 그럼 일단 거기를 먼저 같이 가자."

"오…? 정말?"

"물론이지. 제이든의 집에서 가깝기도 하고…."

우진이 씨익 웃으며 한마디를 덧붙였다.

"어차피 런던을 돌아다니려면, 통역사가 한 명쯤 필요하니까."

픽-!

굳이 쓸데없는 말을 덧붙여서 매를 번 우진은 화끈거리는 등짝을 긁적이며 제이든의 집에서 나왔다. 그렇게 우진은 영국에서의 첫날을 소연과 함께하게 되었다.

— * —

당연한 얘기겠지만 영국과 한국은 참 다른 점이 많은 나라다. 특히 런던 땅을 처음 밟았던 우진이 가장 먼저 느꼈던 것은, '산이 보이지 않는다'는 것이었다. 고개를 조금만 돌리면 높게 솟아있는 산을 볼 수 있는 게 서울이었는데, 영국은 그야말로 널따란 평원이었다. 북한산의 웅장하고 멋들어진 산세도 분명 아름다웠지만, 끝없이 펼쳐진 평야의 개방감도 가슴이 탁 트이는 것이었다.

'무엇보다 해외 나온 느낌이 난단 말이지.'

그리고 우진이 두 번째로 느낀 것은, 도로에서 느껴지는 감성이 다르다는 점이었다. 번쩍거리는 커튼월 룩의 빌딩들이 즐비한 서울과 달리, 현대적인 디자인의 건물들과 근현대 중세풍의 건물들이 조화를 잘 이루고 있는 도시가 런던이었다. 꼭 런던의 거리가 서울보다 아름답다는 것은 아니었지만, 확연히 다른 운치가 있는 풍경이라는 것만은 부인할 수 없는 사실이었다.

'지하철은 가능한 타지 말아야겠어. 런던이라는 도시의 풍경을 최대한 두 눈에 많이 담아가야지.'

그래서 우진은 과감히 지출을 좀 하기로 하였다. 괜찮은 자동차를 한 대 렌트하기로 한 것이다. 다행히 제이든의 집 근처에 꽤 큰 자동차 렌트 매장이 있었고, 우진은 망설임 없이 그곳으로 들어갔다. 그러자 살짝 당황한 소연이 우진에게 물었다.

"오빠, 여기서 운전하려면 국제면허 같은 거 있어야 하는 것 아냐?"

"당연하지. 미리 준비했어."

"올…!"

우진이 차까지 렌트하러 들어가자, 소연의 얼굴에 은근한 기대가 어렸다. 생각지도 못했던 데이트였지만, 시작부터 나쁘지 않았으니 말이다. 매장 안으로 들어간 우진이 잠시 여기저기 기웃거리더니 차를 선택했다.

"음, 이 차가 좋겠어."

우진이 고른 차는, 제이든이 한국에서 태워줬던 적 있던 벤츠 E 클래스. 그 차를 잠시 보던 소연이 고개를 갸웃하며 우진에게 물었다.

"이거, 제이든이 가끔 몰고 나오던 차랑 같은 거 아냐?"

"맞아, 그때 타보니까 편하더라고."

"뭐, 편하기야 하던데…."

우진이 뒷머리를 긁적였다. 사실 바로 옆에 전시되어 있는 오픈카도 꽤 끌리긴 했지만, 평소 영락없는 보수적인 성향의 40대였던 우진은 선뜻 손이 가질 않은 것이다.

"사실 저걸 타볼까 했는데, 오픈카를 타기엔 좀 뭔가 얼굴이 팔리는 느낌이랄까."

우진의 변명에 소연은 어이없는 표정이 되었다.

"런던 사람들은 아무도 오빠 얼굴에 관심 없을 걸?"

"그래도."

"게다가 렌트 가격도 큰 차이 없는데…."

"아무튼 이 차로 할 거니까, 직원한테 얘기나 좀 해줘."

"칫."

입을 삐죽 내민 소연은 근처에 있던 여직원을 불러 유창하게 얘기하기 시작했다. 그런데 입을 여는 소연의 표정에는 묘하게 장난기가 어려 있었다.

"벤츠 E클래스, 카브리올레로 해주세요. 색상은… 블랙으로요."

"알겠습니다, 고객님. 여기 이 차 말씀하신 것 맞죠?"

직원이 오픈카를 손으로 짚으며 확인 차 묻자, 소연이 황급히 고개를 저으며 다시 말했다.

"앗, 맞긴 한데, 티 내지 말아주세요."

"왜요?"

"사실 오빠는 E클래스 세단을 빌리자고 했거든요."

소연은 우진이 오픈카 앞에서 꽤 오래 머뭇거리는 것을 봤다. 딱히 차에 관심이 있거나 좋아하지 않는 그녀였지만 왠지 오늘은 기분을 좀 내고 싶기도 했고, 우진도 결국에는 좋아할 선택지라고 생각해서 장난을 좀 친 것이다.

"아하."

멀뚱히 서 있는 우진을 힐끔 본 직원이, 장난스레 웃으며 다시 말했다.

"애인분이 영어를 잘 못 하시나 봐요?"

애인이라는 말에 소연은 살짝 움찔했지만, 굳이 그것을 정정해주지는 않았다.

기분이 조금 묘하긴 했지만, 그게 그리 나쁜 기분은 아니었으니까.

"아마도요…?"

"후훗, 알겠습니다. 서류 금방 작성해서 가지고 나올게요. 그럼 즐거운 시간 보내세요."

그렇게 천연덕스러운 표정으로 직원과 작당 모의를 한 소연은 아주 흡족한 표정이 되었다. 그리고 잠시 후, 직원의 안내에 따라 얼떨결에 오픈카에 올라탄 우진은 떨떠름한 표정이 되어 소연에게 물었다.

"뭐야, 분명히 E클래스를 빌렸었잖아?"

소연이 어깨를 으쓱하며 대답했다.

"그러게, 분명히 E클래스 달라고 했는데 이걸 줬네? 오빠도 들었지?"

"그, 그랬던 것 같은데…."

소연과 직원의 대화를 어중간하게 이해한 우진은 이것이 소연의 음모라는 것을 까맣게 몰랐다. 어쨌든 직원이 내온 차도 E클래스 카브리올레였으니, 뭔가 소통 과정에서 착각이 생겼다고 생각한 것이다. 그래도 운전대를 잡고 매장 밖으로 나서자 기분이 좋아지는 우진이었다. 전면 창을 제외하면 뻥 뚫려있는 벤츠 카브리올레

는 지금껏 차를 운전하면서 느껴보지 못한 개방감을 주는 것이었
으니까.

'확실히 기분이 더 나는 것 같기는 하네.'

그렇게 무려 벤츠 오픈카를 빌린 우진은 소연과 함께 하이드 파
크로 향했다.

— * —

제이든의 집이 있는 켄싱턴의 바로 북측. 어지간한 하나의 동
(洞)만큼 커다란 크기를 자랑하는 하이드 파크(Hyde Park)는 왕립
공원이자 영국 런던의 중심부에 있는 가장 큰 공원 중 하나였다.
서울의 공원과 비교하자면, 일반적인 작은 공원이 아닌 커다란 넓
이를 자랑하는 서울숲과 비슷한 느낌.

켄싱턴 가든(Kensington Gardens) 남쪽의 대로를 따라 운전
해 올라온 우진은 인근 주차장에 차를 대고 거대한 정원의 입구
로 들어섰다. 소연이 가고 싶다 했던 하이드 파크는 서펜틴 호수
(Serpentine Lake)를 중심으로 켄싱턴 가든과 이어져 있었는데, 어
차피 오늘 시간도 많았으니 천천히 아래쪽부터 둘러보기로 한 것
이다. 그리고 처음 이곳에 들어선 우진과 소연이 느낀 것은, 넓지
만 그만큼 사람도 많다는 것이었다.

"와, 평일 오전인데 사람 왜 이렇게 많아?"

소연의 탄성에 우진이 피식 웃으며 대꾸했다.

"다들 관광객이겠지."

"음, 그런가?"

"그래도 진짜 사람 많긴 하다. 공원이래서 좀 여유롭고 한산한

느낌을 기대하긴 했었는데."

"그러게."

공원을 가로지르는 큰길을 따라 나란히 걸은 두 사람은 곧 공원 한복판의 커다란 호수를 마주하게 되었다. 그리고 호수를 발견한 소연은 우진의 손을 잡아끌어 옆길로 빠져나왔다.

"여기 길 알아?"

"아니, 그냥 호숫가를 따라서 걷고 싶어서."

"아하."

"이쪽은 사람도 좀 없는 것 같고, 운치도 있고."

"좋아, 그러지 뭐."

호숫가를 따라 걷자, 켄싱턴 가든과 하이드 파크의 다양한 조형물들이 우진의 눈에 들어왔다. 그리고 재밌는 것은, 다양한 동물들이 무척이나 많다는 점이었다. 중세 고딕풍으로 지어진 작은 쉘터들과 기하학적인 형상을 한 아름다운 조형물들 그리고 그 사이사이에 자연스레 어우러져 있는, 작은 새들과 다람쥐들. 결국에는 인공적으로 설계된 공원이겠지만, 자연과 어우러져 있는 모습이 꽤 인상 깊게 느껴진 우진이었다.

저벅- 저벅-

소연과 나란히 걷던 우진은 문득 옆에 걷는 그녀의 옆모습을 슬쩍 응시하였다. 제이든만큼은 아니지만 활달하게 말 많은 편인 그녀가 조용하게 있으니, 궁금해진 것이다.

"무슨 생각을 그렇게 해?"

우진의 물음에, 소연이 어깨를 으쓱하였다.

"그냥. 날씨도 좋고, 풍경도 좋고. 오랜만에 마음이 뻥 뚫리는 것 같아서."

소연의 대답에 우진은 고개를 끄덕였다. 그녀가 하는 말이 어떤 의미인지, 우진 또한 아주 잘 느끼고 있었으니 말이다.

"그러게, 날씨 진짜 예술이네."

물론 런던에 온 것도 관광목적은 아니었지만, 이렇게 일 생각을 내려놓고 한가로이 걷다 보니 마치 짧은 휴가라도 나온 듯한 기분.

'이렇게 마음 편히 산책하는 게 얼마 만인지 모르겠네.'

한국과 달리 흐린 날이 많은 런던이었지만, 오늘은 구름 한 점 보이지 않을 정도로 푸르고 맑은 하늘이었다. 그리고 그런 우진의 기분을 느낀 것인지, 소연이 소매를 슬쩍 잡아당기며 물었다.

"여기 오길 잘했지?"

"아니라고 할 수가 없네."

"히히."

"그런데 넌, 하이드 파크에 왜 와보고 싶었어?"

"작년에 교양과목 교수님께 들은 적이 있었거든."

"음?"

"영국에서 유학하던 분이셨는데, 한창 유학생 시절에 힘들 때마다 하이드 파크에서 위안을 얻으셨대."

"아하."

"호숫가를 따라 걷다 보면, 마음이 차분해지고 힘이 나셨다나?"

"그렇구나."

"뭐, 그냥 그때 들었던 얘기가 생각나서, 한번 와보자고 한 거야."

"잘했어. 어디 관광지나 가봐야, 사람만 미어터지지 뭐."

서펜턴 호수는 길쭉한 방향으로 수평선이 보일 정도로 널따란 호수였다. 관광객에게 보트를 빌려주는 보트 대여 시설이 한편에 있을 정도. 그래서 두 사람은 호숫가를 따라 꽤 오래 걸어야 했고,

그렇게 걷다 보니 호수 가에서 커다랗게 설치된 조형물을 하나 발견할 수 있었다. 그리고 그 조형물은, 지금까지 봤던 다른 조형물보다 우진의 시선을 더 크게 끄는 것이었다.

'파빌리온이잖아?'

하이드 파크 안에 설치되어 있던 다른 조형물들이 설치미술에 가까운 조형물들이었다면, 지금 두 사람의 눈앞에 모습을 드러낸 거대한 조형물은 건축적인 성격을 띤 파빌리온에 가까운 것이었다. 소연도 관심이 동했는지 그쪽을 향해 걸음을 틀었고, 두 사람은 더 가까이서 그것을 구경하기 시작했다.

"와, 가까이 오니까 더 크네?"

"그러게? 오빠가 패러필드에 디자인한 파빌리온이랑 거의 비슷한 크기겠는걸?"

멀리서 볼 때에는 커다란 원형 타워 느낌이었던 파빌리온은 가까이 다가가자 또 다른 느낌을 우진에게 주었다. 멀리서는 보이지 않았던 특이한 구조설계가 눈에 들어왔기 때문이었다. 크고 작은 수많은 크기의 육면체를 철봉으로 연결하여, 가까이서 올려다볼 때에는 마치 거미줄처럼 또 다른 느낌의 패턴을 연출하는 파빌리온. 최근 패러필드에 설치할 파빌리온의 구조체를 고민 중이던 우진으로서는, 공원 한복판에 설치된 이 거대한 파빌리온이 흥미롭게 느껴지는게 너무 당연했던 것이다.

"자세히 보니까 철봉이 이어진 패턴이 무슨 벌집처럼 생겼다, 그지?"

"맞아, 이거 하나하나 전부 다 따로 설계한 것 같은데… 누가 설계했는지는 몰라도 노가다 엄청 하셨겠는걸?"

우진의 이야기를 듣던 소연이 흥미로운 표정이 되어 우진을 향해 물었다.

"크기가 전부 다른데, 당연히 하나씩 따로 설계해야 하는 것 아냐?"

"지금 모형대로라면 그렇긴 한데, 알고리즘으로 짜서 만들면 조금 모양이 달라지겠지만 비슷한 느낌을 연출할 수 있어."

"아, 그 오빠랑 제이든이 요즘 공부하던 그래스하퍼로?"

"맞아, 그거지."

"서울숲에는 파빌리온 설치할 만한 곳 없나? 한번 WJ 스튜디오도 이런 작업을 해보는 건 어때?"

"흐흐, 기회만 생기면 바로 하지. 다음에 시장님 만나 뵐 일 있으면 한번 여쭤보기나 할까?"

"시장님이 오빠를 왜 만나냐?"

"내년에 프로젝트 진행하다 보면 한 번쯤은 뵐 일 있지 않을까?"

"그런가?"

뜻밖에 만난 전문 분야에 조금 흥분한 우진은 파빌리온의 여기저기를 손가락으로 가리키며 신이 나서 설명을 계속했다. 이 웅장한 파빌리온의 구조를 하나하나 뜯어보다 보니, 여기저기 아쉬운 부분이 보이면서도 새로운 영감을 많이 받았던 것이다. 하지만 두 사람의 때 아닌 열띤 토론은, 그렇게 오래 이어질 수 없었다. 두 사람의 근처로 다가온 누군가가, 우진의 말을 끊으며 불쑥 나타난 것이다.

"저기, 실례합니다만…."

대략 예순쯤 되었을까? 짙은 회색빛의 넉넉한 수트를 입은, 까만 중절모의 한 노신사. 그가 다가오는 것을 눈치채지 못했던 우진은 화들짝 놀랄 수밖에 없었고, 그런 그를 향해 노신사가 다시 입을 열었다.

"혹시 두 사람, 건축 디자이너입니까?"

노신사는 무표정한 얼굴이었지만, 우진은 느낄 수 있었다. 그의 얼굴이 살짝 굳어있다는 사실을 말이다.

짧지만 강렬한

영국의 건축가 에단 클라크(Ethan Clark)는, 런던 출신의 명망 있는 건축 디자이너였다. 영국 왕립 건축가 협회(RIBA)의 이사장 이자, 영국 최고의 건축 아카데미인 AA스쿨의 명예교수. 선대에 서부터 클라크(Clark) 가문은 건축가의 가문이었고, 에단 클라크 또한 런던에만 수많은 건물을 직접 디자인하고 설계했으니 에단 은 영국 건축업계에서는 꽤 이름 있고 권위 있는 건축가라고 할 수 있었다.

하지만 영국 건축업계에서 높은 위치에 있는 것과 별개로, 그가 브루노처럼 스타 건축가인 것은 아니었다. 그는 수많은 설계와 디 자인을 했지만, 그중 세계적으로 인지도가 생긴 건축물은 아직 없 었으니까. 그를 한마디로 표현하자면, '꾸준한 건축가'라고 할 수 있었다.

예순이 넘은 나이에도 아직까지 현역에서 활동하며 건축을 하고 스타성 있는 최고의 건축을 보여주지는 못할지언정, 언제나 평균 이상의 뛰어난 건축을 해내는 사람. 항상 건축 디자인에 임함에 있 어서 기본을 강조하고 가장 중요하게 생각하는 사람. 그래서 영국의 많은 후배 건축가들에게 존경받는 사람. 에단 클라크는 그런 건축가였다.

[교수님, 컨퍼런스에는 오시죠?]

"물론이네. 당연히 가야지. 얼마 만에 런던에서 열리는 컨퍼런스인가."

[그럼 내일 뵙겠습니다, 교수님.]

"허허, 그러도록 하세."

그리고 AA스쿨의 명예교수인 만큼, 에단 클리크는 당연히 내일 열리게 될 EAC(Europe Architecture Conference)에도 참석하기로 되어있었다. 유럽 어디에서 열리든 항상 컨퍼런스만큼은 참석하던 그였으니 코앞이나 다름없는 런던, 게다가 그가 십 년 이상 교수로 있었던 AA스쿨에서 열리는 컨퍼런스에 가지 않을 이유가 없었던 것이다.

게다가 용무는 그뿐이 아니었다. 최근 그의 스튜디오에서 하이드파크에 파빌리온 프로젝트를 하나 진행 중이었고, 이제 곧 완공이 며칠 남지 않은 상황이었으니 겸사겸사 하이드파크에도 한번은 들러야 했다.

[영국 건축계의 거장 '에단 클리크'의 파빌리온. 런던 하이드파크에 11년 11월부터 전시.]

[하이드파크 서펜타인 호수에 설치되는 '마스타바'는, 에단 클리크가 런던의 야외 공공장소에 선보이는 첫 파빌리온이다.]

[8천 개가 넘는 철제 육면체와 그 세 배가 넘는 숫자의 길고 짧

은 철봉을 연결하여 만들어지는 대형 파빌리온이며…]

사실 하이드파크의 파빌리온은 에단 클리크가 직접 설계한 프로젝트는 아니었다. 그의 스튜디오에 함께 근무하는 후배 건축가들이 진행한 프로젝트였는데, 어쨌든 그의 손도 닿았고 프로젝트의 주체가 그의 스튜디오였으니 기사에는 가장 먼저 에단 클리크의 이름이 걸린 것이다.

'사진으로는 괜찮았는데, 실물은 어떤지 한 번 봐야지.'

그래서 에단은 오늘 하이드파크에 왔다. 컨퍼런스가 열리기 하루 전, 미리 숙소도 잡을 겸 해서 런던에 먼저 도착한 것이다. 하이드파크에 들어서자, 자신의 후배들이 설계한 파빌리온이 멀리서부터 보이기 시작했다. 그래서 에단은 흡족한 미소를 띠고 그곳을 향해 걸었다. 웬 어린 동양인들의 대화가 들리기 전까지는 말이다.

"자세히 보니까 철봉이 이어진 패턴이, 무슨 벌집처럼 생겼다. 그지?"

"맞아, 이거 하나하나 전부 다 따로 설계한 것 같은데… 누가 설계했는지는 몰라도 노가다 엄청 하셨겠는걸?"

두 동양인 남녀는 에단이 모르는 언어로 열심히 대화했다.

'중국인인가? 아니, 중국의 억양은 아닌 것 같고… 일본?'

그래서 처음에는 그냥 지나치려 했다. 파빌리온을 보며 열심히 떠들고 있었지만, 그저 건축에 관심이 많은 평범한 학생들 정도로 생각한 것이다.

'디자인을 공부하는 학생들인가? 좋을 때로군, 좋을 때야.'

하지만 천천히 걸음을 옮기던 그는 잠시 후 다시 걸음을 멈출 수밖에 없었다.

"크기가 전부 다른데, 당연히 하나씩 따로 설계해야 하는 것 아 냐?"

"지금 모형대로라면 그렇긴 한데, 알고리즘으로 짜서 만들면 조 금 모양이 달라지겠지만 비슷한 느낌을 연출할 수 있어."

"아, 그 오빠랑 제이든이 요즘 공부하던 그래스하퍼로?"

"맞아, 그거지."

대화 자체는 당연히 이해가 되지 않았지만, 생각보다 전문적인 건축용어들이 두 사람의 입에서 계속 나오고 있었던 것이다.

'흠….'

그래서 일부러 그 근처로 걸음을 옮겨 다가가던 에단은 결정적 으로 두 사람에게 말을 걸 수밖에 없었다. 둘이 단순히 파빌리온을 감상하는 줄 알았는데, 가까이 와서 보니 어떤 품평을 하는 느낌이 들었던 것이다. 특히 두 사람 중 남학생은, 파빌리온 내부 구조를 향해 손짓까지 해가며 이런저런 이야기를 하고 있었다. 언어는 알 수 없는 것이었지만, 건축 관련 용어들을 꺼내 들며 구석구석 가리 키는 것만 봐도 충분히 그 정도는 느낄 수 있었다.

'어린 친구들이 겉멋만 잔뜩 들어가지고는….'

특히 그래스하퍼와 패러매트릭 디자인이라는 단어가 에단의 기 분을 불편하게 만들었다. 삼차원 설계에 대한 부분은 에단의 스튜 디오에서도 이제야 막 R&D를 시작한 최신 트렌드이자 하이테크 설계기법이었는데, 딱 봐도 20대 초반 정도로 보이는 어린 동양인 남자가 그런 이야기들을 떠들자, 신경이 거슬린 것이다.

사실 이번 파빌리온을 제작하면서 에단의 스튜디오에서도 일부 분이지만 삼차원 설계기법을 사용했는데, 결과물이 크게 다이나 믹하지 않아서 아쉬웠던 참. 에단은 이 어린 동양인 청년이 어떤 이야기를 하고 있었던 것인지 몹시 궁금해졌다. 그래서 에단은 슬쩍 그들에게로 다가가 말을 걸었다.

"저기, 실례합니다만…."

에단이 말을 걸자, 두 남녀가 당황한 표정으로 그를 향해 시선을 돌렸다.

"혹시 두 사람, 건축 디자이너입니까?"

두 사람이 영어를 할 줄 모른다면 그냥 떠날 생각이었다. 하지만 에단의 그런 생각을 읽기라도 했는지, 곧바로 여자가 대답하였다.

"건축 디자인을 전공하는 학생입니다만 혹시 무슨 일이신지요?"

에단의 주름진 두 눈이, 살짝 가늘어졌다.

— * —

자신을 에단 클리크라고 소개한 이 영국의 노신사는, 아무래도 뭔가 불만이 있는 모양이었다. 우진은 그의 말을 절반 정도만 알아들을 수 있었지만, 그래도 눈치로 알 수 있었다.

'내가 여기서 떠들어댄 게 기분이 나빴나?'

유럽이 인종차별이 많다는 이야기는, 과거에도 들었던 적이 있었다. 그래서 처음 노신사가 말을 걸었을 때, 백인우월주의가 있는 꼰대 할아버지 정도가 아닐까 생각했었다. 하지만 잠시 후, 소연의 도움을 통해 그와 조금 더 이야기를 나누자 그게 아니라는 것을 깨달을 수 있었다. 이 영국의 노신사는, 이름은 들어본 적 없지만, 영국의 건축가인 듯했다.

"우진이라고 했지요?"

"그렇습니다."

그는 우진에게 가장 먼저 패러매트릭 디자인에 대해 물어봤다.

"우진은 3차원 설계와 패러매트릭 디자인에 대해 얼마나 알고 있습니까?"

에단의 질문에 우진은 조금 떨떠름한 표정이 되었지만, 아는 대로 이런저런 이야기를 해주었다. 그러다 보니 당연히 설명의 매개체는 바로 옆에 서 있는 철제 파빌리온이 될 수밖에 없었다. '자신이었다면 이런 식으로 디자인을 했을 거다, 알고리즘을 활용하면 이런 구조를 더 정교하고 간단하게 만들 수 있다' 등. 하지만 우진의 설명이 이어질수록 노신사의 표정은 점점 더 나빠졌다.

"학생, 라이노 프로그램은 만능이 아닙니다."

"그렇기는 하죠."

"지금까지 건축을 하면서, 그런 방식으로 설계를 한 사례는 한 번도 본 적이 없군요."

"음… 아직은 딱히 없으려나요?"

우진의 반응에, 노신사는 더욱 열을 올리며 설명을 시작했다. 눈앞의 이 건축물이 사실 네가 말하는 바로 그 패러매트릭 디자인이 쓰인 작품이며, 어떤 방식으로 구조설계가 이뤄졌는지 그리고 현실적으로 우진이 말한 방식의 설계들은 시공 과정에서 수많은 어려움에 부딪히게 될 것이라는 사실들까지도.

그 이야기들을 조용히 듣던 우진은 조금 놀라기는 했다. 처음에는 그저 그런 평범한 건축가라고 생각했는데, 말하는 이야기들에는 제법 깊이가 있었으니까. 하지만 그렇다고 해서 그의 말에 동의하는 것은 아니었다. 우진이 보기에 이 에단 클리크라는 건축가는, 과거의 방식에 매몰되어 있는 발전 없는 건축가일 뿐이었다.

"뭐, 어떻게 말씀하시든 저는 이미 그런 방식으로 설계를 하고 있고, 실제로 시공에 들어간 프로젝트도 많이 가지고 있습니다."

우진의 말에 에단은 어이없는 표정이 되었다. 그가 허세를 부리는 것이라고 생각했으니까.

'학부생 정도로 보이는 녀석이 패러매트릭 디자인을 접목한 프로젝트를 하고 있고, 심지어 그런 프로젝트를 여러 개 가지고 있다고?'

에단은 그가 옆의 예쁘장한 동양인 여자친구에게 잘 보이기 위해 허세를 부리는 것이라고 생각했다. 그리고 여기까지 생각이 미치자 한숨이 푹 나왔다. 어린 마음에 그러는 것이 이해되지 않는 것은 아니었지만, 이런 철없는 동양인과 이렇게 오래 대화를 나눴다는 사실이 갑자기 시간이 아깝고 후회가 되었으니 말이다. 사실 처음 그에게 말을 건 것은 약간의 불편한 기분과 호기심 때문이었지만 원래 이렇게까지 오래 이야기를 나눌 생각은 아니었다.

다만 이야기를 나누다 보니 우진이 생각보다 디지털 건축에 대해 많이 알고 있는 것 같아 이렇게 열까지 올리면서 오래 대화를 하게 됐던 것인데, 결국 허세 가득한 어린 동양인의 헛소리였다고 생각이 들자 기분이 상한 것이다. 그래서 에단은 고개를 절레절레 저으며, 실망한 표정으로 걸음을 돌렸다.

"잘 알겠습니다, 우진. 당신이 이야기한 대로 그래스하퍼를 활용할 수 있다면, 정말 멋진 조형성을 가진 프로젝트겠군요."

"결국 알고리즘을 잘 짜더라도 그것은 툴일 뿐, 건축물의 조형성을 결정짓는 것은 디자이너의 설계에 대한 감각이라고 생각합니다만… 제 프로젝트를 보고 싶으시다면, 내일 이후 EAC의 홈페이지를 확인하시면 될 것 같습니다."

"AA스쿨에서 열릴 그 EAC를 말하시는 겁니까?"

"그렇습니다, 에단."

우진의 입에서 EAC까지 나오자, 에단은 어이없는 것을 넘어 기가 차기 시작했다.

"당신이 EAC에 참석하신다는 건가요?"

"짧게나마 제 프로젝트를 소개하기로 되어 있습니다."

EAC에 참석 자격을 가진 동양인 건축가가 스무 명도 채 되지 않는 것으로 알고 있는데, 단순히 참석을 넘어 발표까지 한다고 말하고 있었으니 말이다.

"좋습니다. 그럼 내일 뵐 수 있겠군요."

에단의 말에 이번에는 우진이 조금 놀란 표정으로 반문했다.

"에단도 EAC에 참석하시나요?"

에단이 EAC에 초대받았을 정도로 인지도 있는 건축가라고 생각지 못했으니 말이다. 그를 무시했다기보다, 하이드 파크 한복판에서 그만큼 인지도 있는 건축가를 마주쳤을 것이라고 생각지 못한 것이다.

"그렇습니다."

"그럼 내일 뵐 수 있겠군요."

"꼭 뵐 수 있었으면 좋겠습니다."

뼈가 있는 에단의 말에, 우진이 쓴웃음을 지었다. 이 영국의 건축가는, 분명 자신이 거짓말을 하고 있다고 생각하는 듯했다.

"그럼 살펴 가십시오."

에단 클리크가 걸음을 돌려 떠나자 우진은 뒷머리를 긁적였다.

"저 할아버지, 왜 저래?"

기분 나쁜 표정이 된 소연의 물음에 우진도 어깨를 으쓱하며 대답했다.

"글쎄, 모르겠네. 좀 오지랖이 넓으신 분인 듯."

"저 할아버지도 내일 컨퍼런스에 오는 거야?"

"아마 그렇겠지?"

"으, 별로 다시 보고 싶지 않은데…."

그리고 생각했다.

'내일 정말 제대로 준비해서 보여줘야겠네.'

원래도 대충 발표할 생각은 전혀 없었지만, 우진은 더욱 의욕을 불태우기 시작했다. 비단 저 에단 클리크라는 사람뿐 아니라, 자신을 무시하는 건축가가 컨퍼런스에 또 있을 게 분명하다는 생각이 든 것이다.

"괜히 여기서 떠들다가 기분만 상했네. 다른 데로 가자 소연아."

"그, 그래. 세인트 메리엑스 가보고 싶다고 했지? 그쪽으로 갈까?"

"좋아."

해서 소연과 런던을 한 바퀴 돌아본 뒤 제이든의 집으로 돌아온 우진은 노트북을 켜고 발표 자료들을 다시 한 차례 정비하기 시작했다. 이미 한국에서 수십 번도 넘게 검토하고 읽어본 PPT였지만, 더욱 완벽을 기하기 위해 다시 정리하기 시작한 것이다. 해가 지고 난 뒤 제이든과 석현이 돌아왔고, 제이든의 집 앞마당에서는 바비큐 파티가 시작되었지만 방에 틀어박힌 우진은 바깥으로 나오지 않았다.

그렇게 드디어 하루가 지나, 컨퍼런스 당일의 아침이 밝았다.

— ＊ —

　우진은 아침부터 분주했다. 컨퍼런스가 시작되는 시간이 아침 아홉 시였는데, 거의 새벽 여섯 시부터 자리에서 일어난 것이다. 컨퍼런스가 열리는 AA스쿨 자체는 제이든의 집이 있는 켄싱턴에서 멀지 않았지만, 긴장된 탓인지 눈이 일찍 떠졌다.

　제이든과 석현은 밤늦게 들어와서인지 코까지 골면서 자고 있었고, 우진은 그들이 깨지 않도록 조용히 방에서 나와 씻고 짐을 챙겼다. 어차피 둘을 깨울 이유는 없었다. 그들은 브루노 쪽에서 T.O를 받은 소연과 달리 컨퍼런스 입장 자격이 없었으니까.

　쏴아아-

　서늘한 초겨울 아침에 김이 모락모락 나는 따뜻한 물로 샤워하자, 우진은 정신이 조금 더 맑아지는 것을 느꼈다. 머리를 말리고 조금은 단장도 하고 모든 준비가 끝났을 때, 시간은 7시 30분이었다. 우진은 어제 렌트했던 자동차에 미리 노트북 가방을 가져다주기 위해 1층으로 내려왔고, 그곳에는 우진보다도 먼저 준비를 다 끝낸 소연이 소파에 앉아 차를 마시고 있었다. 제이든의 어머니 수진과 함께 말이다.

　"오빠, 일찍 준비했네?"

　"눈이 떠지기에."

　"나도 그랬는데."

　수진은 우진에게도 커피를 한 잔 내려줬고, 따뜻한 아메리카노를 한 모금 마시자 정신이 더욱 또랑또랑해지는 느낌이었다. 세 사람은 탁자에 둘러앉아 커피를 마시며, 모닝 빵에 버터를 발라 아침을 해결하였다.

"오늘 컨퍼런스에 간다고 했죠?"

수진의 물음에, 우진이 고개를 끄덕이며 대답했다.

"네, 어머님. 조금 일찍 나오기는 했는데, 여덟 시에는 출발할까 해요."

"호호, 잘하고 와요. 제이든의 동기라고 들었는데 벌써 EAC에도 참석하고 정말 대단해요."

수진의 칭찬에, 우진의 표정이 머쓱해졌다.

"제이든도 함께할 수 있었으면 더 좋았을 텐데. 아쉽죠, 뭐."

수진이 빙긋 웃었다.

"제이든이야, 앞으로도 기회가 많이 있겠죠."

"하하, 그럼요."

"제이든이 우진을 Boss라고 부르던데."

수진의 뜬금없는 이야기에, 우진의 표정이 더욱 멋쩍어졌다.

"그, 가끔 그러더라고요."

"우리 제이든, 잘 부탁해요. 우진을 잘 따라다니면, 제이든도 훌륭한 디자이너가 될지도 모르죠."

우진은 대답 대신 머리를 긁적였고, 묘한 기분이 되었다. 사실 전생에서 제이든은 우진이 동경하던 스타 건축가 중 한 사람이었는데, 그의 어머니로부터 제이든을 잘 부탁한다는 말을 들으니 기분이 묘한 것이다.

'제이든은 어차피 타고난 녀석인데….'

물론 그런 묘한 느낌과 별개로 기분이 좋은 것도 사실이었다. 수진의 이야기들은 무척이나 낯간지러운 것들이었지만, 그래도 빈말은 아닌 게 느껴졌으니까.

가볍게 아침을 해결하면서 담소를 나누다 보니, 또 한 30분 정도는 금세 흘러갔다. 그리고 소연의 휴대폰으로 메시지가 도착했다.

"오빠, 교수님이랑 브루노는 방금 출발하셨대."
"그래? 두 분 숙소가 어디 쪽이지?"
"프림로즈 힐(Primrose Hill) 인근이라고 하셨는데, 거기가 어딘지는….."
소연의 말을 듣던 수진이 입을 열었다.
"하이드 파크 북쪽이에요. 여기서 대략 30분 정도 거리죠."
"엇, 그럼 그쪽에서 AA스쿨까지는 얼마나 걸릴까요?"
"음… 자가로 오신다면 40분에서 50분 정도?"
그녀의 말을 들은 우진이 커피잔을 내려놓고 천천히 자리에서 일어났다.
"그럼 우리도 슬슬 출발해야겠네."
"그렇겠지?"
"조금이라도 먼저 가서 도착해 있어야 하니까."
무려 아침까지 챙겨준 수진에게 감사 인사를 한 우진과 소연은, 서둘러 제이든의 집을 나섰다. 물론 두 사람이 출발할 때까지도, 제이든과 석현은 꿈나라에 빠져 있었다.

— * —

런던 중심가의 대로를 구불구불 지나자 'Bedford Squar'라는 도로 표지판이 눈에 들어왔다. 우진은 내비게이션의 안내를 따라 조금 좁은 길로 우회전했고, 그곳에는 주거지역으로 보이는 테라스 하우스들이 옹기종기 모여 있었다. 18세기의 상류층 귀족들이 거주했을 법한 디자인의 테라스 하우스들.

그 사이로 차를 운전하여 들어가자, 조금은 평범한 디자인의 벽돌 건물이 모습을 드러냈다. 가로로 길쭉한 필지에 지어진 회갈색 벽돌구조, 아치 모양으로 생긴 까만 문들과 하얀 창틀을 가진 아기자기한 창문들. 내비게이션의 목적지는 이 건물이었고, 우진과 소연은 고개를 갸웃할 수밖에 없었다. 한국의 커다란 대학 캠퍼스들을 상상했던 두 사람에게, 비교적 작은 규모의 AA스쿨은 의외였으니 말이다.

"여기야, 오빠?"

"그런가 본데?"

"잘못 온 건 아니겠지?"

건물의 앞 도로는 그리 넓지 않음에도 불구하고, 수많은 차량들이 일렬로 빼곡히 주차되어 있었다. 겨우 자리를 찾은 우진은 차를 주차해둔 뒤, 입구를 찾아 조금 빠른 걸음으로 움직였다. 그리고 현관을 찾아 도착한 우진은 이곳이 그 AA스쿨이 맞다는 사실을 알 수 있었다.

⟨Architectural Association School of Architecture.⟩

AA스쿨의 풀 네임이 양각된 현판이 그의 시야에 가장 먼저 들어왔으니 말이다.

"제대로 찾아왔네."

"다행이다."

"한국의 대학교랑은 완전히 다른 분위기네."

"AA스쿨 자체가 캠퍼스의 개념은 아니지, 뭐. 건축 아카데미라고 보는 게 더 맞는 표현이니까.”

마치 중세 유럽의 저택처럼 까맣게 도색된 철문을 열고 들어가자, 내부 전경이 모습을 드러냈다. 우진과 소연이 도착한 시간은 오전 8시 30분. 컨퍼런스의 시작시간보다 30분 정도 일찍 도착했음에도 불구하고, AA스쿨의 내부는 무척이나 분주한 분위기였다.

“어디로 가야 하지?”

“음… ‘컨퍼런스홀’이라고, 대강당 같은 장소가 있다고 들었는데….”

어디로 향해야 할지 몰라 잠시 머뭇거리는 사이, 컨퍼런스 진행요원으로 보이는 한 남자가 두 사람을 향해 다가왔다.

“어떻게 오셨습니까?”

그에 정신을 차린 소연이 재빨리 가방을 뒤져 미리 받았던 표찰을 꺼내 들었다.

“EAC의 게스트로 초대되어 왔습니다. 여기 이 오빠도 마찬가지고요.”

“아하, 그러시군요!”

소연이 표찰을 꺼내 들자, 우진도 품속에 넣어두었던 표찰을 꺼내 목에 걸었다. 그리고 두 사람의 표찰을 확인한 영국인 남자는 꽤나 놀란 표정이 되었다. 소연이 꺼낸 표찰은 단순한 게스트 표찰이었지만, 우진의 표찰에는 분명히 VIP라는 글자가 새겨져 있었으니까.

‘VIP라고…? 이 어린 동양인이?’

EAC에서 VIP 표찰을 내어 주는 경우는 두 가지밖에 없었다. 이미 세계적으로 유명한 인지도를 가진 최고의 건축 디자이너이거나, 해당 연도 컨퍼런스에서 프로젝트를 소개하는 발표자일 경우.

EAC는 일반적인 디자이너가 초대받기도 어려운 컨퍼런스였지만, 수년간 초대받는 디자이너들 중에서도 VIP 표찰을 목에 걸어본 사람은 많지 않았고, 그래서 관계자가 놀란 것은 당연하였다. 게다가 AA스쿨에서 컨퍼런스를 진행하는 관계자들 또한, 단순한 진행요원이 아니었다.

'교수님께 여쭤봐야 하나? VIP라면 분명히 아실 텐데….'

지금 우진과 소연에게 다가온 남자는 AA스쿨의 학생이었고 때문에 우진의 정체가 더욱 궁금해진 것이다. 하지만 잠시 당황했던 남자는 이내 다시 빙긋 웃으며 두 사람을 안내하였다. 궁금증이야 곧 컨퍼런스가 시작되면 풀릴 것이었고, VIP를 조금이라도 더 기다리게 하는 것은 곤란했으니 말이다.

"VIP셨군요. 몰라 뵈서 죄송합니다."

"아, 괜찮습니다."

"두 분, 이쪽으로 오시지요. 컨퍼런스 홀은 3층입니다."

우진과 소연은 남자의 안내에 따라 이동했고, 3층에 도착하자 커다란 로비에 도착할 수 있었다. 안내를 마친 요원이 다시 입을 열었다.

"컨퍼런스는 저 안쪽의 대강당에서 진행됩니다. 컨퍼런스 시작 10분 전까지 입장 부탁드리며, 그전까지는 로비에 케이터링된 다과를 편히 이용해주시면 감사하겠습니다."

친절하게 안내해준 남자를 향해 우진과 소연이 고개를 숙여 보였고, 이어서 안내받은 대로 로비를 향해 걸음을 옮겼다. 그리고 로비를 향해 시선이 옮겨진 소연은, 두 눈이 반짝이고 있었다.

"와, 뭔가 멋지다…!"

층고가 무척이나 높은 로비에는 정말 고급스럽고 다양한 핑거푸

드들이 케이터링되어 있었고 그보다 더 다양한 수많은 디자이너들이 여기저기 모여 담소를 나누고 있었으니 말이다.

"이럴 줄 알았으면 빵 조금만 먹을걸."

우진의 말에, 소연이 피식 웃으며 고개를 끄덕였다.

"그러게 말이야. 맛있어 보이는 거 많다."

"배는 안 고프지만, 그래도 맛은 좀 봐야겠지?"

"히히, 당연하지. 언제 이런 자리에서 이런 음식들을 또 먹어보겠어?"

소연과 테이블 한쪽 끝에 자리 잡고 선 우진은 슬쩍 다시 주변을 둘러보았다. 혹시나 얼굴이 익숙한 유명한 건축 디자이너를 발견할 수 있지는 않을까 해서 말이다. 하지만 우진의 시야에 들어온 사람들은 대부분 낯선 이들이었고, 그래서 우진은 조금 아쉬웠다.

'컨퍼런스가 끝난 뒤에도 연회가 있다고 했으니, 인맥을 좀 만들어갈 수 있으면 좋겠네.'

기분 좋은 상상을 한 우진의 입가에 작은 미소가 걸렸다. 만약 발표를 멋지게 성공시킨다면 분명 많은 디자이너들의 관심을 받을 수 있을 테고, 그러면 자연스레 유럽의 유명한 디자이너들과 인맥을 쌓을 수 있으리라 생각한 것이다.

그렇게 인맥을 쌓은 뒤 내년의 컨퍼런스에 또 초대받는다면, 일 년 뒤 이 자리에서는 이렇게 뻘쭘하게 서 있지 않아도 될지도 몰랐다. 그런데 우진이 그런 생각을 하고 있던 바로 그때, 놀랍게도 누군가 우진의 이름을 불러왔다.

"오, 우진! 도착했군요!"

꽤 익숙한 목소리를 들은 우진과 소연의 고개가 동시에 휙 하고 돌아갔다.

"앗! 마테오!"

목소리의 주인공을 확인한 두 사람은 대번에 표정이 밝아졌다. 우진을 부른 목소리의 주인공은, 오늘 이 자리에 그를 초대한 장본 인인 마테오였던 것이다. 둘은 반가운 표정으로 가볍게 포옹하였고, 기분 좋게 대화를 나누기 시작하였다.

"브루노와 함께 온 것 아니었나요?"

"아, 비행기는 함께 탔지만, 숙소는 따로 잡아서요. 브루노도 곧 도착할 겁니다."

재밌는 것은, 두 사람이 영어로 꽤 능숙하게 의사소통을 한다는 점이었다. 그것은 아이러니하게도, 우진과 마테오의 영어 실력이 비슷한 수준이기 때문에 가능한 느낌이었지만 말이다. 물론 최근 들어 우진의 영어 실력이 꽤 늘어난 것도 부인할 수 없는 사실이었다.

"문법 다 틀린 거 알지, 오빠?"

"말만 통하면 된 거 아니냐."

"한국 가면 같이 영어공부 좀 해. 영어 회화 교양이라도 들을까?"

"그럴 시간 없습니다요."

마테오와 대화하기 시작하자, 양상은 그 전과 조금 달라졌다. 마테오는 브루노에 비견될 정도로 인지도 있는 스페인의 건축가였고, 때문에 우진이 그와 대화하기 시작하자 호기심이 생긴 꽤 많은 사람들이 대화에 참여하기 시작한 것이다. 물론 우진의 목에 걸려 있는 VIP 표찰도 한몫했고 말이다.

"마테오, 이 친구가 이번에 자네의 스타디움 디자인을 도와줬다 는 그 한국의 젊은 디자이너인가?"

"그렇다니까. 지금은 한국에서 브루노와 함께 복합몰 프로젝트 를 진행 중인 친구라네."

"오, 맙소사!"

"우진, 우진이라고 했지요?"

"그렇습니다."

"실례되지 않는다면, 나이가 어떻게 되는지 여쭤도 되겠습니까?"

"스물셋. 아, 아니. 스물둘입니다."

우진은 한국 나이로 스물셋이었지만, 만 나이로 따지면 이제 생일이 지나 스물둘이 된 셈이었다. 그리고 우진의 나이를 들은 주변 디자이너들은 기겁한 표정이 될 수밖에 없었다.

"정말 대단하군요!"

"믿을 수 없군요, 하하하. 스물둘의 나이에 EAC에서 VIP 표찰을 목에 걸다니."

우진은 마테오 덕분에, 몇몇 디자이너와 꽤 많은 이야기를 나눌 수 있었다. 대부분이 스페인의 디자이너들이었기에 의사소통이 쉽지는 않았지만, 그래도 손발 다 써가며 대화하다 보니 뜻은 얼추 통할 수 있었다.

"역시 보디랭귀지는 위대해."

우진의 한마디에, 소연은 고개를 절레절레 저었지만 말이다.

"이제 슬슬 들어갈까?"

이어진 우진의 말에 소연이 고개를 끄덕이며 대답했다.

"오빠 먼저 들어가 있어. 브루노 거의 도착하셨다니까, 오시면 난 같이 들어갈게."

"그래, 어차피 자리도 다를 테니까."

대화를 나누던 디자이너들과 짧게 인사한 우진은 조심스레 컨퍼런스 홀 안으로 들어갔다. 진행요원에게 표찰을 보여주자 우진은 자리로 안내받을 수 있었고, 그곳은 아예 우진의 이름이 명시된 그의 지정석이었다. 우진은 발표자기 때문에, 자리가 정해져 있던 것이다.

"실례합니다…!"

조심스레 걸음을 옮겨 좌석 사이로 들어간 우진은 안내받은 자리에 가방을 놓고 앉았다. 그런데 바로 다음 순간,

"흐음…?"

바로 옆자리의 누군가와 눈을 마주친 우진은 적잖이 당황할 수밖에 없었다. 까만 중절모를 쓴 백발의 노신사. 우진의 옆자리에 앉아있던 남자는, 바로 어제 하이드파크에서 만났던 에단 클라크였던 것이다.

— * —

에단 클라크는 컨퍼런스에 초대받은 건축가이기도 했지만, 그에 앞서 AA스쿨의 큰 어른이나 다름없는 사람이었다. 현재는 명예 교수로 실질적인 교편을 잡고 있진 않았지만, AA스쿨에 재학 중인 사람이라면 이름 한 번 정도는 무조건 들어봤을 만큼 인지도를 가지고 있는 사람.

그래서 에단은 오늘 컨퍼런스가 시작되기 한 시간도 더 전부터 AA스쿨에 와 있었다. 오랜만에 후배 교수들과 만나 인사도 하고 제자들과 이야기도 나누고, 또 AA스쿨에서 정말 오랜만에 열린 컨퍼런스가 잘 준비되고 있는지도 확인하기 위해서 말이다. 그래서 아침부터 바쁘게 움직였던 에단 클라크는 모든 용무를 마치고 컨퍼런스 홀에 들어와 앉아 쉬고 있었다. 어제 하이드파크에서 만났

던 동양인 청년 따위는 까맣게 잊어버린 채로 말이다.

'오늘의 컨퍼런스 내용이 발표되고 나면, AA스쿨의 위상이 한층 더 높아지겠지.'

만약 그가 오늘 아침, 잠깐이라도 하이드파크에서의 일을 떠올렸다면 분명히 이런 질문 한 번쯤은 했을 것이다. 오늘 발표자로 예정된 VIP 중에 젊은 동양인 건축가가 있냐고 말이다. 하지만 에단은 우진의 이야기들을 완전히 헛소리로 치부했었고, 그래서 정말 까맣게 잊고 있었다. 그의 말이 사실일지도 모른다는 일말의 가능성조차 남겨두지 않았던 것이다.

그래서 에단은 '그'와 눈이 마주친 순간, 당황한 감정을 숨길 수 없을 정도로 너무 크게 놀라고 말았다. 그의 상식으로는 불가능한 일이 눈앞에서 벌어진 것이니 말이다. 너무 놀란 나머지 자신이 지금 어떤 표정인지조차 망각한 에단을 향해, 그 젊은 동양인의 목소리가 들려왔다.

"이거 또 뵙네요, 에단."

"……."

"EAC에서 저를 꼭 보고 싶다 하시더니, 이렇게 바로 옆자리에서 뵙게 되는군요."

우진이 말을 걸어왔음에도, 에단은 아무 말을 할 수 없었다. 다만 본능적으로, 지정 좌석의 표찰에 쓰여 있던 이름을 확인할 뿐이었다.

[Woo Jin Seo / WJ Studio / South Korea]

그리고 할 말을 찾지 못한 에단의 입에서 침음성이 새어 나왔다.

"크흐음⋯."

어제의 일을 생각하면, 민망해도 이렇게 민망할 수가 없었다.

"지정석에 앉아계신 걸 보니, 오늘 프로젝트 발표가 있으신가 보죠?"

이어진 우진의 말에, 에단의 입이 처음으로 떼어졌다.

"어제 보시지 않았습니까. 하이드파크에 있던 파빌리온."

"아⋯!"

"오늘 컨퍼런스에서 해당 작품을 소개할 예정이라오. 내 스튜디오의 작업물이니까."

에단의 목소리는 무척이나 딱딱했고, 그의 대답을 들은 우진도 더 이상 말을 잇지 못하였다. 하이드파크의 그 파빌리온이 설마 에단의 작품일 줄은 우진도 상상하지 못했으니까.

'아⋯ 그래서⋯.'

그제야 우진은 어제 에단의 그 굳어있던 표정을 이해할 수 있었다. 에단과 대화하는 동안 우진은 파빌리온이 가진 아쉬운 부분에 대해 꽤 많은 부분 지적하였는데 그것이 에단의 작품이었다면, 충분히 기분이 상했을 수도 있는 상황이었으니까.

물론 그렇다고 해서 미안한 것은 아니었다. 이해할 수 없던 에단의 태도가 이제야 이해됐을 뿐, 거기에 정당성이 부여된 것은 아니었다. 우진이 맹목적인 비난을 했다면 모르되, 어제의 대화는 분명 합리적인 담론(談論)이었다.

'만약 에단이 브루노 같은 사람이었더라면, 오히려 생산적인 대화로 발전될 수도 있었을 텐데 말이지.'

잠깐의 침묵이 지나간 뒤, 두 사람은 각자 단상 위로 시선을 돌렸다. 에단의 얼굴은 수치심 때문인지 살짝 붉어져 있었으며, 반면에 우진은 무표정했다. 우진은 아직 미숙한 영어를 꾸역꾸역해가면서까지 에단과 대화할 이유를 찾지 못했다.

[잠시 후, 컨퍼런스가 시작될 예정입니다. 내빈 여러분께서는 이제 착석해주시길 바랍니다.]

잠깐의 침묵이 흐르는 사이, 컨퍼런스 홀 스피커를 통해 안내방송이 흘러나왔다. 그리고 정확히 10분이 지난 뒤, 컨퍼런스가 본격적으로 시작되었다.

— * —

EAC 컨퍼런스는 명확한 목적을 가지고 있는 행사다. 유럽뿐 아니라 세계 각국의 건축 디자이너들이 한자리에 모여, 주기적으로 서로의 프로젝트를 공유하고 인사이트를 나누는 자리. 그래서 이 건축이라는 카테고리 안에서 디자이너들이 더욱 다양한 간접 경험들을 하고, 그것을 통해 지속적인 발전과 향상을 꾀하는 자리.
때문에 이 컨퍼런스에서 발표자로 나설 수 있게 되었다는 것은, 적어도 한 가지 사실을 증명한다. 이 컨퍼런스에 모이는 기라성 같은 수많은 디자이너들에게, 최소한의 인사이트를 보여줄 수 있는 프로젝트를 보유하고 있다는 사실 말이다.
발표자의 발표는 곧 컨퍼런스의 화두 중 하나가 되는 것이니, 그것이 곧 그해 컨퍼런스의 주제이며, 때문에 어떤 프로젝트들이 발표되느냐에 따라 해당 연도 EAC의 위상이 결정된다. 그래서 주최 측은, 뛰어난 프로젝트를 선택하기 위해 심혈을 기울일 수밖에 없었다. 어떤 프로젝트들이 발표되느냐에 따라, 해당 연도 EAC 주최 측의 능력을 평가받게 되니까.

"그러니까 정말 대단한 일입니다."
"그러네요, 브루노."
"아마 우진은 EAC 역사상 최연소 발표자일지도 모르겠습니다."

컨퍼런스 홀의 한편에서, 브루노는 오랜만에 만난 다른 스페인의 건축가와 나란히 앉아 작은 목소리로 이야기를 주고받는 중이었다. 브루노는 당연히 컨퍼런스의 VIP였지만 올해 발표자로 선정되지는 않았고, 때문에 지정석에 앉은 것은 아니었다. 브루노는 글래셜 타워가 한창 이슈가 되었던 작년 컨퍼런스에서 메인 발표자였다.

"그런데 브루노, 궁금한 게 하나 있어요."
"말씀하세요, 마누엘."
"말씀하신 대로라면 우진이라는 그 건축가는 따로 EAC 측에 투고를 하지도 않은 것 아닙니까?"
"그랬지요."
"브루노의 말씀대로라면 최소 진행 중이거나 완성된 프로젝트를 주최 측에 투고해야, 그쪽에서 검토하고 난 뒤에 발표자로 선정해주는 것 아닌가요?"
"그렇죠."
"그런데 어떻게…."

마누엘은 스페인 협회에서도 알아줄 정도로 뛰어난 건축가였지만, EAC에 초대받은 것은 처음이었다. 아직 30대 중반의 젊은 나이기도 했고, 실력을 인정받은 지가 얼마 되지 않았던 것이다. 그래서 마누엘은 발표자 지정석에 떡 하니 앉아 있는 우진이 궁금할 수밖에 없었다. 자신보다도 훨씬 어려 보이는 동양의 청년이 EAC에 초대받았다는 사실만 해도 무척이나 놀라운데, 그것을 넘어 어떻게 발표자까지 될 수 있었는지 말이다. 브루노가 빙긋 웃으며 말을 이었다.

"마누엘."

"네, 브루노."

"혹시 지난번 협회 모임에 오셨을 때, 마테오가 진행 중이던 스타디움 프로젝트를 보셨나요?"

"마테오의 프로젝트라면… 올라스 페로시스(Olas feroces) 말씀이시죠?"

"그렇습니다."

마누엘이 고개를 끄덕였다.

"물론이죠. 그날의 충격은 아직도 생생하니까요."

"하하."

"사실상 이번 컨퍼런스에서 가장 메인 발표자로 선정된 건축가도 마테오 아닙니까?"

"그렇지요."

"그런데 갑자기 이 프로젝트는 왜…?"

브루노가 웃으며 다시 입을 열었다.

"우진은 사실 그 프로젝트에 제법 많은 지분을 가지고 있는 건축가입니다."

"네에…?"

마누엘은 당황한 표정이 되었고, 브루노의 말은 계속해서 이어졌다.

"그 점진적으로 휘몰아치는 구불구불한 3차원 패널들의 설계는 사실상 우진이 없었다면 할 수 없던 것들이니까요."

"그게 무슨…!"

마누엘의 두 눈이 휘둥그레졌지만, 브루노는 담담한 표정으로 다시 말을 이었다.

"마테오의 그 작품 덕에, 올해 컨퍼런스에서 중요하게 다뤄질 주제 중 하나가 디지털 건축이 되었습니다."

"디지털 건축은 이미 몇 년 전부터 중요한 주제 아니었나요?"

"정확히는 디지털 건축 안에서도, 그 꿈틀거리는 유기적인 면을 설계할 수 있게 만들어준 3차원 설계기법에 관련된 부분들이죠."

"아…."

브루노는 컨퍼런스 홀에 시선을 고정한 채, 계속해서 말을 이었다.

"때문에 EAC 주최 측에서는, 이와 관련되어 최대한 많은 사례를 확보하길 원했습니다."

"아하."

"그리고 이러한 디자인적 방법론에 대해, 뛰어난 인사이트를 가지고 있는 디자이너를 원했지요."

콧잔등으로 흘러내리는 안경을 살짝 치켜올린 브루노가 한 마디 덧붙였다.

"우진 덕에 설계를 완성할 수 있던 마테오는 당연히 그에 대한 적임자로 우진을 추천했던 겁니다."

브루노의 설명을 다 들은 마누엘은, 두 눈을 반짝이고 있었다. 우진이라는 동양의 건축가가 부럽기도 했지만, 이제는 호기심이 더욱 커져 있었다. 아무리 마테오가 추천했다고 하더라도, 검증되지 않은 건축가를 EAC에서 발표자로 내세울 리는 없다. 게다가 브루노까지 이 우진이라는 건축가를 크게 호평하고 있었으니, 그가 과연 오늘 발표에서 어떤 인사이트를 보여줄지 너무도 궁금해졌다.

'디지털 건축…. 그리고 삼차원 설계라….'

브루노와 마누엘의 대화는 여기까지였다. 마누엘도 일단 가장 궁금했던 부분은 알게 되었으며, 무엇보다도 컨퍼런스의 발표가 시작되었으니 말이다. 본격적인 컨퍼런스가 시작되자 EAC의 명성에 걸맞은 훌륭한 프로젝트들이 차례대로 소개되었고, 마누엘은 두 눈을 반짝이며 발표자들의 이야기를 경청했다. 그렇게 다섯 개 정도의 발표가 끝난 뒤 기다렸던 마테오의 프로젝트가 스크린에 떠올랐다. 그 멋들어진 스타디움의 조감도를 발견한 장내의 디자이너들은 시작부터 박수갈채를 쏟아부었다.

"Bravo!"

"멋지군. 올해의 메인 프로젝트는 이거였어."

"마테오가 다시 부활했군."

그리고 그 환호 속에서, 마테오의 발표가 본격적으로 시작되었다.

— * —

2011 EAC의 총 일곱 명 발표자들 중, 에단 클라크의 순서는 네 번째였다. 생각지도 못했던 우진의 등장으로 인해 심기가 불편해

지기는 했지만, 그래도 에단은 성공적으로 발표를 마쳤다. 기본적으로 에단은 수많은 프로젝트를 진행하고 발표했던 노련한 건축가였으며, 이곳 AA스쿨 자체가 그에게는 안방과도 같이 편한 곳이었으니까.

그래서 다시 자리로 돌아온 에단은, 조금 기분이 나아졌다. 역시나 많은 디자이너들이 자신의 프로젝트에 호응해줬고, 그것으로 이번 파빌리온의 조형적 가치가 뛰어남을 증명한 셈이었으니 말이다.

'겉멋만 잔뜩 들어있던 누구의 평가와는 다르게 말이지.'

하지만 나아졌던 그의 기분이 다시 나빠지는 데까지는, 그리 오랜 시간이 걸리지 않았다. 정확히는 그의 바로 다음다음 순서로 발표에 나선 마테오의 프로젝트를 보기 시작했을 때부터였다. 일단 마테오의 프로젝트는 시작부터 너무 충격적인 비주얼을 보여주었다.

'아니, 저게 실제로 시공이 가능한 설계라고?'

에단은 하이드파크의 파빌리온을 발표하면서, 디자인 과정에 사용된 패러매트릭 디자인과 디지털 패브리케이션 기법에 대해 장황하게 설명했다. 자신의 스튜디오에서 얼마나 복잡한 R&D 과정을 거쳤으며, 어떻게 이러한 디자인을 뽑아낼 수 있었는지 말이다.

그런데 지금 에단의 눈앞에 펼쳐진 마테오의 올라스 페로시스 (Olas feroces)는 에단의 발표를 부끄럽게 만들 지경이었다. 자신의 발표 차례에 현실적으로 불가능한 설계라는 식으로 이야기했던 다양한 비정형적 곡면들이, 마테오의 설계에는 훨씬 더 복잡하고 아름답게 표현되어 있었으니 말이다.

'이건 사기야!'

현업에서 수십 년 동안 건축을 해온 에단의 입장에서 마테오의 설계는 그저 눈을 현혹시키기 위한 비현실적인 설계로 보일 정도. 에단은 얼굴이 다시 시뻘겋게 달아올랐고, 초조해진 것인지 한 손을 쥐락펴락하기 시작하였다. 마테오의 프로젝트가 더 뛰어나서는 아니었다. 어차피 에단은 이번 컨퍼런스에서, 그냥 평균 정도의 지지만 얻으면 성공이라 생각했으니까.

하지만 상황이 이렇게 흘러간다면 얘기는 달라진다. 정황상 마테오의 이 발표가 올해 컨퍼런스의 메인 화두가 될 것 같았는데, 이렇게 되면 에단의 발표는 비교 대상으로 계속해서 언급될 수밖에 없을 테니 말이다. 사실상 에단의 프로젝트는 디지털 기법을 전격적으로 이용하기보다는 기존의 설계법에 약간의 포장지로 사용한 정도였으니 건축의 조형적 아름다움을 떠나, 설계의 수준 차이가 너무 크게 난 것이다.

"후우우."

에단은 평정심을 찾기 위해 깊게 심호흡하였고, 그러는 사이 마테오의 발표는 클라이맥스를 향해 달려갔다.

"저는 이번 프로젝트를 통해, '디지털 툴'이 도구로서의 역할뿐 아니라 새로운 창의력의 발원 지점이 될 수 있다는 사실을 깨달았습니다."

모두가 마테오의 발표에 귀를 기울이고 있었고, 에단 또한 얼굴이 붉으락푸르락할지언정 그의 목소리를 집중해서 듣고 있었다.

"이번에 제가 접한 알고리즘과 3차원 툴은, 저의 공간에 대한 인지능력과 창의력을 또 다른 차원까지 확장시켜줬다고 해도 과언이 아니었습니다."

그리고 마테오의 마지막 말이 이어진 순간, 에단은 자리에서 벌떡 일어설 뻔했다.

"하지만 이번 프로젝트의 모든 방법론과 프로세스는 저 혼자만의 것이 아닙니다. 저 또한 큰 도움을 받았으니까요."

"…!"

"여러분 모두가 지금쯤 가장 궁금해하고 계신 구체적인 프로세스들."

마테오가 우진을 향해 손을 뻗었고, 우진이 천천히 자리에서 일어났다.

"그것들을 공유해주실 건축가 한 분을, 이 자리에 소개합니다."

대미 大尾

한국의 속담 중에, 번데기 앞에서 주름잡는다는 말이 있다. 그리고 이 비슷한 뜻을 가진 속담은 당연히 영어에도 있다.

"Teach a fish how to swim."

물고기에게 수영하는 법을 가르치다. 지금 단상 위에 올라와 있는 우진을 보는 에단이 딱 그 짝이었고, 그래서 에단은 점점 더 부끄러워지기 시작했다. 어제 하이드파크에서, 우진에게 했던 말들이 떠오르기 시작했으니 말이다.

[학생, 디지털 건축이라는 건, 그렇게 간단한 분야가 아닐세.]

[그런 식으로 설계가 가능하다면, 전 세계 굴지의 건축가들이 대체 왜 수직 수평의 구조를 고집하겠는가.]

[건축 디자인이란 현실적인 제약 안에서 최고의 아름다움을 뽑아내는 학문이라네. 그리고 이상과 현실의 괴리는 제법 큰 편이지.]

[가상의 공간 안에 3D프로그램으로 모델링을 한다고, 건물이 뚝딱 지어지지는 않거든.]

분명히 우진의 설명들을 들었을 때, 에단은 그렇게 생각했다. 그 모든 설명들은 젊은 혈기에서 나온 치기 어린 몽상들이라고 말이다. 1970년대부터 건축을 해온 에단에게는 이미 건축이라는 분야에 대한 자신만의 확고한 틀이 있었고 20대 초반으로 보이는 어린 동양인의 이야기만으로 그 틀을 깨어버리는 것은 쉽지 않은 일이었다.

애초에 에단은 우진을 아래로 내려다보면서 얘기했기에, 그의 이야기를 객관적으로 들을 수 없었다. 우진과 대화할 때 에단은 무조건 자신이 옳다는 대전제를 이미 깔아놓고 대화를 시작했었으니까. 하지만 오늘은 아니었다. 여기 이 자리는 세계 최고의 건축가들이 모여 있는 EAC였고, 이 EAC는 에단이 가진 틀을 충분히 깨부술 수 있을 만큼 커다란 권위를 가지고 있는 행사였다. 그래서 에단은 말없이, 아랫입술을 질겅질겅 씹으며 단상 위를 지켜볼 수밖에 없었다.

"처음 마테오의 프로젝트에 대한 이야기를 들었을 때, 제게 가장 직관적으로 다가온 키워드는 바로 열정이었습니다."

수많은 건축가들 앞에서도 일체의 위축됨 없이,

"축구를 그 누구보다 사랑하는 클라이언트의 열정."

담담한 어조로 자신의 이야기를 이어가는 우진.

"그리고 그 축구라는 스포츠를 상상하면 가장 먼저 떠오르는 생동감."

우진은 에단으로서 알아들을 수 없는 한국말로 발표를 하고 있었지만, 그것은 거의 동시에 통역되어 통역사의 목소리로 한 번 더 울려 퍼지고 있었다.

"이 에너지를 표현하기 위해서는 그 어떤 건축보다도 다이내믹한 실루엣의 파사드가 필요하다고 생각했고, 그 에너지를 스케치하여 하나의 파라미터(Parameter)로 적용한 패러매트릭 디자인이라면… 그 어떤 건축 디자인의 방법론보다도 훌륭히 이 키워드를 표현할 수 있을 것이라 생각했습니다.”

지금 수많은 세계적인 건축가들은, 우진의 이야기에 집중하고 있었다.

“마테오가 그 ‘열정’과 ‘생동감’을 스케치로 표현했다면, 저는 그 스케치를 알고리즘과 3차원 설계라는 매개체를 통해 풀어내는 역할을 담당한 셈이죠.”

우진은 마테오의 건축 프로세스를 소개하면서, 자연스레 패러매트릭 디자인의 방법론에 대한 설명을 곁들였다. 덕분에 패러매트릭 디자인이라는 장르가 생소했던 건축가들조차도, 그 개념을 쉽게 이해할 수 있었다. 명확한 레퍼런스를 보여주며 구조 하나하나에 적용된 방법론에 대한 이야기를 하니, 머리에 쏙쏙 들어온 것이다.

“흠… 이제는 하다못해 건축가가 프로그래밍까지 배워야 하는 시기가 온 건가….”

“멋지군. 올해 컨퍼런스에 참석하길 정말 잘했어.”

“어떻게 저런 실루엣을 설계도로 뽑아낼 수 있었나 했더니… 저런 비밀이 숨어있었군.”

이곳에 있는 건축가들의 실질적인 능력치와 실력을 떠나서, 2011년인 지금은 아직 패러매트릭 디자인이라는 장르가 모두에게 생소한 시기다. 그래서 지금 이 순간 우진의 발표 한마디 한마디는 파괴력 있는 것이었다. 우진이 이름 모를 어린 동양인 건축가라는 점은 문제가 되지 않았다. 지금 우진은 마테오의 권위를 등에 업고 있었으니까.

한차례 올라스 페로시스(Olas feroces)의 건축 디자인 프로세스에 대한 설명이 끝난 뒤. 단상 위에 놓여있던 생수로 목을 축인 우진이 다시 이야기를 시작했다.

"어떤 디자이너는, 툴을 단순한 도구의 개념으로만 생각합니다."

시작부터 의미심장한 이야기에, 사람들의 눈에 흥미가 어렸다.

"툴을 다룰 줄 모르더라도 조형성을 볼 줄 아는 안목과 건축에 대한 이해만 있다면, 도구 정도는 충분히 대체 가능한 부분이라고 생각하죠."

디자이너의 길을 걸은 사람들이라면, 그중에서도 높은 자리에 올라있는 이들이라면 한 번쯤 충분히 생각해봤을 법한 부분에 대한 이야기를 우진이 하고 있었다.

"하지만 혹시 여러분은, 이런 생각을 해보신 적 있습니까?"

잠시 뜸을 들인 우진이 다시 말을 이었다.

"과연 도구가 없었더라면, 디자인이라는 개념이 생겨날 수 있었을까? 건축이라는 분야가 생길 수 있었을까?"

우진이 던진 생각지도 못했던 화두에, 사람들은 저마다 생각에 잠겼다. 그리고 그의 입에서 어떤 말이 이어져 나올지, 궁금해지기 시작했다. 디지털 건축과 3차원 설계에 대한 이야기를 하러 단상 위에 올라온 사람이 꺼내든 이야기 치고는, 꽤 생뚱맞은 측면이 있었으니 말이다.

"우리는 도구를 사용할 수 있었기에 나무를 벨 수 있었고 그 베어낸 나무들이 있었기에 그것으로 가구를 만들고 집을 지을 수 있었습니다."

하지만 놀랍게도 이 생뚱맞은 이야기는, 하나의 논점을 향해 이어지고 있었다.

"도구가 정교해질수록 우리가 쓸 수 있는 재료들은 더 다양해졌고, 재료가 다양해질수록 건축의 가능성은 계속해서 더 커졌습니다."

이제는 우진이 무슨 말을 하고 싶은 것인지, 조금씩 감이 오기 시작하는 사람들.

"우리는 오두막을 지을 수 있었기에 벽돌집을 생각할 수 있었고 지어진 벽돌집을 경험할 수 있었기에 우리는 철골과 시멘트로 만들어진 집을 상상할 수 있었습니다."

그런 그들을 한 차례 쭉 둘러본 우진이 마른침을 집어삼킨 뒤 다시 입을 열었다.

"오늘 제가 여러분께 소개한 3차원 설계와 스크립트를 활용해 설계된 패러매트릭 디자인은, 우리가 한 단계 더 나아갈 수 있는 발판을 마련해줄 것입니다."

우진이 레이저 포인트를 꾹 누르자, 스크린의 화면이 바뀌었다. 그리고 그 스크린에는, 우진이 설계한 패러필드의 파빌리온 설계도가 떠올라 있었다.

"우리는 빛이 흘러가는 경로를 상상할 수 있지만, 그것을 정확하게 계산할 수는 없습니다."

우진이 포인터를 한 차례 더 누르자, 그 설계도 위에 새하얀 빛의 물결이 흘러내리기 시작했다.

"그리고 그 경로를 따라 점진적으로 펼쳐지고 뒤틀리는 이런 패턴을, 3차원의 공간에 한 땀 한 땀 그려낼 수는 없을 겁니다."

우진이 보여준 생각지도 못했던 이미지에, 사람들의 눈은 휘둥그레졌다. 그것은 그들이 감탄했던 올라스 페로시스(Olas feroces)와 비교하더라도, 전혀 부족함 없을 정도로 신선하고 멋진 것이었으니 말이다.

"저는 알고리즘을 활용한 3차원 설계라는 새로운 툴을 익힘으로써 지금까지 해보지 못했던 방식의 새로운 건축을 시도할 수 있었고…."

이번에는 스크린 위에, 선으로 만들어진 도면의 이미지가 아닌 완전해진 조형물의 모습이 만들어졌다.

"새로운 시도를 거듭하는 과정에서, 지금껏 보지 못했던 조형성을 찾아낼 수 있었습니다."

그리고 그것은… 아름다웠다.

"저 젊은 동양인, 한국의 건축가라고 했나? 이름이 뭐지?"
"저기, Woojin Seo라고 쓰여 있는 것 같군."
"어떻게 저 나이에 이런 수준의 디자인을 할 수 있는 거지?"
"정말 대단하군. 컨퍼런스가 끝나고 나면, 연회장에서 대화를 한 번 해보고 싶어."

처음에는 마테오라는 거장을 등에 업었기에 이 무대 위로 올라올 수 있었던 우진이었지만 그의 말이 한마디 한마디 이어질 때마다, 우진은 점점 커다란 그림자 밖으로 자신을 드러내고 있었다. 우진이 가진 능력과 그릇이 결코 마테오라는 건축가의 그림자 안에 갇힐 만한 것이 아님을, 이 짧은 시간 안에 스스로가 증명해내고 있는 것이다. 우진이 처음 단상 위로 올라올 때만 하더라도 디자이너들의 관심사가 마테오의 건축 프로세스에 있었다면, 이제 모두의 관심사는 오롯이 '우진'이라는 건축가에게 모여 있었다.

"어쩌면 나는 너무 현실에 안주하고 있었던 건축가였는지도 모르겠어."

"나도 마찬가지야."

그 모습을 현장에서 지켜보던 사람들은 자신도 모르게 소름이 돋는 것을 느끼고 있었고, 이미 이런 경험을 한 번 해봤던 브루노는 기분 좋은 미소를 띤 채 흐뭇하게 지켜보고 있었다.

'정말 멋지군. 자존심 세고 고지식한 EAC의 건축가들을 이렇게 짧은 시간 안에 휘어잡은 프레젠테이션이라니.'

처음 SPDC에서 우진을 봤을 때부터 훌륭한 디자이너가 될 수 있는 원석이라고 생각하긴 했지만, 이제는 완전히 자신만의 모양새를 갖춘 어엿한 건축가이자 디자이너가 된 우진이었다.

"저는 오늘 컨퍼런스에서 저의 이 멋진 경험들을 최대한 공유하고자 합니다."

우진의 스승이자 우진만큼이나 이 분야에 열정이 있는 조운찬 또한, 감탄한 것은 마찬가지였다. 기술적으로는 우진이 운찬을 아직 넘어설 수 없는 게 당연했지만 그것과 별개로 운찬은 이 새로운 분야를 우진만큼 매력적으로 다른 건축가들에게 소개할 자신이 없었던 것이다. 우진의 오늘 프레젠테이션은, 운찬조차도 자극할 정도로 특별한 열정과 철학을 담고 있었다.

"대단한 녀석…."

그렇게 모두가 감탄하는 사이, 우진은 준비했던 모든 것들을 쏟아내었고, 어느새 우진에게 주어졌던 30분이라는 시간이 전부 지나갔음에도, 아무도 그것을 지적하는 사람은 없었다. 다만 한 사람, 단상에서 가장 가까운 자리에 앉아있던 영국의 노신사 에단만이 유일하게 쓴웃음을 머금었을 뿐이었다.

'나도 은퇴할 때가 된 것인가….'

에단은 이제 눈을 질끈 감고 있지도, 입술을 잘근잘근 씹고 있지도 않았다. 물론 허탈한 표정이기는 했지만, 그 안에 이제 불쾌감 같은 것은 이제 남아있지 않았다. 에단은 아직까지도 단상 위에서 열변을 토하고 있는 우진을 묵묵히 바라볼 뿐이었다.

"과분하게도 저를 EAC라는 훌륭한 행사에 초대해주신 여러분께 진심으로 감사드립니다."

그리고 에단과 눈이 마주친 우진의 얼굴은, 빙긋 웃고 있었다.

"오늘 이 자리에서 제가 여러분께 공유한 이 경험들이, 더욱 멋지고 아름다운 소스가 되어 제게 되돌아올 것임을 믿어 의심치 않습니다."

2011년 11월 25일 금요일.

영국, 런던에서 열린 오늘의 컨퍼런스에서 우진은 '디자이너 서우진'이라는 자신의 이름을 처음 세계에 알릴 수 있었다.

—— * ——

EAC는 총 1박 2일 동안 진행된다. 첫날 4~5시간 정도에 걸친 발표회가 끝난 뒤, 그날 저녁 참석자들 간 교류의 장이 열리고 그다음 날은 조금 더 짧은 세 시간 정도의 토론회가 낮에 열린 뒤, 간단한 행사와 함께 폐막하게 되는 일정으로 구성되어 있었다.

그리고 이 1박 2일 동안, 우진은 정말 눈코 뜰 새 없이 바빴다. 과장 없이 EAC 참석자들 중 절반 정도는 우진과 이야기를 나눠보고 싶어 했으니 말이다. 우진이 보여준 디자인은 그만큼 파격적이고 멋진 것이었다.

"반갑습니다, 우진. 오늘 발표는 정말 잘 봤습니다."

"감사합니다. 이런 자리에 초청될 수 있어서 영광일 따름입니다."

"패러매트릭 디자인을 적용한 우진의 건축물은 아직 없습니까?"

"진행 중인 프로젝트는 좀 있지만, 아쉽게도 아직 완성된 프로젝트는 없네요."

"우진의 프로젝트는 한국에 있겠지요?"

"그렇습니다."

"내년에는 한국에 꼭 한번 방문해야겠군요."

"와주신다면, 제가 맛있는 식사라도 대접하겠습니다."

"하하, 감사합니다."

EAC의 E는 Europe의 E였지만, 우진이 참석했듯 전 세계 각국의 디자이너들이 다양하게 모여 있었다. 덕분에 우진은 정말 많은 인맥을 만들 수 있었고, 그만큼 다양한 경험을 할 수 있었다. 다들 세계 최고 수준의 건축가인 만큼, 우진이 배울 점도 많았던 것이다.

사실 우진이 발표한 디지털 건축과 관련된 분야들이 지금 시점에서 새롭고 파격적인 분야였던 것이지 기존의 건축적인 역량으로 따지자면, EAC에 참석한 대부분의 건축가들이 우진보다 뛰어날 수밖에 없는 사람들이었다. 그래서 모든 컨퍼런스 일정이 끝나고 AA스쿨을 나서면서 우진이 가장 먼저 떠올린 한 가지는, 바로 이것이었다.

'정말 세상은 넓고, 뛰어난 건축가들은 많구나.'

전생을 포함해 이 업계에 20년을 있으면서 수없이 느꼈던 사실이지만, 이번처럼 그것이 뼈저리게 느껴졌던 적은 없었던 것 같았다.

주차장에서 차에 타기 직전, 우진은 마지막으로 브루노, 마테오와 인사하였다.

"두 분, 고생 많으셨습니다."

우진의 인사에 두 사람 모두 기분 좋게 웃으며 대답했다. 이틀 내내 건축가들에게 시달리느라 핼쑥해진 우진의 얼굴이 재밌었는지, 브루노는 너털웃음을 터뜨렸고,

"우진이야말로 고생 많으셨지요, 하하."

이번 컨퍼런스에서 우진보다도 더 바빴던 마테오는 멋쩍은 표정이었다.

"좀 더 챙겨드리지 못해서 제가 죄송하군요. 우진 덕에 오랜만에 EAC에서 단상 위에도 서봤는데 말이지요."

마테오가 뒷머리를 긁적이며 말하자, 우진은 손사래를 쳤다.

"제 덕이라니요. 저야말로 두 분 덕에 너무 귀한 경험을 했지요."

물론 마테오가 우진의 덕을 본 것도 많았지만, 결과적으로 봤을 때 얻은 것은 우진이 더 많았다. 그의 설계에 참여함으로써 이미 스타디움 설계자에 이름도 올린 데다 설계비용까지도 두둑이 받았는데, 그 덕에 EAC에서 발표까지 해볼 수 있었으니 말이다. 그

래서 우진은 무척이나 민망한 표정이었고, 그런 그를 향해 마테오가 껄껄 웃어 보였다.

"한국으로 돌아가시기 전에, 저녁이나 한 끼 함께할 수 있었으면 좋겠군요."

"저야 좋습니다."

"귀국 일정이 며칠 뒤에 잡혀 계시죠?"

"말일 오후에 귀국합니다."

우진의 말에 스마트폰을 켜 달력을 확인한 마테오가 고개를 끄덕였다.

"말일이면 수요일… 그날을 제외해도 아직 3일 정도 남았군요."

"그렇죠."

"제가 다시 연락드리겠습니다."

"감사합니다!"

두 스페인의 건축가들과 인사를 나눈 뒤, 우진은 이번 컨퍼런스에서 안면을 익힌 다양한 사람들과 인사를 나눴다. 하여 그렇게 주차장에서만 이십 분가량 돌아다닌 우진은 거의 탈진 직전의 상태로 운전대를 잡았다. 이제는 제이든의 집으로 돌아갈 시간이었다.

"오빠… 괜찮지?"

축 늘어진 우진을 보며, 걱정스런 표정으로 묻는 소연. 긴장이 풀려서인지 피로가 한 번에 몰려오는 우진이었지만, 그래도 얼굴은 밝을 수밖에 없었다.

"물론이지. 일단 가서, 오늘 하루 푹 쉬면 될 것 같아."

"그래, 고생했어."

그리고 잠시, 우진의 얼굴을 물끄러미 바라보던 소연이 소심한 목소리로 한마디 덧붙였다.

"그리고 어제오늘 정말 멋졌어, 오빠."

— * —

영국에서의 남은 며칠은, 순식간에 지나가 버렸다. 컨퍼런스가 끝난 26일 하루는 완전히 죽은 사람처럼 푹 누워서 보냈으며, 27일 과 28일에는 제이든, 석현, 소연과 신나게 영국 관광을 했다. 이미 우진이 컨퍼런스에 참여하는 이틀 동안 신나게 놀고 있었던 제이 든과 석현이었지만, 체력은 마지막 날까지도 남아도는 듯 보였다.

"우진, 내일은 〈해리포터〉 테마 파크에 갈까?"

"아니, 내일은 약속이 있어."

"What? 영국에 친구라도 있었던 거야, 우진?"

"그럴 리가. 단지 마테오와 저녁을 함께하기로 했을 뿐이야."

"그럼 나도 같이 가!"

"마테오에게 한번 물어봐는 줄게."

"Holy! 우진은 역시 거짓말쟁이야."

"또 뭐가."

"제이든에게 이미 잘해주고 있다며."

"…?"

"제이든을 위한다면 이미 말해뒀어야지!"

분노하는 제이든을 보며, 우진은 고개를 절레절레 저었다.

"그냥 석현이랑 둘이 호그와트로 떠나버려."

"Bloody Hell!"

11월 29일 화요일. 결국 영국에서 우진의 마지막 일정은, 다 같이 마테오의 초대를 받는 것이었다. 마테오는 통 크게 런던에서 유명한 씨 푸드 레스토랑을 통째로 빌렸으며, 그곳에 브루노를 비롯한 많은 스페인 건축가들까지 초대한 것이다. 제이든과 석현 또한 함께 맛있는 저녁 식사를 했고, 그것으로 우진의 영국 관광은 아주 기분 좋게 마무리되었다.

그리고 한국행 비행기가 예약되어있는 11월 30일, 영국에서의 마지막 날. 공항까지 데려다준 제이든의 부모님 덕에, 우진은 편하게 히스로우에 도착할 수 있었다. 비행기에 타기 전 우진은 제이든의 가족과 공항에서 점심 식사를 함께했다.

"오랜만에 재밌는 일주일이었어요, 우진, 석현 그리고 소연."

수진의 인사에 우진이 대답했다.

"저희야말로 두 분 덕에 편히 머물다 갑니다. 정말 감사드려요."

이번에는 콜튼이 말했다.

"조만간 다시 봅시다, 우진."

콜튼의 말에 우진은 의아한 표정이 되었다. 이제 한국에 돌아가면 또 정신없이 밀린 일을 해야 하기 때문에, 런던에 또 올 일이 있을지조차 불투명했으니 말이다.

"조만간…이요? 언제 영국에 또 올 수 있을지 잘 모르겠는데…."

하지만 콜튼은 웃으며 대답했다.

"나와 수진은 내년에 아마 다시 한국으로 들어갈 겁니다."

"오…! 정말요?"

"그때까지만 우리 제이든을 잘 부탁드립니다."

수진도 한마디 덧붙였다.

"제이든 때문에 항상 걱정이 많았는데, 이렇게 든든한 친구들이 있어 정말 다행이에요."

콜튼과 수진의 마지막 말에 제이든이 또다시 날뛰었지만, 그를 신경 쓰는 사람은 아무도 없었다. 그리고 그렇게 네 사람은 다시 한국행 비행기에 올랐다.

우우우웅-!

달아오르는 비행기 엔진 소리를 들으며, 우진은 창밖을 물끄러미 응시했다. 그러자 지평선이 보일 정도로 널따란 평야가 펼쳐진 런던의 풍경이, 우진의 망막에 고스란히 맺혔다. 런던에서 좋은 기억만을 남긴 우진은 그렇게 다시 한국으로 돌아왔다.

— * —

벨로스톤즈의 대표 민주영은 최근 들어 무척이나 바쁜 나날들을 보내고 있었다. 2010년까지도 그녀의 사업은 꾸준히 확장되고 있었지만, 올해는 말 그대로 '물이 들어오고 있는' 상황이었으니 말이다.

인천에 작게 차려두었던 사무실은 포화상태가 되어 서울에 새로 큰 사무실을 알아보고 있었으며, 한 달에도 두세 곳 이상의 새로운 업체들이 벨로스톤즈의 자재를 공급받기 위해 문을 두들기고 있었다. 올해 코엑스에서 열렸던 리빙 페어에서, 성공적인 성과를 거둔 덕이 가장 크다고 할 수 있었다.

'올해 평범한 페어에서도 이렇게까지 큰 효과를 봤는데…. 내년은 정말 기대 좀 해봐도 되겠어.'

코엑스의 리빙페어는 국내 최대 규모의 인테리어 전시였지만,

146

그럼에도 '평범'하다고 한 이유는 12년도에 열릴 리빙페어의 규모 때문이었다. 국제적으로 수많은 업체들과 바이어들을 초대하는 12년도의 리빙페어는 지금까지 열렸던 어떤 리빙페어보다도 더 큰 규모였으니 말이다. 서울 디자인 재단과 콘텐츠 진흥원은 물론, 새로 부임한 서울시장까지 물심양면으로 밀어주고 있는 행사였으니 단순히 매년 주기적으로 열리던 페어와 비교조차 할 수 없는 것은 당연한 것.

'못해도 올해의 세 배는 되는 규모일 거야.'

게다가 이 페어에서 벨로스톤즈는 무려 메인 부스를 차지하게 되었으니, 파급력이 얼마나 클지는 민주영으로서도 가늠할 수 없는 수준이라 할 수 있었다.

'생각했던 것보다도 훨씬 더 판이 더 커져버렸어.'

그래서 민주영은 그녀의 인생에 온 이 어마어마한 기회를, 최대한 극대화시키기 위해 다방면으로 뛰는 중이었다. 조금이라도 더 품질 좋은 자재를 수급하고, 그것으로 다른 업체들에 제안해볼 수 있는 고급스런 디자인을 개발하고, 나아가 인테리어업계를 넘어 건축업계까지 사업을 확장하기 위해 더 많은 물량을 확보할 루트를 뚫어놓기 위해서 말이다.

이 모든 인프라를 구축하고 사업확장에 성공하기 위해서는 지금까지 벌어들인 모든 돈을 남김없이 투입해야 했지만, 민주영은 한 치 망설임도 없이 모든 것을 배팅하였다. 그녀는 지금껏 그렇게 사업을 확장해왔으며, 그녀의 눈에 비친 이번 기회는 리스크조차 크지 않았으니까. 그녀에게는 여러 가지 믿는 구석이 있었지만, 그중에서도 가장 든든한 버팀목은 바로 우진과 WJ 스튜디오였다. 민주영은 이번 프로젝트에 우진을 끌어들인 것이 정말 신의 한 수였다고 생각하고 있었다.

'서 대표님 덕에 서울시 쪽이랑 커넥션도 더 단단해졌고… 심지어 콘텐츠 산업까지도 연결고리가 생겨버렸으니까.'

우진에게 너무 고마운 주영은 그에 보답하기 위해서라도 최선을 다해 움직이고 있었다. 오늘도 그녀는 새롭게 양질의 대리석을 공급받을 루트를 뚫기 위해, 이탈리아로 출국해 있었다. 정확히는 이탈리아 남부, 작은 도시의 채석장에 와 있었다.

"베르타(Berta), 반가워요. 메일로 인사드렸던 벨로스톤즈의 민주영이라고 합니다."

주영의 이탈리아어 실력은, 완전히 현지인이나 다름없는 수준이었다. 그녀는 영어도 잘했지만, 이탈리아어를 훨씬 더 잘했다. 유학 생활을 워낙 오래 하기도 했으며 사업을 위해 피나는 노력을 한 덕분이었다. 유통사업이라는 것은 본래 필터가 하나 늘어날수록 마진이 줄어드는 것이 당연했고, 때문에 이태리 현지어를 하지 못한다면 제대로 된 대리석 판로를 만드는 게 불가능했다.

"반가워요, 민 대표님. 메일은 잘 받아봤습니다. 이렇게 빨리 찾아오실 줄은 몰랐군요."

"환영해주셔서 감사합니다. 지난번에 보내주셨던 샘플의 품질이 너무 좋아서, 이렇게 한달음에 달려왔지요."

"민 대표님께선 보는 눈이 있으시군요."

이미 메일로 이야기는 대부분 된 상황이었기에, 주영은 여유롭게 커피를 마시며 담당자와 대화하였다. 코끝이 찡할 정도로 쓴 이태리의 에스프레소도, 이제는 완전히 적응한 그녀였다.

"그럼 본격적인 물량을 받아내는 건 내년 봄이 되어야겠군요?"

"그렇습니다, 대표님. 저희도 생산량 확보가 덜 된 상황이어서요."

"괜찮습니다. 그 정도면 일정은 충분히 맞출 수 있을 것 같아요."

그래서 오늘도 기분 좋게 목적을 달성한 민주영은 한국으로 귀국하기 위해 다시 공항으로 향했다. 왕복만 수백만 원이 깨지는 비행기 표를 끊고 고작 이틀 머물렀다 가는 그녀였지만, 그 돈이 아까울 리는 없었다. 이렇게 현지의 거래처 한 곳 새로 뚫는 것은, 그 이상의 값어치를 하는 것이었으니 말이다.

"으, 피곤해⋯ 이제 한동안 출국 일정은 없는 게 다행이야."

공항 라운지에서 출국 수속을 마친 민주영은 게이트에 들어가기 위해 캐리어를 끌고 줄을 섰다. 긴 비행시간에 무료하지 않기 위해, 현지에서 잡지도 한 권 구매했다. 매달 건축과 인테리어의 트렌드를 소개하는, 주영이 애독하는 이태리 현지의 잡지 브랜드였다. 그녀는 매달 수많은 건축 잡지들을 보며, 스크랩하는 것이 취미인 사람이었다.

'이번 달도 레퍼런스로 써먹을 만한 괜찮은 디자인이 있었으면 좋겠는데⋯.'

잡지를 한 장씩 넘기며 천천히 걸음을 옮긴 그녀는, 비행기에 올라 자리에 착석하였다. 그런데 바로 그때,

"어⋯?"

잡지 한편에 시선이 꽂힌 민주영의 두 눈이 왕방울처럼 휘둥그레 확대되었다.

Warming up

툭-

탁자 위에 던져놓은 잡지의 표지를 보며, 우진이 의아한 표정이 되었다.

"이게 뭡니까?"

"보면 모르세요? 잡지잖아요. 건축 디자인 잡지."

"아니, 그거야 당연히 아는데…."

그것을 슬쩍 집어 든 우진이 앞뒤로 살피며 다시 물었다.

"이거 어느 나라 말이에요? 이태리어?"

"빙고."

"이걸 갑자기 왜 주시는…."

고개를 갸웃하는 우진을 보며, 민주영이 피식하고 웃었다.

"한번 펼쳐 보세요. 한 30페이지쯤 보시면 될 거예요."

"음?"

민주영으로부터 받은 의문의 잡지를 펼쳐 넘기던 우진은 잠시 후 민망한 표정이 되었다. 몇 페이지 스르륵 넘기자, 그가 너무도 잘 아는 얼굴이 튀어나왔던 것이다. 오늘 아침 샤워 후 머리를 말릴 때도 봤던 바로 그 얼굴. 그것은 다름 아닌, 보름 전 우진의 모습이었다. AA스쿨 컨퍼런스 홀의 단상 위에서 열변을 토하는 우진의 얼굴이, 풀 컬러로 아주 대문짝만하게 찍혀있었던 것이다.

"이… 건 어디서 났어요?"

가장 중요한 건, 사진이 아주 못생기게 나왔다는 점이었다. 입에 침까지 튀어가며 열변을 토하고 있어서인지, 오만상을 찌푸리고 있는 표정이었던 것이다. 우진이 슬쩍 잡지를 덮어버리자, 그것을 냉큼 잡아챈 민주영이 다시 펼쳐 들었다.

"이태리 다녀오는 길에, 공항에서 샀어요."

"샀… 다고요?"

"아, 물론 대표님 얼굴 보려고 산 건 아니에요. 원래 좋아해서 자주 구독하던 잡지였거든요."

"…."

앞쪽으로 의자를 당겨 앉은 민주영이 다시 입을 열었다.

"대체 어떻게 된 거예요?"

"뭐가요?"

그리고 그녀는, 우진의 사진 위에 큰 폰트로 박혀있는 문구를 손가락으로 가리켰다.

〈I giovani architetti orientali portano un nuovo vento nell' architettura digitale〉

"여기 보이시죠?"

"저 이태리어 할 줄 모릅니다."

"동양의 젊은 건축가, 디지털 건축에 새로운 바람을 불러오다."

"… 꽤 거창하군요."

"그러게요, 서 대표님. 제가 생각했던 것보다 훨씬 더 거창한 사람이었더라고요."

"…."

"EAC라니. 대체 어떻게 된 거예요? 20대에 EAC에서 마이크를 잡아본 건축가는 전 세계를 통틀어 아무도 없었을 거예요."

"그러니까 그게 어떻게 된 거냐면…."

꽤 흥분한 민주영을 향해 우진은 천천히 설명을 시작하였다. 이미 한국에서는 EAC에서 우진의 활약이 몇 번 기사화됐던 적이 있지만, 해외로 돌아다니던 주영은 이번에 잡지에서 처음 본 모양이었다.

"민 대표님, 제가 브루노와 프로젝트를 진행하고 있는 건 아시죠?"

"알죠."

"그럼 혹시 마테오라는 건축가도 아세요?"

"스페인의 마테오 말씀이시죠?"

"네."

"그럼요. 모를 리가요."

우진은 그간 있었던 일들을 담백하게 전해주었지만, 민주영은 그것만 듣고도 혀를 내두를 수밖에 없었다. 우진의 이야기에 담겨 있는 사실 하나하나가, 너무 비현실적으로 느껴졌던 것이다. 민주영이 만약 업계 사람이 아니었더라면, 아마 우진의 이야기를 들었더라도 막연한 감탄 정도가 다였을 것이다.

EAC라는 행사가 한국에서는, 일반인들에게 잘 알려져 있지 않왔으니까. 하지만 민주영은 자재 사업을 하는 사업가이기 이전에 유럽에서 건축 디자인 대학을 나온 전공자였고, 때문에 EAC의 위상에 대해 누구보다 잘 알고 있는 사람이었다.

"암튼, 대단하시다니까."

주영의 말에 우진이 뒷머리를 긁적였다.

"비행기 그만 태워주세요. 너무 높게 띄워주셔서 떨어지면 아플 것 같습니다."

"걱정 마시죠. 제 생각엔 떨어질 일 없을 것 같으니까요."

"…."

우진이 당황하는 모습이 재밌었는지, 주영은 히죽히죽 웃으며 커피를 홀짝였다. 오늘 그녀가 우진의 사무실에 온 목적은 당연히 리빙페어와 관련된 프로젝트 논의 때문이었지만, 어쩌다 보니 EAC에 대한 이야기만 30분째 하고 있는 두 사람이었다.

"휴우."

주영의 장난기 어린 표정을 보고는 고개를 절레절레 저은 우진이 준비해뒀던 서류를 꺼내며 다시 입을 열었다.

"EAC 이야기는 이쯤 하고, 이제 본론으로 들어가 볼까요?"

"뭐, 그러죠."

"오늘 정해야 하는 사안이 제법 많은 걸로 아는데…."

우진의 말이 이어지자, 주영의 눈이 반짝였다.

"맞아요. 이제 물량 확보에 필요한 시간에다 공사 기간까지 생각하면… 예산안을 절반 정도는 픽스해야 할 시점이니까요."

지금부터는 우진과의 친분을 떠나서, 비즈니스를 시작해야 할 때였다.

— * —

서울에 돌아온 뒤로 우진이 가장 먼저 한 일은 진행 중인 프로젝트를 점검하는 것이었다. 서울숲 옆에 짓고 있는 WJ 스튜디오의 신사옥부터 시작해서, 패러필드 로비에 들어갈 파빌리온, 그리고 크고 작은 인테리어 사업장들까지. 이제 WJ 스튜디오에서 동시에 진행 중인 프로젝트의 숫자가 10개를 넘어가고 있는 상황이었지만, 아직까진 모든 프로젝트에 직접 관여하는 우진이었다.

'핵심 디렉팅은 최대한 내가 해야지.'

하지만 그중에서도 최근 가장 신경 쓰는 프로젝트는, 단연 2012년의 리빙페어였다. 리빙페어 자체에서 얻어낼 수 있는 인지도와 홍보 효과는 물론, 서울시 디자인 재단과의 연계 그리고 KSJ엔터의 〈천년의 그대〉까지. 이 다양하고 커다란 가치들이 촘촘하게 연계되어있는 이번 프로젝트는, 우진이 지금까지 해온 그 어떤 프로젝트보다도 덩치가 큰 것이었으니 말이다.

그런 의미에서 오늘 민 대표와의 미팅은, 무척이나 중요한 지점이었다. 오늘 미팅을 어떻게 풀어내느냐에 따라, 이번 프로젝트에 매몰될 비용을 최대한 줄일 수 있을 테니까. 벨로스톤즈에서 최대한 자재비용을 많이 부담하게 만드는 것도 중요했지만, 그보다 더 중요한 것은 효율적인 디자인과 촘촘한 계획이었다. 적시에 자재를 수급하고 최대한 효율적으로 공사 기간을 줄이는 것이야말로, 비용을 절약하기 위한 가장 기본이니까.

달력을 펼쳐놓은 두 사람은, 각자 체크 리스트를 펼쳐놓고 일정을 조율하기 시작했다.

"일단 가장 처음에 할 건, 조립식으로 이전 가능한 모듈의 범위를 정하는 거예요."

"아무래도 그렇죠. 페어에 옮겨 갔다가 다시 현장으로 가지고 돌아올 수 있는 규모를 산정해야 하니까요."

조립식 모듈은 말 그대로 조립할 수 있게 설계된 파트를 의미하는 것이다. 드라마 촬영 시에도 장소에 구애받지 않고 유동적으로 활용할 수 있으면서, 세트장이 지어질 이천과 리빙페어가 열릴 코엑스까지도 충분히 옮길 수 있도록 설계되는 부분. 이 부분을 어떻게 만들어내느냐는, 꽤 중요한 부분이라고 할 수 있었다.

"드라마 촬영은 언제부터라고 했죠?"

"그건 왜요?"

"혹시나 세트장 준공이 가을 이후면 페어에 출품할 부분부터 먼저 작업을 요청드리려는 거죠."

"아하, 그건 걱정하실 것 없습니다. 어차피 페어가 시작될 쯤에는 이미 드라마를 촬영 시작한 상황일 테니까요."

"그렇군요."

"오히려 드라마 촬영 일정과 리빙페어 일정이 겹치지 않게 조율하는 게 중요할 것 같은데… 이건 강소정 대표님과도 얘기를 나눠봐야겠네요."

"좋아요, 그럼 이 부분은 해결됐고…."

가장 먼저 두 사람은 세부 일정을 쭉 써 내려간 뒤 그 일정 사이사이에 필요한 것들을 삽입해 넣었다. 일정이 계획된 대로 굴러갈 수 있도록, 필요한 자재들과 인력을 체크하는 것이다.

"벨로스톤즈 쪽에서 감리가 한 분 정도 와주시는 게 좋겠죠?"

"물론이에요. WJ 스튜디오의 감리를 당연히 믿기는 하지만, 아무래도 이런 부분은 크로스 체크를 하는 게 더 좋으니까요."

"그럼 1월 일정까지는 그대로 픽스해도 좋을 것 같아요."

"그 이후 일정은 내년 초에 상황 봐가면서 다시 구체화하는 게 좋겠죠?"

"민 대표님만 문제없으시다면요."

"문제라면…?"

"자재 수급 일정이요."

"아, 전 좋습니다."

　점심 이후 시작된 민주영과의 미팅은 거의 퇴근 시간이 다 될 때까지 계속되었다. 오늘의 미팅 자체가 세부 일정을 조율하는 것이었으니, 고민해야 할 부분이 상당히 많았던 것이다. 이렇게 두 대표가 세부 일정을 잡아놓아도 어차피 실무진 미팅이 추가적으로 진행돼야 하겠지만, 결정권자인 두 사람이 최대한 많은 것을 정해놓아야 실무진이 일하기도 더 편한 법이었다.

"후우, 얼추 마무리된 것 같네요."

머리를 쓸어 올린 뒤 기지개를 켜는 민주영을 보며 우진이 빙긋 웃었다.

"생각보다 오래 걸렸군요."

우진의 대답에 주영은 어이없다는 듯한 표정이 되었다.

"오래 걸리다니요? 전 솔직히 오늘 다 못할 줄 알았어요."

"그래요?"

우진의 반문에 민주영이 고개를 끄덕이며 다시 말했다.

"사실 타 업체 기준으로 놓고 보면, 이 정도 규모 미팅이면 거의 일주일은 왔다 갔다 해야 해요."

"그 정도나요? 대체 왜…?"

"여기야 서 대표님이 결정권자이면서 실무적인 부분까지 전부 다 꿰고 계시지만, 다른 업체는 그렇지 않거든요."

"아하."

"보통 뭐 하나 제안하면 올라갔다 내려오는 데 며칠씩 걸리니까… 일주일도 짧게 잡은 거죠, 뭐."

민주영의 칭찬에, 우진은 웃을 수밖에 없었다. 방금 그녀가 한 이야기는, 반대로 벨로스톤즈에도 똑같이 적용되는 부분이었으니까. 물론 자재 회사인 벨로스톤즈보다 디자인 설계 회사에 가까운 WJ 스튜디오가 훨씬 더 복잡하게 굴러가는 회사였지만 말이다. 민주영이 미팅 자료를 정리해 가방에 집어넣고 일어서자, 우진 또한 따라 일어서며 말했다.

"그럼 조심히 가세요, 대표님."

우진의 말에, 민주영이 엄지손가락을 뒤로 가리키며 말했다.

"거의 저녁시간 다 됐는데, 같이 식사나 한 끼 하시는 건 어때요?"

우진이 미안한 표정으로 대답했다.

"저도 그러고 싶은데, 오늘은 뒤에 또 일정이 있네요."

"저녁 약속?"

"뭐, 그렇게 정해져 있지는 않은데… 아마 그렇게 될 확률이 높겠죠?"

민주영이 아쉬운 표정으로 고개를 끄덕였다. 사실 그녀는 오늘 저녁을 함께 먹으면서, EAC에 대한 이야기를 좀 더 들어보고 싶었던 것이다. 유럽의 유명한 건축가들에 대해 평소 궁금한 것도 많았던 그녀였으니까.

"어쩔 수 없죠, 뭐. 그럼 다음을 기약해요."

우진이 웃으며 대답했다.

"뭐, 이제 페어 열릴 때까지 한 달에도 서너 번 이상 봐야 할 테니… 다음에 맛있는 밥 한 끼 대접하겠습니다."

"좋아요. 잊지 않겠어."

엘리베이터 앞까지 주영을 배웅 나간 우진은 그녀를 태운 엘리베이터의 문이 닫히자 걸음을 돌리며 곧바로 스마트폰을 열었다. 그리고 누군가에게로 곧장 전화를 걸었다.

"네, 상무님. 미팅 방금 끝났습니다."

우진이 전화를 건 상대는 다름 아닌 박경완 상무.

[무슨 미팅을 그렇게 오래 해?]

"중요한 건이라서요. 오늘 약속이랑 연관도 있는 미팅이고…."

[오호, 그래? 어떤 연관?]

"시장님께서 관심 있어 하는 프로젝트거든요."

[아, 그 리빙페어?]

"네, 상무님."

스마트폰을 귀에 댄 채로 대표실에 들어온 우진은 빠르게 가방을 챙기고 코트를 입었다.

[여튼 우린 지금 출발했다. 늦으면 큰일 나는 거 알지?]

"당연하죠."

[주차장에서 만나서 같이 올라가자.]

"아무래도 그게 좋겠죠?"

[그럼 좀 있다 보자고.]

뚝-

박경완과의 전화를 끊고 차 키를 챙긴 우진은 곧장 다시 사무실을 나서 엘리베이터에 올랐다. 우진이 오늘 약속이 있는 곳, 그곳은 바로 서울시청이었다.

— * —

퇴근 시간대에 성수동에서 시청까지는 꽤나 험난한 여정이다. 직선거리로 따지자면 그리 먼 거리가 아니었지만, 워낙에 막히는 서울의 구도심을 지나야 했으니까. 그래서 우진은 민주영 대표와의 미팅이 끝나자마자 최대한 서둘러 사무실을 나섰던 것이었고, 그래서 겨우 시간에 맞춰 시청에 도착할 수 있었다. 그리고 시청 건물이 보이기 시작하자, 우진은 조금 흥미로운 표정이 되었다. 펼쳐진 광경이, 우진이 생각했던 것과 전혀 다른 모습이었으니까.

'아, 생각해보니… 아직 신청사가 지어지기 전이구나.'

우진은 회귀 이후, 딱히 서울시청에 와볼 일이 없었다.

지하철을 타고 지날 일이야 꽤 있었지만, 정말 오랜만에 청사 건물을 보는 것이다. 그래서 당연히 그 통유리 외관의 신청사 건물을 생각하고 시청에 도착한 우진은 의외의 광경에 당황할 수밖에 없었다. 2011년 겨울, 서울시청의 신청사는 아직 가림막으로 가려져 있는 상태였던 것이다. 한창 공사 중인 신청사 건물과 그 앞에 펜스로 절반 이상 가려져 있는 본관 건물.

'그래서 시청 건물이 아니라 시의회 별관으로 오라고 하신 거였군.'

밀리는 시청 앞 로터리에서 그 모습을 잠시 바라본 우진은 잠시 후 쓴웃음을 지었다. 서울시청의 신청사 건물과 관련된 몇 가지 에피소드들이 떠올랐으니 말이다. 내년 상반기에 완공될 이 신청사 건물은 디자인적으로 수많은 혹평을 받았던 비운의 건물이기도 했다.

'탁상행정과 이해관계… 건축법 측면에서도 정말 고통 많이 받았던 건축이지.'

서울시 신청사는 무려 다섯 번이나 설계가 변경된 끝에 탄생한 건물이었다. 그 이유는 바로, '문화재법'상 덕수궁의 경관을 해치지 말아야 한다는 난해한 조건이 붙었기 때문이다. 문화재 근처의 고층건물은 법적으로 제한되어 있고, 때문에 건축허가를 얻기 위해서는 문화재청의 승인이 있어야 하는데 여기에서 네 번이나 연속으로 거절당한 것이다.

이 조건이야말로 담당관의 판단에 따라 주관적일 수밖에 없는 것이었으니, 설계 단계에서부터 적잖이 난항을 겪었던 건물이 바로 서울시청의 신청사 건물이었다. 그래서 결과라도 좋았다면 모르겠지만, 미래에도 수많은 건축가들과 평론가들에게 디자인적으로 셀 수 없이 까이게 되는 비운의 건물.

이 신청사는 몇 년 뒤 있을 건축가들을 대상으로 한 한국 최악의 현대건축 설문에서 당당하게 1위를 차지한 건물이기도 했다. 물론 2011년 12월인 지금, 완공된 건물의 자태를 알고 있는 것은 우진 한 사람뿐이었지만 말이다.

'처마선의 라인을 따온다는 콘셉트 자체는 나쁘지 않았는데, 설계로 풀어내는 과정에서 잡음이 너무 많았던 거지, 뭐.'

우진은 문득 2년 정도만 더 빠른 시점으로 회귀했다면 자신이 이 신청사 건물에 공모해볼 수 있지도 않았을까 하는 생각을 떠올렸지만, 곧 고개를 가로저을 수밖에 없었다. 2년 더 빠른 시점에 회귀했다면, 우진은 머리를 박박 밀고 훈련소에 갈 준비를 하고 있었을 테니까.

'후, 잠깐 상상만 했는데 진짜 끔찍하네.'

뜻밖의 상상 덕에 순간적으로 식은땀을 흘린 우진은 곧 목적지인 별관에 도착하였다. 우진이 도착했을 때, 이미 경완은 주차장에서 기다리고 있었다.

"빨리빨리 안 다니나, 서우진이."

경완의 반가운 인사에, 우진도 씨익 웃으며 대꾸했다.

"상무님은 못 뵌 사이에, 어깨에 뽕이 더 세게 들어가신 것 같습니다?"

"뭐, 인마?"

"흐흐, 멋있어지셨다고요."

"능글맞기는 여전하네."

한숨을 푹 쉬며 고개를 젓는 경완을 향해, 우진이 다시 물었다.

"그나저나 아직 한 5분 정도 남은 거 아니에요?"

"시장님께서 불러주셨으면 20분은 먼저 와서 기다리고 있어야지, 짜샤."

"저도 좀 더 일찍 오고 싶었는데, 바빠서 어쩔 수 없었어요."

"어련하시겠어."

"그럼 들어가시죠?"

"그럽시다."

만나자마자 경완과 티격태격한 우진은 나란히 약속장소를 향해 걸음을 옮겼다. 그리고 우진은 그곳에서, 두 사람을 더 만날 수 있었다. 한 사람은 당연히 서울시장 구윤권이었으며,

"오랜만입니다, 서 대표님."

"그간 잘 지내셨지요, 시장님?"

"하하, 물론입니다. 이쪽으로 앉으시지요."

다른 한 사람은 바로…

"시댕아, 왜 이렇게 늦어?"

"서 대표 기다리다가 늦은 겁니다!"

"아, 그래? 그럼 뭐 늦을 수도 있지."

"와, 어르신. 너무하신 것 아닙니까?"

"너무하긴 시댕아, 앉기나 해."

패러마운트의 비리 척결 과정에서 우진을 크게 도와줬던 인물. 전 기재부 차관 출신의 거물급 인사인 황종호였다.

—— * ——

오늘 구윤권과의 약속 자리에, 처음부터 황종호가 포함되어 있던 것은 아니었다. 이번 자리가 성사될 수 있었던 이유는 꽤 복잡한 것이었는데, 여기에는 박경완이 함께하게 된 이유까지 포함되어 있었다. 오늘의 약속이 성사된 발단은, 런던에서 돌아오자마자 걸려왔던 경완의 전화였다.

[야, 서우진이. 너 조만간 시간 되지?]

"밑도 끝도 없이 그게 무슨 말씀이십니까."

[아니, 시간이 없어도 만들어야 돼, 짜샤.]

"없는 시간을 어떻게 만들어요?"

[신임 시장님이 조만간 보고 싶다 하시는데, 시간… 없을 예정이

야?]

"아닙니다. 만들어야죠. 없었어도 생겼습니다."

[흐흐흐. 거봐, 되잖아.]

우진이 런던에 가 있던 사이, 서울시에서는 반포한강공원의 인공섬인 새빛섬 개조공사 입찰 공시를 올렸다. 여기를 천웅건설에서 수주하게 되면서, 경완이 다시 한번 시장과 대면하게 될 일이 생겼던 것이다. 이때 대화 도중 자연스레 우진과 관련된 이야기가 나왔고, 경완에게 EAC에 대한 이야기를 들은 구윤권이, 자리를 한번 만들어달라고 이야기한 것.

이 이야기를 들은 우진은 또 한 번 여러모로 놀랐다. 일단 천웅건설에서 새빛섬의 재공사를 입찰받은 것 자체가 그가 알던 미래와 완전히 다른 것이었으니 말이다. 원래대로라면 처음 새빛섬을 시공했던 건설사에서 재공사까지 그대로 맡게 되었던 것으로 알고 있었는데, 어떻게 된 일인지 천웅건설로 바뀐 것이다.

'변수는 결국 나 하나니까, 분명히 나 때문일 텐데…'

그리고 우진의 말처럼 이런 변화 또한 우진으로 인한 나비효과 때문이 맞았다. 우진이 아니었다면 도담요양원이 SPDC의 공모작으로 지어지지 않았을 것이고, 그랬더라면 이 요양원을 천웅건설이 입찰할 일도 없었을 테니까.

서울시장이 준공식에 올 일도 없었을 테니, 박경완이 구윤권 시장과 안면을 트게 만들어준 것 또한 결과적으로 우진 덕이었던 것이다. 그래서 자연스레 오늘의 자리가 만들어졌고 말이다. 그리고 또 재밌는 것은, 이 자리에 황종호가 추가된 경위였다.

[약속은 잡혔는데, 아마 손님이 한 분 더 오실 거다.]

"손님이요?"

[너 어르신 기억하지?]

"어르신이라면…."

[황종호 어르신 말야. 지난번에 도와주셨던.]

"아, 그분이야 당연히 기억하죠. 그런데 황 어르신이 시장님 뵙는 자리에는 왜…?"

[알고 보니 어르신이, 기재부 시절에 구윤권 시장님 직속 선배시더라고.]

"네에…?"

[그리고 완전히 은퇴하신 줄 알았는데… 이번에 다시 한자리 꿰차신 모양이야.]

"한자리요?"

[청와대 비서실에, 정책실장으로 발령 나신 모양이더라고.]

"예?"

[본인 말로는 코 꿰였다고 투덜거리시던데, 우리 입장에서는 결과적으로 엄청 잘 된 거지 뭐.]

장관급 공무원인 청와대 정책실장이란 정부정책과 국정과제와 관련해서 주요 현안을 결정하는 중요한 자리다. 때문에 이 자리는 건설업계와도 아주 밀접한 관련이 있는 자리였는데, 그 이유는 당연히 부동산과 관련된 정책들도 이 정책실장의 머리에서 나오는 경우가 많았기 때문이었다. 우진이나 경완의 성향상 당연히 어떤 정경유착을 기대할 리는 없었지만 그래도 인맥 중에 이런 중요한 자리에 한 사람이 있다는 것은 기업을 경영하는 데 큰 도움이 될 수밖에 없다.

'적어도 정부 정책 때문에 억울한 일 당할 일은 피할 수 있을 테니까.'

황종호는 그냥 자리가 재밌어 보여서 나오고 싶다고 했다지만, 그 이야기가 액면 그대로는 아닐 터였다. 의욕 넘치는 신임 서울시장과 이제 곧 발령 날 신임 정책실장, 근 2년 사이에 급성장하여 업계 최고의 건설사로 성장 중인 천웅건설의 상무와 얼마 전 EAC에서 최고의 화제가 되었던 젊은 건축가 우진. 이 네 사람이 한자리에 모이는 데에, 단순히 사적인 이유만 있을 리는 없었던 것이다.

그래서 우진은 오늘의 자리가 무척이나 흥미로웠다. 분명히 처음 이야기는 내년에 있을 국제 리빙페어에서부터 시작되겠지만, 거기서 뻗어 나갈 수 있는 이야기는 한계를 가늠할 수 없을 정도로 다양할 게 분명했다. 서울시장과 청와대 정책실장이란 자리는, 생각보다 훨씬 더 다양한 영향력을 가지고 있는 직책이었으니 말이다. 그래서 원탁에 둘러앉은 우진은 두근거리는 기분을 가라앉히며 찻잔을 조용히 홀짝이고 있었다.

간단한 인사가 오간 뒤, 가장 먼저 입을 연 것은 칼칼한 목소리의 황종호였다.

"서 대표, 얼마 전에 런던에 다녀왔다며?"

우진은 사적인 자리에서 황종호와 두 번 정도 더 만난 적이 있었기 때문에 아주 불편한 사이는 아니었다.

"예, 어르신. 어쩌다 보니 그렇게 됐습니다."

"헐헐, 영국이라. 부럽구만 그래. 나도 청와대로 끌려오기 전에, 유럽여행이나 한번 다녀왔어야 하는데 말이지."

"아니, 어르신. 서 대표가 무슨 여행 다녀온 줄 아십니까?"

"시댕이, 너는 왜 갑자기 끼어들어?"

"아, 왜 저만 미워하세요."

"미워하긴, 인마. 이게 다 애정이야, 애정."

황종호와 박경완이 티격태격하는 것을 보며, 우진과 구윤권은 작게 웃었다. 윤권의 입장에서는 마냥 호랑이 같던 상사의 이런 모습을 처음 봤기 때문에 재밌게 느껴졌던 것이었고, 우진은 몇 번 봤음에도 아직 적응이 되질 않았던 것이었다.

'확실히 재밌는 분이시란 말이지.'

긍정적인 것은, 두 사람의 흥겨운 대화 덕분에 자칫 무거울 수 있던 자리가 한결 편해졌다는 점이었다.

"듣자 하니 서 대표는, 런던에서 코쟁이 친구들 아주 박살을 내주고 왔다며?"

"하… 하하. 박살이라뇨, 어르신. 저도 많이 배우고 왔죠."

"허이고, 겸손은… 내가 지난번에 왕십리에서 시커먼 놈들 조질 때부터 알아봤는데, 서 대표가 확실히 난 놈이여, 난 놈은."

"감사합니다, 어르신."

"그래, 그쪽에 갔던 이야기나 좀 풀어봐. 여기 서울시장도 그게 제일 궁금했던 모양이니까."

하여 기분 좋은 분위기 속에서, 우진은 EAC에 갔던 이야기들을 가볍게 세 사람에게 이야기해주었다. 구체적인 이야기는 경완조차도 처음 듣는 것이었기 때문에, 한동안 세 사람은 우진의 이야기를 경청하였다.

우진의 이야기는 자연스레 그가 진행 중인 프로젝트들로 이어졌고, 종래에는 구윤권과 황종호에게 WJ 스튜디오의 작업물들에 대해 설명하기에 이르렀다. 그 과정에서 경완과 천웅건설 그리고 SPDC까지 연계된 이야기들도 하게 되었고 말이다. 황종호와 구윤권은 그 이야기를 무척이나 흥미롭게 들었다.

"그러니까 이게… 전부 지난 2년 사이에 일어난 일이라는 말이지요?"

구윤권의 물음에, 우진이 떨떠름한 표정으로 고개를 끄덕였다.

"그… 런 셈입니다, 시장님."

"하하, 선배께서 서 대표를 왜 그렇게 칭찬하시는지 확실히 알겠습니다."

"껄껄, 그렇다니까? 난 처음에 저 시댕이가 왜 이렇게 서 대표 옆에 찰싹 달라붙어 있나 했어. 그런데 몇 달 지켜보니까 금방 알겠더라고."

"아, 어르신!"

"ㅋㅎㅎㅎ."

여전히 좋은 분위기 속에 네 사람은 대화를 나누었고, 그렇게 거의 한 시간이 훌쩍 흘러갔다. 창밖이 어둑해질 즈음, 그들은 미리 예약되어 있던 식당으로 자리를 옮겼다. 그리고 이곳에서, 드디어 본론이랄 만한 이야기가 처음 시작되었다. 그것의 시작은 구윤권의 입에서 흘러나왔다.

"사실, 서 대표님."

"예, 시장님."

"제가 서 대표님께 한 가지 여쭤보고 싶은 부분이 있어서 이렇게 자리를 마련했습니다."

"네? 어떤…?"

긴장된 표정의 우진을 보며, 윤권은 너털웃음을 터뜨렸다.

"뭐, 어떻게 보면 좀 두루뭉술하고 막연한 이야기일 수도 있겠는데…."

이어서 구윤권의 목소리가 조금 낮아졌다.

"전임 시장님이 추진하셨던 서울시 도시계획들에 관련해서 몇 가지 의견을 나눠보고 싶었던 부분이 있었거든요."

갑자기 훅 들어오는 구윤권의 이야기에 우진의 두 눈이 휘둥그레졌다. 그것을 본 구윤권이 손사래를 치며 다시 말을 이었다.

"그렇게 거창한 건 아닙니다. 그냥 최근에 가장 이슈가 되신 건축 디자이너이면서 또 누구보다 젊은 피를 가진 서 대표님께선… 이와 관련해서 어떤 생각들을 하고 계신지 궁금했을 뿐이니까요."

구윤권의 말을 듣던 우진은 저도 모르게 마른침을 집어삼켰다. 아무래도 오늘 이 자리는, 우진이 예상했던 것보다도 더 묵직한 자리였던 것 같았다.

— * —

사실 구윤권은 최근 고민이 꽤나 많았다. 서울시장이라는 막중한 자리에 앉아있으니 어찌 보면 고민이 많은 게 당연했지만 그중에서도 특히 골머리를 썩이는 것들이 몇 가지 있었던 것이다. 그리고 그 고민들 안에서도 가장 선결되어 해결해야 할 문제들이 있었는데, 그것은 대부분 전임 시장과 관련된 것들이었다.

서울시를 선진도시로 만들겠다며 수많은 급진적인 정책을 펼쳤던 전임 시장의 사업들. 전임 시장이 퇴임하고 나자 그가 강제로 밀어붙이던 여러 가지 사업들에 대해 다시 컴플레인이 들어오기 시작했고, 이것에 대해 어떤 스탠스를 취해야 할지 결정해야 할 때가 다가온 것이다.

[시장님, 이번에 새로 지어진 돔구장 말입니다. 도무지 사업성이 나오질 않는다고 어떤 구단도 들어오고 싶지 않아 합니다.]
[대중교통 접근성도 너무 나빠서, 도저히 방법이 보이지 않습니다.]

[서해 뱃길 사업에 큰 문제가 생겼습니다, 시장님.]
[1만 톤 단위가 넘는 대형 선박은 뱃길을 이용하는 게 불가능하답니다.]
[중국 쪽에서 크루즈 선을 들여와야 관광사업 방향으로 사업성이 나올 텐데… 이대로라면 크게 적자만 보게 생겼습니다.]

사실 전임 시장의 정책들이 근본부터 나쁜 정책들이었다면, 구윤권이 이렇게 고민할 일도 없었다. 이제 갓 부임하여 창창하게 임기가 남아있는 서울시장에게는 잘못된 사업들을 바로잡을 만한 힘이 충분히 있었고, 컴플레인이 들어오기도 전에 이미 조치를 취하고 있었을 테니까. 잘못된 것을 바로잡는 데에는 분명히 출혈이 따르겠지만, 그것은 감내해야만 하는 것이다.

하지만 문제는, 컴플레인이 들어오고 있는 이 사업들의 방향성 자체가 구윤권이 추구하는 방향과 크게 다르지 않다는 점이었다.

정확히 말하자면 현실성을 고려하지 않고 급진적으로 밀어붙여 시 예산을 낭비하고 여러 가지 부정적인 사이드 이펙트를 터뜨렸을 뿐, 구윤권이 원하는 도시정비 사업과 거의 일치하는 방향성을 가졌던 것이다. 물론 구윤권이었다면, 이렇게 의욕만 앞서 일을 그르치지 않았을 테지만 말이다.

'첫 단추는 잘못 꿰었지만⋯ 이걸 되돌린다면 아까운 예산만 더 쓰고 남는 건 아무것도 없겠지.'

도시개발에 들어가는 비용이라는 것이, 꼭 건설에만 들어가는 건 아니다. 철거 또한 상황에 따라 어지간한 공사보다 더 큰돈이 들어갈 수 있었으니, 전임 시장의 프로젝트를 무턱대고 엎을 수가 없는 것. 이번에 반포 한강공원에 있는 세빛섬의 2차 공사를 천웅건설에 맡긴 것도 비슷한 맥락이었다.

겉만 번지르르할 뿐 제대로 된 활용계획안을 세우지 못한 세빛섬은 완공 이후부터 지금까지 공허하게 비어 있었는데 구윤권이 이것을 최대한 활용하기 위해 행정조치를 취하여 개조 명령을 내린 것이다. 윤권은 이런 식으로 하나하나 정무를 살피고 있었지만, 그래도 아직 남아있는 난제들은 산더미같이 많았다. 그래서 골치가 아팠다.

"시장님께서 머리가 아프실 만하군요."

"그렇지요. 지금 시에서 추진 중인 사업들이 다들 가능성은 무궁무진한 사업들인데⋯ 현실적으로 너무 많은 예산이 낭비되고 있으니까요."

구윤권의 이야기들을 듣던 우진은 고개를 주억거리면서 속으로는 감탄하고 있었다. 사실 새로 부임한 그의 입장에서는 전임 시장을 욕할 만한 것들이 꽤나 많이 보였는데, 그런 이야기는 일절 없이 최대한 긍정적으로 이야기하고 있었으니 말이다.

그와 대화를 오래 하지 않았음에도 불구하고, 사람의 그릇이 보인달까. 그리고 재밌는 것은, 오늘 이 자리에서 구윤권이 꺼낸 이야기들이 미래에는 대부분 잘 해결된 것들이라는 점이었다. 우진이 회귀하기 전, 그의 기억 속에 있는 미래에서 구윤권은 누구의 도움을 받지 않고도 훌륭히 이 문제들을 해결했었다.

'아니, 다른 건축가나 전문가에게서 해답을 얻었을지도.'

하지만 그런 미래가 어찌 되었든, 지금 이 자리는 우진에게 있어 더없이 완벽한 기회였다. 지금 구윤권이 고민 중인 문제들은 우진이 아주 잘 알고 있는 것들이었고, 이것들이 어떻게 개선되어야 미래에 가장 훌륭한 방향성을 가질 수 있을지까지도 누구보다 잘 알고 있었으니까.

구윤권은 여러 번의 시행착오 끝에 이 문제점들을 해결했다면, 우진에게는 그러한 시행착오마저도 최소화시켜줄 수 있는 미래지식이 있었다. 그것이 어떤 결과론적인 정보든, 기술적인 부분이든 말이다. 그래서 우진은 가만히 구윤권의 이야기를 들으며, 그가 자신에게 어떤 부분에 대한 의견을 먼저 구할지 기다리고 있었다.

오늘 이 자리에서 하고 싶은 하나의 이야기가 분명히 있을 것이라고 생각한 것이다. 그리고 우진의 그 예상은 맞아떨어졌다. 슬슬 식사가 나오기 시작할 무렵, 구윤권이 드디어 본론을 꺼내 들었으니까. 이런저런 이야기가 나오던 중 한강 르네상스에 대한 이야기가 한창일 때, 구윤권의 목소리가 조금 낮아졌다.

"말도 많고 탈도 많은 사업이지만, 사실 이 '한강 르네상스'만큼은 제가 꼭 완성하고 싶습니다."

"확실히 매력적인 사업이지요. 한강이야말로 서울이라는 도시를 매력적으로 만들어주는 랜드마크 아니겠습니까."

"그렇습니다. 세계 수많은 도시에도 강이 있지만, 그중에서도 한강만큼 멋지고 아름다운 강은 찾기 힘들지요."

잠시 뜸을 들인 구윤권이 다시 말을 이었고…

"그래서 말입니다, 서 대표님."

"말씀하세요, 시장님."

그다음 말이 이어진 순간, 우진은 적잖이 당황할 수밖에 없었다.

"전 시장님께서 추진하시던 사업들 중 강변북로 지하화 사업을 먼저 한번 가속해볼까 하는데…."

"네…?"

"여기에 대해서 몇 가지 여쭤보고 싶었던 부분이 있습니다."

구윤권의 말이 끝난 순간, 우진은 순간적으로 벙찐 표정이 될 수밖에 없었다. 전임 시장이 추진했던 사업들에 대해 이야기할 때 머릿속으로 예상했던 프로젝트들이 많이 있었는데, 지금 구윤권의 입에서 나온 강변북로 지하화 사업은 정말 생각지도 못했던 것이었으니까. 잠시 당황했던 우진이 한 차례 마른침을 삼킨 뒤 천천히 입을 열기 시작하였다.

— ＊ —

강변북로 지하화 사업이란, 말 그대로 한강변의 북측 대로인 강변북로 일부를 지하로 매립시키는 사업이었다. 기존의 지상에 있는 도로를 지하로 통하게 만듦으로써, 정체 구간을 더 원활하게 만드는 도로정비 사업인 것이다. 그렇다면 이 도로 지하화 사업이라는 것은, 교통 정비 효과만을 위한 것일까?

그것은 당연히 아니었다. 단순히 교통상황을 조금 나아지게 하겠다고 멀쩡한 대로를 지하로 매립하는 것은, 공사비 대비 수지타산이 맞지 않는 것이었으니 말이다. 대로를 지하화하는 것에는 수많은 긍정적인 효과가 있는데, 그것은 다음과 같았다.

첫째, 한강 변의 경관을 훨씬 아름답게 가꿀 수 있고,

둘째, 도로를 지하화함으로써 확보된 공간을, 한강 생태공원으로 만들어 자연을 되살릴 수 있다.

그리고 마지막으로, 대로변 주거지역의 주거환경을 급격히 개선시킬 수 있다.

대로의 소음과 분진 때문에 고통받는 한강변 주민들의 주거의 질을 크게 개선해줄 수 있는 것이다. 그래서 순조롭게 진행되기만 한다면, 많은 비용이 들더라도 그만한 효과를 충분히 볼 수 있는 강변북로 지하화 사업. 그렇다면 우진은 구윤권 시장이 진행했던 수많은 사업들 중, 이 강변북로 지하화 사업에 대해 예상하지 못했던 것일까?

그 가장 큰 이유는 사실 한 가지였다. 이 사업은 우진의 기억에, 아직 추진되려면 한참은 멀었던 사업이었으니 말이다. 강변북로 지하화 사업은, 구윤권 시장이 임기가 다 끝날 때쯤에야 본격적으로 추진되기 시작하던 사업이었다. 심지어 이번 임기도 아니고, 재선에 성공한 뒤 두 번째 임기의 마지막에서 진행했던 사업이었다. 때문에 대화 주제의 후보군에서 처음부터 이것을 빼두었던 우진이 당황한 것은 너무 당연한 수순이었다.

'강변북로 지하화라⋯ 진짜 생각도 못 했네.'

하지만 놀람이 가시고 나자, 우진의 머리는 다시 팽팽 회전하기 시작했다. 지금 이 시점에 강변북로 지하화 사업에 대한 이야기가

나온 이유. 그것부터 먼저 생각해보기 시작한 것이다.

'어쩌면 전생에서도 구윤권 시장은 이 강변북로 지하화 사업을 임기 초부터 밀어보려고 했을 수도 있어. 다만 어떤 상황에 의해 우선순위에서 밀렸을 수도 있고….'

사업의 우선순위가 밀린 데에는 여러 가지 이유가 있을 수 있겠지만, 그중에서 가장 큰 이유는 아무래도 사업성에 대한 문제 때문일 것이다. 국가기관이라 해서 돈이 넘쳐나는 것은 당연히 아니었고, 서울시장 또한 예산에 맞춰서 일을 진행해야 하다 보니 아무리 취지가 좋은 사업이라 해도 사업성에 따라 우선순위가 밀릴 수밖에 없는 것이다. 그래서 우진이 처음 구윤권을 향해 물은 질문은 바로 이것이었다.

"일단… 생각해두신 구간이 어딘지 여쭤도 되겠습니까?"

강변북로는 길이만 거의 30km에 달하는 대로다. 때문에 지하화 사업을 한다고 해서 이 모든 구간을 전부 다 지하로 밀어 넣는 것은 아니다. 그래서 구윤권도 이 질문이 가장 먼저 나올 것을 예상했고, 곧바로 대답이 나왔다.

"예타(예비타당성조사*)가 나와 봐야 하긴 하겠지만, 일단 생각 중인 구간이 한 곳 있기는 합니다."

"혹시 그곳이… 이촌지구는 아닙니까?"

우진의 반문에 구윤권 시장의 두 눈이 휘둥그레졌다. 오늘 대화하는 동안에도 우진의 식견에 여러 번 놀랐지만, 이번만큼은 정말기가 막힐 수준이었으니 말이다.

'아니, 대체 어떻게…?'

---

* 재정투자의 효율성을 높이기 위해 대규모 개발 사업에 대해 우선순위와 적정 투자 시기, 재원 조달방법 등 타당성을 검증하도록 하는 제도.

아직 구체적인 계획안조차 나오지 않은 상태에서 자신의 생각을 그대로 우진이 읽어버린 느낌이었으니, 구윤권의 입장에서는 소름이 돋을 수밖에 없던 것. 하지만 구윤권이 놀라든 말든, 우진은 담담히 다시 말을 이었다.

"원효대교에서 한강대교 사이. 이촌한강공원과 맞닿아 있는 구간… 저라도 여길 가장 먼저 생각할 것 같아서 말이지요."

마른침을 집어삼킨 구윤권이 우진을 향해 다시 물었다.

"서 대표님은 왜 그렇게 생각하십니까?"

우진이 웃으며 말을 이었다.

"사실 시장님의 입장에서 한번 생각해본 겁니다."

"제 입장이라니요?"

"최근에 반포 한강공원이 정비되면서, 그 인근 상권이 크게 활성화되지 않았습니까? 이번에 세빛섬을 새로 정비하시려는 것도, 같은 맥락에서겠고요."

"대표님 말씀이 맞습니다."

구윤권이 고개를 끄덕였고, 우진이 다시 입을 열었다.

"그런데 반포 한강공원만큼이나 유동인구가 많은 곳이 바로 이촌한강공원입니다. 매년 불꽃 축제가 열릴 때면, 돗자리 깔고 앉을 자리가 없을 정도로 사람이 바글바글한 곳이지요."

이제는 우진의 다음 말을 예상하고 있는 구윤권이 감탄한 표정으로 말없이 그를 지켜보았다.

"만약 강변북로 지하화의 스타트를 끊는다면, 여기만큼 성과 내기 좋은 곳도 없을 겁니다. 이촌동 자체도 반포만큼이나 부촌인 데다 원래부터 정비되어 있는 곳이니… 지하화 사업으로 인해 공원이 더 넓고 좋아진다면 그 시너지가 상당할 테죠."

구윤권뿐 아니라 황종호와 박경완까지도 우진의 말을 무척이 나 흥미진진하게 듣고 있었다. 우진의 이야기가 한차례 일단락되 자, 두 사람의 시선은 자연스레 구윤권에게로 향했다. 둘은 구윤 권이 어떤 생각을 하고 있었는지 모르다 보니, 우진의 말이 맞는 지 궁금했던 것이다. 그리고 당연한 얘기겠지만, 구윤권은 고개를 끄덕였다.

"서 대표님께서 제 속에 들어갔다 나오신 줄 알았습니다."

우진이 웃으며 대답했다.

"시장님도 역시 저와 생각이 비슷하셨군요."

윤권이 다시 한번 고개를 주억거리며 말을 이었다.

"그렇습니다. 말씀하신 거의 그대로가 맞아요. 지금 예타 들어가 있는 사업장도 바로 이촌지구이고요."

구윤권의 두 눈이 더욱 반짝이기 시작했다. 우진이 자신과 생각 이 비슷한 걸 확인했으니, 뭔가 업계 실무자이자 디자이너의 입장 에서 어떤 조언을 들을 수 있으리라 생각한 것이다. 하지만 다음 순간, 이야기를 이어가려던 윤권은 잠시 멈칫해야만 했다. 당연히 이 이촌지구에 대한 이야기로 이어질 줄 알았던 우진의 말이 갑자 기 생각지 못했던 방향으로 틀어졌으니 말이다.

"하지만, 시장님."

"네, 말씀하십시오."

"그럼에도 불구하고 본격적인 지하화 사업을 이촌지구로 첫 스 타트를 끊는 건… 어쩌면 좋지 않을 선택이 될지도 모릅니다."

"예? 그게 갑자기 무슨…?"

당황한 구윤권을 향해 우진이 한마디 덧붙였다.

"괜찮으시다면, 제 얘기를 한번 들어보시렵니까?"

우진은 목이 타는지, 탁자 위에 놓여있던 냉수를 벌컥벌컥 들이마셨다.

탁-

이어서 그것을 다시 내려놓은 우진이 다시 천천히 말을 잇기 시작하였다.

사업성이란

결과론적으로 얘기하자면, 이촌지구와 인접한 강변북로를 지하화하는 것은 꽤 괜찮은 계획임이 분명했다. 일단 성공적으로 완성만 시킬 수 있다면, 다각도로 보았을 때 여기만큼 많은 시너지를 만들어낼 수 있는 위치도 없었으니 말이다.

그래서 우진이 반대한 이유는 당연히 '현실성'의 측면에 있었다. 우진은 이 강변북로의 원효대교에서 한강대교 사이 구간 지하화 계획이 절대 이번에 예비타당성 조사를 통과하지 못할 것이라고 확신하고 있었던 것이다.

'거시적인 차원에서 사업성은 분명히 있지만, 미시적인 관점에서는 너무 두루뭉술한 계획이니까.'

소음과 분진이 가득한 대로를 지하로 매립하여 그만큼 시민들에게 한강공원으로 바꿔준다면, 그것이 다방면에서 도시발전에 큰 이득이 될 것이라는 정도는 누구나 생각할 수 있다. 하지만 이런 대규모 사업이 진행되기 위해서는, 그런 두루뭉술한 미래가치뿐 아니라 확실하게 수치화시킬 수 있는 현실적이고 구체적인 사업성 또한 중요하다. 우진은 구윤권 시장에게 이런 부분에 대해 이야기하고 있었다.

"결국은 막대한 공사비의 일부분이라도 어떤 방식으로든 회수할 수 있는 방안이 만들어져야 진행이 될 텐데⋯ 이촌지구는 아마 그게 쉽지 않을 겁니다."

우진의 말에, 구윤권이 반문하였다.

"이미 많은 유동인구와 인프라가 확보되어 있으니, 오히려 더 쉬운 것 아닙니까?"

우진이 고개를 살짝 저으며 대답했다.

"이미 구축되어 있는 인프라와 그것으로 인한 수익구조는 중요하지 않습니다. 중요한 건 이 사업으로 인해 그 수익구조가 얼마나 크게 개선될 거냐는 거죠."

"음⋯."

"기존의 수익구조와 인프라는 공사비를 투입하지 않아도 그대로 존재하는 것 아닙니까."

"그렇기는⋯ 하죠."

구윤권의 입에서 낮은 침음성이 새어 나왔고, 우진은 계속해서 말을 이었다.

"이촌의 현재 인프라가 100이라면, 지하화 사업으로 그것을 개선했을 때 확장 가능한 인프라는 120 수준일 겁니다. 장기적으로는 계속 시너지가 나면서 130, 140, 150까지 증가하겠지만, 그것은 당장 수치화시킬 수 있는 부분은 아니죠."

구윤권은 고개를 끄덕였다. 우진이 이야기하는 부분은, 그 또한 인지하고 있던 것이니까.

"그러니까 결론을 말씀드리자면, 그 20퍼센트 정도의 인프라 개선을 위해서 수 킬로미터나 되는 구간의 강변북로를 지하화하는 것은, 사업성 부족으로 결론 날 확률이 높다는 이야깁니다. 지금 시점에서 알 수 없는 미래의 가치들은, 예비 타당성에 포함되기 힘드니까요."

우진의 말이 끝나자, 잠시 침묵이 이어졌다. 이 자리에 있는 모두가 이런 종류의 사업과 밀접한 관련이 있는 사람들이었으니, 우진이 던진 이야기에 대해 나름대로 생각을 하는 것이다. 처음 이 침묵을 깬 것은, 구윤권 시장이었다.

"서 대표님의 말씀에 8할 이상 동의합니다. 하지만⋯."

"네, 시장님."

"이촌지구의 강변북로 지하화 사업마저 예타를 통과하지 못한다면, 그 어떤 구간도 스타트를 끊을 수 없을 겁니다."

조금 침중해 보이는 구윤권의 말에, 우진이 고개를 끄덕이며 동의했다.

"그나마 인프라가 있는 이촌이 아니라면, 그 20퍼센트의 개선 효과마저도 수치화시킬 수 있을 만한 구간이 없다는 말씀이시죠?"

윤권이 고개를 끄덕였다.

"바로 그겁니다."

구윤권 시장의 표정은 조금 어두워져 있었다. 오늘 우진을 만나서 나누고 싶었던 이야기는 사실 이 강변북로 지하화 사업과 관련해서 건축 디자인이나 설계와 관련된 부분들이었는데, 지금까지의 이야기만 들었을 땐 우진이 아예 사업 자체가 진행되기 힘들다고 보는 것 같았으니 말이다. 그럼에도 미련이 남은 구윤권이 다시 물었다.

"그런데, 대표님."

"네, 시장님."

"분명히 대표님께선, '첫 스타트'를 이촌으로 끊는 게 좋지 않은 선택이라고 하시지 않았습니까?"

"그랬지요."

"그렇다면 반대로, 이촌보다 더 사업효과가 좋을 구간을 이미 생각해두신 곳이 있었던 것 아닙니까?"

구윤권의 질문에 우진은 작게 웃으며 고개를 저었다. 비슷한 맥락이기는 했지만, 질문이 틀렸다.

"아뇨, 인프라 개선 효과가 이촌보다 더 좋을 만한 곳은 아마 없을 겁니다."

우진의 단호한 대답에 구윤권은 씁쓸한 표정이 되었다. 그런데 우진의 말은 거기서 끝이 아니었다.

"하지만… 사업성이 더 좋을 만한 곳은 분명히 있습니다."

"예…?"

마치 말장난 같은 우진의 이야기에 구윤권뿐 아니라 황종호와 박경완까지도 의아한 표정이 되었다. 그가 무슨 말을 하고 싶은 건지, 순간적으로 전혀 알아챌 수 없었으니 말이다. 하지만 우진의 말이 다시 이어지기 시작하자, 그 의문은 풀릴 수 있었다.

"사업성이라는 게… 사실 인풋과 아웃풋을 동시에 고려한 결과물 아닙니까?"

구윤권의 눈이 반짝였다.

"인풋이라면, 사업비를 말씀하시는 겁니까?"

우진이 고개를 주억거리며 대답했다.

"바로 그렇습니다. 결과물이 비슷한 수준이라도 들어가는 사업 비용을 현저히 줄일 수 있는 사업장이 있다면⋯ 사업성은 크게 확보되지 않겠습니까?"

잠시 뜸을 들인 우진이 본격적으로 설명을 시작하였다.

— * —

강변북로 지하화 사업의 첫 번째 사업 대상지로 우진이 처음부터 생각하고 있던 곳은 바로 성수동이었다. 정확히는 성수 전략정비구역으로 지정되어 있는, 성수대교 북단에서 영동대교 북단 사이.

그 앞을 지나는 강변북로의 구간을, 사업성을 줄일 수 있는 핵심 사업지로 생각한 것이다. 이것은 결코 WJ 스튜디오가 성수동에 지분이 있기 때문이 아니었다. 사심 섞인 제안이 아닌, 확실한 솔루션이었던 것이다.

'개발계획을, 아예 주거지역까지 통짜로 묶어버리는 거지.'

성수 전략정비 구역은, 전 시장이 추진했던 한강 르네상스 사업 중 하나였다. 성수동 한강변의 낙후된 빌라촌을 깔끔하게 재개발하여, 전부 다 50층 높이의 고층 하이엔드 주거지로 탈바꿈시키겠다는 계획. 이곳은 강변북로 지하화와 달리 가시적인 사업성이 충분히 있는 곳이었고, 시 예산이 들어가야 하는 사업지도 아니었다.

재개발 지역에 새로 지어지는 신축 아파트들은, 조합원들의 분담금과 일반분양 수익으로 건축비 충당이 가능했으니 말이다. 우진이 기억하기로 이곳 전략정비구역은 완공 이후에 강남 서초나 청담만큼이나 고가의 시세가 형성될 만큼 사업성 있는 곳이었다.

"시장님, 지금 성수 전략정비구역 사업이 더딘 이유가 뭐라고 생각하십니까?"

다소 뜬금없는 우진의 질문에 구윤권이 고개를 갸웃하며 대답하였다.

"이 또한 당연히 사업성 문제 아니겠습니까. 부동산 경기가 워낙 좋지 않으니…."

구윤권의 말에 우진이 고개를 끄덕였다. 지금으로부터 딱 5년 정도만 지나도 부동산 시장이 타오르기 시작할 테지만, 2011년 말인 지금은 침체기의 끝에 도달해 있는 상황이었으니까. 새롭게 지어진 아파트의 시세에 대한 기댓값이 높아야 조합원들도 분담금을 수용하고 개발을 진척시킬 텐데 미분양 기사만 줄줄이 이어지고 있는 이 상황에선, 개발 진행이 더딜 수밖에 없는 것이다. 우진의 말이 다시 이어졌다.

"그렇다면 이곳의 사업성을 개선해준다면, 당연히 진행이 빨라지겠지요?"

우진이 하고 싶은 말이 뭔지 아직 이해하지 못한 구윤권이 다시 한번 고개를 갸웃하였다.

"어떤 방법으로 말입니까?"

"3종 주거지역인 전략정비구역을, 종 상향을 해주거나 특례법을 적용하여 용적률 상한을 올려주는 겁니다."

용적률 상한이 올라간다면, 같은 땅에 더 많은 세대수를 뽑아낼 수 있다. 조합원 숫자는 같은데 세대수는 많아지니, 일반분양할 수 있는 세대의 숫자가 그만큼 늘어나게 되는 것. 일반분양이 많아졌으니 당연히 개발이익도 커지게 되고, 이것이 바로 사업성 증가인 것이다. 하지만 이게 말처럼 쉬운 문제는 아니었다. 구윤권이 곧바로 지적한 것처럼 말이다.

"한강 르네상스라 해서 성수 전략정비구역만 용적률 상한을 올려준다면… 이건 형평성에 어긋나는 일입니다. 이미 50층 허가를 내준 것만 해도 큰 특례고요."

층수제한을 올린다고 해서, 세대수가 증가하는 것은 아니다. 용적률 상한이 그대로인 상황에서는, 50층짜리 두 동을 100층짜리 한 동으로 지을 수 있게 되는 것뿐이니까. 하지만 용적률이 오르는 것은 일차원적으로 땅의 가치 자체가 오르는 일이었고, 때문에 성수동의 용적률 상한을 올려준다면, 서울 내 수많은 개발구역이 자신들도 그렇게 해달라며 들고 일어날 것이다.

용적률 상한이 올라가는 것은, 곧 조합원의 이익 상승으로 이어지는 부분이니까. 그럼 전부 다 용적률을 올려주면 되지 않느냐? 그렇게 너도나도 같은 넓이의 대지 안에 빼곡히 집을 짓다 보면, 서울시의 경관이 망가지는 결과를 초래하고 만다. 때문에 용적률이라는 것은 함부로 올려줄 수가 없는 것이다. 하지만 우진은 당연히 여기까지 생각하고 있었고, 그래서 기다렸다는 듯 씨익 웃으며 대답하였다. 진짜 핵심은 바로 지금부터였다.

"그래서 필요한 것이 바로 명분입니다, 시장님."

"명분이요?"

"이곳 성수 전략정비구역만 용적률을 올려줘도, 다른 개발구역의 조합원들이 태클을 걸 수 없을 만한 명분 말입니다."

구윤권과 눈이 마주친 우진이 의미심장한 목소리로 천천히 다시 말을 이었다.

　"강변북로 지하화 사업이라는, 공공의 이익을 위한 개발사업의 공사비용을… 이 성수 전략정비구역의 조합원들에게 부담하게 한다면 어떻습니까?"

　"…!"

　"서울시가 용적률 상한을 올려서, 전략정비구역에 세대수를 더 많이 지을 수 있게 협조해주겠다. 대신 조합원 너희들은… 그로 인해 늘어난 개발이익의 일부를 공공의 이익을 위해 투입해라."

　우진이 씨익 웃으며 한마디를 덧붙였다.

　"이거야말로 서울시와 조합원들이, 서로 윈-윈 할 수 있는 방법이 아니겠습니까?"

　강변북로와 바로 붙어있는 성수동의 전략정비구역은 어차피 강변북로 지하화로 인한 주거환경 개선 효과를 가장 직접적으로 보게 될 지역이다. 때문에 공사비를 충당하는 대신 그만큼 개발이익을 늘려주겠다고 제안한다면, 그것을 거절할 이유가 전혀 없었다. 조합원들은 소음과 분진이 없는 더욱 좋은 환경에서 살게 되는 것이고, 공사비는 늘어난 일반분양 수익으로 충당이 가능할 테니까.

　반대로 서울시는, 용적률 상한을 좀 더 풀어주는 것으로 막대한 공사비를 아낄 수가 있게 된다. 공공의 이익을 위한 명분도 확실하게 있으니, 크게 거리낄 것도 없고 말이다. 우진의 이야기가 일단락되자, 다시 한번 세 사람은 침묵하였다. 하지만 이번의 침묵은 아까와는 느낌이 전혀 달랐다.

　종전에 우진의 이야기가 세 사람에게 고민거리를 던져줬다면, 이번에는 놀라울 정도로 완벽한 솔루션을 보여줬으니까. 박경완은 감탄한 나머지 입을 쩍 벌리고 있었으며, 감정이 표정에 잘 나타나지 않는 황종호 또한 두 눈이 휘둥그레져 있었다. 그리고 우진에게 이야기를 꺼낸 당사자인 구윤권은 우진의 솔루션을 구체화시키느라 바삐 머리를 굴리고 있었다.

'이렇게 되면 예비타당성은 생각할 필요도 없지. 사업 결과가 어떻게 예상되든, 사업비 자체가 말도 안 되게 줄어들어 버릴 테니까.'

하여 잠시 후 모든 생각이 정리되었을 때, 다시 우진과 눈이 마주친 구윤권은 고개를 절레절레 젓고 있었다. 구윤권이 나지막한 목소리로 우진을 향해 다시 입을 열었다.

"대표님."

"네?"

"대체 이런 생각은… 어떻게 해야 떠올릴 수 있는 겁니까?"

— ✳ —

사실 재건축&재개발의 현장에서, 용적률 완화를 활용한 서울시의 딜은 이전에도 얼마든지 있어왔던 일이었다. 가장 대표적인 두 가지는, 바로 임대주택과 기부채납*. 새 아파트 단지에 일부 세대를 임대세대로 책정하는 대신 그만큼 용적률 상한을 완화시켜준다거나, 혹은 개발 면적의 일부를 공공시설인 공원이나 도로의 형태로 나라에 기부채납을 하면서 그 대신 용적률을 완화시켜준다거나.

---

* 국가 외의 자가 재산의 소유권을 무상으로 국가에 이전하여 국가가 이를 취득하는 것.

이런 식으로 서울시가 용적률 완화를 협상의 카드로 써온 적은, 이미 몇 번이나 전례가 있었던 것이다. 그럼에도 불구하고 구윤권이 우진에게 놀란 이유는 전혀 연관성이 보이지 않던 두 가지 프로젝트를 하나로 묶어내는 우진의 순간적인 기지에 있었다. 사실 강변북로 지하화 사업의 사업성을 확보하는 일과 성수 전략정비구역의 재개발 사업 사이에는 겉으로 봤을 때 별다른 연결점이 보이지 않았으니 말이다.

두 사업의 유일한 연결고리라면, 양쪽 모두 한강 르네상스 사업의 일환이라는 정도. 그런데 우진은 이 두 사업을 하나로 묶어내는 과정에서 완벽한 시너지까지 생각해내었고, 이것으로 지난 한 달 동안 구윤권이 골머리를 싸매던 부분이 말끔하게 해결되어버렸다.

결과를 놓고 거꾸로 생각해보면 '왜 이런 생각을 못했지?'라는 생각이 들 수도 있겠지만, 분명한 것은 우진을 만나기 전까지 그 누구도 이런 생각을 하지 못했다는 사실. 구윤권은 서울시장이 되기 전에도 수많은 행정업무를 경험한 적이 있었지만, 이렇게까지 감탄했던 적은 단연코 없었다.

그리고 기재부에서 십수 년을 근무했던 황종호 또한, 구윤권과 생각이 다르지 않았다. 오늘 이 자리에서, 우진에 대한 평가는 또 한 번 달라진 것이다. 어느새 입꼬리를 말아 올린 황종호는 우진을 힐끔 응시하며 속으로 생각하고 있었다.

'대체 요놈은 왜 디자이너가 된 거야? 밑에 이런 놈 하나 있었으면 일하기 엄청 편했겠는데 말이지.'

그리고 당연한 얘기겠지만, 이런 분위기 속에서 진행되는 이야기의 내용이 훈훈하지 않을 수가 없었다.

"대표님."

"네?"

"대체 이런 생각은… 어떻게 해야 떠올릴 수 있는 겁니까?"

"하… 하하, 저야 이쪽 업계 사람 아닙니까. 시장님이야 다양하게 행정업무를 보셔야 하지만, 저는 건설쟁이니까요."

우진의 대답에, 황종호가 피식 웃으며 박경완을 쳐다봤다.

"야, 박 씨. 너도 건설쟁이 아니냐?"

"큼, 크흠."

"시댕이 너도 이런 제안 충분히 할 수 있는 거지?"

"모릅니다, 어르신."

"아니, 대체 천웅에서는 대체 왜 이 시댕이한테 별을 달아준 거야?"

"그냥 서 대표가 특이한 겁니다아! 아니, 건설쟁이가 저런 생각을 대체 어떻게 해요. 사업장 딴다고 영업 뛰기도 바빠 죽겠는데."

"ㅍㅎㅎㅎ."

황종호와 박경완의 대화로 한차례 가볍게 웃음이 오가는 사이, 주문한 음식들도 전부 세팅되어 나왔다. 그것들을 몇 젓갈 집어 들던 구윤권이 다시 우진을 보며 입을 열었다.

"서 대표님 덕에 큰 고민이 하나 해결됐습니다."

"별말씀을요."

"아마 실무 테이블에 던져봐야 알겠지만, 무리 없이 진행되는 방향으로 결론이 날 것 같군요."

"그럴 겁니다. 딱히 걸릴 만한 부분이 없으니까요."

"이거 제가 무슨 보답이라도 해드려야 할 것 같은데…."

조금은 의미심장하게 느껴질 수 있는 구윤권의 말에 우진은 아주 잠시 멈칫하였다. 하지만 그 또한 잠시뿐, 우진은 고개를 절레절레 저으며 대답하였다.

"그런 말씀 마시지요. 제가 뭘 바라고 말씀드린 건 아닙니다."

구윤권이 호쾌하게 웃으며 다시 입을 열었다.

"하하, 당연히 알지요. 그래도 너무 감사해서 드리는 말씀입니다."

물을 한 모금 홀짝인 우진이 툭 던지듯 한마디를 덧붙였다.

"뭐, 보답이라고 하기는 그렇지만… 제 아이디어가 마음에 드셨다면, 그대로 빠르게 추진해주시는 것만으로도 제게 큰 도움이 될 겁니다."

우진의 말에 구윤권이 의아한 표정으로 되물었다.

"그게 대표님께 어떤 도움이…?"

우진이 씨익 웃으며 대답했다.

"제가 성수동에 지분이 좀 많거든요."

"아하?"

"사무실도 성수동, 집도 성수동… 지금 새로 짓고 있는 사옥도 성수동 아닙니까."

고개를 끄덕인 구윤권이 너털웃음을 터뜨리며 다시 입을 열었다.

"허허, 대표님께선 역시 다 계획이 있으셨군요."

구윤권과 다시 눈이 마주친 우진이 싱긋 웃었다.

"그래도 제가 드린 제안 자체는, 전혀 사심 없었던 것 아시지요?"

"물론입니다."

두 사람은 마주 보며 소리 없이 웃었다. 이에 대한 이야기는 더 이상 오가지 않았다. 오늘 이 자리에서 해야 할 이야기들은 아직도 많이 남았고, 굳이 입 밖으로 내지 않아도 서로 무슨 생각을 하는

지 어느 정도 알 수 있었으니까. 그렇게 오늘의 자리는 점점 더 깊어져 갔다.

— * —

우진은 그날, 열두 시가 넘어서야 성수동으로 돌아왔다. 성수동으로 돌아왔다고 곧장 집에 갈 수 있었던 것도 아니다. 구윤권과 황종호는 열두 시가 되기 전에 귀가했지만, 오랜만에 만난 박경완이 우진을 놓아주지 않은 것이다. 성수동 포차에 따로 3차를 간 두 사람은 오랜만에 회포를 풀고 있었다.

"야, 넌 무슨 돈 귀신이라도 붙었냐?"

박경완의 말에, 우진이 어이없다는 표정으로 대답했다.

"뜬금없이 그게 무슨 말씀입니까, 상무님. 돈 귀신이라뇨."

"아니, 그렇잖아. 오늘 시장님 미팅에서 네가 주워 먹은 게 대체 얼만지 감도 잘 안 오는데, 난."

경완의 너스레에 우진이 어깨를 으쓱 하였다.

"주워 먹다니, 제가 뭘요."

"일단 강변북로 지하화 사업. 이거 네 말대로 진행되려면, 성수 전략정비구역 통짜로 묶어서 새로 설계 띄워야 되잖아? 그럼 그 설계가 누구한테 가겠어?"

하지만 입가에 은은히 떠오르는 미소까지, 전부 숨길 수는 없는 법.

"흐흐. 누구한테 가다니요. 당연히 설계 공모 공시 뜨지 않겠습니까."

그에 경완이 고개를 절레절레 저으며 다시 입을 열었다.

190

"음흉한 시키. 공모야 뜨겠지. 근데 네가 서울시장이면 그걸 누구한테 시키겠냐?"

"뭐, 팔이 안으로 굽는 것까지 막을 수는 없는 것 아니겠습니까. 하하."

"와, 서우진이 이거. 못 본 새에 얼굴에 철판이 두 배로 두꺼워졌네?"

"아니, 그러는 상무님은요. 이거 시공사 입찰 뜨면, 클리오 들고 가서 바로 엉덩이부터 깔고 앉으실 분이…"

우진이 정곡을 찌르자, 경완의 입에서 절로 헛기침이 나왔다.

"큼, 크흠! 그건 이거랑 좀 다르지, 짜샤. 시공사 선정이야 조합원들이 하는 거고."

"설계 공모 심사에도 아마 조합원들 지분이 있을 걸요?"

"그… 렇긴 한데…"

"어디까지나 저는 실력으로 승부하는 겁니다. 설계 짱짱하게 해 가서 디자인으로 승부 볼 거라고요."

그리고 결국 말발로 우진을 이겨내지 못한 경완은, 한숨을 푹 하고 내쉬었다.

"후우, 진짜 요놈. 말이나 못 하면…"

"짠이나 하시죠."

"그래, 짠이다 인마."

쨍-!

우진과 소주잔을 부딪친 경완은 단숨에 소주를 입 안으로 털어 넣었고, 살짝 상기된 표정으로 다시 입을 열었다.

"너 계속 잘나간다고 이 박경완이 모른 척하면 안 되는 거 알지?"

"상무님 하시는 거 봐서요."

"야 이…!"

우진은 건설업계 사람 치고 술을 그리 즐기는 편은 아니었지만, 경완과의 술자리만큼은 항상 즐겁고 유쾌했다. 사실 술맛이라는 것은 술자리의 분위기와 함께 마시는 사람에 의해 좌우되는 법. 우진과의 술자리가 좋은 것은 경완 또한 마찬가지였다.

"그런데 이거 성수동 사업장이야 그렇다 치고."

"예, 상무님."

"마지막에 얘기 나누던 그 리빙페어 관련된 얘기들은… 어떻게, 잘 진행되고 있는 거냐?"

경완의 물음에 우진이 고개를 끄덕였다. 사실 오늘 미팅 내용 중 가장 임팩트 있었던 것이 한강 르네상스 사업과 관련된 이야기였다면, 원래 서울시장과 이야기하려 했던 본론은 반년쯤 뒤에 있을 리빙페어에 관련된 부분이었으니까. 경완은 그 내용 또한 흥미롭게 들었지만 전후 사정을 정확히 아는 것은 아니었기에, 몇 가지 궁금한 부분이 있었던 것이다.

"그 〈천년의 그대〉라고 했나?"

"맞습니다. 그 이름."

"그 드라마는 이미 찍기 시작한 거야?"

"세트장이 완공돼야 찍기 시작하죠. 아마 3월부터 찍을 겁니다."

"세트장이 이천에 있다며?"

"정확히는 세트장이 있는 게 아니라 부지가 있는 거죠."

"부지?"

"강소정 대표가 들고 있던 땅인데, 이번에 제가 매입했습니다."

"야, 아무리 세트장 부지라 해도 그렇지, 그런 촌구석 땅을 샀다고?"

"그만큼 싸게 샀으니까 괜찮습니다."

"뭐, 이런 거야 네가 어련히 알아서 더 잘하겠냐만…."

경완과의 대화는 계속해도 끝이 없었다. 이제 두 사람 사이의 연결고리는 훨씬 더 다양하고 복잡하게 얽혀 있었으니, 거의 모든 주제가 두 사람의 공통분모가 됐던 것이다.

"청담 클리오 써밋 분양 일정은 어떻게 돼갑니까? 그거 지난번에 한두 달 밀린 것 같던데."

경완이 고개를 끄덕이며 대답했다.

"소송 마무리하고 이것저것 신경 쓰느라 딜레이가 좀 됐는데, 아마 한 달 내로는 분양승인 떨어질 거다."

"청약 넣으신다고요?"

"네 말대로 큰 평수 한번 도전해보려고."

"이번에도 저 몰래 홀라당 팔아버리시면 안 됩니다?"

"야, 진짜 내가 그땐 왜 그랬는지 모르겠다니까? 이번엔 절대로 안 팔아. 무조건 입주할 거야, 무조건!"

흥분한 경완이 과장된 표정으로 날뛰자, 우진은 낄낄거리며 웃을 수밖에 없었다. 우진 몰래 홀라당 팔아버린 분양권이란 당연히 마포 클리오를 얘기하는 것이었고, 이제 슬슬 준공이 가까워지고 있는 마포 클리오는 경완이 팔아넘긴 시점보다 무려 1억 가까이 프리미엄이 붙어있었으니 말이다.

아직도 그 일로 와이프에게 주기적으로 혼나는 중인 경완에게는, 아픈 기억일 수밖에 없는 것. 몇 년 더 지나면 이 프리미엄이 3억 이상까지도 오를 것이라는 얘기는 굳이 해줄 필요도 없을 것 같았다.

"그나저나, 상무님."

"왜."

조금 심통난 박경완의 목소리에 우진이 웃으며 말을 이었다.

"그, 청담 조합장님은 요즘 잘 계십니까?"

우진이 꺼내든 조금 의외의 이야기에, 경완이 의아한 표정이 되어 반문하였다.

"음? 조합장 양반? 곽 씨 말하는 거야?"

"네, 곽홍식 조합장님 말이죠. 상무님이 그쪽 담당이시니까, 종종 연락하시지 않습니까?"

"그 양반은 왜?"

오래도록 우진을 알아온 경완은, 그의 표정만 봐도 뭔가 있다는 것을 알 수 있었다. 애초에 곽홍식이라는 이름을 갑자기 꺼내든 것부터가 의미심장했지만, 지금 우진의 표정 자체가 뭔가 꾸미고 있을 때의 딱 그 표정이었으니까. 그리고 경완의 그 기대를 저버리지 않겠다는 듯, 우진이 씨익 웃으며 말을 이었다.

"조만간 자리 한번 마련해주실 수 있겠습니까?"

"그 양반이야 너도 연락처 다 있잖아?"

"제가 갑자기 연락하는 건 그림이 좀 이상하잖아요."

"딱히 뭐가 이상한지는 모르겠지만… 아무튼 왜?"

들고 있던 소주잔을 가볍게 홀짝인 우진이 천천히 다시 입을 열었다.

"이번 프로젝트가 좀 더 깔끔하게 진행되려면, 아무래도 '용병'이 필요할 것 같아서 말이죠."

"뭐…? 용병…?"

알 수 없는 우진의 이야기에 경완이 고개를 갸웃하였고, 우진이 본격적으로 다시 입을 열기 시작하였다.

시간이 곧 돈이다

　청담 선영아파트의 조합장 곽홍식. 이 사람에 대한 우진의 첫인 상은, 사실 그리 특별하지 않았었다. 곽홍식과의 첫 만남은 사업장 에 '클린수주'라는 슬로건을 걸기 위한 사전 만남이었고, 그때 우 진의 눈에 비쳤던 곽홍식의 이미지는 다른 재개발 재건축 구역의 여느 조합장들과 다를 바 없이 평범했으니 말이다.

　하지만 선영아파트의 악질 비대위를 정리하는 과정에서 우진은 그와 긴밀하게 협업하게 되었고, 그때 곽홍식의 진가를 확인할 수 있었다. 나이가 예순이 넘었음에도 불구하고 명석한 상황판단, 조 합원들을 확실하게 휘어잡을 수 있는 추진력과 카리스마, 게다가 사업 진행이 빠르게 이어지기 위해 꼭 필요한 결단력과 업무능력 까지.

　만약 당시에 곽홍식이 깔끔하게 일 처리를 해주지 않았더라면, 우진은 아직까지 선영아파트 때문에 골머리를 썩이고 있었을지도 몰랐다. 비대위의 비리를 드러내어 소송에서 승리하는 과정이 깔 끔하지 못했더라면, 아직까지도 항소가 이어지며 지지부진 개발 이 미뤄지고 있었을지도 모르는 것이다.

하지만 곽홍식은 우진의 계획대로 정확히 움직여주었고, 어떤 면에서는 기대보다 더 나은 모습을 보여주기도 하였다. 덕분에 지금 청담 클리오 써밋이 공사를 시작할 수 있었고, 12년 초에 일반분양까지 잡힐 수 있었던 것이고 말이다. 그리고 이러한 홍식의 능력을, 우진은 항상 탐내고 있었다.

곽홍식 같은 조합장이 있다는 사실만으로도, 해당 사업장의 개발속도가 몇 년 단위로 빨라질 수 있으니까. 재개발&재건축 사업장에서, 그 개발시간은 천문학적인 수준의 돈이라고 할 수 있었다.

"그 아저씨를 용병으로 쓴다는 게, 대체 무슨 말이야?"

"당연히 성수 전략정비구역에 조합장으로 영입한다는 말입니다."

"뭐?"

"청담 클리오 써밋이라는 최고의 포트폴리오를 가진 사람 아닙니까?"

"그, 그렇기는 한데… 그게 말이 되는 개념인가?"

"상무님께서 자리만 한번 만들어주시면, 조합장님 구워삶는 건 제가 할 테니 걱정 마시죠."

성수 전략정비구역은 그 안에서도 총 세 개의 구역으로 나뉜다. 우진은 그 세 개 구역 중 하나의 조합장으로 곽홍식을 영입하려고 하는 것. 물론 성수 전략정비구역에 지분이 없다면 당연히 조합장이 될 수 없다. 일단 조합원이 되어야 그 조합 안에서 조합장이 될 수 있는 것이니 말이다.

그래서 곽홍식을 조합장으로 영입하기 위해서는, 먼저 홍식에게 해당 구역의 지분을 매수하라고 설득해야 한다. 전략정비구역 내의 세 개 구역들 중, 아직 조합설립이 되지 않은 초기 단계의 구역에 홍식이 지분을 매수하도록 만든 뒤 조합설립 과정에서 그가 자연스레 조합장이 되도록 만드는 것이다. 우진의 머릿속에는 이미 구체적인 계획이 전부 다 서 있었다.

'성수 전략정비구역은, 아마 지금 1지구가 제일 속도가 느릴 거야. 1지구는 아직 조합설립 동의율도 낮을 거고… 반면에 2, 3지구는 사업 시행인가까지 받았을 테니까.'

우진의 전생에서 성수동 전략정비구역은, 2020년이 넘도록 삽조차 뜨지 못한 상황이었다. 그러니까 2012년이 된 지금부터 10년이 더 지나는, 그때까지도 개발이 완성되지 못한다는 거다. 그리고 그렇게 개발이 느려진 가장 큰 이유가 바로 1지구 때문이었다.

부패한 조합장과 의지 없는 조합 임원들로 인해 1지구의 사업이 제대로 진행되지 않는 상황에서, 서울시는 1, 2, 3지구를 하나의 설계안 안에서 동시에 개발하길 원했으니, 2, 3지구의 조합원들은 1지구를 기다리다가 10년에 가까운 세월을 날리게 됐던 것이다.

전략정비구역을 하나로 묶어 개발하는 것은 한강 르네상스 사업의 일환이었는데, 이 때문에 비현실적인 사업계획이었다고 서울시가 조합원들로부터 욕을 많이 먹기도 했었다.

'하지만 1지구의 조합장이 곽홍식 아저씨로 바뀐다면, 그런 역사가 반복될 일은 없겠지.'

성수 전략정비구역의 세 개 구역들 중, 사실 가장 위치가 좋은 곳도 1구역이다. 전략정비구역 안에서 서울숲과 가장 인접해 있으며, 대중교통 접근성도 가장 좋은 위치였으니까. 그래서 우진은 곽홍식을 꼬셔서 이 1구역에 함께 발을 담글 생각이었다.

그리고 몇몇 돈 많은 지인들까지도 합세해서, 함께 1지구 내의 지분을 매수해볼 계획이었다. 우진의 계획대로 된다면 이곳에 매수한 지인들은 어차피 어마어마한 차익을 보게 될 것이며, 1지구 내에 우진과 관련된 지분이 많아질수록 개발속도는 더욱 빨라질 테니 이것이야말로 모두에게 행복한 결과를 가져올 수 있는 길이었다.

'딱 반년. 반년 내로 1지구에 조합 설립해서 교통정리 끝내고, 내년 하반기에는 서울시에서 제안하는 강변북로 지하화가 포함된 변경설계로 곧바로 통합 사업 시행인가까지 따내야겠어.'

사실 이것은, 재개발&재건축을 조금이라도 경험해본 사람이라면 불가능하다며 단번에 고개를 내저을 만한 목표이자 계획이었다. 하지만 그럼에도 불구하고, 우진은 이 계획을 성공시킬 수 있다고 굳게 믿고 있었다. 곽홍식을 1지구의 조합장으로 영입하는 데 성공한다는 전제만 깔린다면 말이다.

'여기에 박 상무님이 실세로 있는 천웅건설까지 시공사로 들어선다면….'

머릿속에 어느 정도 그림이 그려진 우진이 기분 좋게 웃었다. 시공사와 설계자 그리고 시행자인 재개발 조합까지. 이 세 요소가 삼위일체가 되어 움직인다면, 이 말도 안 되는 계획을 분명히 성공시킬 수 있을 것이었다.

— * —

새해가 밝은 뒤, 유리아는 꽤 한가해졌다. 한동안 눈코 뜰 새 없이 바쁘던 시기가 지나가고, 오랜만에 꽤 길게 휴식을 시작한 것이다. 사실 아직까지도 여기저기서 콜은 많이 오는 상황이었지만, 어지간한 제안은 전부 다 거절했다. 조만간 〈우리 집에 왜 왔니〉 시즌 1이 끝나면, 완전한 백조가 되어 일 년 정도는 쉬고 싶었던 것이다. 물 들어올 때 노 젓는 것이 당연하다지만, 이렇게 끝없이 노만 젓다가는 노가 부러져버릴지도 모른다고 생각했다.

'다 먹고살자고 하는 일인데, 좀 쉴 때도 있어야지.'

아쉬운 것은 유리아가 시간이 있다고 해도, 그녀의 지인들이 죄다 시간이 없다는 점이었다. 유리아의 지인들은 거의 연예인들이었는데, 그들 대부분이 눈코 뜰 새 없이 바빴으니까. 하지만 다행히 오늘은 놀아줄 사람을 구하는 데 성공했고, 그래서 대낮부터 가로수길에 나와 있었다.

정확히는 가로수길에 있는 자신의 건물, 카페 프레스코의 루프탑에 말이다. 오늘 유리아가 만난 두 사람은 바로 같은 소속사 배우인 서윤진과 민우였다. 서윤진은 바쁜 와중에 오랜만에 시간을 낸 것이었고, 민우는 촬영에 본격적으로 들어가는 내년 3월까지 유리아와 비슷한 신세였다. 세 사람은 대낮부터 만나서 신나게 수다를 떨고 있었다.

"으으, 부럽다 유리아. 난 언제쯤 너처럼 푹 쉬어볼까."

윤진의 말에 리아가 피식 웃으며 대꾸했다.

"이번 드라마 끝나고 쉬시든가."

"안 돼. 다음 작품까지 이미 정해져 있어."

"그거 끝나고 나서 쉬어 그럼."

"흑… 그전에 매니저 오빠가 대본 수십 개 들고 와서 얼굴에 들이밀겠지."

"웃기시네. 왜 매니저 오빠 탓을 하고 그러실까. 네 일 욕심이 문젠 것 같은데."

"맞아, 사실 내 욕심이 문제야. 난 틀렸어…."

"히히히."

쉬고 싶다고 말하면서도 좋은 작품이 들어오면 결코 거절하지 못하는 윤진의 마음을, 유리아는 아주 잘 이해한다. 리아는 배우가 아닌 가수였지만, 그것과 별개로 일 욕심은 윤진 못지않았던 시절이 있었으니까. 이번에 휴식기를 갖기까지도, 꽤 오랜 시간 갈등을 했던 유리아였다.

'어쩌면 나도 카페 프레스코가 잘되고 투자성과가 좋아지니까 여유가 생겼는지도 모르지.'

유리아는 음료수를 쪽쪽 빨며, 루프탑 난간 바깥으로 펼쳐진 가로수길의 전경을 감상하였다. 이 건물을 매수한 것이 아주 훌륭한 선택이었다면, 여기에 카페 프레스코를 입점한 것은 신의 한 수였던 것 같았다. 카페 프레스코의 매출도 매출이지만, 그 덕에 상승한 건물 가치가 1년 만에 10억도 훨씬 넘었다. 리아가 그런 생각을 하는 사이, 가만히 둘의 대화를 듣고 있던 민우가 한숨을 푹 쉬며 입을 열었다.

"누나들, 불쌍한 동생 앞에 두고 너무 배부른 소리 하는 것 아니에요?"

민우의 볼멘소리에, 리아가 곧바로 반문하였다.

"뭐가?"

"저는 일하고 싶은데 일이 없어서 강제 백수잖아요."

이번에는 윤진이 물었다.

"3월부턴 촬영 들어가잖아?"

"흐… 그것도 걱정이에요. 지난번처럼 빠그라지는 건 아닌지…."

쓴웃음을 짓는 민우를 보며, 리아와 윤진은 살짝 안타까운 표정이 되었다. 같은 소속사 배우들 중에서도 실력 있는 동생인 민우였건만 잘나가던 아역 때와 달리 성인이 된 뒤로는 계속해서 작품 운이 없었던 탓이다.

뭔가 잘 풀린다 싶으면 불쑥 태클이 들어오면서, 벌써 6년째 공백기가 지속되고 있었으니까. 물론 그 6년 중에 4년 정도는 개인 사정 때문이지만, 최근 들어 민우가 침울한 것은 충분히 이해되는 두 사람이었다.

"이번에 민우 네가 캐스팅된 드라마가 〈천년의 그대〉라고 했었나?"

윤진의 물음에 민우가 고개를 끄덕이며 대답했다.

"그거 맞아요, 누나. 사실 대본이 좀 유치해 보여서 고민 많이 했었는데⋯."

"그런데?"

"배역이 너무 좋고, 리아 누나가 워낙 추천을 해서 하기로 했어요."

민우의 대답에 윤진이 두 눈을 동그랗게 뜨며 반문했다.

"리아가 추천했다고?"

"네, 리아 누나가요."

민우의 대답이 이어지자, 윤진의 시선이 자연스레 리아에게로 향했다. 윤진이 의아해하는 것은 당연했다. 리아도 배우로서의 커리어가 없는 것은 아니었지만, 이렇게 다른 배우에게 작품을 추천하는 것은 처음 봤으니 말이다. 윤진의 시선에 담긴 의미를 알고 있는 리아가 대수롭지 않은 표정으로 입을 떼었다.

"그 작품, 무조건 잘될 거라니까?"

"응…? 무조건?"

리아가 고개를 끄덕이며 대답하였다.

"그렇다니까. 내가 아는 지인 중에 돈 귀신이 붙은 사람이 한 명 있는데, 걔가 이번에 거기에 붙었더라고."

"〈천년의 그대〉 말하는 거야?"

"응, 그러니까 안심해도 돼. 아마 대박 날 거야."

쪽- 쪽-

이해하기 힘든 말을 대수롭지 않게 한 뒤, 태연한 표정으로 음료수를 쪽쪽 흡입하는 유리아. 그런 그녀를 본 윤진은 어이없는 표정이 되었고, 맞은편에 앉아있던 민우가 어깨를 으쓱 하며 입을 열었다.

"이 누나가 이런다니까요?"

"돈 귀신은 또 뭐야? 못 본 사이에 이상한 토속신앙이라도 믿기로 했어?"

"그런가 봐요."

"…."

리아와 민우를 한 차례씩 응시한 윤진이 다시 민우에게 물었다.

"리아는 그렇다 치고 어쨌든 민우 너도 그 말 듣고 선택한 거 아냐?"

민우가 멋쩍은 표정으로 대답했다.

"음… 그건 그렇긴 해요."

윤진이 어이없다는 듯한 목소리로 반문했다.

"너도 신도야?"

민우는 뒷머리를 긁적이며 다시 대답했다.

"아직 신도는 아닌데⋯ 만약 이번 작품 터지면 저도 신도가 될지도 모르죠."

"뭐⋯?"

"사실 리아 누나가 '돈 귀신'이 붙었다고 한 사람이, 저도 아는 분이거든요."

"그게 누군데?"

이번에는 리아가 말했다.

"너도 알 걸?"

"응?"

"작년 크리스마스 파티 때, 너도 인사했잖아."

"아⋯?"

이제야 윤진은 그 사람이 누군지 짐작할 수 있었다. 연예인들 사이에서도 꽤 유명한 인물이자, 언제부턴가 리아를 만날 때면 꼭 한 번씩은 이름이 언급되는 사람. 최근에는 건축 디자이너로서 꽤 크게 이슈화되기도 했던 한 사람의 얼굴이, 곧바로 머릿속에 떠오른 것이다. 그런 그녀를 향해 리아가 피식 웃으며 말을 이었다.

"우진이가 거기 투자했어."

"뭐?"

"그냥 투자한 정도가 아니라, 세트장 디자인까지 직접 한다더라고."

"⋯!"

리아의 말에 윤진의 두 눈이 휘둥그레졌다. 그녀는 우진 덕에 리아와 수하가 얼마나 큰돈을 벌었는지 알고 있었기에, 급격히 혹해진 것이다. 물론 부동산 투자를 잘한다고 해서 드라마 투자에 성공할 것이라는 결론을 도출하는 것은 아주 비이성적인 논리의 흐름이었지만 워낙 우진에 대해 이야기를 들은 것이 많다 보니, 이성과는 별개로 혹하는 마음이 생긴 것.

"으음… 이거 갑자기 왜 후회가 되지…?"

윤진의 중얼거림을 들은 리아가 의아한 표정으로 물었다.

"뭐가?"

"사실 나도 〈천년의 그대〉 여주인공 배역 제안 받았었거든."

"아하."

"다른 작품 있어서 거절했는데… 그때 받았어야 했나…."

윤진의 말에 리아는 피식 웃었다. 반쯤 농담인 것은 알고 있었지만, 저 심정이 이해되었으니 말이다.

'우진이 투자했다는 말 듣고, 나도 강소정 대표님 찾아가 볼까 진지하게 고민했었으니까.'

사실 리아도 지난 1년 사이 통장에 제법 쌓인 돈으로, 〈천년의 그대〉 드라마에 투자해볼까 진지하게 고민했었던 것. 그리고 통장에서 놀고 있는 돈이 떠오르자, 문득 우진이 생각나는 리아였다.

'요즘 시간도 많은데… 한번 우진이 사무실이나 놀러가 볼까? 겸사겸사 투자처도 슬쩍 한 번 물어보고….'

한가한 백조가 된 리아는 그렇게 즉흥적으로 성수동 방문 계획을 세우고 있었다.

— ＊ —

사실 우진이 회귀하기 전인 2030년 즈음에는, 조합장을 외부에서 영입한다는 개념 자체가 이미 성립된 상황이었다. 2010년대 후반의 급격한 부동산 상승장을 겪은 뒤, 몇몇 사업장에서는 청담 선영 조합의 곽홍식 조합장과 같은 능력 있는 조합장들이 탄생하였고 입지와 사업성이 훌륭한데도 불구하고 조합역량 부족으로 개발이 지지부진한 돈 많은 조합에서, 아예 고액의 연봉을 제시하며 그런 조합장들을 영입했던 사례가 있었던 것이다.

심지어 이번에 우진이 생각한 것처럼, 조합장이 해당 구역의 지분을 매수하거나 하는 방식을 취하지 않고 말 그대로 '용병'으로 영입한 케이스도 많았다. 많게는 10억 단위가 넘는 연봉을 약속하면서까지도, 실력 있는 조합장을 고용하여 사업을 추진하던 사례가 있는 것이다. 땅값이 조 단위에 가까운 강남 핵심입지의 경우, 조합 능력이 조금만 향상돼도 수백억 이상의 돈을 아낄 수 있으니 어쩌면 너무 당연한 수순이라고 할 수 있었다.

'특히나 조합역량 부족으로 사업이 지지부진한 성수 1지구라면….'

그래서 우진은 십 년 뒤에나 강남권에 보편화될 개념인 조합장 영입을 이번 성수 전략정비구역에 추진할 생각이었다. 구윤권 시장의 행동력으로 봐서 늦어도 3월 전에는 강변북로 지하화 사업과 연계된 성수 전략정비구역의 통합 개발계획이 공시될 것 같았으니, 그전에 최대한 빠르게 세팅을 다 해놔야만 했다.

'버스 출발하기 전에, 태울 사람 다 태워야지. 그중에서도 일단 운전수부터….'

그래서 우진은 박경완을 재촉하였고, 덕분에 며칠 내로 곽홍식 조합장과 대면할 수 있게 되었다. 오랜만에 청담 써밋의 공사현장을 한번 둘러본다는 명분으로, 경완과 홍식을 한자리에서 만난 것이다.

"조합장님! 오랜만에 뵙습니다."

"허허, 이게 누구십니까. 서 대표님 아니십니까."

"조합에는 별일 없으셨지요?"

"물론입니다. 이제 장애물은 다 거뒀고 앞으로 달릴 일만 남았으니 지난 몇 년의 고생을 전부 다 보상받는 느낌입니다, 하하."

오랜만에 도착한 청담 클리오 써밋의 공사현장은 무척이나 분주하였다. 이미 철거는 전부 끝난 상태에 기초공사를 진행 중이었는데, 이렇게 터를 닦아놓은 것만 봐도 우진은 가슴이 두근거렸다.

'다 지어지면 진짜 멋지겠어.'

워낙 입지 자체가 좋기도 하고, 우진이 직접 설계한 첫 아파트 단지였으니 펜스 쳐놓은 모양새만 봐도 완공됐을 때의 그림이 절로 그려진 것이다.

"자, 그럼 두 분. 이것부터 머리에 쓰시고… 이쪽으로 오시지요."

박경완이 건네는 안전모를 받아 쓴 홍식과 우진은 그의 안내를 따라 현장을 꼼꼼히 살펴보았다. 비록 뼈대도 제대로 올리지 않은 기초공사 단계였지만, 동간거리나 대지의 단차 등 수치로만 계산해서 설계했던 부분이 실질적으로 어떤 느낌으로 다가오는지 한번 쭉 살피는 우진이었다.

"조합장님 우리 준공목표를 언제로 잡았었죠?"

"공기를 2년 정도로 잡았으니까… 이제 1년 10개월 정도 남았군요."

"그럼 내년 연말에는 입주가 가능하겠네요."

"하하, 서 대표님도 써밋으로 입주하십니까?"

"글쎄요, 그건 그때 가 봐야 알 것 같습니다."

우진은 써밋에 가지고 있던 대부분의 지분을 매도했지만, 아직 어머니 명의로 매수했던 30평대 한 채는 가지고 있었다. 워낙 강남에서도 최상급의 입지를 가진 청담 클리오 써밋이다 보니 지분을 하나 정도는 남겨놓고 싶었던 것이다. 곽홍식도 그 사실을 알고 있었기에 우진에게 입주 여부를 물어본 것이었다.

"오랜만에 와서 그런지, 단지가 엄청 넓어 보이는군요."

"하하, 이제 마지막 한 동만 돌면 끝입니다. 이쪽으로 오시지요."

어쨌든 훈훈한 분위기 속에서 현장 점검을 마친 세 사람은, 조금 이른 저녁을 먹기 위해 경완의 차를 타고 압구정으로 나왔다. 현장 점검도 분명히 의미 있는 일이었지만, 어쨌든 오늘의 본론은 지금부터였다.

조용하고 고급진 중식 레스토랑에 자리를 잡고 앉은 세 사람은, 클리오 써밋과 관련된 이런저런 이슈들에 대해 이야기하며 애피타이저를 한입씩 집어 먹기 시작했다. 그리고 이렇게 한 십 분 정도가 지났을 때, 타이밍을 잡은 우진이 슬쩍 운을 떼기 시작했다.

"그나저나, 조합장님."

"예, 대표님."

"조합장님께서는 청담 선영 사업장 말고, 다른 데 투자하신 곳은 없습니까?"

우진의 이 한마디로 대화의 흐름이 살짝 바뀌자, 홍식 또한 눈에 이채를 띠었다.

"재개발 재건축 말씀이시지요?"

"뭐, 꼭 그런 것이 아니라, 부동산이라면 뭐든 말입니다."

쪼르륵-

우진이 이야기하는 사이 종업원 한 명이 찻잔에 찻물을 따르기 시작했고. 세 개의 찻잔이 전부 가득 차자, 홍식이 다시 입을 열기 시작했다.

"한남뉴타운에 오래전에 사둔 다가구 한 채가 있긴 합니다."

"아, 한뉴 좋죠. 다가구면 지분도 크시겠네요."

"10년 안에만 됐으면 좋겠는데…."

우진은 한남뉴타운의 미래를 안다. 풍수지리학적으로 배산임수의 정석과도 같은 위치임과 동시에 남향으로 한강 뷰를 뽑아낼 수 있는, 서울 전역을 놓고 봐도 최고의 입지인 한남 뉴타운. 재개발 투자자들 사리에서 '왕의 자리'라고도 불리는 한남뉴타운은 사실 2020년이 돼도 제대로 삽조차 뜨지 못한다.

남산에서부터 한강까지 이어 떨어지는 스카이라인과 관련된 법 조항 때문에 제약도 많았지만, 워낙 입지가 좋다 보니 조합원들 사이에서도 이해관계가 무척이나 복잡한 탓. 한뉴가 제대로 빛을 보려면 2025년은 지나야 하지만, 군이 그런 이야기를 해줄 필요는 없었다. 개발이 되지 않는 와중에도 기대감과 입지만으로 계속해서 땅값은 오를 곳이 한남뉴타운이었으니까.

"좋은 곳 가지고 계시네요."

"하하, 한남이 좋긴 하죠."

잠시 한남뉴타운에 대한 이야기를 나누던 곽홍식이 의미심장한 목소리로 다시 물었다.

"그런데 제 투자 물건은 왜 물어보신 겁니까?"

그 물음에 우진은 속으로 웃었지만….

'낚였다.'

별것 아니라는 듯 담담한 표정으로 다시 말을 이었다.

"아, 혹시 조합장님께서 성수 쪽에 재개발 물건 가지셨나 해서요."

"성수라면, 전략정비구역 말씀하시는 겁니까?"

"아무래도 그쪽 얘기죠. 전략정비구역 제외하면, 거의 대부분이 공업지니까요, 성수는."

우진의 목소리는 덤덤했지만, 말이 이어질수록 홍식은 애간장이 타기 시작했다.

'요놈, 지금 분명히 뭐가 있는데.'

부동산에 대한 우진의 지식과 정보력 그리고 그의 투자 능력에 대해 이미 경험해본 홍식은 성수동 쪽에 뭔가 묵직한 건수를 하나 우진이 들고 있을 것이라는 걸 본능적으로 직감한 것이다. 하지만 우진은 슬슬 겉도는 이야기만 할 뿐 핵심을 쉽게 꺼내 들지 않았고, 그것이 홍식의 애간장을 타게 만들었다. 우진은 그런 홍식의 속내를 이미 훤히 들여다보고 있었고 말이다.

'흐흐, 이 아재 그사이에 아직 추가매수를 한 게 없으면… 현금은 빵빵하게 들고 있겠네.'

홍식은 비대위를 걸러내는 과정에서, 우진만큼은 아니지만 막대한 차익을 실현하였다. 보아하니 그 돈을 그대로 쥐고 있는 것 같았고, 이러면 구워삶기는 더 쉬워진다. 투자를 할 줄 아는 사람에게는 예금통장에서 놀고 있는 돈이 얼마나 불편한지, 누구보다 잘 아는 우진이었다. 우진은 홍식의 앞에, 먹음직스런 떡밥을 조금씩 올려놓기 시작했다.

"사실 성수 전략정비도, 한남 못지않게 좋은 입지거든요."

우진의 말에 홍식이 고개를 끄덕이며 답했다.

"그렇죠. 강만 건너면 바로 압구정, 청담인 데다… 서울에서 가장 넓은 녹지(綠地) 중 한 곳이 바로 옆에 붙어있으니까요."

"맞습니다. 강남권역 수요를 흡수할 수도 있고, 장기적으로는 산업개발진흥지구에 일자리가 지속적으로 생기겠죠."

이번에는 우진의 눈치를 슬쩍 살핀 홍식이 다시 입을 열었다.

"하지만 대표님도 아시다시피, 그런 장밋빛 미래가 예정되어 있는 곳은 서울에 성수뿐이 아니지 않습니까?"

우진이 웃으며 고개를 끄덕였다.

"그렇지요."

"그리고 누구나 다 아는 호재는 더 이상 호재가 아니지요."

누구나 다 아는 호재는 더 이상 호재가 아니다. 이것은 우진도 지극히 공감하는 이야기였다. 어디에 뭐 새로 역이 뚫린다는 계획이 발표됐다고 해서, 그 주변의 부동산 가격이 쭉쭉 상승하지 않는다는 얘기다.

'그게 전부 현재 가격에 이미 반영됐다는 소리니까.'

거기에는 여러 가지 이유가 있겠지만, 가장 큰 이유 중 하나는 개발계획에 기약이 없다는 점. 보통 정부에서 언제까지 개발하겠다고 공약을 하더라도, 그것이 수년에서 십 년 이상 늦어지는 경우가 다반사였으니 그 말만 믿고 투자했다가는 돈이 묶이기 십상인 것이다.

그런 측면에서 성수동이 좋아지기까지는 아직 시간이 꽤 걸릴 것처럼 보이는 게 사실이었고, 그래서 성수동은 아직 저평가였다. 그리고 곽홍식의 이 이야기는 거의 맞는 말이었다. 단, 우진이라는 변수가 없을 때의 이야기였지만 말이다.

"그렇죠. 사실 부동산이 움직이려면, 눈에 보이는 변화가 필요한 게 사실이니까요."

여기까지 이야기가 나오자 결국 참지 못한 홍식은 우진에게 직접적으로 물어볼 수밖에 없었다.

"그렇게 잘 아시는 분이 갑자기 성수동 얘기를 꺼내셨다는 건… 이쪽이 금방이라도 꿈틀거릴 만한 확실한 근거가 있다는 이야긴 것 같은데….”

우진도 이제는 참지 못하고 입에서 웃음이 새어 나왔다. 확실히 곽홍식 조합장은 우진이 생각했던 것 이상으로 눈치가 빠르고 명석한 사람이었고, 덕분에 우진은 더 쉽게 그를 낚아 올릴 수 있게 되었으니까.

"역시 척하면 척이시군요.”

우진의 긍정에, 홍식이 반색한 표정으로 다시 물었으며,

"허허, 역시 뭔가 있었던 겁니까?”

그런 그를 향해, 우진이 은근한 목소리로 이야기를 풀기 시작했다.

"물론입니다.”

그리고 우진의 말이 이어지면 이어질수록… 홍식의 엉덩이는 점점 더 격하게 들썩이기 시작하였다.

— * —

우진은 홍식에게 모든 정보를 다 풀지 않았다. 이것은 서울시의 정책까지도 관련 있는 문제였기 때문에, 어떤 면에서는 무척이나 민감할 수 있었으니 말이다. 물론 성수 전략정비구역은 이미 우진과 구윤권 시장의 만남 이전에도 지구단위계획으로 지정되어 있었고 때문에 우진이 여기에 지인들과 함께 투자하는 것은 당연히 범법행위가 아니었다.

하지만 그런 법적인 부분과 별개로 잘못 소문이 퍼져나가면 투자자들이 몰려들 수가 있었고, 그러다가 1지구에 지분확보를 충분히 하지 못하면, 계획에 차질이 생겨버리고 만다. 우진의 가장 큰 목표는 차익을 보는 것보다도 1지구의 사업 속도를 최대한 끌어올리는 것이었다.

혹시라도 미리 소문이 퍼져서 우진의 지분이 작아지면, 사공이 많아 배가 산으로 가는 걸 지켜봐야 할지도 몰랐으니 말이다. 그래서 우진은 일단 홍식을 운전대에 앉힌 뒤에 나머지 이야기를 풀 생각이었다.

"조만간 성수 전략정비구역의 통합 재정비안이 나올 겁니다."

"통합 재정비안이라시면…."

"세 개의 지구의 설계를 전부 일원화하여 시에서 원하는 방향으로 개발공시가 올라올 거고, 그 조건을 받아들일 시 지구 전체의 용적률을 대폭 완화시켜주는 안건이지요."

"그, 그게 정말입니까?"

강변북로 지하화 계획을 비롯하여 더 먹음직스런 떡밥들이 많이 남아있지만, 홍식을 설득하는 데에는 용적률 완화라는 카드만으로도 충분하였다. 용적률 완화는 개발 호재와 달리 법이 발효되는 순간 곧바로 땅의 가치 자체가 높아지는 것이었으니, 불확실성이 거의 제로에 가까운 호재였던 것이다.

"대체 그 통합 재정비안이라는 게 뭐기에, 그 깐깐한 서울시에서 용적률을 완화해준다는 겁니까?"

우진이 조용한 목소리로 대답했다.

"그 부분은 확정된 사안이 아니라서, 아직 구체적으로 말씀드릴 수는 없습니다."

홍식이 말했다.

"뭔가 있긴 있군요."

"그렇습니다. 거의 9할 이상의 확률로 진행될 뭔가가 하나 있지요."

이제 우진의 이야기를 듣는 과정에서, 얼추 머릿속에 그림은 전부 그려낸 홍식. 하지만 그에게는 아직 한 가지 의문점이 남아있었으니, 그것은 바로 우진이 자신의 앞에서 이런 이야기를 꺼내는 이유였다. 분명히 뭔가 원하는 게 있어서 이런 정보를 흘리는 것 같았는데, 그게 뭔지 아직 감이 오질 않은 것이다.

"그러면, 서 대표님."

"예, 조합장님."

"제게 이런 고급 정보를 주시는 이유가 뭡니까? 설마 정보공유 차원에서 알려주시는 건 아닐 테고….."

이미 몸이 바짝 달아오른 홍식을 향해, 우진이 툭 하고 본론을 던졌다.

"왜긴 왜겠습니까. 이번에도 한번 파트너십을 발휘해보자는 거지요."

"음…?"

"전략정비구역 상황을 얼마나 아시는지는 모르겠지만, 여기가 지금 2, 3지구만 사업 속도가 빠른 상황입니다."

"알고 있습니다. 거기는 작년부터 1지구가 문제였지요."

이제는 우진이 무슨 말을 하려는 건지, 어느 정도 감을 잡은 홍식. 그런 그를 향해, 우진이 쐐기를 던졌다.

"혹시, 이번에 조합장 한 번 더 해보실 생각 없으십니까?"

"…!"

"통합 재정비 안이 나오는 시점에 1지구의 리스크만 해소되면…
어떤 결과가 만들어질지는 조합장님도 머릿속에 그려지시지 않습
니까?"

홍식은 마른침을 꿀꺽 삼켰다. 사실 청담 선영의 조합을 운영하
며 비대위에게 너무 크게 데인 탓에, 다시는 조합장 같은 것은 하
지 않아야겠다고 속으로 생각하고 있던 참이었다. 조합장 몇 번만
더 했다가는, 최소 두 세배 이상 빨리 늙어버릴 것 같았으니까. 하
지만 그런 다짐이 전부 무색했는지, 우진의 목소리가 너무도 달콤
하게 들려왔다.

"청담 때는 거의 혼자셨지만, 이번에는 제가 있고 여기 박 상무
님이 있습니다."

멍하니 둘의 대화를 듣고 있던 박경완이, 화들짝 놀라며 반발
했다.

"나? 난 왜!"

하지만 그런 그의 목소리에 아랑곳 않은 채 우진의 말이 다시 이
어졌다.

"조합장님 그 추진력 발휘하셔서 조합만 잘 이끌어주시면, 제가
길은 고속도로처럼 닦아드리도록 하지요. 앞길에 조약돌 하나 남
기지 않고 싹 다 깔끔하게 밀어드리겠습니다."

곽홍식은 대답조차 잊은 채 마른침을 다시 삼켰고, 우진은 그 위
에 쐐기를 박았다.

"조합설립부터 관리처분까지, 딱 1년 반."

"…!"

"내년 연말에 일반분양 목표로, 한번 달려보시죠."

조합을 이끌어본 홍식은 우진의 이 계획이 얼마나 미친 소리인

지 잘 안다. 하지만 그럼에도 신기한 것은, 전혀 허황되어 보이지 않는다는 점이었다. 능구렁이 같은 청담 선영의 비대위들을 찜 쪄 먹는 우진의 실력이라면, 일 년이라고 해도 믿을 수 있을 것 같았다.

"후우우."

곽홍식의 입에서 깊은 한숨이 새어 나왔고, 그것을 본 우진은 확신하였다. 아직 입을 열지는 않았지만, 이미 홍식의 마음은 정해졌다는 사실을 말이다.

다시 봄

우진이 회귀한 뒤, 두 번째 겨울도 전부 지나갔다. 회귀 이후에는 언제나 그랬지만, 이번 겨울에도 정말 많은 일들이 있었다. 민주영 대표의 국제 리빙페어 프로젝트 제안부터 시작된 KSJ엔터 강소정 대표와의 협업계획을 무사히 성사시켰으며, EAC에서 우수 발표자로 선정되어 다시 언론에 오르내리기도 했다. 덕분에 해외 인터뷰까지 여러 번 잡혀 국제적으로 건축업계에 이름을 알리기도 하였고 말이다.

[한국의 건축 디자이너 서우진, 디지털 건축의 새로운 패러다임을 제시하다.]

[스페인의 거장 마테오, "사업가적 역량과 디자이너적인 재능 모두 뛰어난 사람"이라며 극찬.]

[영국 최고의 건축 명문 AA스쿨에서, 한국 건축의 가능성을 알리다!]

아직 우진의 이름을 달고 완성된 포트폴리오가 없기 때문에 국제적으로 인지도를 얻는 데에는 한계가 있었지만 적어도 글로벌 디자이너를 향한 발판만큼은 확실하게 다져놓은 것이다. 이 와중에 왕십리 패러필드의 공사도 착착 진행되었다. 골조공사가 전부 끝나 어느 정도 건물의 윤곽이 보이기 시작할 즈음, 우진의 파빌리온도 실제 모형 제작을 시작했다.

모듈화한 파빌리온의 부분 부분을 싹 다 미리 제작해둔 뒤, 패러필드의 모든 공사가 끝날 즈음 그것을 설치하는 방식으로 시공이 진행될 예정이었으니까. 이것의 관리·감독은 석현이 도맡았다. 파빌리온의 패브리케이션 과정이 까다롭고 복잡했기 때문에, 석현이 직접 붙어서 설치 과정을 관리·감독한 것이다.

패러필드는 계획대로 착착 진행되고 있었고, 12년 연말에는 준공이 가능할 듯했다. 석현이 제작한 모듈의 파츠 하나를 실물로 확인한 브루노는, 감탄과 찬사를 아끼지 않았고 말이다.

"제 건축과 WJ 스튜디오의 작품이 만들어낼 멋진 공간을 상상하니, 벌써부터 가슴이 두근거리는군요."

서울시장 구윤권과의 만남에서부터 비롯된 성수동 개발계획에도 계획했던 대로 단단히 한 발짝 올리게 되었다. 곽홍식 조합장을 설득하는 데 성공한 직후, 우진부터 가장 먼저 1지구에 묵직한 물건 하나를 매수한 것이다.

우진에 이어 곽홍식도 거의 비슷한 크기의 물건을 매수하였고, 갑자기 성수동 사무실을 급습했던 유리아도 얼떨결에 우진을 따라가 물건 하나를 계약하였다. 재밌는 것은, 유리아의 이야기를 들은 윤재엽이 그녀보다 더 큰 돈을 투자했다는 점이었다. 청담 선영 투자 때 본인만 추가로 돈을 벌지 못한 것이, 배가 꽤나 아팠던 모양.

"설마, 이번에도 니들끼리 해 먹으려는 건 아니지?"

"해 먹긴 뭘 해 먹어. 이 오빠가 벌써 잊었나 보네."

"뭘?"

"우진이가 그때 세 번이나 전화해서 물어봤었잖아. 정말 안 살 거냐고."

"몰라 기억 안 나. 중요한 건 지금이지."

"뻔뻔하기는….."

재엽에 이어 수하도 작은 지분 하나를 매수하였고, 석중과 소정 까지도 우진이 추천해준 물건을 그대로 사버렸다.

[보내준 물건 중 하나로 하면 되지?]

"네, 형님. 그렇기는 한데…."

[브리핑된 물건 중에 제일 위에 있는 거로 할게.]

"형님, 읽어보긴 하신 거죠?"

[맞다, 동생도 하나 하고 싶다고 해서 그 바로 밑에 물건도 하기로 했어.]

"소, 소정 대표님도요?"

[그렇다니까.]

"자, 잠깐. 그럼 이게 그러니까…."

[형 바빠서 다시 전화할게. 서류 다 준비해두고, 내일 대리인 보낸다!]

"형님!"

뚜- 뚜-

다들 너무 묻지도 따지지도 않아서, 우진이 당황할 정도로 순식간에 벌어진 일. 그렇게 우진의 지인을 통해, 그리고 조합장 곽홍식을 통해서 순식간에 거의 30여명 정도의 조합원을 확보하게 되었다. 이러다 보니 당연히, 계획은 순풍에 돛을 단 배처럼 물 흐르듯 진행되었고 말이다.

"거참, 너무 생각대로 술술 풀려서 당황스러울 정도긴 한데….."

지분확보가 너무 순조롭다 보니, 반대로 최악의 상황도 문득 떠올랐다. 서울시에서 우진과 이야기한 것과 다르게, 개발계획을 취소하는 최악의 상황. 물론 그렇게 되면 처음에 생각했던 다이내믹한 차익을 뽑아내기는 힘들겠지만, 그래도 큰 문제는 없었다.

성수 전략정비구역은, 강변북로 지하화 사업과 연계되지 않아도 충분히 가치 있고 좋은 투자처였으니까. 곽홍식과 합심해서 계획한 속도로 개발을 진행시키기만 한다면, 그것만으로도 충분한 이익을 볼 것이었다. 그래서 우진은 마음 편히, 서울시의 발표를 기다렸다.

'뭐, 무소식이 희소식이라니까. 시장님께서 어련히 잘해주시겠지.'

그렇게 우진의 두 번째 겨울이 지나고 세 번째 봄이 다가왔다. 2012년 3월. 우진은 어느새 연 매출 100억에 영업이익률 10퍼센트가 넘는 내실 있는 기업의 오너가 되어 있었고, 그와 동시에 3학년이 되어 있었다. 그리고 3학년이 된 우진이 개강 첫날 학교에서 한 것은, 다름 아닌 강연이었다.

"야 연희, 너 설마 이제 학교 오는 거야?"

"응. 오전수업 없어서 방금 왔는데, 왜 무슨 일 있어?"

"헐, 대박. 오전에 우진 선배 강연 있었는데, 그걸 안 들었단 말이야?"

"미친…! 정말이야?"

"그렇다니까! 완전 대박이었어. WJ 스튜디오 창업 날부터 시작해서 스토리 쫙 풀어주시는데, 듣는 내내 소름이 돋았다니까?"

"하… 이럴 수가… 과사에서 연락도 따로 없었는데….'

"당연하지, 갑자기 윤치형 교수님이 즉흥적으로 선배 불러다가 강연시킨 거니까."

"EAC 얘기도 들려주셨어?"

"당빠! 와, 진짜 AA스쿨 컨퍼런스 홀에서… 그 세계적인 건축가들 앞에서 발표라니."

"…."

"대리만족 오졌다, 진짜."

"선배 지금 과실에 계셔?"

"아니, 당연 안 계실 걸? 그 바쁘신 선배님이 과실에서 노닥거리실 시간이 있겠어?"

방금까지 3학년 과실에 있다가 자판기 커피를 뽑아 나온 우진은 우연찮게 들려온 후배들의 이야기에 입 안에 있던 커피를 뿜을 뻔했다.

"켁, 케엑."

그러자 그 옆에서 같이 걸어 나오던 선빈이 피식 웃으며 우진에게 물어보았다.

"형, 좋아?"

"뭐가, 인마."

"아까 보니까 뭐 거의 우리 과 우상이던데."

"우상은 무슨⋯."

"후배들 눈빛 봤어?"

우진이 뒷머리를 긁적였다.

"어, 봤어. 좀 부담스럽긴 하더라."

2학년이 끝난 지금, 우진의 남자 동기들은 대부분 군대에 가 있었다. 휴학 없이 스트레이트로 3학년까지 온 남자 동기는 우진과 선빈, 그리고 제이든까지 셋뿐. 그중에서도 선빈은 이번에 3학년 학회장이 되었는데, 이것은 꽤나 감회가 새로운 일이었다.

1학년 때 학회장이었던 김기태를 보며 이를 갈았던 게 엊그제 같았는데, 이제는 가장 친한 동기 중 한 명이 학회장이 된 셈이었으니까. 우진은 총알처럼 빠르게 지나가는 이 시간들이, 너무 아쉽게 느껴지기까지 했다. 어쨌든 지금 이 한순간 한순간이, 전생에서 우진이 그렇게 원했던 대학 생활이었으니 말이다.

'그러고 보니 작년엔 진짜, 학교에 거의 있지도 않았었네.'

물론 그런 아쉬움과 별개로, 오늘도 교수님께 양해를 구한 뒤 다시 성수동으로 넘어가야 하는 일정이었지만 말이다.

"크크. 특히 신입생들 장난 아니던데? 아이돌 콘서트라도 온 줄 알았어."

"오버는 무슨."

"오버라니. 형 강연 끝나고 3초만 더 단상 위에 있었으면, 한 시간 동안 사인만 해줘야 했을걸?"

"시끄럽고. 가던 길이나 빨리 가십시다, 동기님."

"어휴, 아재 냄새. 이럴 때 보면 진짜, 우리 아빠 친구 같다니까."

"맞을래?"

"그래도 다행이야."

"뭐가?"

"형한테 아재미라도 있어서."

"…."

"그것마저 없었으면 너무 비현실적이잖아?"

"닥쳐."

투닥거리던 두 사람이 향한 곳은 윤치형 교수의 교수실이었다. 선빈은 학회장으로서 면담을 위해 불려가는 것이었고, 우진은 산학협력 때문에 논의할 게 있어 가는 것이었다. 그런데 교수실에 도착한 두 사람은, 그곳에서 생각지도 못했던 인물을 만나게 되었다. '그'를 발견한 선빈의 두 눈은 휘둥그레졌으며,

"엇…?"

우진은 반가운 표정으로 인사하였다.

"엇, 브루노! 학교에는 어쩐 일이세요."

"하하, 우진. 저희 스튜디오 또한 K대의 협력사 아닙니까."

"아하."

"윤 교수님과 이야기 나눌 부분이 있어 오늘 이렇게 찾아뵙게 되었습니다."

우진이 브루노와 인사하는 동안, 선빈은 벙찐 표정으로 쭈뼛거리고 있었다. 발음은 별로일지언정 우진이 아주 자연스럽게 브루노와 영어로 대화를 나누고 있었고, 그보다 '브루노'라는 거물급 건축가이자 우상을 이렇게 직접 만난 것은 처음이었으니 말이다. 두 사람이 인사를 나눈 사이, 우진을 뒤늦게 발견한 윤치형도 다가왔다.

"요놈아, 브루노 와 계시다고, 이 교수님은 보이지도 않는 거냐?"

"하하, 그럴 리가요."

"방학 동안 별일 없었지? 아니, 별일 많았겠군."

"하, 하하…."

"일단 선빈이는 잠깐 저쪽에서 기다리고, 우진이는 이쪽으로 와봐."

"네, 교수님."

오늘 브루노가 K대에 온 이유는 산학협력 관련해서 윤치형 교수와 이야기를 나눌 겸, 조운찬 교수와의 약속도 있었기 때문이라 하였다. 그리고 브루노가 윤치형 교수의 교수실에 도착한 것도, 우진이 들어서기 직전이라고 하였다. 그래서 이야기는 자연스럽게, 서론부터 천천히 시작되었다.

"브루노 덕에, 올해 저희 학과의 위상도 정말 높아졌습니다."

"별말씀을요, 교수님."

"빈말이 아닙니다. 브루노의 스튜디오와 산학협력을 하고 있다는 사실만으로 저희 과에 지원하는 학생들도 더러 있더군요."

"하하, 저보다는 서 대표님 때문이 아니겠습니까."

"물론 여기 잘난 제자 놈도 한몫하기는 했지만… 여튼 정말 감사드립니다. 솔직히 저는, 브루노께서 이렇게까지 적극적으로 이 사업을 도와주실 줄은 몰랐습니다."

그런데 그 이야기를 듣던 우진은 한 가지 궁금한 점이 생겼다. 사실 브루노의 스튜디오가 WJ 스튜디오와 마찬가지로 산학협력을 활발히 하고 있는 것은 사실이었지만, 이렇게 K대까지 직접 와서 윤치형 교수를 만날 일은 딱히 없다고 생각되었으니 말이다.

'스튜디오에 담당자가 따로 배정되어 있을 텐데… 두 분께서 굳이 만나시는 이유가 뭐지?'

우진이 직접 온 이유는 그가 K대의 학생이라서기도 했지만, 사실상 WJ 스튜디오의 산학협력은 올해부터가 본격적인 시작이기 때문이었다. 작년 1년 동안 WJ 스튜디오의 산학협력 학생은, 우진 한 사람뿐이었으니까. 반면에 브루노는 작년에도 제이든과 소연을 산학협력으로 채용했었고, 그랬기에 서류 몇 장이면 12년도 산학협력 계획도 충분히 진행 가능했을 터였다.

'그냥 조운찬 교수님 만나실 겸, 찾아오신 건가?'

탁자 위에 놓여있던 커피를 홀짝이며, 브루노와 윤치형 교수의 대화를 흥미롭게 듣는 우진. 그런데 잠시 후, 우진은 깜짝 놀랄 수밖에 없었다.

"무엇보다 스페인 본사와의 협약까지 이렇게 빨리 진행될 줄은 몰랐습니다, 브루노."

"하하. 그것은 제 역량이라기보다, 아마 여기 서 대표의 역할이 더 컸을 겁니다."

"그게 무슨 말씀이십니까. 대표는 브루노신데…."

두 사람의 대화 내용 안에서, 전혀 예상치 못했던 이야기를 듣게 되었으니 말이다.

"이번에 서 대표가 EAC에서 크게 활약하지 않았습니까?"
"그랬지요."
"그게 스페인 건축가협회 쪽에도 알려졌고, 덕분에 각 대학에서도 한국의 건축대학에 관심을 갖기 시작한 모양입니다."
"오…!"

그것은 바로 우진이 일 년 전쯤 뿌려 둔 씨앗, K대의 국제적인 산학협력이 본격적으로 체결되기 시작했다는 소식이었다.

— * —

지금까지도 여러 번 그래왔지만, 이번에도 우진의 활약은 또 다른 변수를 만들어내었다. 일 년 전쯤 혹시나 해서 던져뒀던 씨앗 하나가, 우진의 활약으로 인해 의도치 않게 발아하였으니 말이다.
'해외 산학협력이 이렇게까지 빠른 시점에 시작될 수 있을 줄이야.'
그렇다고 이걸 나비효과라 할 수 있을지도 의문이었다. 나비효과(Butterfly Effect)란 나비의 날갯짓처럼 작은 작용이 폭풍우처럼 커다란 변화를 유발시킨다는 것인데, EAC에서 우진의 활약은 결코 작은 나비의 날갯짓이라고 할 수 없는 수준이었으니까.

우진의 날갯짓은, 이제 더 이상 작은 나비의 그것이 아니었다. 우진의 행보 하나하나가, 건축이라는 업계 자체에 조금이라도 직접적인 파장을 줄 수 있는 수준으로 성장한 것이다. 그래서 우진은 뿌듯하면서도, 한편으론 복잡한 심정이 되었다. 하지만 그것과 별개로, 두 사람의 대화 내용을 더욱 꼼꼼히 듣기 시작하였다.

"브루노, 실례지만 혹시 어떤 대학들인지 여쭤봐도 되겠습니까?"

"조만간 협회에서 공문을 드리기는 할 테지만, 그래도 미리 말씀드리는 게 더 좋겠지요."

"감사합니다."

"일단 K대와의 협약 의사가 확실히 있는 대학이 총 세 곳입니다."

"세 곳이나 됩니까?"

"네, 저도 깜짝 놀랐습니다."

"오…!"

"특히 스페인 건축학교의 양대 산맥 중 하나인 UPM(Universidad Politécnica de Madrid)에서 관심을 보였다는 사실이 아주 고무적이지요."

UPM은 스페인 마드리드에 위치한 국립대학으로, 스페인의 명문 공과대학 중 하나다. 카르타헤나 공과대학교(UPCT), 카탈루냐 공과대학교(UPC), 발렌시아 공과대학교(UPV)와 함께, 4대 명문 공과대학교 네트워크(UP4)를 결성하고 있는 국립 공과대학교인 것.

특히나 건축 쪽에서는 더 이름 있는 학교였기 때문에, 이 UPM에서 K대와의 협약에 관심을 보였다는 것은 브루노의 말처럼 고무적인 일이 아닐 수 없었다.

"오오, 마드리드 공과대학이라니…!"

꽤 놀란 표정이 된 윤치형을 향해, 브루노가 웃으며 다시 말을 이었다.

"현재 마드리드 공과대학의 건축학부(Arquitectura) 학과장이, 스페인 건축가협회 임원이면서 저와 마테오의 직속 후배이기도 합니다."

"아, 그래서…!"

"그렇다고 해서 저희가 압력을 넣거나 한 것은 아닙니다, 하하. EAC가 끝난 직후에 그 친구가 제일 먼저 저를 찾아왔었으니까요."

브루노의 말이 이어질수록, 우진은 점점 더 놀랐다. 처음 이야기가 나왔을 때에는 단순히 몇몇 마이너한 대학들 위주로 협약 논의 정도를 진행하자는 것인 줄 알았는데 이미 UPM 같은 메이저급 대학들까지도 관심을 갖고 있었으니 말이다.

심지어 브루노가 들고 온 서류들을 보면, 실질적인 의사도 어느 정도 밝힌 것 같았으니 어쩌면 12년 하반기부터는 실질적인 교류가 오갈 수도 있겠다는 생각이 들었다. 게다가 거기서 끝이 아니었다.

"그리고 윤 교수님."

"말씀하세요, 브루노."

"어쩌면 다음 달쯤, 제가 영국의 건축가 한 분과 함께 교수님을 찾아뵐지도 모릅니다."

브루노가 운을 떼자, 윤치형이 기대감 넘치는 표정으로 되물었다.

"영국의 건축가시라면…?"

우진 또한 귀를 쫑긋 세우고 브루노의 이야기를 듣고 있었고, 다음 순간 그의 입에서 나온 이름은 어쩐지 익숙한 이름이었다.

"혹시 아실는지 모르겠지만, 에단 클라크(Ethan Clark)라고, 건축으로 영국 왕실에서 귀족 작위까지 받으신… 저명한 건축가가 한 분 계십니다."

어디서 들어본 듯한 익숙한 이름에 우진은 고개를 갸웃했지만, 오래지 않아 그 이름을 어디서 들어봤는지 깨달을 수 있었다.

'아, 그 꼰대 할배…!'

하이드파크에서 그를 만났던 기억은, 불쾌했던 것과 별개로 꽤 인상적이었던 경험이었으니까. 이어서 우진의 표정은 살짝 굳을 수밖에 없었다. EAC 이후 그와 대화를 나눠본 적이 없는 우진은 아직도 그의 고집스런 면면만 머릿속에 떠오른 것이다.

"아, 그분이라면 저도 이름 들어본 적이 있습니다."

"그렇습니까?"

하지만 브루노의 다음 말이 떨어졌을 때, 우진은 경악할 수밖에 없었다.

"영국 왕립 건축가 협회(RIBA)의 이사장님 아니십니까?"

"오오, 맞습니다, 교수님."

일단 그 할배가 이렇게까지 대단한 배경을 가진 건축가인 줄도 몰랐으며…

"에단은 RIBA의 이사장이기도 하지만, 그 전에 AA스쿨의 원로 교수님이십니다."

"그, 그렇다면 설마…!"

지금 브루노의 이야기 흐름대로라면, K대에 관심이 있는 듯 보였으니 말이다.

'나에 대한 인상이 좋지 않을 텐데, 대체 왜…?'

윤치형의 입이 쩍 벌어졌고, 우진도 그와 다르지 않은 표정이 되었다. 이어서 브루노는 기분 좋게 웃는 얼굴로, 충격적인 이야기를 계속하였다.

"윤 교수께서 생각하시는 그 설마가 맞습니다."

"…!"

"AA스쿨에서도 K대와의 협업에 관심이 있는 모양입니다."

물론 브루노가 처음 얘기를 꺼낸 UPM을 비롯한 스페인의 건축 대학들도, 충분히 이름 있고 뛰어난 인프라를 가진 학교들이 맞다. 하지만 그렇다고 해도 '건축 디자인'이라는 카테고리에 한정한다면, 그들 대학을 AA스쿨과 동일 선상에 놓기는 조금 무리가 있었다. AA스쿨은 영국뿐 아니라 유럽 전체로 놓고 봐도, 항상 첫 손가락에 꼽힐 만한 곳이었으니까. 우진과 윤치형이 놀라는 사이, 브루노의 말이 다시 이어졌다.

"물론 AA스쿨에서 UPM처럼 실질적인 협약 의사까지 보인 것은 아닙니다. 다만 에단이 그런 방향으로 제게 운을 떼었던 것은 사실이며, 윤 교수님을 한번 뵙고 싶어 하시는 것 또한 사실입니다."

"그, 그렇군요."

떨떠름한 표정의 윤치형을 향해, 브루노가 빙긋 웃었다.

"아마 내달 함께 이야기를 나눈다면, 좋은 결과가 있지 않을까 생각합니다."

만약 AA스쿨과 어떤 협약이 맺어진다면, 그것만으로도 K대 공간 디자인과의 위상은 엄청나게 높아질 것이었다. 어쩌면 라이벌이자 아직까지 넘어서지 못하고 있는 S대 건축과의 인지도를, 단번에 넘어설 수 있을지도 모를 정도의 파급력. 물론 협약을 맺는다고 해서, 교환학생 같은 직접적인 교류는 불가능에 가까울 것이었다.

AA스쿨은 일반적인 학부과정과 완전히 궤를 달리하는 대학이었고, 그런 이유 때문에 한국에서 건축학부를 졸업한 졸업생이라 하더라도, AA스쿨에 들어갈 시 1학년이나 2학년으로 입학해야 했으니 말이다. 하지만 그런 것은 우진 입장에서 상관이 없다.

산학협력 측면에서 AA스쿨의 뛰어난 학생들을 WJ 스튜디오에 데려올 수 있다면, 이것이야말로 최고의 그림이었으니까. 그래서 기분이 좋아짐과 동시에, 조급한 마음이 들기도 했다.

'아직 WJ 스튜디오는 좀 더 준비가 돼야 하는데….'

만약 AA스쿨과의 산학협력이 체결된다고 해도, 아직 그곳의 학생들이 매력을 느낄 만큼 WJ 스튜디오의 인지도가 있는 게 아니었으니 말이다.

'일단 해외에 내 이름을 알리는 데까지는 성공했으니, 이번에 패러필드의 파빌리온이 완성되면 적극적으로 해외 매거진에 푸시해야겠어. 연말에 사옥이 완공되면, 그것도 훌륭한 포트폴리오가 되어주겠지.'

생각지도 못했던 시점에 예상치 못했던 이야기들을 들은 탓에, 우진의 머릿속은 점점 더 복잡해지기 시작하였다.

— * —

청담 선영아파트의 조합장 곽홍식은 작년 연말까지만 해도 아주 여유로운 나날을 보내고 있었다. 모든 개발 일정이 걸릴 것 하나 없이 순조롭게 진행되고 있었으며, 일반분양까지도 무척이나 순조로웠으니 말이다. 물론 평당 3천만 원 중반대의 분양가는, 한동안 고분양가라는 기사를 양산해내었지만.

그런 기사들에도 불구하고 깔끔하게 완판하는 쾌거를 만들어내었다. 일반분양까지 완벽히 해결되었고 비대위로부터 손해배상까지 깔끔하게 받았으니, 이제 느긋하게 완공만 기다리면 되는 것이다. 사실 시공 과정에서 건설사가 허튼짓을 하지 않는지 감시하지 않는 것 또한 조합의 일이었지만, 그런 부분에서도 꽤나 수월하였다.

처음부터 선영아파트 사업장을 담당했던 박경완은 홍식이 따로 요청하지 않아도 꼬박꼬박 공사현황을 문서화하여 보내주었으니까. 정신없이 바쁘던 11년 초와 달리, 조합 사무실에 앉아서 커피나 홀짝이는 것이 대부분의 일과가 됐던 것이다.

'월급도 따박따박 나오고… 여기가 바로 천국이군, 천국이야.'

하지만 그런 그의 여유롭고 행복한 나날은, 새해가 밝자 끝나버리고 말았다. 오랜만에 뜬금없이 나타난 우진이 그의 마음의 평화를 깨버렸으니 말이다.

[혹시, 이번에 조합장 한 번 더 해보실 생각 없으십니까?]

[통합 재정비 안이 나오는 시점에 1지구의 리스크만 해소되면… 어떤 결과가 만들어질지는 조합장님도 머릿속에 그려지시지 않습니까?]

[청담 때는 거의 혼자셨지만, 이번에는 제가 있고 여기 박 상무님이 있습니다.]

[조합장님 그 추진력 발휘하셔서 조합만 잘 이끌어주시면, 제가 길은 고속도로처럼 닦아드리도록 하지요.]

[앞길에 조약돌 하나 남기지 않고 싹 다 깔끔하게 밀어드리겠습니다.]

사람의 마음이라는 것이 간사해서, 한번 달콤한 맛을 보고 나면 그 맛을 잊는 것이 쉽지 않다. 우진 덕에 선영아파트 조합일이 얼마나 잘 풀리는지 이미 경험한 곽홍식이었고, 그 덕에 단기간에 십억 단위 차익까지 남길 수 있었던 그였으니 우진의 한마디 한마디가 귓가에 찰싹 휘감길 수밖에 없던 것이다.

'제기랄. 이 짓… 죽을 때까지 절대로 다시 할 일 없을 거라고 생각했는데….'

그래서 홍식은 결국 우진의 마수를 피하는 데 실패했고, 비대위 청산 과정에서 얻은 십수 억의 차익을 고스란히 성수동에 집어넣게 되었다. 일단 조합이 설립되기 전까지는 크게 바쁠 일 없을 거라는, 우진의 마지막 말에 넘어간 것이다. 하지만 결과적으로, 우진의 그 말은 조삼모사에 불과할 뿐이었다. 일단 홍식 자신의 돈이 십억 이상 들어가 버리자, 우진이 따로 뭔가 시키지 않았음에도 자진해서 발 벗고 뛰게 된 것이다. 우진은 거짓말하지 않았지만, 결국 구르고 있는 홍식이었다.

"아, 어르신! 하하, 제 말 믿으시라니까요."

"우리 동네가 저 청담동처럼 될 수 있다는 말이… 참말로 사실인가?"

"그렇다니까요. 최근에 뉴스에 났던 청담 클리오 써밋 보셨죠?"

"그, 그랬지."

"성수동도 강만 건너면 청담입니다. 못할 게 어디 있겠습니까."

"험험."

"이번에 서울숲 옆에 지어진 번쩍거리는 주상복합도 보셨지요?"

"봤지."

"아직 시세는 크게 오르지 않았지만, 조합원들은 엄청 벌었습니다. 그 분양가에도 결국 다 완판됐잖습니까."

"우리도 가능할까…?"

"그럼요. 물론이지요."

낡고 오래된 성수동의 단독주택에는, 60대인 홍식보다도 훨씬 나이가 많은 어르신들이 많았다. 그리고 조합설립에 찬성표를 던지지 않는 사람들의 대부분이, 변화를 싫어하는 나이 많은 사람들. 홍식은 우진이 별달리 언질을 하지 않았음에도 불구하고, 알아서 어르신들을 찾아다니며 조합설립 동의율을 올리고 있었다. 청담 선영아파트의 조합이 처음 세워졌던, 바로 그때처럼 말이다.

'하이고, 내 팔자야….'

처음에는 우진이 움직일 때까지 가만히 기다리려 했지만, 몸이 근질거리는 데다 똥줄이 타기 시작하자 그럴 수가 없었다. 우진이 말했던 서울시의 개발계획발표가 봄이 왔음에도 아직 나오지 않았으니까.

'설마 내가 서 대표한테 낚인 건 아니겠지….'

바쁘다며 임시 조합 사무실에 코빼기도 비추지 않는 우진이 슬슬 얄미워지기 시작할 정도. 물론 겉으로 별달리 관심 없어 보이는 것과 다르게, 우진은 이 순간에도 홍식의 일거수일투족까지 다 알고 있었지만 말이다. 어쨌든 이런 이유로, 오늘도 청담 선영의 조합 사무실이 아닌 성수동으로 자진 출근 중인 홍식.

"크흐음."

성수 1지구 내에 있는 쓰러지기 직전의 임시사무실에 도착한 그는, 소파에 털썩 주저앉아 인스턴트커피를 종이컵에 휘휘 저어 타기 시작했다. 그런데 바로 그때,

위이이잉-!

탁자 위에 놓아두었던 홍식의 전화기가 요란스레 진동하기 시작하였다.

— * —

홍식의 스마트폰에 떠있는 이름은 그의 꽤 오래된 친한 친구의 이름이었다. 과거 은행원으로 일하던 시절에 오래 함께 일했던, 직장동료이자 청담동의 동네 친구.

"여, 형택이. 어쩐 일이야?"

[허허, 내가 꼭 무슨 일이 있어야 자네한테 연락하는 사이던가?]

그리고 최근 청담 선영 비대위 청산 과정에서 홍식이 큰돈을 벌었다는 소식을 듣고 진심으로 배 아파해준 진정한 친구.

"그래도 뭐 용건이 있으니까 전화했을 것 아냐, 인마."

[여전히 까칠허기는….]

"그래서, 무슨 일인데?"

홍식은 이 친구에게 갑자기 연락 온 이유가 꽤나 궁금했다. 벌써 알고 지낸 지가 삼십 년이 다 돼가는 친구였기 때문에, 목소리만 들어도 뭔가 신이 난 것을 느꼈던 것이다. 홍식이 기억하기로 친구의 이런 목소리는, 자랑거리가 있어 입이 근질거릴 때의 바로 그 목소리였다.

'아들놈이 대기업에 취직이라도 했나?'

오늘은 이 실없는 친구가 또 어떤 자랑질을 할지 궁금해진 홍식은 가만히 전화 너머로 귀를 기울였다.

[험험.]

한 차례 헛기침을 한 홍식의 친구 형택이 은근한 목소리로 다시 말을 이었다.

[홍식이 자네, 혹시 전에 내가 했던 이야기 기억하나?]

"음? 무슨 얘기?"

[왜, 있잖아. 지난번에 자네가 투자제안 했었을 때.]

"아, 선영아파트?"

[그래, 그때 내가 다른 투자처가 있다고 거절했었잖아?]

"그랬었지."

홍식이 형택에게 했던 제안은 비대위 청산과정에서 그들의 지분을 매수할 때 함께하자던 것이었다. 그때 홍식의 말을 듣지 않았던 형택이 배 아파했던 것이었고 말이다. 형택의 말이 다시 이어졌다.

[그때 자네 제안을 듣지 않아서 엄청 후회했었지만… 결과적으로는 내 투자처도 꽤 괜찮은 곳이었거든.]

"그래?"

홍식은 흥미가 동했는지, 스마트폰을 귀에 더 바싹 가져다 대었다. 금융권에서 오래 일한 데다 홍식만큼이나 부동산에 빠삭한 친구인 형택이었기에 그가 투자했다는 투자처가 꽤 궁금해진 것이다.

'그러고 보니 그때 어디 산다는 건지 물어보질 않았었네. 워낙 정신이 없었으니….'

물론 투자처 얘기를 한다고 해서, 지금 홍식에게 새로운 투자를 추가할 여력이 있는 것은 아니었다. 거의 대부분의 여유자금을 성수 1지구에 몰빵해둔 상황이었으니까. 하지만 그것과 별개로 궁금한 것은 궁금한 것이었고, 그래서 홍식은 기대하였다. 그런데 친구의 다음 말을 기다리던 그는, 잠시 후 당황하여 마시던 커피를 입밖으로 뿜을 뻔하였다.

[자네, 성수 전략정비구역 알지?]

"헙…!"

[응? 왜 그러나? 무슨 일 있어?]

"아, 아니야. 얘기해봐."

지금 홍식이 출근하여 앉아있는 곳이 성수 전략정비구역의 1지구 사무실이었는데, 생각지도 못하게 이 이름이 나오니 당황할 수밖에 없었던 것이다. 그리고 이어진 형택의 이야기는, 점점 더 흥미진진해지고 있었다.

[내가 그때 샀던 곳이, 성수 전략정비구역 내의 2지구거든.]

"그래?"

2지구는 전략정비구역 내에서, 가장 리스크가 적은 안정적인 구역이었다. 진행속도도 빠르고 조합 내 잡음도 가장 적고, 구역 내에 상업 시설이나 종교시설도 거의 없어서 이주 리스크도 가장 적은 구역. 하지만 리스크가 적은 만큼 가장 투자금이 비싼 구역이 2지구였다.

'대체 무슨 말을 하려고 이렇게 뜸을 들이는 거지?'

형택이 다시 입을 열었다.

[이건 아직 대외비인데, 이번에 이쪽에 진짜 호재가 크게 터졌어.]

"오… 그래?"

[서울시청 쪽에서 근무하는 후배 놈이 하나 있는데, 어제 저녁에 술 한잔했거든.]

이야기를 듣던 홍식의 표정이 눈에 띄게 밝아졌다. 시청 쪽에 형택의 인맥이 있다는 것은 전부터 알고 있던 사실이었고, 성수동과 관련된 호재가 그쪽에서 나왔다는 것은, 우진이 말했던 바로 그 '강변북로 지하화 사업'의 일환일 확률이 높았으니 말이다.

'역시…!'

하지만 홍식은 내색하지 않으며, 다시 전화기를 향해 입을 열었다.

"그래서 그 크게 터졌다는 호재가 대체 뭔데?"

[흐흐, 궁금하지?]

"그래. 궁금하니까 빨리 얘기 좀 해봐."

[그러니까 이게 어떻게 된 거냐면….]

형택의 입에서 나온 이야기는, 홍식의 예상과 크게 다르지 않았다. 한강 르네상스 사업의 일환으로 강변북로 지하화 사업이 추진되기 시작했으며 그 강변북로 지하화의 첫 번째 대상 구간으로 성수지구 쪽이 선정되었다는 것이다.

[일단 여기까지만 해도 엄청난 호재 아니냐?]

홍식은 히죽히죽 웃으면서도, 모른 척 계속 맞장구를 쳐주었다.

"그렇지, 전략정비구역이 한강이랑 바로 붙어있으니, 한강공원도 좋아지고 소음 분진도 사라지고. 큰 호재가 맞지."

홍식의 맞장구에 더욱 기분이 좋아진 형택이 킬킬거리며 다시 말을 이었다.

[그런데 여기서 끝이 아니다?]

"그래?"

[이 강변북로 지하화 사업이, 아예 전략정비구역 개발계획이랑 묶여서 추진된다더라고.]

친구의 목소리를 듣던 홍식이, 저도 모르게 두 주먹을 불끈 쥐었다.

'왔다…!'

1지구 지분을 매입한 뒤 우진에게 다시 자세히 들었던 개발계획 중 가장 핵심적인 부분이 바로 이 포인트였는데, 형택의 입에서 지금 그 이야기가 나오려고 하는 것 같았으니 말이다.

'역시 서 대표가 허튼소리를 했을 리 없지…!'

그리고 형택은 홍식의 기대를 저버리지 않았다.

[그래서 이게 어떤 식으로 진행되는 거냐면….]

그의 입에서 이어진 이야기들은 우진에게 들었던 것과 거의 틀리지 않고 그대로였으니 말이다. 물론 우진이 말해준 것처럼 완전히 구체적이고 명확한 것은 아니었지만, 전반적인 얼개는 정확히 일치하였다.

[흐흐, 대박이지?]

홍식이 웃었다.

"그러게, 대박이네."

[내부적으로 확정이 났다니까, 이번 주 내로 투자자들 사이에도 소문이 퍼지기 시작할 거야.]

"아무래도 그렇겠지. 시청에 지인이 있는 투자자가, 한둘은 아닐 테니까."

[개발계획안이 정확히 어떻게 나올지는 모르겠지만, 용적률 제한 완화하는 것만 해도 일단 먹고 들어간다 이거야.]

홍식은 지금 상황이 너무 재밌었다. 보아하니 이 귀여운 친구는, 자신의 투자 실적을 자랑하기 위해 우쭐거리며 전화한 듯싶었는데 모르긴 몰라도, 홍식이 사둔 지분이 훨씬 더 클 것 같았으니 말이다. 홍식은 선영아파트로 남긴 차익 전부를, 여기에 몰빵한 상황이었으니까.

"네가 산 건 지분 얼마짜린데?"

[흐흐, 뚜껑* 하나랑 9평쯤 되는 거 하나?]

"9평은 좀 애매하지 않냐? 30평대 못 받을 것 같은데."

[그거 공주가** 높은 물건이라 30평대 아마 나올 거야. 내가 물건 보는 눈은 귀신이잖냐, 흐흐.]

형택의 말을 듣고 대충 견적이 나온 홍식은 저도 모르게 웃음이 나왔다. 지분으로만 따지자면 홍식의 지분이 거의 20배는 더 컸으니 말이다. 형택이 산 2지구는 그가 매수할 때 이미 프리미엄도 꽤 붙어있는 상황이었던 데 반해 홍식이 매수한 1지구는 저평가였고, 그런 상황에서 투자 금액이 10배는 차이 나니, 지분 차이는 20배 이상 날 수밖에 없는 것이다. 대충 상황파악이 끝난 홍식이, 실실 웃으며 다시 입을 열었다.

"흐흐, 형택아."

[역시 이 형님밖에 없지? 이런 정보도 다 알려주고.]

"그래, 고맙다. 이런 기분 좋은 정보를 다 전화로 알려주고."

[그야 당연히….]

홍식의 말을 듣던 형택은 뭔가 이상함을 느끼고는 다시 물었다.

[잠깐, 기분 좋은 정보라고? 성수에 지분이 있어야 기분 좋은 정보지, 인마. 무슨 벌써 산 것처럼 미리 기분부터 내고 있어?]

그리고 홍식의 다음 말을 들은 순간,

"당연히 지분이 있으니까 기분이 좋지, 짜샤."

형택은 그대로 말을 잃을 수밖에 없었다.

---

* 조합원 입주권을 받을 수 있으면서도, 지분이 가장 작은 물건을 칭하는 은어.

** 공동주택가격 : 건설교통부 장관이 아파트·연립·다세대 주택 등의 공동주택에 대하여 매년 공시기준일(1월1일) 현재 적정가격을 조사·산정하여 공시한 공동주택의 가격.

[뭐…?]

"사실 그때 선영아파트 가지고 있던 거 다 매도한 다음에, 차익 전부 성수동에 집어넣었거든."

[뭐라고?!]

"뭔가 촉이 오더라고. 청담동에서 한번 벌고 나니까, 이번엔 영동대교 한번 건너보고 싶더라니까? 하하."

[….]

신이 난 홍식은 전화통에 대고 자랑을 하기 시작하였다. 1지구에 홍식이 가진 지분만 200평이 넘었으니, 형택은 명함도 내밀지 못할 수준이었던 것이다. 물론 전략정비구역 내에서 가장 리스크가 큰 사업지가 1지구라고는 하지만, 어차피 개발계획이 뜨는 순간 시세차익이 생기는 것은 같았다. 1지구는 리스크가 큰 만큼, 매수가격이 훨씬 더 쌌으니까.

[와, 홍식이 이놈. 진짜 돈 귀신이라도 붙었나….]

게다가 우진과 합작하여 1지구의 반대지분을 확보하여 진행속도를 높이고, 그것으로 2년 안에 관리처분까지 낼 계획이라는 사실까지 알게 된다면 아마 이 친구는 배가 아파 바닥을 구를지도 모를 것이었다.

'이건 전화로 할 얘긴 아닌 것 같고….'

홍식은 한껏 상기된 목소리로 다시 입을 열었다.

"조만간 성수동에서 쐬주나 한잔해. 덕분에 기분 좋은 소식 들었으니까, 술은 내가 산다."

[지랄.]

"만나서 내가 괜찮은 정보 좀 나눠주려 했는데… 싫으면 마시든가."

[형님…!]

　형택과 이런저런 이야기들을 좀 더 나눈 홍식은 곧 전화를 끊고는 사무실 소파에 몸을 푹 뉘였다. 통화하는 동안 타 났던 인스턴트 커피는 전부 식어버렸지만, 어쩐지 맛은 더 달콤하게 느껴지는 홍식이었다.

　"ㅎㅎㅎ, ㅋㅎㅎㅎ."

　마치 실성하기라도 한 양, 실없는 웃음을 멈추지 못하는 홍식. 오늘 아침 출근길을 걸을 때만 해도 신세 한탄을 하던 홍식은 어느새 다시 우진을 찬양하기 시작하였다.

　"역시 우리 서 대표님…! 아, 이럴 때가 아니지. 얼른 전화해봐야겠어."

　소파에서 벌떡 일어나 스마트폰을 다시 집어 든 홍식은 서둘러 우진에게 전화를 걸기 시작했다. 이렇게 된 이상, 어떻게든 3월이 지나기 전에 조합설립을 성공시켜야겠다는 생각이 든 홍식이었다.

— * —

　봄은 시작의 계절이다. 학기가 시작되며, 꽃과 나무가 자라나기 시작하는 계절. 그런 의미에서 12년의 봄은 우진에게도 새로운 계획들이 시작되는 달이었다. 그리고 그중에서도 우진에게 가장 새로운 도전은 바로 〈천년의 그대〉 드라마의 세트장을 시공하는 것이었다.

　전생을 포함하여 지금까지 단 한 번도 해보지 않았던 세트장 디자인이라는 새로운 분야. 오늘 우진은 완성되어가는 세트장을 점검하

242

기 위해 이천으로 향하고 있었다. 이 드라마의 총괄 디렉터이자 우진의 동업자인 KSJ엔터 강소정 대표의 차를 함께 타고 말이다.

"이제 거의 다 와가네요."

"지도상으로는 꽤 가까워 보였는데… 거의 두 시간을 왔네요?"

"강 대표님, 여기 와보신 것 아니었어요?"

"딱 한 번 와봤었죠. 그땐 제가 운전대를 잡은 게 아니라서 그런지, 이렇게 멀게 느껴지지 않았었거든요."

"하하, 그러니까 제 차 타고 오시지."

"어차피 저도 차 끌고 나왔는데, 번거롭게 뭐 하러 그래요?"

이제는 소정과 꽤 친해진 우진은 편하게 조수석에 앉아 그녀와 대화를 나누고 있었다. 하지만 그녀가 편한 것과 별개로, 세트장에 가까워질수록 우진은 점점 더 긴장할 수밖에 없었다.

'으, 일단 내 눈에는 괜찮게 뽑혔는데….'

건축적으로나 공간디자인 측면에서는 확실히 자신이 있었지만, '드라마 세트장'이라는 특수한 공간을 디자인하는 것이 처음이었으니 실제 이곳에서 드라마를 촬영하게 될 촬영감독과 스태프들, 그리고 투자자들의 눈에 여기가 어떻게 보일지 은근히 걱정된 것이다. 오늘 이천의 세트장에 오는 사람은 이 차에 타고 있는 두 사람뿐이 아니었다.

"주연 여배우, 성하영 배우님으로 확정된 거 아시죠?"

"아, 알고 있습니다."

"하영 씨도 오늘 아마 오실 거고… PD님이랑 촬영 감독님도 오실 거예요."

"PD님, 촬영 감독님이야 당연하지만… 배우님도 오신다고요?"

"네, 늦게 합류하셔서 아직 감독님 얼굴도 못 뵀다고 스태프 분들에게 인사도 하실 겸 오늘 오신다더라고요.”

성하영은 우진의 전생에서도 〈천년의 그대〉의 여자주인공이었다. 혹시나 여자주인공이 바뀔까 봐 걱정했던 우진으로서는 막판에 성하영으로 결정 난 덕에 한시름 놓을 수 있었다.

‘배우가 바뀐다고 대박 났던 드라마가 쫄딱 망하지는 않겠지만… 아무래도 그대로 가는 게 베스트니까.’

어쨌든 여배우가 직접 세트장에 온다는 이야기에 더욱 긴장한 우진. 그런 우진의 상태를 알 리 없는 소정은 세트장에 가까워지자 디자인에 대한 기대감을 숨기지 않았고,

“오늘 세트장 보시면, 다들 깜짝 놀라시겠죠?”

“왜, 왜요…?”

“그야 서 대표님 작품이니까요. 유럽에서도 인정받으신 건축가님께서 직접 디자인하신 세트장인데, 당연한 것 아니겠어요?”

“….”

그렇게 훈훈한 분위기 속에서, 소정의 차는 점점 목적지에 가까워지고 있었다.

개장 開場

드라마 〈천년의 그대〉의 제작사는 '미디트리(MediTree)'다. 액면상으로만 따지자면 자본금 5억 정도에 업력 1년, 심지어 포트폴리오 하나 없는, 완전한 신생 드라마 제작사. 하지만 겉으로만 신생일 뿐, 미디트리는 이미 업계에서도 조금씩 주목받고 있는 회사였다. 일단 급속도로 성장하고 있는 KSJ엔터의 대표 강소정이 지분을 절반 이상 소유하고 있는 데다, 대표자부터 시작해서 실무진들까지 다들 빵빵한 커리어를 가지고 있는 사람들이었으니 말이다.

일단 미디트리의 대표는 베테랑 PD 출신이자 소정의 오랜 지인인 유인건 PD였으며 사외이사로 등재되어있는 우민철은 떠오르는 KBC의 전 드라마국 국장이자 미디트리의 지분을 10퍼센트나 가지고 있는 대주주였다.

게다가 〈천년의 그대〉를 찍기 위해 세팅해놓은 인원은 유인건 PD와 오랫동안 호흡을 맞춰왔던 그의 팀이었으니, 사실상 미디트리는 신생업체가 아니었던 것이다. 신생 제작사의 드라마가 100억 넘는 투자를 무리 없이 유치할 수 있었던 데에는 전부 그만한 이유가 있었다.

"그러니까 걱정하지 말라고, 임 감독."

"아니, 제가 뭐랬습니까? 스토리가 엄청 재밌게 뽑혔으니, 편성만 잘 받으면 대박 날 거라는 말씀을 드린 거죠."

"방금 말했잖아. 우 국장님, 아니, 우 이사님이 전 KBC 방송국장 출신이라니까?"

"아… 그럼 이미 편성까지 다 확보된 거네요?"

"거의 그렇다고 봐야지. 아직 서류상으로 픽스는 아니지만 말이야."

"하긴. 이번에 성하영 배우님까지 합류하셨으니, 조금 아쉽던 출연진 네임밸류도 상당히 보강됐고…."

그리고 오늘 이 미디트리의 이사진들은 다 같이 유인건 PD의 차를 타고 이천으로 향하는 중이었다. 그들이 뜬금없이 이천으로 향한 이유는, 당연히 〈천년의 그대〉 촬영 세트장 때문. 오늘이 세트장이 완공되는 날이었으니, 직접 이 촬영장을 사용할 실무진이 실물을 확인하러 오는 것이다. 유 PD의 차는 7인까지 탈 수 있는 널찍한 대형 SUV였고, 여기에 미술감독과 촬영감독 그리고 조명감독까지 총 네 사람이 차에 올라 있었다.

"으… 그나저나 저는 오늘 갑자기 좀 걱정되네요."

촬영감독의 말에 유인건 PD가 고개를 갸웃하며 되물었다.

"뭐가?"

"일단 도면으로 봤을 땐, 구조가 꽤 마음에 들었었는데… 기대보다 그림이 별로면 어쩌나 해서요."

"그림…?"

"사실 이 세트장이 저희 촬영장소 중에 가장 큰 비중을 차지하는 곳이잖아요?"

"그렇지."

"여기 퀼리티가 어느 정도냐에 따라 드라마 비주얼 자체가 달라질 테니… 갑자기 좀 걱정돼서요."

촬영감독의 이야기를 듣던 유인건은 고개를 천천히 주억거렸다. 그의 말대로 이천 세트장의 중요도는 생각보다 꽤 큰 것이었으니까.

"그때 소정 대표님이 뭐라셨더라…."

"뭐가요, PD님?"

"세트장 제작비 말야."

"아하."

"원래 제작비 10억 정도 들인다고 하지 않았었나?"

유인건의 말에 촬영감독이 고개를 저었다. 사실 그가 걱정하는 이유 중 하나가 여기에서 기인하는 것이었으니까.

"저희, 세트장에 제작비 거의 안 태웠어요."

"뭐…?"

"원래 10억 태우자고 했다가, 그 서우진 대표가 지분 투자하는 방식으로 변경하면서 저희 쪽에서 세트장 시공부담금 빼는 방식으로 갔거든요."

"헐, 정말?"

"그래서 제가 걱정하는 거예요."

"그 서우진 대표라는 사람이, 사실상 자기 돈으로 하는 거니까?"

촬영감독이 고개를 끄덕였다.

"맞아요. 여기서 아끼면 아낄수록 본인 돈이 세이브되는 거니까,

좀 싼마이로 작업하지 않았을까 걱정하는 거죠."

그의 말은 일리가 있었기에, 사람들은 고개를 주억거렸다. 오늘 이천으로 출발하기 전까지만 해도 별생각이 없었는데, 막상 촬영감독의 걱정을 듣고 보니 그럴 수 있겠다는 생각이 든 것이다. 요즘 유명해진 디자이너인 서우진의 작품이라 해서 별다른 걱정 없던 유인건 PD도 은근히 신경이 쓰이기 시작하였다.

"음, 소정 대표님이 믿어도 된다 하시기는 했는데…."

잠시 중얼거리던 유인건 PD의 시선이 뒷좌석에서 가만히 얘기만 듣고 있던 미술감독을 향했다.

"잠깐, 그러고 보니 형욱이는 이미 몇 번 보지 않았었나?"

유인건의 물음에 나머지 두 사람의 시선도 그를 향했다. 〈천년의 그대〉의 미술감독을 맡은 구형욱은 당연히 세트장이 제작되는 동안 WJ 스튜디오와 여러 번 미팅을 하였고, 때문에 그는 이 촬영장에 이미 몇 번 먼저 와본 적이 있었다. 사람들의 시선을 느낀 형욱이 뒷머리를 긁적이며 천천히 입을 열었다.

"저야 두 번 정도 여기 왔었죠."

"그래? 어땠어?"

"뭐, 그땐 괜찮았었는데…."

"그런데?"

"사실, 제가 마지막으로 와본 게 1월이었거든요. 그땐 아직 마감공사 거의 안 됐던 상황이었고, 그래서 제대로 완성된 실물은 저도 오늘이 처음이에요."

"사진으로는 계속 전달받았을 것 아냐?"

"그게…."

잠시 뜸을 들인 형욱이 다시 입을 열었다.

"사진으로 봤을 땐, 진짜 장난 아니었어요."

"뭐가?"

"진짜 입이 떡 벌어질 정도로 간지나더라고요."

"그래…? 그 사진 좀 보여줄 수 있어?"

"메일에 공문으로 보낸 거라, 폰에는 없어요."

"그렇군."

"어쨌든 그래서 전 기대 엄청 하고 가는 중이었는데… 촬영 감독님 말씀 듣고 나니, 실망할까 봐 걱정되네요."

"사진 멋있었다며?"

"사진이야 사실, 포샵으로 얼마든지 장난질할 수 있는 부분이니까요."

형욱의 그 말에, 유인건은 입맛을 다셨다.

결국 직접 도착해서 봐야, 어떨지 감이 올 것 같았으니 말이다.

"흠… 오늘 가서 보면 알겠지, 뭐."

하여 한차례 일단락된 네 사람의 대화는 다른 방향으로 다시 이어졌고, 그사이 유인건의 차는 이천 현장에 도착할 수 있었다.

끼익-

"PD님, 도착했습니다."

"그래, 고생했다."

텅-!

어느새 세트장에 대한 걱정은 잊었는지, 다른 주제로 열띤 토론을 벌이며 차에서 내리는 네 사람.

"우리가 좀 일찍 왔나?"

"그러게. 아직 한 20분 남았네."

"미리 들어가서 한번 둘러보죠, 뭐."

"그럴까?"

"먼저 좀 봐도 상관없잖아요?"

"그러지, 뭐."

세트장 앞 공터에 주차된 차에서 내린 그들은 휘적휘적 세트장 안쪽으로 걸음을 옮겼고, 높다란 담장을 지나 내부에 들어선 순간.

"…!"

"우, 우와…!"

"잠깐. 이게 뭐야?"

네 사람은 모두가 약속이라도 한 듯, 가장 처음 드러난 커다란 현관(玄關) 앞에서 걸음을 멈출 수밖에 없었다. 그것은 네 사람이 차 안에서 걱정했던 것이 무색할 정도로, 압도적인 위용을 자랑하고 있었으니 말이다.

— * —

"와, 진짜 미쳤다."

소정의 탄성에 우진이 당황한 표정으로 되물었다.

"뭐가요…?"

"그러니까 지금 이걸, 반년 만에 뽑아낸 거잖아요?"

"정확히는 5개월 걸렸죠."

"대체 무슨 수를 쓴 거예요?"

"무슨 수를 쓰긴요. 그야 열심히…."

우진의 대답에, 이번에는 소정이 어이없는 표정이 되었다. 5개월이라는 짧은 기간과 2천 평이라는 넓은 부지. 물론 2천 평의 세트장 중 초반부의 촬영에 쓰일 800평 정도만 먼저 완공된 것이었지만, 그럼에도 분명히 녹록치 않은 일정이었다. 그런데 이런 조건 속에서 우진이 뽑아낸 결과물은, 소정이 볼 때 정말 말도 안 되는 수준이었다.

'무슨, '교과서만 열심히 읽었어요'도 아니고….'

다시 한번 세트장의 입구를 둘러본 소정이, 우진을 향해 엄지를 치켜올리며 입을 열었다.

"진짜, 서 대표님 꼬시기를 정말 잘했다니까."

그에 우진이 피식 웃으며 대꾸했다.

"소정 대표님은 마음에 드시나 봐요?"

"마음에 들다마다요."

"아직 입구밖에 못 봤는데?"

"사실 다 볼 필요도 없어요."

"네…?"

"제가 원했던 바로 그 느낌이거든요. 전통 건축의 느낌이 나면서 신비로운 분위기가 풍겨야 하고. 그러면서도 약간 현대적인 감성도 담겨야 하는…!"

흥분해서 침을 튀기며 떠들기 시작하는 소정을 보며, 우진은 멋쩍게 웃을 수밖에 없었다. 소정의 칭찬이 부담스럽기도 했지만, 그보다는 그녀의 해석이 참 낯간지러웠으니 말이었다.

'역시 꿈보단 해몽이라더니… 이 디자인을 저렇게 해석할 수도 있는 거구나.'

물론 세트장의 디자인이 잘 뽑혔다는 것은, 우진도 자부하고 있던 부분이었다. 미디트리 쪽에서 받았던 디자인 레퍼런스들을 최대한 차용하기도 했으며, 전통의 느낌을 살리기 위해 실제로 전통 건축의 디자인 구조를 열심히 연구한 결과물이었으니까.

프로젝트가 재밌어서 열심히 작업하기도 했다. 항상 현대적인 건축물들만 디자인하던 우진에게 〈천년의 그대〉라는 드라마의 배경과 콘셉트는 신선한 자극을 줬던 것이다. 하지만 그렇다고 해도 이렇게까지 격한 반응이 나올 줄은 몰랐다. 덕분에 뿌듯하고 기분이 좋았지만 말이다.

"그나저나 이 사람들은, 대체 어딜 간 거지?"
"이 사람들이라니요?"
"들어오면서 주차된 차 봤잖아요."
"아하."
"그거 유 PD님 차거든요. 아마 감독님들도 같이 오셨을 텐데…."
"세트장 구경 중이신가 보네요."
"그러게요. 안쪽으로 들어가 보죠."

우진에게 칭찬을 쏟아낸 뒤에도 세트장 곳곳을 면밀하게 살피던 강소정은 세트장 안쪽으로 걸어 들어가면서도 연신 탄성을 내뱉고 있었다.
'진짜, 카메라를 어느 방향으로 돌려도 그림이잖아?'
보통 이런 외주 작업을 맡기면 의뢰 내용보다 나은 결과물이 나오기 쉽지 않았는데 지금 우진의 손에서 탄생한 이 세트장은 사실상 의뢰서와 별개의 새로운 창작 작품 수준이었다. 특히나 소정이 감탄한 부분은 구조물들의 디테일에 있었다.
'디테일 좀 봐. 진짜 미쳤어.'
마치 이 드라마의 대본을 쓴 작가가 직접 건축물을 디자인하기라도 한 듯, 대본을 열 번도 넘게 읽은 소정조차도 잊고 있었던 디테일들을 건축물 여기저기에 꼼꼼히 살려놓았으니까.

'진짜 대본 속 서후가 살고 있는 천신궁(天神宮)을 그대로 만들어 놓은 것 같아.'

단순히 외주를 맡았다는 마인드가 아닌 진짜 주인의식이 있어야 만 가능한 설계. 우진이라는 사람에 대한 소정의 호감과 신뢰는 더욱 커질 수밖에 없었다. 사실 우진이 이렇게까지 드라마에 대한 이해도가 높을 수 있었던 이유는, 지구상에서 〈천년의 그대〉 드라마를 이미 시청한 유일한 애청자기 때문이었지만 말이다.

"이쪽이 본궁인 거죠?"

"그렇죠, 대표님. 여기가 〈천년의 그대〉 첫 등장 신이라고 생각하시면 됩니다."

"와, 흠잡을 데가 없네, 진짜. 촬영 감독님 좋아하시겠어."

연신 감탄하는 소정의 뒤를 따라가며, 우진도 더욱 기분이 좋아졌다.

'드라마 보면서 아쉬웠던 부분들, 재해석해놓은 것도 좀 있는데… 다행히 마음에 드시나 보네.'

은근히 불안했던 부분들까지 괜찮은 반응이 나오자, 세트장 디자인에 대한 확신이 더욱 생긴 것이다.

'세트장 북쪽에 만들어놓은 천신탑 보여드리면, 그땐 어떤 반응이실지 볼 만하겠어.'

세트장 안에 있는 회심의 역작을 떠올린 우진이 저도 모르게 실소를 흘렸다. 천 년 전의 남주와 여주가 처음으로 만나는 장소이자, 〈천년의 그대〉 최고의 명장면으로 꼽히는 바로 '그 장면'이 촬영되는 그곳.

드라마 팬으로서 우진의 사심이 들어간 그 장소는, 우진이 정말

공을 들여 설계한 공간이었으니 말이다. 강소정 대표에게 몇 군데를 더 안내하며 십여 분 정도 더 걸음을 옮기자, 우진이 떠올렸던 천신탑이 모습을 드러내기 시작하였다. 그리고 그곳에는 이미, 몇 명의 선객이 도착해 있었다.

— * —

〈천년의 그대〉의 여주인공 인서는 천 년 전 동방제국의 신녀였다. 달의 신을 모시는 신녀이자, 인세(人世)의 '밤'을 주관하는 신녀. 신녀는 신격을 타고난 존재였지만, 그와 동시에 인격을 가진 존재이기도 했다.

인간과 신의 피가 절반씩 섞인 반신(半神)의 존재였던 것이다. 그래서 신녀는 수명이 무한한 신들과 다르게, 대를 잇고 후손을 만들어야 했다. 신격을 지녔지만 평범한 인간들처럼 인세에 머물며 결혼을 하고, 자신의 딸에게 다시 자신의 운명을 대물림해줘야 하는 존재.

'인서'는 그러한 운명을 타고난 신녀였고, 그래서 스물이 되기 전까지는 여느 신녀들처럼 평범한 인간과 다를 바 없는 인생을 살아가고 있었다. 그랬던 그녀의 운명이 달라진 것은, 남자 주인공 '서후'를 만나게 됐을 때였다.

"대본을 이미 보셨을 테니 아시겠지만, 서후는 천신궁의 순혈입니다. 그러니까 인서와 다르게 완전한 신격을 가진 존재였지요."

원래대로라면 서후와 인서가 만날 일은 없었다. 서후는 천계에 사는 신들 중 한 명이었고, 인서는 인세에서 신을 모시는 신녀의 운명을 타고난 존재였으니까.

하지만 천 년에 한 번 천신궁의 북쪽에 있는 '천신탑'에 인간계로 통하는 길이 열리게 되는데, 이때 서후는 인간계로 내려오게 되었다. 하계에 대한 호기심을 이기지 못하고 인간계에 내려온 것이다.

"인간계에 내려온 서후는 운명처럼 인서를 만나게 됐고, 사랑에 빠지게 되었죠."

"말하자면, 금단의 사랑인 거잖아요?"

"그렇죠. 신녀는 인간과 혼인해야만 하는 존재니까요."

둘은 서로의 정체를 오해한 채 사랑에 빠졌다. 서후는 인서가 평범한 여인이라 생각했으며, 반대로 인서 또한 서후가 평범한 남자라고 생각했으니까. 천계의 신인 서후는 인간과 정을 통하는 순간 신격을 잃게 되지만, 그런 것은 아무런 상관없다고 생각했다. 그 또한 하나의 평범한 인간이 되어 인서와 사랑을 나누고, 그렇게 소멸한다면 그것으로 서후는 아무런 미련이 없었던 것이다.

하지만 문제는, 인서가 평범한 인간이 아니었다는 점이었다. 사랑을 나눈 두 사람은 천신의 진노를 받게 되었고 그에 대한 형벌로 천 년 동안 기억을 잃는 벌을 받게 된 것이다. 신격을 가진 서후는 천 년 뒤에 기억을 찾게 되겠지만, 인간과 같은 유한한 수명을 가진 인서의 머릿속에서는 사실상 서후에 대한 기억이 지워지는 잔인한 형벌. 그렇게 인서는 서후에 대한 기억을 잃은 채 소천(召天)하였고, 서후는 천 년 동안 기억을 잃은 채 인간계에서 살게 되었다.

그리고 천 년이 지났다.

"작중에서 천신탑은 인간계에도 존재하고 천계에도 존재합니다."

"그러니까 세계관에서 인세와 천계에 동시에 존재하는 유일한 장소인 거네요."

배우 성하영의 물음에 PD가 고개를 끄덕이며 답했다.

"그런 셈이죠."

"그럼 여기가 처음 인간계에 내려온 서후와 인서가 만나게 되는 장소이면서… 천 년 뒤에 환생한 인서를 서후가 다시 만나게 되는 장소이기도 한 건가요?"

유 PD가 고개를 저었다.

"두 사람이 처음 만나는 장소는 맞지만, 환생한 인서를 처음 만나는 장소는 아닙니다."

"그럼…?"

"이 부분은 아직 대본이 픽스되지 않았을 텐데…."

잠시 뜸을 들인 PD가 설명을 이었다.

"서후가 다시 천신궁으로 돌아가기 직전, 인서가 기억을 찾는 장면이 있거든요."

"아…!"

"사실상 드라마의 클라이맥스나 다름없는 장면인데, 그 부분이 여기서 촬영될 겁니다."

PD의 설명을 듣던 성하영이, 천신탑 세트장을 꼼꼼히 살피며 감탄하였다. 처음 개략적인 스토리의 얼개를 들었을 때에는, 사실 조금 진부하다는 생각이 있었다. '이뤄질 수 없는 금단의 사랑'이라는 클리셰 자체가, 단물이 빠지다 못해 사골로 우려내도 국물 한 방울 나오지 않을 만큼 오래된 설정이었으니까.

하지만 인물의 설정값과 디테일을 하나하나 구체적으로 듣기 시작하자, 그 진부함 속에 생동감이 가득 들어찼다. 생동감이 생기자 진부한 클리셰조차 더 이상 그렇게 느껴지지 않았고, 그것은 반대로 장점이 되었다.

진부하게 느껴지던 모든 부분들이 익숙함으로 다가오면서, 오히려 몰입에 도움을 준 것이다. 그것이 바로 뒤늦게 하영이 이 드라마에 합류하게 됐던 이유였다. 뻔한 클리셰라는 주변의 평가 때문에 여전히 불안함이 남아있긴 했지만, 스토리 라인이 너무 마음에 들었으니까.

"이렇게 실제로 촬영장에서 설명을 들으니, 더 생동감이 넘치네요, PD님."

"하하. 그렇지요? 사실 완성된 세트장은 저희 제작진도 오늘 처음 와보는 건데… 솔직히 저희도 깜짝 놀랐습니다."

"그래요?"

"서우진 대표님이 신경 많이 써주신다고는 했는데, 이렇게까지 퀄리티가 뽑힐 줄은 몰랐거든요."

그런데 오늘 완성된 세트장에 와서 대본 속의 장소를 만난 순간, 하영은 남아있던 그 불안감마저 싹 다 날려버릴 수 있었다. 세트장의 신비로운 분위기와 웅장하고 아름다운 공간감, 그 안에 숨어있는 디테일들과 자칫하면 유치하게 만들어질 수 있는 부분들을 그럴싸하게 살려놓은 설정상의 소품들까지.

'세트장을 보는 것만으로도, 이 드라마에 얼마나 큰 공이 들어갔
는지가 느껴지네.'

대본을 보며 상상만 했던 장소들은 상상 이상으로 아름답고 멋
지게 구현되어 있었으며, 단지 그 장소에 발을 디딘 것만으로 하영
은 '인서'가 된 것 같았다. 그녀는 이제껏 수많은 작품들을 찍었고,
그중에는 블록버스터급 드라마도 여럿 있었지만 개중에 이렇게
특별한 느낌을 받았던 세트장은 단연코 한 곳도 없었다.
'오늘, 오길 정말 잘했어.'
그래서 하영은, 이런 기가 막힌 세트장을 디자인한 사람이 문득
궁금해졌다. 최근 유명세를 타고 있는 건축가 서우진의 작품이라
는 것을 듣기는 했지만, 그가 어떤 사람인지는 사실 잘 알지 못했
던 것이다. 그리고 그녀의 궁금증은, 곧 풀릴 수 있었다. '천신탑'의
입구에서부터 이어진 나선형의 계단으로, 두 남녀가 천천히 걸어
올라오고 있었으니까.

— ＊ —

이 천신궁의 세트장을 디자인하고 설계하면서, 우진이 가장 고
심하고 애를 먹었던 부분은 바로 전통건축의 현대적인 재해석이
었다. 드라마의 설정상 천신궁은 '전통의 느낌이 나는 건축물이면
서도 천 년이 지난 시점에도 세련된 공간'이었는데, 이게 사실 말
이야 쉽지 실제 이런 느낌이 들 만한 디자인을 만들어내는 것은 난

해하기 그지없는 문제였으니 말이다.

심지어 이 측면에 있어서만큼은, 드라마를 봤던 전생의 기억조차 전혀 도움이 되지 않았다. 어마어마한 흥행몰이를 했던 〈천년의 그대〉가 가장 많이 까였던 부분이 바로 이 건축 디자인에 대한 부분이었고, 우진 또한 그 세트장에 실망하여 절대로 그렇게 디자인하지는 않아야겠다고 다짐한 상황이었으니까.

그래서 이 설정을 재해석하여 실제 건축물로 뽑아내는 과정은 오롯이 우진에게 달려있었다. 지금 이천에 지어진 이 세트장이, 전적으로 우진의 디자인적 역량 안에서 탄생한 작품이라는 말이다. 그리고 그 결과물은 오늘 이 자리에 나온 모든 관계자들 전부를 감탄시키고 있었다.

특히나 〈천년의 그대〉라는 드라마의 제작과정 전반을 총괄하며, 드라마에 대한 이해도가 가장 높은 유인건 PD는 그들 중에도 가장 격하게 감탄하고 있었다. 뭐가 그리 궁금한 게 많은 건지 우진과 이제 두 번째 만나는 자리였음에도 불구하고, 속사포처럼 질문세례를 퍼붓는 유 PD였다.

"대표님."

"예, PD님."

"대체 이런 생각은 어떻게 하신 겁니까?"

유 PD의 질문에, 우진이 떨떠름한 표정으로 반문하였다.

"네…?"

"저기 보시면 처마가… 아니, 일단 처마는 맞죠?"

"일단 그렇다 치죠."

"어쨌든 저 처마 아래 받쳐있는 서까래를 보면, 금속 철골로 만들어져 있잖습니까.”

“그렇죠.”

“보통 전통건축이라 하면 나무골조에 청기와부터 떠오르는데, 완전히 상반된 소재를 쓰셨으면서도 전통건축의 느낌이 나니까 신기한 거죠.”

솔직히 유인건은, 대본에 묘사되어 있는 느낌의 공간이 디자인 되는 것은 불가능에 가깝다고 생각하고 있었다. 건축 디자인에 문외한인 그가 생각하기에도, 답이 없는 요구라고 생각했던 것이다. 단지 전통적인 느낌을 가진 세트장을 퀄리티있게 완성해주는 정도를 우진에게 기대했을 뿐. 그런데 지금 눈앞에 있는 세트장은 유인건이 어렴풋이 상상했던 그 느낌 이상을 표현해내고 있었고, 그것은 보면 볼수록 신기한 수준이었다.

“솔직히 쉽지는 않았습니다. 그래도 머리를 쥐어짜다 보니, 어떻게든 방법이 나오더라고요.”

우진은 이 디자인을 뽑아내기까지, 수많은 상상과 시도를 하였다. 처음에는 전통의 소재와 문양을 마감재로 현대적인 건축구조를 만들어보기도 하였으며, 최근 우진이 연구하고 있는 패러매트릭 디자인을 전통건축에 접목시켜보기도 하였다.

하지만 그런 시도들은 결과적으로 우진의 마음에 들지 않았다. 전통과 현대의 조화라는 느낌이 들기보다는, 뭔가 어설프게 뒤섞여있는 혼합물 같은 느낌이었으니까. 그래서 우진이 최종적으로 채택한 방식은, 각각의 롤(Role)을 명확하게 나누는 것이었다.

소재와 건축기법은 현대적인 것에서 가져오고, 조형성과 공간구조는 전통건축에서 가져온 것이다. 모든 측면에서 전통과 현대의 감성을 섞기보다는, '조형성'과 '소재'라는 다른 측면에서 각각의 감성을 온전하게 살리는 방향으로 디자인 프로세스를 바꾼 것.

"점점 더 짧아지는 까만 철골구조를 상방으로 덧대어, 양 끝으로 말려 올라가는 처마의 조형성을 구현한 겁니다."

"저 반짝거리는 기와? 저건 소재가 뭘까요?"

"처마 위에 올라간 건, 일정한 크기의 모듈로 제작된 사각 강화유리 패널이에요."

"아…!"

"기와의 모양은 아니지만, 전통건축에서 기왓장이 얹히는 것과 비슷한 방식으로 일정한 규칙성에 맞춰서 끼워 넣었고… 그러다 보니 완전히 다른 재질과 형태를 가졌음에도, 자연스럽게 기와라는 생각이 떠오르게 되는 거죠."

그리고 이 방식은, 우진이 생각하는 방향성을 충족시키는 해답이 될 수 있었다. 이렇게 디자인된 건축물의 외관은 분명히 전통건축의 조형성을 담고 있었지만, 그 조형성을 해치지 않으면서도 현대건축의 모던한 감성까지 함께 공유할 수 있었던 것이다.

공정 과정도 크게 어려울 것이 없었다. 최초에 설계한 규칙은 난해할지 몰라도, 한번 규칙성을 적립하고 난 뒤에는 같은 방식으로 다른 구조들을 전부 해석할 수 있었으니까. 물론 이런 얘기를 해봤자, 우진을 제외한 사람들은 알아듣지 못했지만 말이다. 유 PD에게 신나게 설명하는 우진의 이야기들을 가만히 듣고 있던 소정이 고개를 끄덕이며 입을 열었다.

"뭔지는 모르겠지만, 대단하다는 건 알겠네요."

"…."

힘 빠지는 표정이 된 우진을 향해, 소정이 피식 웃으며 다시 입을 열었다.

"사실 결과가 좋으면 된 거 아니겠어요?"

우진이 고개를 끄덕였다.

"뭐, 맞는 말씀이죠."

"그런 의미에서, 앞으로 이쪽으로도 사업을 확장해보시는 건 어때요?"

"네? 그건 무슨 말씀이신지…."

"드라마 세트장을 전문적으로 제작하는 부서를 하나 만든다거나 그런 쪽으로 자회사를 하나 따로 설립한다거나…."

소정의 말을 들은 우진은 말없이 웃을 수밖에 없었다. 물론 이번 프로젝트야 즐겁게 했고 결과물도 훌륭하게 뽑혀 나왔지만, 더 이상 이쪽 일을 할 생각은 딱히 없었으니 말이다. 우진이 〈천년의 그대〉 세트장 디자인을 수락한 가장 큰 이유는 건축적으로 재해석이 가능한 독특한 설정 때문이었다.

하지만 일반적인 드라마 세트장의 경우, 보통 기존에 있는 것들의 '재현'에 그치는 경우가 대부분이다. 디자인과 건축에 귀천이 있다고 생각지는 않았지만, 우진이 가고자 하는 방향성과는 다소 동떨어진 게 사실이었다. 이번에는 미술감독 구형욱이 입을 열었다.

"마감재가 올라오기 전까지도 솔직히 긴가민가했었는데… 진짜 대단하십니다, 서 대표님."

"하하, 과찬이십니다."

"사실 미술감독으로서 제가 도움 드린 것도 별로 없는데 말이지요."

촬영감독은 지금까지도 세트장을 구경하느라 정신이 없었고, 조명감독도 여기저기 돌아다니며 수첩에 뭔가 메모하기 바빴다. 그리고 이 자리에서 우진이 오늘 처음 만난 유일한 사람. 곧 이 세트장에서 연기를 하게 될 〈천년의 그대〉 여주인공 성하영이 우진을 향해 진심을 담아 말했다.

"이런 멋진 세트장을 만들어주셔서 감사해요, 대표님."

멋쩍은 표정이 된 우진이 대답했다.

"이 공간을 설계한 사람은 저겠지만, 완성하는 건 여기 제작진분들과 배우님들이십니다."

우진이 눈을 찡긋하며 한마디 덧붙였다.

"저는 영상 속에서 멋지게 완성될 천신궁을, 설레는 마음으로 기다리고 있겠습니다."

— * —

따뜻한 봄바람이 불어오는 4월 초. 〈천년의 그대〉는 촬영을 위한 모든 세팅이 끝났고 본격적으로 드라마 제작이 시작되었다. 총 21부작으로 제작계획이 픽스된 〈천년의 그대〉는 처음부터 끝까지 사전제작으로 계획되어 있었다. 드라마가 제작되기 시작하자 강소정 대표가 본격적으로 뛰기 시작하였다. 전 KBC의 드라마국장이자 미디트리의 이사인 우민철의 인맥을 통해 편성부터 빠르게 확보했으며…

"네, 이사님. 미팅 잘 끝나셨나요?"

[물론입니다, 대표님.]

"그럼 편성은…?"

[12월로 일단 가일정 받아 왔습니다. 일정이 좀 촉박할 것 같긴
한데… 괜찮겠습니까?]

"물론이에요. 딱 좋네요, 12월!"

확보된 편성과 배우들의 라인업. 그리고 투자자들의 인프라를 활
용해 〈천년의 그대〉를 흥행시키기 위한 빌드업을 시작한 것이다.

"아, 네. 이사장님. 통화 괜찮으시죠?"

[오, 강 대표. 드디어 준비가 끝난 겁니까?]

"넵!"

[그렇지 않아도 콘진원(콘텐츠 진흥원) 쪽에서 어제 연락이 와서
해외사업부 쪽에 넘길 자료가 필요하다고 요청해왔습니다.]

"자료라면, 〈천년의 그대〉 마케팅 자료를 말씀하시는 거죠?"

[그렇습니다.]

"일단 기본적인 마케팅 자료부터 먼저 메일로 드릴게요."

['기본적인'이라는 말씀은…?]

"촬영이 좀 더 진행돼야 괜찮은 그림들이 나올 것 같아서요. 일
단 보내드릴 수 있는 부분부터 먼저 보내드리겠다는 얘기죠."

[아, 좋습니다. 그럼 이후 자료들은 실무팀에 전달해주세요.]

"네, 이사장님!"

작년 말부터 여기저기 얽인 사업적 연결고리들 때문에 〈천년의

그대〉프로젝트의 덩치는 눈덩이처럼 불어난 상황이었다. 일단 기본적인 대작 드라마들이 하는 마케팅은 기본적으로 전부 깔고 들어간 데다 콘텐츠 진흥원과 서울 디자인 재단까지 연결된 국가 차원의 지원과 마케팅이 더해지니, 처음 강소정이 생각했던 프로젝트의 규모보다도 훨씬 더 크게 판이 깔려버린 것이다.

어떤 분야든 마찬가지지만, 마케팅을 할 때에는 그 규모가 클수록 시너지가 나게 된다. 처음 마케팅을 접했을 때에는 심드렁했던 사람이라도, 자꾸 같은 광고를 보게 되면 조금씩 마음이 동하게 되는 것은 당연한 이치니까. 게다가 드라마뿐 아니라 국제 리빙페어나 콘텐츠 페어 등 다양한 방면에서 〈천년의 그대〉가 노출되게 되는 것이었으니.

이것의 시너지가 얼마나 크게 작용할지는 이제 출발 선상에 선 시점에서 아무도 모를 일이었다. 그리고 사업가적 머리가 비상한 강소정은 지금 자신에게 주어진 이 상황이 얼마나 큰 기회인지를 본능적으로 느끼고 있었다.

'이번 드라마, 무조건 성공시켜야 해. 내 인생에 다시 오지 않을 기회야.'

그래서 소정은, 눈코 뜰 새 없이 바쁨에도 불구하고 에너지가 넘쳤다. 자신이 계획했던 대로, 아니 그 이상으로 모든 상황이 굴러가고 있었으니, 물리적으로 아무리 힘들어도 힘이 솟아나는 것이다.

그리고 이렇게 바쁜 와중에, 가장 많이 만나게 되는 사람은 바로 우진이었다. 이번 프로젝트에서 우진이 맡았던 가장 중요한 부분인 세트장 공사야 끝이 났지만, 그 외에도 리빙페어 등 그와 엮여 있는 것이 많았으니까. 게다가 우진은 지분도 가지고 있는 엄연한

〈천년의 그대〉의 투자자였다.

"어제 첫 촬영 들어갔어요, 서 대표님."

퇴근 이후 성수동으로 온 소정은 우진과 카페에 마주 앉아 있었다. 두 사람이 앉아있는 카페는, 우진과 석중의 집인 서울숲 클라시아 포레스트의 단지 상가 안에 있는 칵테일 바였다.

"생각보다 촬영이 빨리 시작됐네요."

우진의 이야기에, 소정이 웃으며 대답하였다.

"12월에 편성 잡혔으니까요."

그런데 그 가볍게 꺼내든 대답에, 우진은 화들짝 놀란 표정이 되었다.

"네? 12월이라고요…?"

"왜 그렇게 놀라요?"

"아니, 너무 빠르니까…."

"일정 나오는 대로 그대로 낚아챈 거죠, 뭐. 시간대도 좋아요. 주말 저녁 10시."

"제작 기간은 충분해요?"

"솔직히 충분하진 않죠. 촬영 스타트가 조금이라도 더 늦었으면, 스케줄 안 나왔을 테니까요. 하지만 가능하니까 걱정 마세요."

겉으로 티를 내진 않았지만, 〈천년의 그대〉가 12월에 편성됐다는 이야기에 우진은 조금 놀랐다. 정확하진 않았지만, 천년의 그대는 원래 2013년 하반기에 방영을 시작하는 드라마였는데, 그의 기억보다 방영 일정이 훨씬 더 빨라졌으니 말이다. 물론 리빙페어나 한류 콘텐츠 페어와 시너지를 내기 위해서는 최대한 빠른 일정으로 드라마가 방영되는 것이 좋았지만, 그래도 이렇게까지 빠른 시점으로 당겨질 줄은 몰랐던 것.

'드라마 흥행에 영향이 생기는 건 아니겠지…?'

작년 연말부터는 바뀐 미래를 보는 것이 새삼스럽지도 않은 우진이었지만, 그래도 완전히 담담할 수는 없는 노릇이었다.

'뭐, 언제까지 미래지식에 의존할 생각은 아니었지만….'

우진의 표정에 옅게 쓴웃음이 떠올랐다. 미래가 이렇게까지 크게 바뀐다는 것은 우진이 그만큼 영향력 있는 사람이 되었다는 방증이기도 했으니, 웃어야 할지 울어야 할지 감이 오지 않았다. 칵테일을 한 모금 더 마신 우진이 소정을 향해 다시 입을 열었다.

"능력도 좋으십니다. 공중파 편성을 그렇게 뚝딱 따오시고."

그 말에, 소정이 새초롬한 표정으로 대꾸하였다.

"어마어마한 투자자님들께서 이렇게나 밀어주시는데… 그 정도는 뚝딱 따 와야죠, 당연히."

"흐흐, 덕분에 저도 거기 숟가락 잘 얹었습니다."

우진의 말에, 소정이 어깨를 으쓱하며 다시 입을 열었다.

"숟가락이라뇨."

"네?"

"제가 말한 어마어마한 투자자님들 중에 서 대표님도 포함되는데요?"

"에이, 설마요."

소정이 우진을 종종 만나는 이유는 사실 단순히 그가 투자자기 때문만은 아니었다. 우진은 소정이 지금껏 봐온 여러 사업가들 중에서도 사업 머리가 가장 잘 돌아가는 사람이었고, 그래서 그와 대화를 나누다 보면, 생각지도 못했던 방법이 떠오른 적이 한두 번이 아니었던 것이다.

게다가 오빠인 석중과 같은 아파트에 사니, 퇴근 후 늦은 시간에 커피 한잔하는 것도 부담스럽지 않았다. 100평이 넘는 석중의 집에는 사실상 소정이 언제든 와서 자고 갈 수 있는 방이 최소 하나 이상은 있었으니까.

"그 설마가 맞습니다."

"어마어마하다고 하기엔, 제 지분은 고작 3퍼센트뿐인데요?"

"지분 크기가 중요한가요."

"당연하죠."

"음, 그렇긴 하네요. 프흐흐."

기분 좋게 웃으며 농담을 주고받은 두 사람은, 칵테일 잔을 가볍게 부딪쳤다. 그리고 우진을 힐끔 쳐다본 소정이 속으로 피식 웃었다.

'진짜 신기한 사람이라니까.'

겉보기에는 영락없는 20대로 보이는 우진이었지만, 그와 일을 하기 시작한 시점부터 한 번도 20대라는 생각이 들어본 적이 없었다. 사실 우진이 20대라는 사실이야말로, 소정이 지금까지 경험한 모든 일 중 가장 불가사의한 것이었다.

"여기 칵테일 맛있네요."

"그렇죠?"

"나도 성수로 이사 올까?"

"지금도 여기 주민 같으신데요?"

"프흐흐. 하긴, 제가 오빠 집에서 좀 자주 묵기는 하죠."

오랜만에 사업적 목적 없이 사적으로 만났음에도 불구하고, 결국 사업 얘기를 위주로 대화를 나누고 있는 두 사람. 잠시 말없이 달달한 칵테일을 홀짝이던 소정이 우진을 슬쩍 응시하였다. 그런데 우진은 뭔가 골똘히 생각에 잠겨있었고, 궁금해진 소정이 다시 그를 향해 물었다.

"무슨 생각을 그렇게 해요?"

소정이 의아한 목소리로 묻자, 우진이 고개를 절레절레 저으며 대꾸하였다.

"아, 아닙니다. 드라마 일정이 예상보다 빨라지니, 생각할 게 좀 생겨서요."

"생각이라면···."

딱히 어떤 생각을 했던 것은 아니지만, 우진은 능숙하게 이야기를 돌렸다.

"드라마 방영 시작하면 저도 바쁘게 뛰기 시작해야 하니까요."

순간적으로 우진의 말을 이해하지 못한 소정이 의아한 표정으로 반문하였다.

"네?"

드라마 방영이 시작되는 것과 우진이 바빠지는 것 사이에서, 연결점을 찾지 못했으니 말이다. 하지만 우진의 다음 말이 이어지자, 소정은 두 눈이 휘둥그레질 수밖에 없었다.

"발맞춰서 세트장 오픈해야 할 것 아닙니까."

"아···?!"

"물 들어올 때 노 저어야죠."

〈천년의 그대〉는 사전제작 드라마였고, 때문에 방영 시점에 세트장에서 촬영할 일은 없다고 봐도 된다. 우진은 드라마 방영 시점에 이곳을 관광지로 홍보하여, 드라마의 인기를 그대로 흡수해 먹을 생각이었다. 여기에는 이미 구체적인 계획까지 전부 다 서있었다.

'생각만 해도 신나네. 계획대로만 되면, 갈퀴로 돈을 쓸어 담을 수 있겠지.'

드라마 세트장에 입장료를 크게 받을 생각은 아니었다. 관광객 수가 많아진다면 그 수입도 무시할 수는 없겠지만, 우진의 목적은 세트장 입장료로 인한 직접 수익이 아니었으니 말이다.

"저 최근에, 세트장 인근 부지 싹 다 매입한 거 아세요?"

"어…? 거기 부지를요?"

"그 인근을 〈천년의 그대〉 테마 관광지로 싹 다 꾸며볼 생각이거든요."

"네에…?"

우진의 계획은 이랬다. 〈천년의 그대〉가 방영 시작되기 전에 미리 최대한 싼값에 부지들을 충분히 확보해두고 본격적으로 드라마가 방영되어 흥행몰이를 시작하면, 이천시 쪽에 딜을 시도한다. 국제 리빙페어와 한류 콘텐츠 페어라는 레퍼런스도 미리 준비되어 있으니 이 세트장의 관광 상품성을 어필하여 인근을 관광특구로 만들어버릴 생각이었던 것이다.

세트장 인근이 전부 관광특구로 지정되면, 지자체에서 개발을 위한 지원도 아낌없이 나온다. 〈천년의 그대〉가 방영될 세 달에 걸쳐 최대한 화제성을 펌핑하고, 그것으로 관광특구 지정까지 성공한다면 매입한 땅의 부지 값이 천청 부지로 치솟는 것은 물론 시장 활성화로 인한 관광수익 또한 어마어마한 수준이 될 게 분명했다.

〈천년의 그대〉는 단순히 국내 시장에서만 성공할 드라마가 아닌, 전 세계적으로 역대급 흥행을 하게 될 드라마였으니까.

우진의 개략적인 이야기를 들은 소정은, 두 눈을 휘둥그레 뜨며 연신 감탄만 터뜨렸다.

"와… 세트장 소유권을 가져가신다는 얘길 할 때부터 뭔가 있을 거라고 생각하긴 했지만…."

"흐흐, 이 정도는 당연한 거 아닙니까?"

"이게 어떻게 당연해요. 처음 저랑 협상하던 날부터 여기까지 순간적으로 떠올리신 거잖아요?"

"뭐, 어느 정도는요."

"진짜 대표님 만날 때마다 하는 생각이지만, 머리에 뭐가 들었는지 궁금하다니까요."

"그거 칭찬이죠?"

"그럼요."

"하하."

우진의 사업 이야기를 들은 소정의 두 눈이 반짝이기 시작하였다. 이 치밀한 플랜을 들었다고 해서, 우진에게 세트장 소유권을 넘긴 것이 아깝지는 않았다. 어차피 이런 계획이 세워질 수 있었던 것 자체가 우진이 세트장을 가졌기 때문에 가능했던 일이었으니 말이다. 다만 소정은 사업가답게, 자신이 여기서 가져갈 수 있는 또 하나의 부분을 곧바로 머릿속에 떠올렸다.

"내일 출근하면, 굿즈나 관광상품 쪽으로도 사업회의를 열어봐야겠네요."

"그거, 저 들으라고 하시는 소리죠?"

소정이 싱긋 웃으며 대답했다.

"물론이죠. 땅이야 다 서 대표님 땅이겠지만, 설마 거기에 서 대표님이 전부 매장을 올릴 생각은 아니잖아요?"

"그야 당연합니다."

"제일 좋은 자리들은, 저희 쪽에 먼저 분양해줘야 되는 거 알죠?"

우진이 기분 좋게 웃었다.

"물론입니다."

쨍-!

우진과 잔을 다시 부딪친 소정은, 절반 조금 안 되게 남아있던 칵테일을 그대로 들이켰다. 도수가 그리 높은 칵테일은 아니었지만, 조금은 취기가 올랐는지 소정의 양 볼이 살짝 발그레졌다.

공백 空白

WJ 스튜디오가 처음 창립되었을 때, 가장 먼저 회사의 멤버가 된 사람은 바로 석현이었다. 우진이 초기 WJ 스튜디오를 빠르게 성장시키기 위해 가장 처음 생각한 사업이 바로 건축모형 사업이었고 그래서 가장 먼저 영입한 사람이 석현이었으니까.

그리고 석현과 거의 비슷한 시점에 영입한 사람이 바로 진태였다. 십 년이 넘는 경력의 베테랑 건설 목공 목수이기에 실무에 빠삭하면서, 다양한 건설사에 근무하여 인맥도 좋고 일머리도 빠른 훌륭한 인재. 게다가 진태는 우진의 나이가 어림에도 불구하고 항상 그의 의견을 존중하고 따라주던 사람이었으니, 사실상 사업 초기에는 대체가 불가능한 사람이었던 것이다.

어쨌든 WJ 스튜디오의 핵심 초창기 멤버였던 두 사람은 각각 2, 3번이라는 사번(Employee number)을 가지고 있었고 이제 '이사'라는 직함을 달고 있었다. 그리고 직급이 높은 만큼, 회사에서 우진 다음으로 바쁜 사람이 바로 그 둘이었다. 오늘도 두 사람은, 눈코 뜰 새 없이 바쁘게 일하고 있었다.

"이사님, 이번에 칠성건설에서 새로 발주가 하나 들어왔습니다."

"동탄 신도시 A-7 블럭이죠?"

"맞습니다."

"크기는 어느 정도예요?"

"세대수 950세대 정도로 들었습니다."

"일정은 세 달 남은 거죠?"

"네, 이사님."

"조금 빠듯하긴 하지만… 한번 해보죠."

"그럼 진행하겠습니다!"

석현은 WJ 스튜디오 초창기 때만 하더라도, 자신보다 훨씬 나이 많은 사람들을 부리는 걸 무척 어색해하였다. 그도 그럴 것이 처음 WJ 스튜디오를 설립할 때만 해도 스물둘이었던 석현은, 사회 초년생이라는 딱지를 붙이기에도 어린 나이였으니 말이다.

하지만 지난 2년 동안 석현은 우진의 밑에서 아주 다양한 경험을 했다. WJ 스튜디오라는 회사가 비약적으로 성장하는 과정에서, 일반적인 회사에 취직했다면 수십 년 이상 근무해야 경험할 수 있는 것들을 이 짧은 시간 안에 아주 강렬히 경험한 것이다.

그러한 과정에서 석현은 크게 성장하였고, 이제는 더 이상 '이사'라는 직함도 어색하지 않을 만큼 뛰어난 인재가 되었다. 비단 모형 파트뿐 아니라 설계나 디자인 파트와 관련된 일들까지도 능숙하게 결재하고 처리할 수 있을 정도로 업무에 익숙해진 석현.

그런데 오늘 석현은 오랜만에 긴장된 표정으로 일을 하고 있었다. 2년 동안 그가 한 번도 해보지 않은 몇 안 되는 업무 중 하나를 어쩌다 보니 맡게 되었으니까.

"저희… WJ 스튜디오에 지원하시게 된 동기가 있을까요?"

석현이 오늘 맡게 된 업무는 인사업무였다. WJ 스튜디오와의 산학협력에 지원한, K대 디자인과 학생들의 면접을 석현이 맡게 됐던 것이다. 지금까지 WJ 스튜디오의 인사업무는 거의 우진의 몫이었는데, 어쩐 일인지 이번에는 석현에게 일을 넘긴 것.

[석구!]
[응?]
[오늘, 면접 스무 명 정도 봐야 하거든?]
[뭐? 스무 명이나…? 우리 사람 뽑아?]
[자세한 건 인사팀장님께 듣고, 무튼 그거 네가 좀 대신 해줘라.]
[식구들 뽑는 건 어지간하면 직접 하겠다며.]
[오늘은… 좀 바빠서….]
[알겠어. 몇 시 부턴데?]
[오후 세 시.]
[오케이.]

그리고 면접이 시작됐을 때, 석현은 우진이 오늘의 면접을 자신에게 넘긴 이유를 알 수 있었다. 면접자들의 이력서를 쭉 훑어보니, 절반 가까운 사람들이 우진과 같은 과 학생들이었던 것이다. 우진의 동기들이거나 후배들, 심지어는 학번이 더 높은 선배까지도 있었던 것.
'우진이가 직접 들어왔으면 민망했겠네.'
심지어 지원자들의 열정은 석현이 생각했던 것보다도 훨씬 더 대단한 수준이었다.

"EAC에서 인정받은 유일한 국내 건축 스튜디오에서 꼭 일해보고 싶었습니다."

"어, 음… 유일은 아닐 텐데….."

"스타트업으로 시작해서 2년 만에 업계 최고까지 성장한 회사의 디자인 프로세스를 꼭 경험해보고 싶습니다!"

"업계 최고라… 으음… 그렇군요."

아는 사람이 없는 석현조차 면접을 보는 내내 낯 뜨거워질 정도로 어색했는데, 만약 우진이 면접을 봤다면 어떤 상황이 펼쳐졌을지 알만 했던 것이다.

'제이든이 지원해서 저기 앉아있었다고 생각하면… 끔찍하네, 진짜.'

제이든이 서류 탈락했다는 사실을 모르는 석현은 지원자 중에 영국인이 없다는 사실에 안심하였고, 스무 명 전원의 면접이 끝날 때까지 최대한 성실히 면접관의 역할을 다하였다. 면접이 끝나갈 무렵에는, 생각지도 못했던 상황까지 한 번 펼쳐졌다. 공간디자인과가 아닌 다른 학과에서 지원을 한 학생 중에, 우진을 꼭 만나보고 싶다는 여학생도 하나 있었던 것이다.

"저 혹시… 회사에 지금 대표님 계신가요?"

"네? 대표님은 왜요?"

"면접 끝나고 가능하다면 잠깐이라도 만나 뵐 수 있나 싶어서요."

"아, 계시긴 할 텐데 아마 바쁘실….."

"잠깐 대표님 사인이라도 받을 수 없을까요?"

"예…?"

"정말 대표님 팬이거든요. 정말 꼭 좀 부탁드립니다!"

그래서 거의 세 시간가량 진행된 면접 시간 동안 식은땀까지 흘려가며 면접을 본 석현은, 면접자가 전부 다 돌아간 뒤 녹초가 될 수밖에 없었다. 일단 면접 자체에 정신력이 많이 소모되기도 했지만, 대체 이들 중에 어떤 방식으로 우열을 가려야 할지 감이 오지 않았던 탓이다. 다들 명문대학교인 K대의 학생들이었던 만큼, 어디 하나 빠지는 사람이 없었던 것.

'어후, 이거 다시는 안 한다고 해야겠어. 차라리 밤새서 파빌리온 작업을 하고 말지….'

이번에 WJ 스튜디오에서 뽑아야 할 인턴은 총 둘이었는데, 그 열 배수나 되는 인원의 면접을 보았으니, 누구에게 점수를 줘야 할지 아득할 수준이었다.

'어차피 최종결정은 인사팀장님이 하시겠지만….'

고민하던 석현은, 결국 마지막에 가장 기억에 남았던 한 여학생에게 가장 높은 점수를 줬다. 어차피 다른 평가항목들에 줄 수 있는 점수들은 고만고만하였고, 열정이라는 측면에서 봤을 때 그녀만큼 기억에 남는 지원자가 없었으니 말이다.

[의상디자인학과 11학번 유수영]

그녀의 이름에 동그라미를 친 석현은, 순간 재밌는 상상이 떠올랐다. 자칭 우진의 팬이라는 그녀가 인턴으로 회사에서 일하게 된다면, 우진이 어떤 반응을 보일지 궁금해진 것이다.

"뭐, 일도 똑 부러지게 잘할 것 같고… 흐흐, 재밌겠는데?"

우진의 당황하는 표정을 상상한 석현은 혼자 히죽히죽 웃으며
낄낄거렸다.

— * —

우진은 오랜만에 제이든에게 시달리고 있었다.
"Bloody Hell!"
"무슨 일이야 또?"
"우진은 너무해."
"뭐가."
"어떻게 이 제이든 님을 서류심사에서 탈락시킬 수가 있냐는 말
이지."
"서류심사?"
"설마 지금 모른 척을 하려는 거야?"
"아니 진짜 몰라서 그래. 대체 무슨 말이야?"
"후… 그럼 이건 대체 누구의 음모지?"
"…?"
"자, 이걸 봐, 우진. 지난주 금요일에 이런 충격적인 문자를 받았
다고."

[Web발신 : WJ 스튜디오와 K대학교의 산학협력에 지원해주셔
서 진심으로 감사드립니다.]
　…중략…
[아쉽게도 금년도 1분기 협력사업에는 함께하실 수 없게 되
어…]

…후략…

　제이든이 내민 문자를 본 우진은 순간적으로 표정 관리를 하느라 안간힘을 써야 했다. 사실 너무 바빠서 잊고 있기는 했었지만, 제이든이 말하는 그 음모라는 것은 우진의 소행이 맞았으니 말이다. 산학협력 관련 공문을 전달해주면서, 만약 제이든이 지원한다면 서류에서 잘라달라고 인사팀에 부탁한 사람이 바로 우진이었던 것.

　'뜬금없이 또 왜 이러나 했네.'

　우진이 제이든을 거부한 이유는 하나였다. 시한폭탄 같은 제이든이 회사에 상시 출근한다는 가정을 떠올려보니, 정신이 아득해졌던 것이다. 예전이야 옹기종기 모여 과제 하듯 건축모형을 만드는 규모의 회사였으니, 히히덕거리며 일을 해도 별문제가 없었지만 이제 WJ 스튜디오는 그런 구멍가게가 아니었으니까.

　직원들 다 보는 앞에서 "Bloody Hell! 우진!"을 외칠 제이든을 떠올린 순간, 우진의 마음은 그대로 굳어졌던 것이다. 물론 제이든의 디자인 감각과 실력은 누구보다 우진이 가장 잘 알고 있었지만, 아무리 생각해도 제이든과 인턴은 어울리지 않았다. 차라리 제이든이 우진이나 석현과 친분이 없었다면 괜찮았을지도 모르지만 말이다.

　제이든의 메일 오발송으로 브루노가 며칠 동안 고생했다는 얘기를 들은 것도 어쩌면 우진의 결단에 한몫 거들었을지도 몰랐다. 표정 관리에 성공한 우진이 담담한 표정으로 다시 입을 열었다.

　"아, 그거."

　"음…?"

"내가 그런 것 맞아, 제이든."

"Holy! 어리석은 우진!"

날뛰기 시작하려는 제이든을 재빨리 저지한 우진이 침착한 표정으로 다시 말을 이었다.

"들어봐, 제이든. 여기에는 다 이유가 있으니까."

"이유?"

흥분 직전인 제이든을 우진이 열심히 구워삶기 시작했다.

"생각해봐, 제이든. 제이든은 나보다 모자랄 게 없는 뛰어난 디자이너잖아?"

양옆으로 눈알을 굴리던 제이든이 일단 고개를 끄덕였다.

"그, 그렇지. 역시 우진은 똑똑해."

1차 수습에 성공한 우진이 비장한 표정으로 계속해서 말을 이었다.

"그런데 만약 네가 우리 회사의 인턴으로 들어온다고 생각해봐."

"흐음."

"나는 너를 다른 인턴과 차별할 수 없고, 그럼 너는 하루 종일 도면만 그리게 되겠지. 이번에 WJ 스튜디오 인턴 자리에 T.O가 난 부서는 기본설계 부서거든."

우진의 말을 들은 제이든은 기초제도 수업을 떠올렸고, 저도 모르게 진저리치며 외칠 수밖에 없었다. 기초제도는 제이든이 가장 싫어하는 수업이었다.

"Holy!"

그렇게 반쯤 감정이입 된 제이든을 보며, 우진은 속으로 안도의 한숨을 쉬었다.

"이건 국가적인 낭비야. 그렇지 않아, 제이든?"

제이든이 격렬히 고개를 끄덕이며 동의했다.

"당연해. 물론 제이든은 도면도 잘 그리고, 분명히 그 일도 중요한 일이지만… 그래도 제이든은 그것보다 다른 걸 좀 더 잘할 수 있으니까."

우진은 제이든의 풍부한 공감 능력에 감사하며 계속해서 입을 열었다.

"어쨌든, 그런 이유로 너를 뽑지 않았어, 제이든."

완전히 납득한 것은 아닌지 여전히 미심쩍은 표정이었지만, 그래도 고개를 주억거리는 제이든.

"그런 이유라면 이해해보도록 할게, 우진."

그래도 양심에 조금 가책을 느낀 우진은 오랜만에 제이든에게 밥을 사주기로 하였다. 학교 인근에서 제이든이 가장 좋아하는 치킨집으로 데려간 것이다. 제이든과 한참을 웃고 떠들며 치킨을 뜯던 우진은 순간 뭔가 생각났는지 제이든을 향해 물었다.

"그나저나, 제이든."

"응."

"오늘 소연이는 같이 수업 안 들었어?"

"소연? 소연은 왜?"

"생각해보니까 요 며칠 동안, 학교에서 소연이를 본 적이 없는 것 같아서."

"아…!"

열심히 닭다리를 뜯고 있던 제이든은, 그것을 내려놓고 콜라를 한 모금 마신 뒤 다시 우진을 향해 입을 열었다.

"우진, 몰랐구나?"

"뭘?"

그리고 제이든의 입에서 나온 말은, 우진이 생각지도 못했던 것이었다.

"그게께 UPM에서 연락 왔거든."

"UPM이라면, 마드리드 공과대학교?"

"맞아, 거기."

"…?"

제이든이 입 안에 들어있던 치킨을 우물거리며, 가볍게 다시 말을 이었다.

"소연은 지난주에 스페인에서 산학협력 심사 통과했거든. 그래서 이번 학기부터 UPM에 교환학생으로 가기로 됐어. 장학금도 받고 갈 걸?"

— * —

최근 며칠 사이 윤치형 교수와 꽤 자주 통화했던 우진은 해외 산학협력이 아주 급속도로 진전되고 있다는 사실을 알고 있었다. 브루노의 스튜디오와 관계가 돈독한 마드리드 공과대학의 경우, 바로 이번 학기부터 협력 사업을 진행하자는 이야기가 오고 갈 정도로 말이다.

하지만 첫 학기는 벌써 한 달이 넘게 지났고, 여러 가지 서류심사를 감안하면 당장 이번 학기부터 본격적인 프로젝트를 진행하는 것에는 어려움이 있었다. 그래서 윤치형 교수는 프로세스 적립 겸, 2012년 상반기에는 일단 교환학생 시스템과 연계하여 시험적 운영을 하기로 했었다.

기존에도 K대에서 운영 중이었던 교환학생 시스템을 활용하여, 서로 자원자 한 사람씩만 교환키로 한 것이다. 그래서 우진도 같은 과 학생들 중 한 사람이 스페인으로 가게 될 것이라는 건 이미 들어 알고 있었다. 다만 그게 소연이 되었을 줄은 생각조차 못 했지만 말이다.

'하긴, 생각해보면 소연이만큼 적임자도 없긴 한데….'

소연은 이미 브루노와 일 년 가까이 일을 했고, 자신의 능력을 검증받았다. 브루노와 친분이 있는 마드리드 공과대학에서는 첫 교환학생이자 산학협력 대상 학생을 브루노에게 추천받은 것이 당연했고, 다시 브루노의 입장에서는 소연을 추천하는 게 너무 당연한 수순이었던 것이다. 게다가 교환학생으로 넘어가기 딱 좋은 3학년. 어쩌면 너무나도 당연한 결과였다고 할 수 있었다.

별생각 없이 치킨을 우걱우걱 뜯어 먹는 제이든을 보며, 우진이 다시 입을 열었다.

"교환학생이 확정된다고 해도, 출국은 5월이잖아?"

우진의 물음에, 제이든이 고개를 끄덕이며 대답했다.

"맞아, 우진. 하지만 학교를 나올 필요는 없겠지."

"아…!"

"어차피 소연은 이번 학기부터 마드리드 공과대학의 학점을 적용받을 텐데, 굳이 수업을 들을 필요가 없잖아?"

"생각해보니 그러네."

"그런데 생각해보니, 어제는 수업 들으러 나오긴 했어."

"…?"

"어리석은 소연. 대체 왜 나왔던 거지?"

고개를 갸웃한 제이든은 또다시 치킨을 한 조각 집어 들었고, 치킨 바구니는 어느새 반쯤 비어버렸다. 치킨이 전부 사라지기 전에 얼른 한 조각을 집어든 우진이 피식 웃으며 고개를 절레절레 저었다.

'어제는 전공 수업이었으니까. 학점 상관없이 공부하러 나왔나 보네.'

소연은 K대 디자인학부의 동기들 중에서도, 정말 열심히 사는 멋진 친구였다. 가끔 우진조차도 감탄스러울 정도로 말이다.

치이익-

치킨이 느끼했는지 콜라 캔을 하나 더 딴 우진은 그것을 홀짝이며 잠시 생각에 잠겼다. 처음 소연이 스페인으로 가게 됐다는 얘기를 들었을 땐, 당황했던 게 사실이었다. 소연은 우진에게 여러 가지 미묘한 감정을 불러일으키는 존재였으니 말이다. 제이든을 포함해 가장 친한 동기이기도 하면서, 또 어떤 측면으로는 우진과 사적으로 가장 가까운 이성. 그리고 마음속 한편에, 항상 조금의 미안한 감정을 가지고 있던 사람.

'내가 며칠 학교에 못 나오긴 했지만… 그래도 이런 중요한 일이 있으면 전화 한 통 주지.'

콜라를 한 모금 마신 우진은 주머니 속에서 스마트폰을 꺼내 들었다. 소연에게 전화하여, 저녁에 커피라도 한잔하자고 얘기할 생각이었다. 그런데 다음 순간,

"음…."

우진은 더욱 멋쩍은 표정으로 뒷머리를 긁적일 수밖에 없었다. 워낙 정신없이 바빴던 탓에 몰랐는데, 정확히 2일 전에 소연의 부재중 전화가 찍혀 있었던 것이다. 급 미안해진 우진이 곧바로 소연

에게 전화를 걸었다. 잠시 수신음이 울린 뒤, 익숙한 소연의 목소리가 전화 너머에서 들려왔다.

[응, 오빠. 무슨 일이야?]

"아, 아니. 그제 전화했길래. 미안해, 바빠서 확인을 이제 했네."

소연의 목소리를 들은 우진은 마음이 조금 편해졌다. 그녀의 목소리는 여느 때와 다를 바 없이 활기찼으니 말이다.

[아아, 괜찮아. 오빠 요즘 하루 종일 바쁜 거 뻔히 아는데, 뭐.]

하지만 우진의 다음 말이 이어졌을 때 소연은 잠시 멈칫할 수밖에 없었다.

"스페인… 가게 된 것 때문에 전화했던 거지?"

우진이 이 얘기를 그녀가 아닌 다른 곳에서 먼저 들었을 줄은 몰랐으니 말이다.

[어, 으응. 맞아, 그 얘기 하려고.]

그리고 잠시 동안 이어진 침묵. 먼저 다시 입을 연 것은 우진이었다.

"음… 소연아, 오늘 저녁에 혹시 시간 될까?"

[시간? 오빠가 바쁘지, 나야 뭐… 어학원만 다녀오면 저녁은 널널해.]

"어학원?"

[오늘부터 단기로 스페인어 학원을 다니기 시작했거든.]

"아하."

잠시 오늘 스케줄을 머릿속에 떠올린 우진이 천천히 다시 입을 열었다.

"그럼 일곱 시쯤, 성수역 쪽에서 보자."

[좋아. 저녁 먹는 거야?]

"맥주나 한잔 하든가."

[좋지!]

우진은 소연과 몇 마디를 더 나눈 뒤 전화를 끊었다. 할 말은 좀 더 많았지만, 저녁에 만나서 나눌 이야기들이라고 생각했으니까. 그리고 우진의 통화를 듣던 눈치 없는 제이든이 해맑은 표정으로 물었다.

"오우, 오늘은 저녁도 치맥인 거야, 우진? 나도 같이 먹는 거지?"

물론 우진은 고개를 절레절레 저으며 단호하게 대답했다.

"응, 아니야. 제이든."

— * —

우진은 눈치가 나쁘지 않다. 아니, 오히려 아주 빠른 편이라고 하는 게 맞았다. 물론 우진의 눈치가 빠른 것은 사업적인 부분과 사회생활의 영역에서 그런 것이었지만, 일적인 부분에서 눈치가 빠른 사람이 일상이라고 해서 눈치가 느릴 리는 없었으니 말이다.

그래서 우진은 알고 있었다. 비록 소연이 본인의 입으로 직접 얘기를 꺼낸 적은 없었어도 그녀가 자신을 좋아하고 있다는 사실을 말이다. 사실 이건 눈치의 영역을 떠나서, 모르면 바보인 게 맞았다. 아마 제이든이 우진의 입장이었다고 해도 몰랐을 리 없는 수준이니까.

"휴우."

하지만 우진은 지난 2년에 가까운 시간 동안, 그러한 사실을 외면해왔다. 하루 24시간이 일과 꿈으로 가득 차 있는 우진에게 다른 무언가에 신경 쓸 수 있는 여력 같은 것은 없었던 것이다. 우진은 전생에서 남들만큼 연애를 해봤고, 그래서 지금의 자신에게는 연애 같은 것을 할 자격이 없다고 생각했다.

정성스레 물을 주며 가꿔나가도 아름답게 피어나기 힘든 것이 연애의 감정일진대, 지금의 우진에게는 그럴 여유가 전혀 없었으니까. 그것이 물리적인 여유든 감정적인 여유든 그 어떤 것이든 간에 말이다.

아마 지금 우진이 연애를 한다면, 상대는 빈껍데기와 연애하는 기분이 들 터. 이런 생각을 하던 우진은 고개를 절레절레 저었다. 이런 모든 부분들을 감안하더라도, 이런 처사는 이기적인 게 맞다는 생각이 들었던 것이다. 우진은 소연에게, 항상 여지를 남겨놨으니까.

'결국 핑계야, 핑계.'

만약 우진에게도 마음이 전혀 없었다면, 정확히 선을 그어놨어야 하는 게 맞았다. 직접적인 의사 표현이 아니더라도, 사실 얼마든지 가능했던 일이다. 그렇기에 친구로서 그녀를 잃기 싫었다는 변명도, 사실상 핑계에 불과했다.

부우웅-

외부 미팅을 마친 우진은 복잡한 머릿속을 정리하며 성수동으로 향했다. 오늘 뭔가 거창할 이야기를 할 필요는 없었지만, 그래도 조금은 속을 터놓고 얘기를 나눠보고 싶었다. 그리고 우진이 성수에 도착했을 때,

"대표님, 오셨어요?"

"…뭐야, 그 뜬금없는 콘셉트는."

"신입사원 콘셉트."

"신입사원…?"

오랜만에 꾸미고 나온 소연이 예쁘게 웃으며 우진을 반겨주었다.

— * —

소연이 우진을 데려간 곳은 성수동 골목 안의 조용한 양꼬치 맛집이었다. 오랜만에 예쁜 원피스에 한껏 꾸미고 나왔음에도 불구하고, 소연은 고상한 레스토랑보다는 고기를 선택하였다.

"갑자기 신입사원은 뭔데?"

"제이든한테 얘기 들었다며."

"아, 스페인…?"

"명목상은 교환학생이지만 산학협력도 같이하는 거야, 사실상."

"그렇겠지."

"스페인으로 넘어가면 브루노의 스튜디오 본사에서 일하게 될 거야. 신입사원이지, 뭐."

"잘됐네."

"맞아, 나한테는 엄청 좋은 기회지."

소연의 말을 들은 우진은 고개를 주억거렸다. 사실 이미 자신만의 길을 개척한 우진의 입장에서야 산학협력과 연계된 해외 유학이 아무런 메리트가 없었지만 일반적인 학부 3학년 학생의 기준에서 지금 소연에게 온 기회는 어마어마한 커리어를 쌓을 수 있는 최고의 기회였으니 말이다.

절대 값으로 보면 마드리드 공과대학의 건축과가 K대의 공간디자인과보다 더 레벨 높은 학교라고 할 수는 없었지만, 국내 대학의 졸업장만 가지는 것보다는 유럽 명문 건축대의 커리어도 함께 쌓는 것이 여러모로 큰 도움이 될 것이었으니까. 게다가 단순한 교환학생도 아니고 브루노의 스튜디오 본사에서 인턴까지 할 수 있는 기회다.

전 세계의 건축 디자인 스튜디오 중에서도, 최소 열 손가락 안에는 항상 꼽힐 세계적인 스튜디오. 이 모든 과정을 마치고 학부를 졸업했을 때, 소연은 세계 어디서든 쌍수를 들고 환영할 만한 인재가 되어 있을 것이었다. 물론 얻을 수 있는 결과물이 달콤한 만큼 앞으로 더욱 고된 학업을 감내해야 하겠지만, 그 정도 각오도 없이 스페인행을 결심했을 소연이 아니었다.

"동기들도 다 알아?"

"뭘?"

"네가 이번에 스페인으로 가게 된 거."

우진의 물음에 소연이 고개를 저었다.

"아니, 친한 몇몇 빼고는 몰라."

"애들, 부러워했겠네."

"히히, 축하해주지 뭐."

양꼬치가 나오자마자 직접 불판 위에 올려 굽기 시작하는 소연을 보며, 우진은 또 한 번 실소를 머금었다. 친구가 부리는 자부심 중에 최고의 자부심은 역시 고기 굽기 자부심. 심지어 소연은 고기를 잘 굽는 편이었다.

한참을 시답잖은 대화를 나누며 시시덕거리던 두 사람의 목소리는 맥주를 한 잔, 두 잔 마실수록 점점 잦아들었다. 사실상 오늘의 만남은 소연이 스페인으로 떠나기 전 단둘이 보는 마지막 만남. 그래서 소연은 우진이 갑자기 둘이서 보자고 한 것이 조금은 불안하기도 했다. 두 사람 관계의 애매한 부분을, 오늘 결정 내려 드는 것은 아닌가 해서 말이다.

이것은 여자로서 직감 같은 것이었는데, 우진이 미안해하던 것과 달리 사실 소연은 그런 것을 원하지 않았다. 그것이 우진과 이성으로서 잘되는 방향이든, 그렇지 못한 방향이든 말이다. 일단 우진에게 거절당하는 것은 당연히 생각조차 하기 싫은 상황이었고, 반대로 당장 우진과 잘 되는 것도 바라지 않았으니까.

그녀는 여전히 우진을 좋아하고 동경하지만, 당장에 결정 날 수 있는 부분이 아니라는 것을 너무 잘 알고 있었다. 꿈과 사랑이라는 것은, 본래 취사선택이 가능한 선택지가 아니다. 소연 또한 꿈을 꾸고 있었기 때문에, 그러한 사실을 잘 알고 있었다.

'만약 오빠가 내 마음을 받아준다 해도, 그 행복함은 오래갈 수 없을 거야.'

만약 일 년 전의 소연이었더라면, 이러한 상황에서 심장이 터질 듯 두근거렸을지도 모른다. 뒷일은 전부 떠나서 그녀가 동경하는 우진과 잘될 수 있다면, 그것만으로 충분했으니까. 하지만 지난 시간 동안 감정을 키워오면서, 오히려 소연은 더욱 성숙할 수 있었다.

그래서 우진이 생각하는 것과 반대로, 소연은 자신이 이기적이라고 생각하고 있었다. 자신이 모든 준비가 될 때까지, 혹은 우진에게 충분한 여유가 생길 때까지. 지금의 관계를 유지하며 그렇게 순수한 동경(憧憬)을 지키고 싶었으니 말이다. 그래서 슬슬 진지한 이야기들이 나오기 시작하자, 소연은 조심스레 한마디를 꺼내었다.

"오빠."

"응?"

"내가 스페인에 몇 년 가있는다고 해서, 딱히 달라지는 건 없잖아?"

그녀가 무슨 말을 하고 싶은 건지 정확히 이해하지는 못한 우진이 고개를 갸웃하며 되물었다.

"음… 그게 무슨 말이야?"

그러자 잠시 망설이던 소연이, 다시 입을 열었다.

"내가 여기에 계속 머물든 스페인에 있든… 오빠는 여전히 바쁠 거고, 나는 여전히 오빠를 좋아할 거고."

"…!"

갑자기 훅 들어오는 소연의 말에 우진은 순간 말문이 막힐 수밖에 없었다. 그녀가 이렇게 직접적으로 자신의 마음을 표현한 것은 처음이었으니까. 하지만 우진이 당황하든 말든, 소연의 말은 계속해서 이어졌다.

"오해할까 봐 이야기를 더하면, 오빠에게 어떤 약속을 바라지 않아. 내가 무슨 오빠 여자친구도 아니잖아."

우진은 소연의 눈을 마주보았다. 어쩌면 소연의 입장에서는 씁쓸할 수 있는 이야기임에도 불구하고, 그녀는 전혀 어두운 표정이 아니었다. 아니, 반대로 오히려 후련해 보이는 얼굴이었다.

"그냥 나는 신경 쓰지 말고… 지금처럼 오빠는 앞만 보고 달려주면 돼. 그렇게 내가 존경할 수 있는 사람으로 남아주면, 그게 내겐 가장 행복한 일일 거야."

소연에게서 생각지도 못했던 이야기들을 들은 우진은 잠시 가슴이 먹먹해지는 것을 느꼈다. 그녀의 말 한마디 한마디에서 자신을 배려하고 위해주는 진심이 느껴졌으니까.

그래서 우진은 고민했다. 지금 이 순간, 그녀에게 어떤 말을 해주는 것이 가장 현명할지. 여기서 어떤 말을 해야 후회가 남지 않을지. 그렇게 두 사람은 말을 멈추고 서로를 마주 보았고, 잠시 동안 침묵이 흘러갔다. 그리고 그 침묵이 끝났을 때, 우진은 이렇게 말했다.

"기다리란 말은 하지 않을게. 하지만 그리 오래 걸리지도 않을 거야."

— * —

4월도 중순에 접어들었다. 또다시 벚꽃 피는 계절이 왔고, 예쁜 꽃으로 물든 K대 캠퍼스는 선남선녀들로 가득 들어찼다. 하지만 우진은 그런 벚꽃 피는 계절의 여유를 즐길 시간이 없었다.

애초에 우진이 K대 캠퍼스에 등교하는 날은, 일주일에 하루 정도가 전부였다. 산학협력으로 채우지 못한 나머지 모든 학점을 하루에 전부 다 밀어 넣어 둔 것이다.

물론 이것은 윤치형 교수의 배려가 있었기 때문에 가능한 시간표였다. 하여 오전 일찍 등교하여 오후 4시까지 연달아 강의를 들은 우진은 하교하기 위해 서둘러 주차장으로 향하고 있었다. 그렇게 바삐 움직이는 와중에도, 우진의 손에는 스마트폰이 들려 있었다.

"예, 실장님. 방금 오피셜 떴다고요?"

[네, 대표님. 말씀하신 대로 됐습니다!]

"기본 설계안은 미리 뽑아놨죠?"

[전에 디자인해주셨던 콘셉트 안대로 A, B, C안까지 준비해뒀습니다.]

"좋습니다. 이제 공고까지 확정이 났으니, 본격적으로 준비해보죠."

[대표님께선 지금 바로 사무실로 오시나요?]

"네, 이제 차 탔습니다. 30분 내로 갑니다."

텅-!

운전석에 탄 우진은 디자인 실장으로부터 걸려온 전화를 끊은 뒤 곧바로 시동을 걸었다. 운전대를 잡은 우진은 무척이나 기분이 좋아 보였다. 그도 그럴 것이, 기다리고 기다렸던 기사가 오늘 드디어 떴으니 말이다.

[한강 르네상스 사업 본격적인 재가동. 그 시작은 강변북로 지하화?]

[성수 전략정비구역의 개발 계획안 전면 수정 가결! 총 1만 5천 세대 규모의 신도시급 프리미엄 거주지 탄생!]

[서울시 주관, 역대 최대 규모의 디자인 혁신 설계 공모?]

[서울시장 구윤권, "서울 시민들에게 가장 아름다운 한강을 선물하고 싶었다"]

사실 이 강변북로 지하화 사업은 비공식적으로 이미 어느 정도 확정된 상태였다. 서울시 내부 행정적으로는 이미 모든 계획안이 통과된 상황이었으며, 마지막으로 성수 전략정비구역 조합원들과의 조율만 남아있던 상황이었으니까. 그리고 서울시에서 성수 조합원들에게 제시한 방향성은 거부할 이유가 전혀 없는 것들이었으니, 이렇게 오피셜한 기사가 나는 것은 사실 시간문제나 다름없는 일이었다.

'좋아, 이제 설계 기깔나게 뽑아서 공모에서 당선되는 일만 남았군.'

1만 세대가 넘는 매머드급 프리미엄 주거지로 탈바꿈하는 성수 전략정비구역. 상상만 해도 멋진 이곳의 설계사에 WJ 스튜디오의 이름을 올릴 생각을 하자, 우진은 벅차오르는 기분이었다. 물론 아직 설계사가 확정된 것은 아니었고, 서울시장 구윤권이 우진에게 어떤 특혜를 약속한 것도 당연히 아니다. 하지만 그런 것과 별개로, 우진은 무조건 이번 일을 따낼 수 있다는 자신감을 가지고 있었다.

'힘들게 밥상 다 차려놨는데, 남 좋은 일 시켜줄 수는 없지.'

EAC에서도 인정받은 본인의 디자인과 설계실력을 믿기도 했지만, 그 누구보다 자신이 이번 사업의 성격과 방향성을 잘 이해하고 있다고 생각했으니 말이다.

'예상했던 것보다 행정절차가 더 빠르게 진행됐고… 홍식 아저씨도 기대 이상을 보여주고 있고….'

매일같이 성수동에 출근해서 열심히 구르고 있는 홍식을 떠올린 우진이 기분 좋은 웃음을 지었다. 홍식을 설득하여 사업 파트너로 영입한 것은 지금 다시 생각해도 신의 한 수였던 것 같았다.

[지지부진하던 성수 전략정비구역의 사업 속도. 이제 탄력 붙나?]

[성수 전략정비구역 1지구, 조합설립 동의율 75%! 조합설립을 목전에 두다!]

성수지구 강변북로 지하화 사업에 대한 오피셜한 기사가 뜬 뒤, 마치 그에 꼬리처럼 항상 따라붙는 1지구에 대한 기사. 성수 전략 정비구역에서 가장 문제가 됐던 구역이 갑자기 어마어마한 속도로 진행되기 시작했으니, 화제성이 된 것도 당연한 것이다.

홍식의 추진력은, 그를 영입한 우진마저도 혀를 내두르게 할 정도. 그래서 부동산 투자자들이 모여 있는 커뮤니티 카페에서는 이 성수 1지구가 최근 가장 뜨거운 감자였다. 성수 1지구 투자자라는 한 사람의 게시글에는 댓글이 백 개도 넘게 달려있을 정도였다.

[제목 : 작년 12월에 성수 1 들어갔던 투자잡니다.]
[내용 – 다들 아시다시피 성수1은 한강 르네상스 사업이 주춤하면서 장기 조정상태였던 구역이었습니다. 2, 3지구에 비해서 속도도 느리고 리스크도 커서, 다들 꺼리시던 투자처였죠. 하지만 그런 리스크를 다 감안해도 저평가 상태라고 판단했고, 그래서 과감하게 진입했습니다. 그 결과 이렇게 터졌고요. 현재 성수 전략정비구역의 상황은…]
…후략…

┗ 초기 투자금이 얼마셨나요?
┗ 정확히 말씀드릴 수는 없지만, 8천만 원 언더였습니다.
┗ 와, 12월에 그 가격에 진입 가능한 물건이 있었다고요?
┗ 그땐 널려 있었죠. 뚜껑은 5천 대에 매수 가능한 물건도 많았

습니다.

　└ 지금은 3억 들고도 살 수 있는 물건이 없던데… 이분 대체 수익률이 얼마신 거지?

　└ 아직 안 늦었습니다, 여러분. 개발계획 떴으니 이제 시작이고, 계획안대로 완공되기만 한다면 상상 초월하는 프리미엄 주거지가 될 겁니다.

　└ 지금보다 더 오르면, 30평대 기준 10억 수준으로 붙을 텐데… 그게 가능하다고 보세요?

　└ 그 이상도 봅니다. 딱 5년 지나면, 준강남급으로 평가받을 겁니다.

　└ 이분, 허언이 너무 심하시네. 성수가 강남이라니. 무슨 말도 안 되는 소리를….

　└ 청담 선영 조합장님께서 1지구 추진위 이끌고 계시다던데, 이건 사실인가요?

　└ 헐, 정말요? 대박인데?

　└ 맞습니다. 곽홍식 조합장님께서 지금 추진위 대표십니다. 아마 조합장까지 해주실 것 같은데….

　구역해제 위기라느니 최소 10년은 지나야 조합설립이 될 거라느니. 최악으로 평가받던 1지구의 동의율이 단 몇 개월 만에 두 배 이상으로 끌려 올라왔다. 이런 전무후무한 추진력을 보여준 추진위를 누가 이끌고 있는지는 투자자들 사이에서 당연히 궁금할 수밖에 없는 것이었는데, 심지어 그 주인공이 최근 청담 선영아파트 재건축의 영웅으로 평가받고 있는 홍식이었다. 그래서 투자자들 사이에서 입소문이 번지고 있던 상황에, 서울시에서 최고의 호재까지 오피셜하게 튀어나왔다. 단기간에 프리미엄이 다섯 배도 넘게 튀어 오른 것은, 결코 이상한 일이 아니었다.

'뭐, 어차피 한동안 팔 생각은 없지만, 그래도 오르니까 기분은 좋네.'

수업을 마치고 성수동으로 향하는 사이, 우진과 함께 투자했던 지인들에게서도 계속해서 전화가 걸려왔다. 재벌 3세인 석중이나 소정이야 호재가 나오든 뭐가 어떻든 별다른 관심이 없었지만 재엽이나 수하 등 다른 지인들은 신이 날 만한 상황이었으니까.

그리고 또 한 가지. 우진은 이번 사업을 추진하면서 생각지 못했던 사실 하나도 알게 됐는데, 성수동 강변에 있던 소연이 사는 낡은 아파트도 1지구에 속해있었다는 사실이었다. 세대주로 등록되어있는 소연 또한 알고 보니 성수 1지구의 조합원이었던 것.

'이건 진짜 생각도 못 했지.'

아마 소연이 스페인에 갔다가 다시 한국으로 돌아올 때쯤이면, 녹물이 나오던 소연의 낡은 아파트도 번쩍거리는 신축 아파트가 되어 있을 터였다. 몇 번 안면이 있는 소연의 착한 동생들을 떠올린 우진의 입가에 저도 모르게 기분 좋은 미소가 떠올랐다.

'다들 잘됐으면 좋겠네.'

우진은 이런저런 생각을 떠올리며, 기분 좋게 사무실로 올라왔다.

띵-!

엘리베이터에서 내려 대표실에 대충 짐을 내려놓은 우진이 곧장 걸음을 향한 곳은 회의실. 회의실에는 이미 회의를 위한 모든 세팅이 끝나있었고, 디자인과 설계팀 모두가 우진만을 기다리고 있었다.

"대표님, 여기…."

"감사합니다."

직원이 건네준 음료수로 목을 축인 우진은 탁자 위 서류들을 빠르게 훑어보았다. 이어서 잠시 후,

"자, 그럼 일단 브리핑부터 들어볼까요?"

상석에 앉은 우진이 손뼉을 짝하고 치자 회의실 불이 꺼졌고, 스크린이 밝게 켜지면서 디자인 회의가 시작되었다.

—— * ——

올해로 60이 된 권주열은 한국 건축업계에서 알아주는 디자이너였다. 80년대 후반 30대의 나이의 젊은 건축 디자이너로 데뷔한 뒤, 적지 않은 스포트라이트를 받으며 업계에서 인정을 받은 디자이너. 권주열은 실력도 뛰어난 사람이었지만, 그래도 그가 이렇게 빠르게 성장할 수 있었던 데에는 강력한 배경이 있었다.

전 한국건축가협회의 회장이자 국내에서 가장 유명한 현대 건축가였던 박문주. 지금은 별세했지만, 아직도 건축계에 가장 단단한 파벌을 가지고 있는 박문주의 직속 제자가 바로 권주열이었고, 때문에 그가 건축가로서 빠르게 성공할 수 있었던 것은 어쩌면 당연한 수순이었다.

하지만 그렇게 건축가로서 탄탄대로를 밟았으며 이렇게 한국 최고의 건축가 중 하나가 된 권주열에게도 한 가지 결여된 것은 있었다. 그것은 바로 국제적인 명성. 국내에서야 최고의 건축가라고 하

면 항상 이름이 거론되는 것이 권주열이었지만, 글로벌에서는 전혀 그렇지 못했던 것이다.

건축계의 노벨상이라고 하는 프리츠커상에는 아직 후보군에 이름조차 올려보지 못했으며, 세계적인 건축 컨퍼런스인 EAC에도 두어 번 정도밖에 초대받아보지 못했던 것. 하지만 주열은 자신이 세계적인 건축가가 되지 못한 것은 한국 건축계의 구조적인 문제점 때문이라고 항상 생각해왔다. 건축 예산은 항상 부족하게 책정되고, 반대로 건축에 얽힌 이해관계는 배 이상으로 복잡한 한국 건축계의 구조적인 문제.

건축가 입장에서 해외에 비해 열악하기 짝이 없는 이런 구조적인 문제가, 자신의 세계적인 도약을 막는 가장 큰 원인이라고 자위해왔던 것이다. 하지만 그렇게 합리화를 해왔던 주열은, 최근 커다란 딜레마에 빠지게 되었다.

그것은 바로 최근 업계에서 혜성같이 떠오른 서우진이라는 건축 디자이너 때문이었다. 사실 주열이 우진의 이름을 처음 들었던 것은 〈우리 집에 왜 왔니〉라는 예능프로에서였다. 그 프로에 우진과 함께 전문가 패널로 섭외됐던 디자이너 김기성이 주열과 친분이 있는 건축가였고, 동종업계의 지인이 예능프로에 출연한다는 사실이 재밌어서 몇 번 〈우리 집에 왜 왔니〉를 시청했던 것이다.

그때 우진을 처음 알게 됐던 주열은 그때부터 그를 별로 마음에 들어 하지 않았다. 김기성은 나이에 비해 실력이 대단하고 뛰어난 인재라고 평가했지만, 주열이 보기에는 제대로 된 건축가가 되기도 전에 번지르르한 겉모양에만 신경을 쓰는 애송이로 보였던 것이다.

우진에게 어떤 악감정이 있었을 리는 없었다. 다만 아직 학부조

차 졸업하지 못한 어린 나이에 전문가랍시고 예능프로에 나왔다
는 사실 자체가 주열에게는 아니꼬왔던 것뿐이었다. 그리고 그 이
후, 한동안 주열의 기억 속에서 서우진이라는 이름은 지워져 있었
다. 일개 대학생에 불과한 디자이너의 이름을 딱히 기억할 이유도
없었으니까. 그런데 그렇게 잊고 있던 그 이름이 다시 주열의 앞에
나타나 그의 심기를 불편하게 만들고 있었다.

"세계를 놀라게 한 건축가라… 기자 놈들, 제목은 잘 갖다 붙인
단 말이지."

사무실 책상에 앉아 마우스를 딸깍거리며 기사를 보던 주열은
불편한 표정이 되어 모니터를 끄고 일어섰다. 그런데 걸음을 옮기
려던 그 순간,

띠리리링-!

주열의 자리 위에 놓여있던 전화가 요란하게 울리기 시작하였다.

달콤한 열매

딸깍-

"여보세요."

주열이 전화를 집어 들자, 전화통에서 낯익은 목소리가 새어 나왔다.

[협회장님, 저 지환입니다.]

그리고 그 목소리를 들은 주열이 반갑게 인사하였다.

"어, 그래 김 교수. 어쩐 일이신가."

S대학교 건축과의 명예교수인 김지환은 주열의 한 학번 후배임과 동시에, 국토교통부의 요직에 앉아있는 주열의 중요한 인맥 중한 명이었다. 때문에 그의 목소리를 들은 순간, 주열의 목소리가밝아지는 것은 당연한 수순이었다.

[허허, 제가 무슨 일이 있어야 협회장님께 연락드리는 사입니까?]

"하핫. 그야 물론 아니네만, 오늘은 목소리를 들어보니 뭔가 용건이 있어 보여서 말이야."

[역시 예리하십니다.]

"그래, 무슨 일이야?"

선 채로 전화를 받았던 주열은, 수화기를 귀에 댄 채로 다시 자리에 앉았다. 아무래도 통화가 짧게 끝날 것 같지는 않았다.

'김지환이가 갑자기 용건이라… 이거 뭔가 좋은 소식이 있을 것 같은데.'

주열은 그런 생각을 하며 수화기에 귀를 기울였고, 김지환의 목소리가 다시 이어졌다.

[선배님, 혹시 성수동 전략정비구역이라고… 재개발 구역 알고 계십니까?]

주열은 건축가인 만큼, 부동산에도 어느 정도 관심이 있었다. 때문에 대규모 개발지역인 성수동의 전략정비구역에 대해서는 당연히 알고 있었고, 그래서 의아한 표정이 되었다. 이미 지구 단위로 전부 지정되어 민간에서 개발이 시작된 재개발 구역을, 국토교통부 소속인 지환이 어째서 언급하는지 감이 잘 오지 않았으니까.

"성수 전략정비? 그야 알고 있네만… 거기는 왜?"

주열이 고개를 갸웃하며 반문하자, 지환의 목소리가 다시 이어졌다.

[이번에 그 1만 5천 세대 규모의 정비구역에, 서울시에서 설계변경을 제안했습니다.]

이번에는 주열의 두 눈에 이채가 어렸다.

"오… 그래?"

[알고 계신다니 설명이 편하겠습니다. 결론부터 말씀드리면, 이번에 여기 1, 2, 3지구 통합 설계변경 방향이 확정되면서, 서울시에서 설계공고를 낼 예정입니다.]

삐딱하게 앉아있던 주열은, 의자를 고쳐 앉았다. 김지환의 전화를 받았을 때부터 뭔가 중요한 일이 있을 것이라곤 생각했지만, 이건 그가 예상했던 것보다도 떡밥이 훨씬 더 먹음직스러웠으니 말이다.

"오피셜인가?"

주열의 목소리가 진지해진 것을 느꼈는지, 지환 또한 은근한 목소리로 대답하였다.

[아직 오피셜은 아닙니다만, 내부적으로는 행정절차가 전부 끝난 상황이니 확정이라고 보셔도 됩니다.]

보통 어떤 정보가 오피셜이냐고 묻는 것은, 해당 정보의 정확도를 확인하기 위함이다. 오피셜이라는 것은 공식적으로 발표됐다는 뜻이고, 그건 확정적인 정보라는 소리니까. 하지만 주열이 지환에게 오피셜이냐고 물은 것은 조금 다른 맥락이었다.

국토부 관계자인 지환의 소식인 이상 이게 정확도가 떨어지는 정보일 리는 없었고, 오히려 주열은 이게 이미 공식적으로 알려진 정보인지 아니면 오피셜이 뜨기 전에 먼저 넘어온 정보인지 그 부분이 궁금했던 것이다. 때문에 지환의 대답은 그가 원했던 최상의 답변이었고, 그래서 주열은 기분 좋게 웃으며 고개를 끄덕일 수 있었다.

"그렇군."

주열의 머릿속이 빠르게 굴러가기 시작하였다.

'전략정비구역 통합설계공고라… 이 정도 규모면 공사비만 거의 1조 가까이 책정될 테고 설계비는 못해도 100억 단위에서 시작이겠군.'

지환이 주열에게 이 정보를 준 이유는, 당연히 자신과 친분이 있는 건축가들이 이 사업에 우선적으로 참여하기를 원하기 때문이었다. 이런 공고가 나갔을 때 가장 많이 채택되는 것은 보통 해외 유명 설계사무소의 설계안이었는데, 말도 잘 통하지 않는 이들과 협업하게 되는 것보다는 친분이 있는 사람들이 일을 따가는 것이 그의 입장에서도 훨씬 더 좋았으니까.

한국 건축가협회 소속의 건축가들은 비단 주열이 아니더라도 전부 지환과 관계가 있는 사람들이었고, 때문에 현 협회장인 주열에게 가장 먼저 연락을 넣은 것이다. 물론 어떤 방식으로든 돌아오게 될 콩고물에도 당연히 관심이 있는 지환이었다.

[어떻게, 추천해주실 만한 사무소가 있겠습니까, 선배님?]

지환의 물음에 잠시 생각에 잠겨있던 주열이 천천히 대답하였다.

"물론이네. 이 정도 규모의 사업이라면, 나부터가 탐이 나는 수준이니까."

[하하, 그럼 이번에는 선배님께서 직접 공모해보십니까?]

"아니, 말이 그렇다는 게지, 말이. 허허, 이런 좋은 기회는 앞날이 창창한 후배들에게 밀어줘야 하지 않겠나?"

[역시 선배님께선 생각이 깊으시군요. 협회 후배님들께 존경받으실 만하십니다.]

"이 사람이 갑자기 왜 낯간지러운 말을 하고 그러는가, 허허."

자신이 직접 참여하지 않고 협회 소속의 다른 건축사무소에 기회를 넘기겠다는 주열의 이야기는, 결코 빈말이 아니었다. 그의 입장에서는 이런 엄청난 규모의 설계를 직접 진두지휘하며 메인 건축가로 나서는 것보다, 협회 소속의 다른 건축사무소에 연결시켜주고 고문 정도로 이름을 올리는 게 남는 장사였으니까.

설계비용이 100억 대가 넘는 이런 대규모 사업은 공모를 준비하는 데에만 어마어마한 시간과 노력, 그리고 인건비가 들어갈 텐데 이제 예순이 된 주열에게는 그럴 만한 열정이 남아있지 않았다. 본인이 직접 그 고생을 하느니 가능성 높아 보이는 후배 건축사무소에 일을 넘겨준 뒤, 주열이 가지고 있는 인프라를 활용해 그들을 최대한 푸시해주고, 설계 공모에 당선이 됐을 때 그에 대한 소정의 대가를 챙기는 것이 가장 현명한 방법이었던 것이다.

주열이 긍정적인 반응을 보이자 지환은 더 자세히 이번 공모에 대해 설명하기 시작하였으며 어느새 모니터를 다시 켠 주열은 메모장에 그 내용들을 간결하게 정리하기 시작하였다.

[아마 심사 기준에 가장 큰 영향을 미칠 요소는 강변북로 지하화와 연계된 공공설계 부분일 겁니다.]

"민자사업의 비중이 더 큰 사업장 아닌가? 어째서 공공설계 비중이 더 큰 겐가?"

[겉으로 보기에는 그렇지만, 사실 이번 사업 진행으로 가장 큰 수혜를 보는 것은 전략정비구역의 조합원입니다.]

"그래?"

[서울시에서 내어준 용적률 상승폭이 꽤 크게 책정되어 있거든요.]

"서울시가 갑이라는 얘기군."

[정확하십니다. 심사위원단이야 공무원 반, 조합원 반이지만… 사실상 서울시와 국토부 측의 마음에 든 설계가 채택될 거라고 보시면 됩니다.]

"무슨 말인지 이해했다네."

대략 십여 분 정도 김지환의 이야기들을 받아 적은 주열은 만족스런 표정이 되었다. 이 정도 사전정보를 미리 확보하고 시작한다면, 이번 사업은 충분히 협회에서 따낼 수 있을 것이라 생각했으니까.

게다가 유선상으로 구체적인 대화를 나누지는 않았지만, 이것은 국토부 쪽에서 암묵적으로 지원을 약속한 것과 마찬가지인 상황이었다. 굳이 육성으로 언급하지 않아도, 지환과 주열은 서로가 서로에게 원하는 부분을 알고 있었다.

[그럼 부탁드리겠습니다, 선배님.]

"나야말로 잘 부탁드리네, 김 교수."

[하하, 저 이제 교수 아니잖습니까. 선배님만 항상 교수라고 부르십니다.]

"아직 명예교수는 맞잖은가, 허허."

[어찌 됐든, 실력 있는 사무소로 잘 좀 부탁드리겠습니다. 선배님 안목이라면 확실할 테지만 말입니다.]

"그래, 내 최대한 신경 써보도록 함세."

[그럼, 다시 연락 주십시오!]

뚝-

지환과의 전화를 끊은 주열은 종전과는 완전히 다른 표정이었다. 그의 전화를 받기 전만 하더라도 마음에 들지 않는 인터넷 기사 때문에 불쾌한 상황이었는데, 이 전화 한 번에 그 불쾌감이 싹 가신 것이다.

서우진이라는 이름은 금세 잊어버렸다. 어차피 운 좋게 반짝 떠오른 겉멋만 든 건축가는 이 바닥에서 금방 묻힐 게 분명했으니까. 이때만 해도 주열은 우진이 자신의 이번 계획에 가장 큰 걸림돌이 될 것이라는 사실을 모르고 있었다.

— * —

    비단 '건축'이 아니라 어떤 분야가 되었더라도 씨를 뿌리고 물을 준 뒤, 열매를 수확하는 이 일련의 과정을 거쳐야 하는 것은 다를 게 없다. 원인 없이 도출되는 결과는 어디에도 없으며, 노력 없이 얻어낼 수 있는 열매가 없다는 것 또한 너무 당연한 세상의 이치였으니까.

    하지만 그 달콤한 열매를 따내는 데까지, 그 어떤 분야보다도 더 긴 인내와 노력이 필요한 분야가 바로 건축이기도 했다. 콘셉트 디자인부터 기본설계와 실시설계를 거쳐, 실제 부지 위에 터를 다지고 착공하여 하나의 건축물이 완공되는 데까지는 아무리 작은 규모의 건물이라 하더라도, 반년 내지 일 년 이상의 시간은 족히 필요했으니 말이다.

    때문에 2010년으로 회귀한 이후, 지난 2년 동안 우진이 했던 일들의 대부분은 열매를 수확하는 것보다는 씨를 뿌리고 그것을 가꾸는 일들이 많았다. 건축모형 작업을 제외하면 우진이 가장 먼저 참여했던 사업장이 바로 마포구의 클리오 아파트였는데 이 사업장조차도 아직 준공단계에 도달하지 못했으니 말이다. 그나마 규모가 작은 도담요양원 정도가 우진이 참여하여 온전히 완공된 유일한 사업장이라고 할 수 있는 정도.

    그런 의미에서 2012년은 우진에게 '수확의 해'라고 할 수 있었다. 조만간 완공될 마포 클리오 아파트부터 시작해서 왕십리의 패러필드, 그리고 국제 리빙페어와 WJ 스튜디오의 신사옥까지. 지난 시간 동안 뿌리고 가꾼 것들의 열매가 차례대로 열리는 해가 바로 2012년인 것이다.

'1차적으로 완성된 〈천년의 그대〉 세트장까지 생각하면, 올해는 진짜 포트폴리오가 풍성해지는 해네.'

물론 '열매'라는 것도 가만히 기다린다고 해서 거저 생기는 것은 아니었다. 건축에서는 '수확'의 과정 또한 많은 정성과 노력을 필요로 하는 것이었고, 수확해야 할 열매가 많을수록 더 바빠지는 것은 당연했으니 말이다. 그래서 하루도 편한 날이 없었지만, 우진은 결코 힘들지 않았다. 우진이 갖고 있는 꿈에 대한 열정은 그만큼 단단하고 견고한 것이었다.

"석구, 오늘 몇 시부터 우리가 크레인 쓸 수 있다고 했지?"

"오전 10시부터 6시간 예약해놨어."

"점심시간 빼면 대충 저녁 5시까지 쓸 수 있겠네."

"그렇지."

"그 안에 설치 가능할까?"

"해봐야지, 뭐. 아마 빠듯하기는 할 텐데, 불가능하지도 않을 거야."

"좋아. 그럼 우리 먼저 지금 출발하자."

"지금 가면 9시도 전에 도착할 텐데, 그전에 가서 할 수 있는 것도 없을걸?"

"현장 실측 한 번 더 하게. 설치 시작하기 전에, 변수 없는지 최대한 확인해야지."

"꼼꼼하긴… 알겠어. 그럼 5분만 줘."

"오케이."

오늘 우진에게 잡혀있는 일정은 수확 예정인 그 많은 열매 중 왕십리 패러필드의 파빌리온과 관련된 일정이었다. 브루노의 진두지휘하에 설계된 패러필드가 드디어 준공을 목전에 두고 있었고, 마감 공사가 진행되기 전인 지금이 바로 우진과 WJ 스튜디오가 패브리케이션한 파빌리온을 설치할 시점이었던 것이다.

지난 몇 개월 동안 석현은 오롯이 이 파빌리온 제작에 매달려 있었고, 때문에 그 결과물은 우진이 보기에도 아주 만족스럽게 뽑혀 나왔다. 그래서 우진은 오늘이 기대되었다. 브루노가 설계한 그 멋들어진 공간과 그에 맞춰 자신이 디자인한 이 아름다운 파빌리온이 실제로 만나 조화를 이룰 때, 얼마나 멋진 공간을 만들어내 줄지가 말이다.

그래서 석현과 함께 차를 타고 왕십리로 향하는 동안, 우진은 오랜만에 가슴이 두근거리고 있었다. 도담요양원이 서우진이라는 건축가의 이름을 세상에 처음 알려준 포트폴리오였다면 이 패러필드의 파빌리온은, 사람들에게 그가 가진 디자인 철학과 건축 색깔을 확실하게 각인시켜줄 수 있는 포트폴리오가 될 것이었다.

— * —

올해로 스물다섯. A여대를 졸업한 사회초년생 이소윤은 국내 유명 디자인 잡지사인 〈아르티카〉에 올해 입사하였다. 그녀는 언론정보학을 전공했지만 항상 건축과 디자인을 동경했었고, 그렇기에 전공도 어느 정도 살릴 수 있으면서 자신이 좋아하고 동경하는 분야와 관련된 일을 할 수 있는 회사인 〈아르티카〉에 입사하게 된 것이었다.

〈아르티카〉는 디자인 잡지사 중에 인지도도 높으면서 신입 초봉도 손에 꼽는 회사였다. 때문에 입사 경쟁률은 무척이나 치열했고, 공채에 합격한 소윤은 무척이나 행복했다. 입사 첫 달이었던, 올해 3월까지만 해도 말이다.

"후우, 외근이라면 마냥 행복할 줄 알았는데…."

버스를 타고 왕십리로 향하는 그녀의 얼굴에는 진한 다크서클이 걸려있었다. 사실 일은 처음부터 쉽지 않았다. 야근은 그야말로 밥 먹듯 당연한 것이었고, 처음 입사했으니 배울 것도 수북이 쌓여있었으니 말이다. 그래도 처음에는, 멋진 디자이너와 스튜디오를 인터뷰하며 개인적인 지적 만족을 채운다는 사실만으로 행복했다. 그 약발이 떨어지는 데까지, 정확히 두 달 정도가 걸렸을 뿐이었다.

"어디 보자… 여기서 내리면 되겠지?"

끼익-!

마을버스에서 내린 소윤은 목적지를 찾기 위해 고개를 두리번거렸다. 오늘 그녀가 취재하기로 한 현장은 바로 세계적인 건축 디자이너 브루노 산체스(Bruno Sanzchez)의 복합 상업공간. 대기업 패러마운트사의 자본이 들어간 민자사업인 '왕십리 패러필드'가 그녀가 오늘 취재하기로 예정되어 있는 건축물이었다.

소윤은 잠시 주변을 둘러본 것으로 목적지를 찾을 수 있었고, 덕분에 표정이 조금은 밝아졌다. 버스에서 내린 장소에서 5분 정도 걸으면 도착할 수 있는 거리에 멋들어지는 왕십리 역사 건물의 파사드가 눈에 들어왔으니까.

"그래도 오늘 현장은 역에서 가까워서 좋네."

하여 조금 가벼워진 걸음으로 목적지를 향해 걷던 소윤은, 잠시 후 두 눈이 휘둥그레졌다. 큰길을 따라 쭉 걸어 코너를 돌자, 건물들에 가려 잘 보이지 않던 신역사의 아름다운 위용이 커다랗게 드러났으니 말이다.

"우, 우와."

건축 중이던 역사의 모습을 사진으로 보기는 했지만, 실물로 확인한 위용은 그녀의 머릿속에 있던 것과 차원이 다른 수준이었다. 그래서 그녀의 걸음은 더욱 빨라졌고, 어느새 우중충하던 표정이 좀 더 걷힐 수 있었다.

'지하철 역사가 멋있어봐야 얼마나 멋지겠나 했는데….'

터덜터덜 힘없던 소윤의 걸음걸이에도 조금 더 힘이 생겼다. 하여 패러필드 건물이 어느 정도 가까워졌을 때, 소윤은 기계적으로 셔터를 누르기 시작하였다.

— * —

사실 처음 패러필드의 취재를 맡았을 때만 해도 소윤은 무척이나 기분이 좋았다. 브루노는 소윤이 가장 좋아하는 건축 디자이너 중 한 사람이었으니까. 하지만 그 기대는 실망으로 바뀔 수밖에 없었는데, 그 이유는 브루노의 취재가 불발됐기 때문이었다.

아무리 뛰어난 디자인의 건축물이라 해도 디자이너 인터뷰를 할 수 없다면, 취재자의 입장에서는 막막하기 그지없는 게 당연했다. 건축물에 담긴 디자인 철학부터 시작해서 설계 과정과 프로세스 등 잡지에 소개할 수 있는 핵심 콘텐츠들은 인터뷰어가 임의로 지어낼 수 없는 노릇이었으니 말이다.

그렇다고 분량을 축소시키거나 취재 계획을 캔슬할 수 있느냐. 당연히 그것도 아니었다. 브루노라는 디자이너의 이름값과 패러

필드라는 건축물의 화제성 때문에라도, 이 내용을 허투루 다룰 수
는 없었던 것이다. 패러필드가 준공되는 시점에 맞춰 〈아르티카〉
에서도 소개를 해야, 화제성에 편승해 잡지 매출에도 도움이 될 테
니까.

'오늘도 하루 종일 소설 써야겠네.'

만약 사진만 예쁘게 찍어서 스크랩 형식으로 포스팅을 만든다
면, 편집장에게 불려가 최소 한 시간 정도는 욕을 먹어야 할 것이
었다.

[소윤 씨, 우리 잡지가 무슨 소윤 씨 개인 블로그인 줄 알아요?]
[대학교 과제도 이렇게는 안 하겠어. 성의가 없잖아, 성의가!]

날카로운 편집장의 목소리가 벌써부터 귀에 아른거리는지, 소윤
은 고개를 절레절레 저으며 한숨을 푹 쉬었다. 멋진 건축물을 봐서
조금 나아졌던 기분은 금세 다시 우울해졌다.

"으, 어떻게든 되겠지 뭐."

카메라 셔터를 누르며 패러필드의 안쪽으로 들어간 소윤은 뭔가
취재할 만한 특별한 콘텐츠가 없나 싶어 여기저기 기웃거렸다. 그
나마 다행인 점이라면, 아직 준공이 떨어지지 않았음에도 불구하
고 어느 정도 건물 내부를 둘러볼 수 있다는 점이었다. 패러필드는
복합몰이기 이전에 왕십리 역사였고, 때문에 왕십리역을 이용하
는 시민들을 위해서라도 공사가 끝난 구간은 최대한 개방되어 있
는 상황이었다.

'저쪽으로 한번 가볼까…?'

크로스백에 다시 카메라를 집어넣은 소윤은 반지하로 이어져 있

는 통로를 향해 걸음을 옮겼다.

그리고 그렇게 3분 정도 안쪽으로 들어섰을까?

기이잉- 쿵-!

그녀의 귓전으로, 조금 묵직한 기계음이 들려오기 시작하였고,

"어…?"

그 소리를 따라 걸음을 옮긴 소윤은 처음 패러필드에 도착했을 때보다도 훨씬 더 크게 동공이 확대되었다.

'저게 대체 뭐지?'

복합몰의 중심에 뻥 뚫려 지하로 패여 있는 널찍한 중정(中庭)과, 널찍한 최하층의 로비에 설치되고 있는 거대한 구조물. 유리천장으로부터 쏟아져 내리는 빛의 흐름을 사방으로 반사시키는 아름다운 파빌리온이 그녀의 시야에 들어온 것이다.

'대, 대박! 단순한 조형물은 아닌 것 같은데…?'

소윤은 마치 구세주라도 만난 것 같은 표정이 되어, 허겁지겁 로비를 향해 걸음을 옮겼다.

또각- 또각-!

이어서 로비 난간에 도착하자마자, 곧바로 카메라를 꺼내 들어 셔터를 누르기 시작하였다. 더 가까이 내려가고 싶지만, 최하층은 아직 통행이 제한되어 있었다.

'이건 분명 유명 건축가나 설치미술가의 작품일 거야. 대체 누구지? 그 사람이 누군지라도 알아내면 쓸 거리가 좀 더 생길 것 같은데….'

소윤은 이 구조물이, 분명 브루노와 친분이 있는 대단한 디자이너의 작품일 것이라고 생각했다. 아직 크레인이 움직이고 있는 것으로 봐서는 100퍼센트 설치가 완료된 상황도 아니었건만, 미완

성 상태의 모습만으로도 보는 이의 혼을 쏙 빼놓을 만큼 아름다운 자태를 뽐내고 있었으니 말이다.

마치 빛이 떨어져 내리는 공간과 굴절될 각도를 전부 알고 있기라도 하듯, 그 새하얀 빛의 흐름을 따라 점진적으로 늘어서 있는 수백, 수천 개의 크고 작은 다이아몬드 패널들. 그 아름다운 빛의 향연에 홀린 소윤은 그 흐름을 하나라도 놓치지 않겠다는 듯 섬세하게 카메라에 담기 시작했다. 어떤 그림을 어떻게 잡지에 실을지, 구체적으로 생각하면서 찍는 것도 아니었다.

소윤은 이 일을 시작한 이후로 처음, 오롯이 작품에 집중하며 셔터를 누르고 있었다. 이 환상적인 공간을 최대한 아름다운 그림으로 카메라에 담아야겠다는 생각 하나만으로 말이다. 그래서 난간에 자리를 잡은 채로, 소윤은 거의 십여 분 동안 촬영에 집중하였다.

파빌리온이 세워진 최하층까지 내려갈 수는 없었지만, 성능 좋은 카메라 덕에 거의 눈앞에서 보는 것처럼 확대하여 촬영할 수 있었다. 예전부터 멋진 공간이나 디자인 작품들을 카메라에 담는 것이 취미였던 소윤은 전문 사진가가 아닌 것 치고는 꽤 괜찮은 촬영 실력을 가지고 있었다.

'진짜 대박이다… 대체 이걸 어떤 식으로 만들었을까?'

지금 이 순간만큼은 취재에 대한 부담감도 잊은 채, 이 아름다운 공간 자체에 완전히 몰입한 소윤. 그런데 잠시 후, 소윤의 그 몰입은 갑자기 깨져버릴 수밖에 없었다. 촬영하기 위해 카메라를 이리저리 돌리던 중, 확대된 렌즈 위에 웬 젊은 남자의 얼굴이 떠올랐으니 말이다.

"어, 어엇?!"

처음에는 이 조형물을 설치하는 작업자 중 한 명으로 생각하여 그냥 지나쳤다. 하지만 다음 순간, 그녀는 저도 모르게 다시 남자의 얼굴에 카메라를 가져다 대었다.

'잠깐. 이 남자 누구지? 어디서 많이 본 얼굴인데…?'

카메라 렌즈를 남자의 얼굴에 고정시킨 채, 소윤은 잠시 생각에 잠겼다. 이어서 남자와 시선이 마주쳤을 때, 소윤은 자리에서 벌떡 일어날 수밖에 없었다.

"…대박! 심봤다…!!"

남자의 정체가 바로, 최근 한국 건축 디자인 업계에서 가장 핫한 인물 중 하나인 서우진이었으니까.

— * —

어떤 분야의 디자인을 막론하고, 당연히 처음은 머릿속으로 영감을 떠올리는 것에서부터 시작된다. 떠올린 영감은 곧 아이디어 스케치로 이어지며, 그 스케치가 구체화되면 그것이 실물(實物)로 이어지게 된다. 건축 디자인에서 첫 번째 실물은 설계도와 투시도였고, 그런 측면에서 우진은 이미 자신이 디자인한 파빌리온의 실물을 오래전에 확인한 셈이었다.

3D모델링으로 만들어진 정교한 투시도와 그것을 바탕으로 석현이 제작한 축소판 모형만으로도, 우진은 충분히 완성된 파빌리온의 모습을 확인할 수 있었으니까. 그리고 이렇게 실제의 사이트(Site)에 완전히 시공된 파빌리온은 우진이 투시도에서 봤던 그것과 거의 일치하였다. 가상의 삼차원 공간 속에서 우진이 디자인했던, 빛의 흐름에 따라 점진적으로 변화하는 패턴과 모듈들. 그것은

우진이 처음 상상했던 대로, 완벽히 구현되었으니 말이다.

하지만 그가 가모형(假模型)이나 투시도로도 미리 확인할 수 없던 부분이 한 가지 있었으니, 그것은 바로 이 파빌리온의 조형성의 원천이나 다름없는 '빛'의 흐름이었다. 물론 3D렌더링을 통해 어느 정도 빛의 반사나 굴절을 재현해볼 수는 있었지만, 그것은 결코 실제의 빛과 완벽히 동일할 수 없었으니까.

그래서 파빌리온 설치를 시작하기 전, 우진이 가장 불안했던 부분이 바로 그것이었다. 브루노가 설계한 공간에서 쏟아지는 빛의 흐름들이, 과연 우진이 생각했던 그대로 파빌리온과 함께 어우러질 수 있을 것인지에 대한 부분 말이다. 하지만 결과적으로 우진의 그런 걱정들은 기우에 불과하였다. 미리 제작된 파빌리온의 마지막 파트를 와이어에 걸어 끼워 넣은 순간,

기이잉- 척-!

마치 수천 피스의 거대한 퍼즐판의 마지막 조각이 맞춰지기라도 한 것처럼 유리천장을 타고 내려온 새하얀 빛줄기가, 파빌리온의 주변으로 은은하게 퍼져나가기 시작했으니 말이다. 그것은 마치 비온 뒤에 피어오르는 신비로운 운무(雲霧) 같았으며, 그것을 발산해내는 우진의 파빌리온은 수천 조각으로 세공된 아름다운 보석 같았다.

그것은 상상했고 재현했던 모습과 완전히 같은 모습이었으면서도, 이제껏 단 한 번도 보지 못한 완벽한 모습이기도 했다. 우진이 디자인한 파빌리온의 진정한 아름다움은, '빛'이라는 마지막 퍼즐 조각을 끼워 넣은 후에야 비로소 마주할 수 있었던 것이다.

"와…."

모든 작업이 끝난 뒤 그 자태를 감상하던 석현의 입에서, 나지막

한 탄성이 새어 나왔다. 조형적인 아름다움에 대해서는 잘 모르는 석현이었지만, 그것과 별개로 이 파빌리온이 아름답다는 것만큼은 확실히 느끼고 있었다. 우진 또한 석현의 옆에 가만히 서서 완성해낸 파빌리온을 응시하고 있었고, 그런 그의 얼굴에는 뿌듯한 미소가 걸려있었다.

이제 정확히 보름 뒤면 이 파빌리온은 세상에 모습을 드러내게 될 것이었다. 마감 공사가 한창인 왕십리 패러필드는, 5월 마지막 주에 대중에게 오픈될 예정이었으니까. 우진은 그날이 몹시 기다려지기 시작하였다.

— * —

석중은 요즘 들어 꽤 자주 왕십리에 들르고 있었다. 해외에 살던 그의 친한 친구 중 한 명이 최근에 왕십리로 이사 왔기 때문이다. 그 친한 친구란 유학 시절 석중과 동고동락했던 친구였는데, 둘은 꽤 죽이 잘 맞아서 아직까지도 친하게 지내고 있었다.

"어이, 석호. 오늘 우리 보기로 한 거 맞지?"

[5시에 보기로 했었잖아. 그새 까먹은 거냐?]

"아니, 기억하니까 이렇게 전화한 거지 인마."

[늦지 말고 다섯 시까지 신사동으로 와라. 오늘 유리아 씨 사인 받아주기로 한 거 기억하지?]

"알지, 오늘 어차피 리아 씨랑 미팅도 있어."

[미팅? 무슨 미팅.]

"우리 프레스코 전속모델이시잖냐."

[아, 맞다. 그랬었지?]

"근데 너 좀 더 일찍 볼 수는 없냐?"

[더 일찍? 왜?]

"내가 3시부터 시간이 비어서, 놀아줄 사람이 좀 필요하거든."

[아씨, 나 바쁜 사람이야 인마.]

"한량 주제에 비싸게 굴기는."

[시간 비면 네가 2시쯤 왕십리로 먼저 오든가.]

"뭐야, 너 집에 있는 거야? 집이면 그냥 가로수길로 바로 튀어나오면 되지 왜 날 거기로 불러?"

[아니, 왕십리가 전부 내 집이냐?]

"응?"

[오늘 패러필드 오픈하잖아. 개장식 행사 때문에 가봐야 돼.]

"아하."

석중이 재벌 3세라면, 석호는 재벌 2세였다. 석호의 아버지가 바로, 유통 공룡이라 불리는 기업인 패러마운트 그룹의 회장이었으니까. 석호는 위로 형이 네 명이나 더 있었기 때문에, 회사 경영권에서 거리가 있는 것은 석중과 비슷한 처지였다.

애초에 석중처럼, 회사를 물려받는 것에 관심이 없기도 했고 말이다. 그나마 석중은 카페 프레스코를 창업하면서 자신만의 회사를 일궈냈지만, 석호는 그런 것도 관심 없었다. 석중이 항상 부르는 석호의 별명은 '한량'이었다.

"그럼 나보고 패러필드로 오라는 건가?"

[오랜만에 와서 우리 아버지 얼굴도 보고 가라. 아버지 요즘 너

좋아하셔서.]

"뭐? 원래 나 엄청 싫어하셨잖아. 너랑 만날 놀러 다닌다고."

[카페 프레스코 때문이지 뭐. 나한테도 자꾸 뭐라도 좀 하라시는데, 귀찮아 죽겠다니까.]

"크크, 너 패러필드에 코 꿰는 거 아니냐?"

[뭐? 끔찍한 소리 마라. 패러필드는 동호 형님이 경영 아주 잘하고 계신다.]

"동호 형이, 셋째 형님이셨나?"

[맞아.]

친구와 실없는 이야기를 좀 더 나눈 석중은 곧 전화를 끊고 나갈 채비를 하였다. 2시까지 패러필드로 가기로 했으니, 시간이 그렇게 넉넉지는 않았다.

'그나저나 패러필드라… 여기 우진이도 참여했다고 들었던 것 같은데….'

석중은 건축에 대해 잘 모른다. 그래서 우진이 파빌리온이니 뭐니 이야기하며 왕십리 패러필드에 대해 언급했던 적이 있지만, 그랬던 적이 있다는 사실 정도만 기억날 뿐, 그 이상은 기억하지 못했다.

"가면 우진이 녀석도 볼 수 있는 건가?"

우진에게 연락을 넣어볼까 했던 석중은, 귀찮은지 스마트폰을 다시 주머니에 꽂아 넣었다. 어차피 오늘은 만난다 해도 다른 일정이 있었으니, 미리 연락을 줄 필요도 없었다. 게다가 한 층만 내려가면 볼 수 있는 이웃사촌이었으니, 굳이 오늘 볼 이유도 없었고 말이다. 얇은 봄 코트를 걸친 석중이 차 키를 들고 집을 나섰다.

—— ✳ ——

　석중은 석호를 항상 한량이라고 부르지만, 그가 정말로 한량처럼 빈둥거리는 사람은 아니었다. 유학 시절 석중이 외식사업과 커피에 빠져있었다면, 석호는 소위 말하는 '예술병'에 빠져있던 사람이었으니까.

　좀 더 구체적으로 얘기하자면, 석호의 꿈은 국내에서 가장 규모가 큰 갤러리를 만드는 것이었다. 석중의 취미가 커피를 연구하는 것이었으면, 석호의 취미는 아트 컬렉팅(Art Collecting)이었다. 석호가 가장 좋아하는 문구는 "예술가의 작품은 그 삶의 꽃이다"라는 프랑스 화가의 명언이었다.

"예술만큼 삶에 위안이 되어주는 것도 없지."

　혹자는 재벌 2세이기 때문에 가능한 취미생활이라고 생각할 수도 있겠지만 석호는 부모님께 받은 돈으로 흥청망청 사고 싶은 미술품을 사는 타입이 아니었다. 그는 미국으로 유학을 떠날 때 부모님이 반대하던 미술사 전공을 하였고, 때문에 생활비가 거의 끊기다시피 했었으니까.

　그는 미국의 유명한 갤러리에서 일을 배우며 열심히 모은 돈으로 유망한 신인 작가의 그림에 투자를 하였고, 그렇게 거의 십 년에 걸쳐 미술품 투자로 돈을 불려 결국 그 방면에서는 아버지인 패러마운트 회장에게까지 인정을 받은 사람이었다.

　아버지는 그에게 예술을 포기하기 전까지는 한국에 돌아올 생각도 하지 말라고 했지만, 결국 석호는 자신의 고집을 지킨 채 올

봄에 한국으로 귀국하였다.

"결국 네가 이 애비를 이겼구나."
"부자간에 누가 이기고 지는 것이 어디 있겠습니까, 아버지."
"그래, 진실된 열정과 꾸준함만 있다면 어디에든 길은 있는 법인데… 애비의 시야가 너무 좁았구나."

 그래서 사실 석중에게 너스레를 떤 것도, 반쯤은 엄살이었다. 아버지는 이제 그에게 가업과 관련된 어떤 부담도 주지 않았으니까. 때문에 오늘 패러필드의 행사에 가는 것도, 지극히 개인적인 이유 때문이었다. 아버지께서 시켜서 가는 것이 아니라는 말이다. 그가 오늘 패러필드에 가는 이유는 세계적인 건축가인 브루노를 만나보고 싶어서였다.
 '예술이란 결국… 어떤 분야든 다 통하게 되어 있는 법이니까.'
 왕십리에 사는 석호는 패러필드의 완공된 모습을 이미 지나다니면서 여러 번 보았다. 그리고 그때마다 적잖이 감탄했다. 아직 내부가 제대로 공개되지 않아 외관밖에 확인할 수 없었지만, 그것만으로도 건물이 가진 아름다운 조형성을 여지없이 느낄 수 있었으니까.
 물론 '건축'을 콜렉팅할 수는 없는 노릇이겠지만, 이런 멋진 건축을 한 예술가라는 인맥은 너무도 탐이 났다.
 '이런 건축물을 디자인한 사람이라면, 그와 대화하는 것만으로도 많은 영감을 받을 수 있을 거야.'

 집에서 슬슬 걸어 나온 석호는, 약 15분 만에 현장에 도착할 수 있었다. 패러필드의 준공식에는 패러마운트 사의 관계자들부터 시작해서 꽤 많은 사람들이 와있었지만, 석호는 일부러 조용히 안쪽으로 들어갔다. 괜히 회사 관계자에게 발견되면, 귀찮은 일들만 생길 것이었으니 말이다. 미리 받아둔 VIP 표찰은 가지고 있었으니, 내부로 들어가는 것은 어렵지 않았다. 현장 앞에서 석중을 만난 석호는 그에게도 VIP 표찰을 하나 건네었다.

"아버지는 어디 계셔?"

석중의 물음에 석호가 웃으며 되물었다.

"너 정말 우리 아버지 만나러 온 거야?"

"인사 한번 드리라며."

"그냥 한 소리지. 아버지 왔다가 바로 가셨을 거야."

"아하."

"잠깐 따라 들어와. 나, 사람 하나만 만나고 바로 나갈 생각이니까."

사실 석호가 도착한 시점은, 이미 어느 정도 준공식이 진행된 뒤였다. 형식적이고 의례적인 행사를 피해서, 일부러 조금 늦게 도착했으니까. 그래서 두 사람이 도착했을 때, 패러필드의 내부는 한창 케이터링된 음식들과 음료를 마시는 사람들로 붐비고 있었다.

"누굴 만나려는 건데?"

"브루노라고, 여기 설계해주신 스페인 건축가 있어."

"아, 그래? 약속은 되어있고?"

"당연하지. 사업부 실장님께 미리 부탁드려놨거든."

패러필드 내부는 무척이나 넓었고, 준공식 행사가 진행되는 곳은 최하층 로비였다. 그래서 바쁜 걸음을 옮긴 두 사람은 엘리베이터를 타고 지하층으로 내려갔다. 그런데 잠시 후,

땅-

엘리베이터에서 내린 석호의 걸음이 순간적으로 그 자리에 멈춰 버렸다.

"뭐야, 갑자기 왜 멈춰?"

"자, 잠깐만."

의아한 표정이 된 석중이 석호의 시선을 따라 고개를 돌렸다. 그리고 그의 시선이 닿은 곳에는 거의 3층 높이에서부터 떨어져 내리는 거대한 파빌리온이 세워져 있었다.

그것을 발견한 석중은 저도 모르게 탄성을 내뱉었다.

"오…!"

그는 석호와 달리 예술의 '예' 자도 모르는 사람이었지만, 그냥 파빌리온을 발견한 순간 아름답다는 생각이 떠올랐던 것이다. 그것을 넋 놓고 보는 친구를 향해, 석중이 궁금하다는 듯 물어봤다.

"야, 이 조형물이 네가 만나고 싶은 그 건축가의 작품인 거야?"

파빌리온의 디자인을 다른 사람이 했다고 생각하지 못한 석호가 고개를 주억거리며 대답하였다.

"아마도… 그렇겠지?"

"크…! 한량이 갑자기 왜 가업에 관심을 갖나 했네. 제사보다 젯밥에 관심이 더 많았구먼?"

옆에서 석중이 이죽거렸지만, 석호는 그것이 들리지 않는 표정이었다. 브루노가 설계한 동선상, 두 사람이 엘리베이터에서 내린 위치는 유리천장에서부터 파빌리온을 따라 떨어져 내리는 빛의 흐름의 종착지였다. 이 조형물과 공간의 아름다움을 관찰하기 가

장 좋은 위치라는 뜻이다. 석호는 아트 콜렉터답게 이 파빌리온을 보는 순간, 가장 먼저 '갖고 싶다'는 생각을 할 수밖에 없었다.

'건축조형물이 이렇게 아름다울 수가 있다니…'

석호의 눈에 비친 파빌리온은 어떤 건축조형물이라기보다는 설치미술의 느낌이었다. 멋지게 디자인된 건축 공간 안에, 그대로 녹아들며 어우러지는 설치미술. 그는 이 아름다운 조형성 자체가 놀랍기도 했지만, 그보다 더 놀라운 것은 이 조형물의 스케일이었다. 이렇게까지 섬세하고 복잡한 조형성을 가진 조형물이, 이런 어마어마한 스케일로 설치될 수 있었다는 사실이 놀라운 것이다.

일반적으로는 느끼기 힘든 스케일감은 시각적으로 강렬한 효과를 주는 것이 당연했는데, 그런 스케일을 가졌으면서도 투박하지 않고 섬세한 조형성이 담겨있는 이 파빌리온은 석호에게 신선한 충격을 안겨주기에 충분한 작품이었다. 그래서 이 작품을 보고 있는 지금 이 순간, 석호는 오늘 만나기로 한 브루노라는 건축가를, 더욱 만나보고 싶어졌다. 이제까지 브루노를 만나보고 싶다는 감정이 호기심에 가까운 것이었다면, 이제는 그것을 넘어 갈망하게 된 것이다.

'그 건축가가 작업한 조형물 같은 게 있다면… 작은 것이라도 꼭 하나 갖고 싶군. 지금 느끼고 있는 이 감동을 조금이라도 담아갈 수 있도록 말이야.'

그런 생각을 하며 파빌리온을 감상하던 석호는, 곧 아쉬운 표정으로 다시 걸음을 떼었다. 파빌리온이야 앞으로 항상 이 자리에 있을 테니 언제든 다시 볼 수 있었지만, 브루노라는 건축가는 지금 당장 만나지 않으면 언제 만날 수 있을지 기약이 없었으니까.

"가자, 석중."

"다 봤냐?"

"아니, 좀 더 보고 싶은데, 지금은 시간이 없으니까."

하여 그렇게 두 사람은 걸음을 옮기기 시작했고, 금세 브루노를 찾을 수 있었다. 이 현장에 백발의 서양인은 브루노 한 사람뿐이었으니, 복잡한 가운데도 쉽게 눈에 띈 것이다.

그런데 브루노를 발견한 바로 그때, 석호의 뒤를 따라 걷고 있던 석중은 두 눈이 휘둥그레질 수밖에 없었다. 그의 바로 옆에서 웃으며 대화를 나누고 있는 남자의 얼굴이 석중에겐 아주 익숙한 것이었으니 말이다.

The first penguin

펭귄은 육지에 산다. 하지만 그들은 먹잇감을 구하기 위해, 필연적으로 바다에 뛰어들어야만 한다. 그들에게 이것은 딜레마다. 바닷속에는 펭귄이 좋아하는 먹잇감들이 풍부하게 있지만, 반대로 범고래나 바다표범 같은 천적들도 득실거리고 있으니까. 펭귄에게 '바다'라는 곳은, 먹잇감을 구할 수 있는 장소임과 동시에 죽을지도 모르는 공포의 장소인 것이다. 그래서 펭귄들은 바다에 들어갈 때 머뭇거린다.

"어떤 분야든 마찬가지고, 디자이너도 마찬가지일 겁니다."
우진은 브루노의 말을 듣고 있었다.
"검증되지 않은 미지의 영역에 쉽게 발을 들여놓지 못하는 보수적인 성향은, 누구든지 당연히 갖고 있는 것이니까요."
그리고 브루노의 말을 듣고 있는 것은 우진뿐만이 아니었다. 국내 수많은 디자인 저널의 기자들부터 잡지사의 에디터들, 그리고 해외에서 나온 취재진들까지. 브루노의 세계적인 명성 탓에, 이곳에는 수많은 사람들의 관심이 모여 있었으니까.

"그래서 저는 우진이 정말 대단하다고 생각합니다."

머뭇거리는 무리 안에는, 용감하게 먼저 뛰어드는 한 마리의 펭귄이 있다. 그러면 다른 펭귄들은, 두려움을 이겨내고 잇따라 뛰어든다. 더 퍼스트 펭귄. 이것은 '선구자' 혹은 '도전자'라는 의미를 가지는 관용어였고, 브루노는 이 말이 우진에게 아주 잘 어울린다고 이야기하고 있었다. 물론 우진은 멋쩍은 표정이었지만 말이다.

"과찬이십니다, 브루노. 디지털 건축을 제가 처음 시작한 것도 아니고, 저는 그저 이 새로운 흐름에 좀 더 빠르게 편승한 많은 디자이너 중 하나가 되었을 뿐입니다. 퍼스트 펭귄이라기엔, 많이 부족하지요."

장내는 자유로운 기자회견에 가까운 분위기였고, 취재를 나온 사람들은 인터뷰를 한다고 하기보단 두 사람의 대화를 듣고 있었다. 애초에 기자들이 너무 많았기 때문에, 개인적인 인터뷰를 할 수 있는 상황도 아니었다. 지금 우진과 브루노의 대화는, '우진이라는 디자이너에 대해 어떻게 생각하느냐'는 한국 기자의 물음에 대한 대답이었던 것. 상큼한 샴페인을 홀짝이며 우진의 말을 듣던 브루노가 고개를 저으며 다시 말했다.

"저는 우진이 '디지털 건축'을 했기 때문에 퍼스트 펭귄이라는 이야기를 꺼낸 것이 아닙니다."

"예…?"

"저는 우진의 히스토리에 대해 알고 있습니다. WJ 스튜디오라는 스튜디오를 설립하고, 키워오신 그 과정에 대해 말이지요."

어리둥절한 우진의 표정을 보며, 브루노가 빙긋 웃었다.

"아마 한국도 그렇겠지만, 세계 어디에도 학부 시절에 우진처럼 도전적으로 꿈을 실행한 사람은 없을 겁니다. 저는 우진의 그 도전 정신과 실행력을 그 어떤 부분보다도 높이 삽니다."

"하, 하핫."

"꿈을 꾸는 것은 누구나 할 수 있지만, 그 꿈을 실행하는 것은 아무나 할 수 없는 일이지요."

브루노의 칭찬에 우진은 몸 둘 바를 모르겠다는 표정이 되었지만, 그래도 한편으로는 기분이 좋았다. 브루노가 칭찬한 부분은, 우진이 가지고 있는 '본질' 안에 있었으니까.

'디지털 건축에 대한 칭찬인 줄 알았는데, 그건 아니었네.'

만약 브루노가 우진의 '디지털 건축' 때문에 그를 퍼스트 펭귄이라 칭했다면, 우진은 기분이 좋기보단 부끄러움이 더 컸을 것이었다. 그가 이렇게 디지털 건축 분야에서 선구자가 될 수 있었던 것은, 사실 우진의 능력보다는 전생의 기억이 더 큰 지분을 차지하고 있었으니까.

하지만 회귀라는 트리거와 관계없이 과거에도 항상 우진은 도전적이었고 주도적이었다. 다만 회귀 이후의 삶에 비해 훨씬 더 많은 실패와 좌절을 겪었을 뿐. 그래서 우진은 낯이 뜨거움과 동시에 브루노의 칭찬이 너무도 고마웠다. 우진은 브루노가 일부러 기자들의 앞에서, 자신에 대한 낯 뜨거운 칭찬들을 아낌없이 한다는 사실을 알고 있었다.

그의 이 한마디 한마디는 우진을 스타 디자이너로 만들어주는 데 지대한 도움을 줄 게 분명했으니까. 그렇게 질문에 대한 브루노의 대답이 일단락되고 나자, 다양한 질문들이 이어서 쏟아져 나왔다.

"브루노, 혹시 다음 프로젝트는 준비 중이신 부분이 있습니까?"

그 질문에 브루노가 손사래를 치며 대답했다.

"오… 저는 이제 좀 쉬고 싶습니다. 사실 글래셜 타워 준공 때도 한동안 쉬려 했었는데… 이번 프로젝트가 너무 욕심이 나서 좀 무리했던 겁니다, 하하."

"그럼 이제 스페인으로 돌아가시겠군요."

"아마도 그렇지 않을까 싶습니다."

질문과 응답은 무척이나 훈훈하고 밝은 분위기 속에서 진행됐고, 당연히 기자들의 질문은 우진에게도 이어졌다. 이렇게 많은 기자들이 모인 이유는 당연히 브루노의 명성 때문이었지만, 그들이 이 자리에서 가장 관심 있는 이슈는 '서우진'이라는 한국의 젊은 디자이너와 '브루노'라는 세계적인 건축가의 관계였다. '세계적인 건축가가 감탄한 한국의 20대 디자이너'라는 타이틀은, 적어도 국내에서는 막대한 트래픽 후킹이 가능한 최고의 문구였다.

"서우진 대표님께선, 이번에 멋진 파빌리온을 디자인하셨습니다."

"아, 감사합니다."

"혹시 이번 파빌리온을 디자인하시게 된 계기를 여쭤도 되겠습니까?"

"그야 브루노와의 인연 덕분이지요."

"인연이라면…."

"제 디자이너로서의 첫 데뷔는 SPDC에서였습니다. 브루노는 그해의 심사위원이셨죠."

"아…!"

"그때의 인연으로, 브루노께서 제게 좋은 기회를 주셨습니다. 정말 감사한 일이지요."

기자들의 질문에 대답하는 동안, 우진은 한 가지 사실을 확실하게 느낄 수 있었다. 오늘의 인터뷰들로 인해, 디자이너 서우진의 인지도가 크게 올라갈 것임을 말이다. 그래서 인터뷰가 생각보다 길어짐에도 불구하고, 우진은 최대한 성실하고 구체적으로 모든 기자들의 질문에 대답해주었다. 때문에 점심 식사를 겸한 케이터링과 함께 12시 정각에 시작됐던 인터뷰는, 거의 2시가 다 되어서야 끝날 수 있었다.

"오늘 정말 감사했습니다, 브루노."
우진의 감사 인사에 브루노가 빙긋 웃으며 대답했다.
"별말씀을요. 제가 없는 이야기를 한 것도 아니지 않습니까?"
"하지만 브루노의 인터뷰는, 인지도 측면에서는 사실상 제게 치팅이나 다름없지요."
"그럴 리가요. 미래의 세계적인 디자이너의 성장에, 제가 한 숟갈 얹은 겁니다. 허허허."
인터뷰가 끝나고 장내가 조금 더 조용해지자, 두 사람은 샴페인을 홀짝이며 사적인 대화들을 더 나누었다. 우진은 브루노가 앞으로 어떤 작품 활동을 할지 무척 궁금했으며, 그것은 브루노도 마찬가지였다. 그리고 브루노와의 이 대화가 끝나면, 우진은 패러필드를 나설 생각이었다.
이번 프로젝트에서 우진의 역할은 파빌리온에 한정되어 있었으니, 케이터링 행사가 끝난 뒤에까지 굳이 남아있을 필요가 없었으니까. 하지만 잠시 후 우진의 귓전으로 익숙한 목소리가 들려왔으며, 그래서 우진의 계획은 조금 바뀔 수밖에 없었다.

"어엇, 우진아!"

우진을 부른 익숙한 목소리의 주인공은, 당연히 석중이었다.

— * —

"엇…! 형님? 여기는 어쩐 일이세요?"

"나야 친구가 볼일이 좀 있다고 해서 따라왔는데….."

우진과 인사를 나눈 석중은 신기하다는 생각이 들었다. 우진이 이 공사에 참여했다는 정도는 알고 있었지만, 지금 정황을 보면 이 준공식에 거의 메인 디자이너로 대접받고 있는 것 같았으니 말이다. 건축가 브루노라는 이름 바로 밑에 건축가 서우진이라는 이름이 걸려있었고, 방금 전까지 기자들이 그 둘을 인터뷰하고 있었으며 친구인 석호의 말에 의하면 무척이나 유명한 건축가라는 브루노가 우진을 무척이나 친근하게 대하고 있었으니까.

"브루노, 여기는 친한 형님입니다."

"반갑습니다. 스페인의 건축 디자이너 브루노라고 합니다."

"아, 반갑습니다, 브루노. 여기 우진의 친구이자 카페 프레스코의 CEO인 강석중이라고 합니다."

"오, 카페 프레스코의 대표님이셨군요."

"저희 회사를 아시나요?"

"하하, 우진에게 많이 들었습니다."

"그렇군요."

"얼마 전 용산에 오픈한 매장을 가본 적도 있습니다. 커피가 맛있더군요."

"좋게 봐주셔서 감사합니다."

한편 석중이 '신기하다'는 생각을 하고 있었다면, 그와 함께 나타난 석호는 적잖이 당황하고 있었다. 분명 브루노에게 용무가 있었던 사람은 자신이었는데, 얼떨결에 따라온 석중이 먼저 인사를 나누고 있었으니 말이다. 게다가 이 건축에 참여한 디자이너라는 젊은 남자와도 꽤 친분이 있어 보였으니, 이것은 정말 의외가 아닐 수 없었다.

'디자인이나 예술 쪽에는 관심도 없던 놈이… 이런 인맥은 어떻게 생긴 거지?'

당황스러움이 가시고 나자, 그다음에 떠오른 감정은 궁금증과 흥미였다. 석중과 저 젊은 디자이너가 어떤 인연인지도 알고 싶었으며, 그가 이 건축에 얼마나 참여했는지도 궁금했다. 석호의 눈에 이 패러필드라는 공간은 너무도 아름다웠고, 이런 아름다운 공간이 디자인되는 데 크게 기여한 젊은 디자이너라면, 분명히 무한한 가능성을 가진 뛰어난 사람일 것이라고 생각했으니까. 석중 덕에 브루노와 좀 더 편하게 대화할 수 있게 된 것도 의외의 수확이었다.

"반갑습니다. 저는 임석호라고 합니다. 뵙고 싶다고 미리 연락을 드렸었던…."

"아…! 현장 실장님께서 말씀하셨던 바로 그분이군요. 반갑습니다, 브루노라고 합니다."

그런데 대화가 이어지면 이어질수록, 석호는 더욱 경악할 수밖에 없었다. 석중이 대화에 끼자 자연스레 우진의 이야기들이 먼저 대화의 주제로 떠올랐는데, 그 내용 하나하나가 전부 믿기 힘든 것들이었으니 말이다.

일단 처음 우진의 나이를 들었을 때부터가 놀람의 시작이었으며…

"여기 우진이는 아마 올해 스물넷일 거야. 맞지?"

"네. 맞아요, 형님."

"헉…."

카페 프레스코의 디자인 브랜딩을 디렉팅한 장본인이자 연매출 100억대 규모의 회사를 키운 CEO라는 이야기를 들었을 땐, 경악을 금치 못하였다.

"그러니까 여기 서우진 디자이너님이… 아니, 대표님께서 카페 프레스코 브랜딩도 디렉팅하셨다는 거야?"

"그렇다니까. 내가 전에도 말한 적 있을 텐데? 디자인하는 친한 동생 덕을 많이 봤다고."

"아…!"

한국에 들어와서 처음 카페 프레스코 매장에 가봤을 때, 석호는 진심으로 감탄했었다. 미국에 있을 때만 해도 예술이나 디자인 쪽으로는 완전히 문외한이었던 그의 친구가, 어떻게 디자인적으로 이렇게 멋진 브랜드를 만들어낼 수 있었는지 의문이었던 것이다. 그래서 디자인을 디렉팅한 사람이 정말 대단한 사람일 것이라고 짐작했었는데, 그가 이렇게 어린 디자이너일 줄은 상상조차 하지 못했다.

"카페 프레스코를 누가 디자인했는지 정말 궁금했었는데… 하하. 이렇게 만나 뵙게 되다니 정말 기분이 좋군요!"

"제 디자인을 좋게 봐주시니, 저로서는 감사할 뿐입니다."

하지만 이 모든 놀라운 사실들 중에서도 석호를 가장 당황하게 만든 것은, 바로 마지막에 나온 이야기였다.

"잠깐, 브루노께서 말씀하신 대로라면… 저 로비에 있는 거대한 파빌리온을 디자인한 디자이너가 여기 서 대표님이시라는 건가요?"

"허허, 그렇습니다. 이 파빌리온 덕에 제 공간이 더욱 아름다워질 수 있었지요."

브루노의 이 한마디는, 석호가 두 눈을 부릅뜨게 만들었던 것이다.

'방금 봤던 그 파빌리온이… 이 젊은 디자이너의 작품이라고?'

그리고 그 이야기를 들은 순간, 석호의 머릿속에 한 가지 생각이 불현듯 스쳐 갔다. 그가 오래전부터 꿈꿔왔던 국내 최고의 아트 갤러리. 어쩌면 그 갤러리를 디자인해줄 적임자가, 바로 이 남자일지도 모르겠다는 생각이었다.

— * —

미국 유학 시절 석중과 석호가 거주했던 도시는, 미국 펜실베이니아주의 필라델피아였다. 높이가 1,000피트에 육박하는 컴캐스트 센터(Comcast Center)와 같이 호화로운 마천루가 늘어서 있는 화려한 도시. 그와 동시에 반쯤 부서진 건물들에 꾀죄죄한 노상(路上) 주류 판매점, 그리고 우범지대와 홈리스들이 공존하는 도시.

　과거 미국의 수도이기도 했던 필라델피아는 미국의 변천사가 그대로 담겨있는 도시였고 석호는 미국 자본주의의 역사와 명암을 전부 다 가지고 있는 이 도시에 거의 10년 가까이 거주하였다. 그리고 그가 살았던 주택가는, 필라델피아가 가진 빛과 어둠의 경계에 있던 곳이었다.

　고급 주택가에 살았던 석중과 달리, 집안의 지원을 받지 못했던 석호가 살았던 곳은 부촌과 빈민가의 경계에 가까웠던 곳. 석호가 일했던 갤러리는 이곳 필라델피아 북부에 세워진 페른힐 아트 갤러리였다.

　"저는 페른힐 아트 갤러리의 첫 번째 직원이었습니다. 처음 갤러리가 오픈할 때, 큐레이터로 취직했었죠."

　페른힐 아트 갤러리는, 필라델피아 출신 건축가인 '카일 니슨'의 첫 번째 작품이었다. 브루노처럼 세계적인 건축가는 아니었지만, 페른힐 아트 갤러리를 설계했던 사십 대 초반부터 빠르게 명성을 쌓아가고 있는 유망한 건축가. 회백색 벽돌을 쌓아 지은 미니멀(Minimal)한 직육면체 형태의 이 아트 갤러리는, 필라델피아 북부의 오래된 구도심에 예술이라는 새로운 활력을 불어넣었다.

　"원래 이쪽 제르멘타운 인근에는, 페른힐 파크를 제외하면 별다른 랜드마크도 없었습니다. 이 페른힐 아트 갤러리도, 처음에는 그저 평범한 건축이라고 생각했지요."

　석호가 페른힐 아트 갤러리에 취직했던 이유는, 단순히 그를 정식 큐레이터로 일할 수 있게 해줬기 때문이었다. 미국의 어지간한 유명 갤러리들은 이제 갓 학부를 졸업한 동양인을 큐레이터로 써주려고 하지 않았는데, 신생 갤러리였던 페른힐 아트 갤러리에서는 그를 기꺼이 고용해줬던 것이다.

게다가 석호의 집에서 거리까지 가까운 편이었으니, 이야말로 금상첨화. 물론 석호가 가지고 있는 유일한 무기였던 펜실베이니아 대학교의 졸업장이 아니었더라면, 이곳 페른힐 아트 갤러리에서도 정식 큐레이터가 되지는 못했을 터였다.

"처음 취직했을 때만 해도 저는 2년 정도 경력을 쌓은 뒤에 유명 갤러리로 이직할 생각이었습니다."

"오호, 어째서죠?"

"지역적인 한계를 벗어날 수 없다고 생각했으니까요. 처음부터 갤러리의 컬렉션은 괜찮은 수준이었지만, 그 또한 마니아들 사이에서 화제성을 만들어낼 수준은 아니었다고 생각했었죠."

"지역적인 한계라는 게…?"

"그때만 해도 저는 예술을 있는 자들의 전유물이라고 생각했나 봅니다. 어쨌든 페른힐 아트 갤러리의 입지는 낡은 구도심이었으니까요."

석호의 이런 이야기들은 조금 뜬금없었지만, 나머지 세 사람은 흥미롭게 그의 이야기를 듣고 있었다. 석중이야 필라델피아 생활을 함께 했었기에 예전 이야기가 흥미로울 수밖에 없었고, 디자이너인 우진과 브루노는 석호의 이야기에서 공통분모를 찾을 수 있었으니까. 석호의 말이 계속해서 이어졌다.

"하지만 갤러리가 오픈하고 일 년이 지날 즈음 이곳에 기적이 일어나기 시작했습니다."

"기적이요?"

반사적인 우진의 물음에, 석호가 고개를 끄덕였다.

"예술과는 거리가 멀었던 공업 도시에, 조금씩 문화예술의 바람이 불기 시작한 겁니다."

석호는 그것을 건축의 기적이라고 설명했다. 페른힐 공원의 풍경과 기묘하게 어우러지는, 세로로 길쭉한 직육면체 형태의 미니멀한 디자인의 갤러리 건물. 이 건물은 필라델피아의 빈민가의 전경에 그대로 녹아들면서도 모던하고 세련된 디자인적 아름다움을 가지고 있었고, 그 건축적인 느낌 자체가 페른힐 아트 갤러리의 컬렉션과도 코드가 맞아떨어지면서 콜렉터들 사이에서 유명해졌다는 것이다.

"제가 처음 책임 큐레이터가 됐을 쯤… 그러니까 갤러리가 오픈하고 4년 정도가 지났을 쯤에는, 어느새 필라델피아 북부의 명소 중 한 곳이 되어있었죠."

"갤러리를 말씀하시는 거죠?"

"바로 그렇습니다. 덕분에 전 깨달을 수 있었습니다."

잠시 뜸을 들인 석호가 다시 입을 열었다.

"갤러리가 가지고 있는 컬렉션들만큼이나, 갤러리 자체의 건축적 가치와 아름다움도 정말 중요하다는 사실을 말입니다."

석호의 이야기는 좀 더 이어졌지만, 결국 그 내용 자체는 여기까지였다. 두 건축가의 앞에서 갤러리를 짓고 싶다는 자신의 꿈에 대한 이야기도 당연히 하고 싶었으나, 초면에 그런 이야기까지 꺼내는 것은 시기상조라고 생각했으니까. 다만 석호는 자신이 건축에 대해 가지고 있던 생각들을 두 뛰어난 건축가들과 나눌 수 있었다는 것만으로도 충분히 오늘 이 자리에 만족할 수 있었다.

"언젠가 그 페른힐 아트 갤러리라는 곳에 꼭 가보고 싶군요."

브루노의 이야기에, 석호가 기분 좋게 대답했다.

"하하, 멋진 곳입니다. 두 분이시라면 분명 그곳에서 예술적 영감을 얻으실 수 있을 테지요."

우진도 고개를 주억거리며 한마디 더했다.

"저는 갤러리는 물론, 카일 니슨이라는 그 건축가도 한번 만나보고 싶네요. 그런 멋진 건축을 한 사람이라면 분명 배울 점이 많은 분이겠지요."

석호가 웃으며 말했다.

"저야 친분은 없지만… 갤러리 관장님께 요청드린다면, 그 건축가분도 연결 가능할 겁니다."

그렇게 훈훈한 분위기 속에서, 네 사람은 한 시간 정도 더 대화를 나누었다. 이 자리에 있는 네 사람 모두가 평범한 삶을 살아온 이들이 아니었으니 각자의 이야기들을 나누는 것만으로도, 꽤 즐거운 대화가 이어진 것이다. 하지만 이 자리는 아주 길게 이어질 수는 없었다. 케이터링 행사가 끝날 시간도 다 되었거니와, 브루노와 우진도 일정이 있었으니까.

"덕분에 몰랐던 분야에 대한 식견을 넓혔습니다."

우진의 인사에 석호가 악수를 청하며 답했다.

"저도 뜻밖에 멋진 건축 디자이너님을 알게 되어 좋은 시간이었습니다."

이어서 석호는 자신의 명함을 꺼내 들며 우진에게 한마디 덧붙였다.

"괜찮으시다면, 조만간 연락 한번 드려도 되겠습니까?"

우진도 흔쾌히 고개를 끄덕였다.

"물론입니다. 다음에 석중 형님과 함께 뵙죠."

"좋습니다."

명함을 지갑에서 빼어 든 우진은 석호와 교환하였다. 그리고 우진이 받아 든 명함에는 다음과 같이 쓰여 있었다.

[- Artpia -]
[Art invest agency]
[Art curator]
[Director Seok-ho Lim]

— * —

석호가 페른힐 아트 갤러리에서 일한 것은 정확히 10년이었다. 그동안 계속해서 갤러리는 유명해졌고, 그곳에서 열정을 불태운 석호도 점차 실력 있는 큐레이터가 되어갔다. 굳이 브루노와 우진이 있는 자리에서 자랑하지는 않았지만, 7년 차 정도가 되었을 때에 석호에게는 '필라델피아의 미다스의 손(Midas touch)'이라는 별명까지 붙었을 정도였다.

그가 초기에 컨택하여 갤러리에서 전시를 열었던 신인 작가들이, 전부 다 유명세를 타기 시작했으니까. 이것은 친한 친구인 석중조차도 제대로 모르는 사실이었는데, 석호가 미국에서 미술품 투자를 위해 따로 세웠던 사업자인 '아트피아(Artpia)'는 따로 운영하는 갤러리가 없음에도 불구하고 추정 자산이 천만 달러에 가까울 정도였다. 괜히 대기업 총수인 석호의 아버지가 고집을 꺾고 그를 인정해줬던 게 아니었던 것이다.

그래서 이렇게 업계에 인지도를 쌓아가던 석호에게는 한 가지 꿈이 생겼다. 모국인 한국에 돌아가면 자신이 그간 수집한 컬렉션들을 바탕으로 자신만의 아트 갤러리를 가져보고 싶다는 꿈 말이다. 그리고 그 꿈의 첫 발짝은 그 갤러리를 지어줄 건축가를 찾는 것이었다.

브루노, 우진과 헤어져 나와 신사동으로 향하는 길. 석중과 석호는 이런 이야기를 나누고 있었다.

"그래서 그 브루노라는 건축가를 만난 거였어?"

석중의 물음에 석호가 고개를 저었다.

"아니, 그건 아니야. 물론 그런 세계적인 건축가가 내 갤러리를 지어주면 좋기야 하겠지만, 내가 원하는 건 조금 다른 맥락이거든."

석호가 찾고자 하는 건축가는 단지 세계적으로 뛰어나고 유명한 건축가가 아니었다. 석호는 명성 있는 건축가보다는 그가 가진 예술적 감성과 그의 콜렉션들을 이해하고, 그에 가장 어울릴 수 있는 갤러리를 디자인해줄 수 있는 건축가를 원했다. 다만 건축에 대한 식견이 부족하다 보니, 세계적인 건축가인 브루노와 대화를 하여 그 식견을 조금이라도 넓혀보고 싶었던 것.

그런데 이러한 목적으로 나왔던 자리에서 석호는 우진이라는 생각지도 못했던 사람을 만나게 되었다. 그리고 파빌리온을 우진이 디자인했다는 이야기를 들은 순간, 그의 머릿속이 번뜩일 수밖에 없었다. 그가 원하는 갤러리는 그의 예술적 감성이 담긴 컬렉션과 조화를 이룰 수 있는 건축이었는데, 우진의 파빌리온은 브루노가 디자인한 공간과 완벽하게 조화를 이루고 있었으니까. 심지어 같은 건축가의 작품이 아니었는데도 말이다.

"아하, 그러니까 결국 네 말은, 우진이한테 갤러리 디자인을 맡기고 싶다는 거네."

석중의 말에 석호가 피식 웃었다.

"아직 그렇게 확정적인 수준까지는 아니야."

"그래?"

"내가 일단 그 친구한테 꽂힌 게 맞기는 하지만, 그래도 좀 더 알아봐야지."

"우진이 실력을?"

"아니, 실력이야 이미 그 파빌리온 하나로도 증명됐다고 생각해."

"그럼 뭘 알아보는데?"

"그 친구의 건축적 성향이 내 감성을 담아줄 수 있을지."

"…."

이쪽 분야에 문외한에 가까운 우진은 잘 몰랐지만, 만약 석호의 회사인 '아트피아'의 갤러리를 우진이 짓게 된다면 그것은 우진에게 국제적으로 꽤나 내세울 수 있는 포트폴리오가 될 것이었다. 석호가 가진 컬렉션들은 지금 현재로도 이미 어마어마한 가치를 가진 것들이었고 앞으로 시간이 좀 더 지난다면, 정말 세계적인 수준까지 성장할 만한 작품들이었으니까.

아트 갤러리의 컬렉션은 곧 그 갤러리의 인지도와 직결되는 부분이었는데, 그 컬렉션과 어우러지는 멋진 건축을 우진이 성공적으로 해낸다면 건축 디자인도 함께 그만한 인지도를 얻을 것임은 자명한 사실이었다.

"휴우, 아무튼, 필요하면 내가 이어줄 테니까 언제든 말해. 우진이 개 진짜 괜찮은 녀석이니까."

"흐흐, 고맙다."

그리고 친구의 이런 이야기들을 들은 석중은 그 나름대로 기대하기 시작하였다. 석호는 그가 아는 사람들 중에서도 손에 꼽을 정도로 대단한 인물이었고, 어떤 면에서는 석호보다도 더 기가 막힌 인물인 우진이 그와 인연이 생긴다면, 어떤 결과가 만들어질지 벌써부터 궁금해진 것이다. 오늘의 이 만남이 앞으로 우진의 성장에 어떤 영향을 미칠지, 석중은 그것이 너무도 기대되었다.

시민들이 원하는 한강

우진이 처음 대중에게 알려진 것은 〈우리 집에 왜 왔니〉가 방영을 시작했을 때였다. 인터넷에 우진에 대한 기사가 가장 많이 떴을 때도, 처음 우진이 TV프로에 출연했던 그 무렵. 물론 그 뒤로도 우진은 점점 더 영향력 있는 사람이 되었고 더 인지도 있는 디자이너가 되었다. 하지만 그것은 업계의 인지도일 뿐, 대중의 인지도는 아니었다. 건축 디자이너로서의 유명세는 사실 이 분야에 관심을 가진 사람들이 아니라면, 크게 와닿지 않는 것이었으니까.

그래서 한동안 우진은 사람들의 머릿속에서 희석됐었고, 우진의 이름이 다시 수면 위로 떠오른 것은 EAC가 이슈화됐을 때였다. EAC 또한 건축&디자인 분야의 이슈기는 했지만, 여기에는 '국위선양'이라는 프레임이 걸려있었기 때문에 디자이너가 아닌 일반인에게도 꽤 어필이 됐던 이슈였던 것이다.

그리고 5월이 끝나가는 지금, 우진과 관련된 기사는 과거 〈우리 집에 왜 왔니〉의 방영 때보다도 몇 배 이상 크게 불타오르고 있었다. 정확히는 EAC 때 슬슬 지펴지기 시작했던 불씨 위에 기름을 부어 올린 형국이라고 할 수 있었다.

[세계적인 건축가, 브루노 산체스. 그가 극찬한 한국의 20대 건축가는 누구?]

[한국의 20대 건축가, 세계를 놀라게 하다.]

[한국의 건축 디자이너 서우진. 디지털 건축에 새로운 패러다임을 제시하다.]

[건축가 서우진, EAC 거품 논란을 잠재워.]

EAC의 기사가 한국에 뜬 것은 이제 6개월 정도가 되어가는 일이었다. 그때 1차적으로 우진의 디자인 능력이 세계적으로 인정받았다는 사실이 대중에 퍼졌는데, 당시에는 반신반의하는 분위기가 더 많았다. 20대 학부생 신분의 건축 디자이너가 세계적인 건축 디자인 컨퍼런스에서 인정받았다는 사실 자체가 너무 비현실적이었던 데다, SPDC에서 대상을 수상한 요양원을 제외하면 우진은 포트폴리오 하나 가지고 있지 않았으니까. 워낙 부풀려진 기사를 많이 접했던 사람들은 이 또한 과장된 것이라고 생각할 수밖에 없었다. 본래 사람은 눈으로 확인하지 못한 것을 쉽게 믿으려 하지 않는 법이다.

"하지만 이번엔 달랐네요, 형."

"그렇지. 이번에는 실물이 있으니까."

"대표님 덕에 저희는 더 바빠지겠습니다."

"좋은 거지, 뭐."

서울에서도 손에 꼽을 정도로 유동인구가 많은 왕십리 민자 역사. 이곳에 복합몰로 개장한 왕십리 패러필드. 그곳의 메인 로비에 세워진 우진의 파빌리온은 수많은 사람들의 발길을 그 자리에 세워두었으며, 공간이나 건축 디자인에 조금이라도 관심 있는 사람들은 찾아볼 수밖에 없도록 만들었다. 이 아름다운 공간, 그리고 파빌리온이 대체 어떤 사람의 손에서 만들어진 것인지 말이다.

"사업부에서 아까 들었는데, 하루에만 메일이 다섯 통씩 온대."
"메일이요?"
"응, 메일. 의뢰 메일이지."
"아…!"
"들어보니까, 별의별 의뢰가 다 있더라."
"예를 들면요?"
"공공기관에서 날아온 메일도 있었고, 기업에서 사옥 설계의뢰도 몇 건 있었고… 제일 특이했던 건 별장 설계 의뢰?"
"재벌 2세라도 되나봐요?"
"뭐, 그런 비슷한 느낌."

WJ 스튜디오 사무실이 자리한 성수동의 지식산업센터. 커피 한 잔씩 뽑아 들고 옥상에 올라온 석현과 진태가 시원한 바람을 쐬며 대화를 나누고 있었다.
"이거 이제, 영업팀도 필요 없는 거 아니에요?"
석현의 물음에 진태가 피식 웃으며 고개를 저었다.
"아무리 의뢰가 많이 들어와도 영업은 해야지."
"하긴, 영양가 있는 의뢰만 오는 것도 아닐 테고…."
담배를 태우는 진태의 옆에서, 석현은 커피를 홀짝였다. 진태와 달리 석현은 담배를 피우지 않지만, 그래도 종종 그와 함께 옥상에 올라와 이렇게 이야기를 나누곤 하는 석현이었다.

"대표님 오셨으려나?"

"아마도요?"

"그럼 슬슬 내려가야겠다. 난 회의 준비해야 해."

진태의 이야기에 석현이 고개를 끄덕이며 다 마신 종이컵을 쓰레기통에 밀어 넣었다.

"저도 다시 일해야죠."

석현은 설계 회의에 딱히 참석하는 멤버가 아니었지만, 그것이 아니더라도 할 일은 산더미처럼 쌓여있었다.

치이익-

담뱃불을 재떨이에 눌러 끈 진태가 걸음을 옮기기 시작하자, 석현도 그 뒤를 따라 걸었다.

"형, 오늘 회의가… 성수동 전략정비구역 설계 공모 회의죠?"

석현의 물음에 진태가 고개를 주억거렸다.

"맞아."

"지금 진행되는 프로젝트 중에는, 그게 제일 중요한 것 같네요."

"당연하지. 이거 하나 따면, 우리 설계팀 1년 치 일감은 될걸?"

"이건 설계비가 얼마에요?"

"정확하진 않지만, 못해도 백억은 넘지."

백억이라는 이야기에, 석현의 입에서 절로 탄성이 새어 나왔다.

"크… 이런 일이 메일로 굴러들어오지는 않으니까. 영업팀은 확실히 필요하겠네요."

"근데 생각해보니까, 이런 굵직한 일은 영업팀이 아니라 대표님이 다 물어오시는 것 같기도 하고…."

"그, 그것도 그러네요."

진태와 석현은 두런두런 이야기를 나누며 계단실로 걸어 내려 갔다. WJ 스튜디오는 옥상에서 두 층만 내려가면 되는 14층이었기에, 엘리베이터를 탈 필요는 없었다.

문을 열고 사무실에 들어서자, 분주한 직원들의 모습이 석현의 눈에 들어왔다. 진태와 자리가 반대 방향인 석현은 사무실을 가로질러 좀 더 걸어 들어가야 했고, 그래서 열심히 일하는 직원들의 면면을 한 차례 둘러볼 수 있었다.

'다들 열정적이네.'

이제 만으로 1년 정도가 되었을 뿐이었지만, 이제는 너무 익숙해진 이곳. WJ 스튜디오의 사무실. 석현의 인생에서 이제 WJ 스튜디오는, 더 이상 떼어놓고 생각할 수 없는 존재이자 공간이 되어버렸다.

— * —

최근 한산했던 건축가협회의 사무실에 모처럼 많은 사람들이 모여 있었다. 협회장인 권주열과 임원들, 그리고 협회에 소속되어 있는 건축사무소의 관계자들까지. 오늘 협회를 찾아온 업계 관계자들은 '이호 설계사무소'라는 건축 설계사무소의 사람들이었다.

이호 설계사무소의 대표인 김준호는 권주열이 가장 아끼는 학교 후배 중 하나였는데, 현직 S대의 조교수이자, 국내에서는 꽤나 알아주는 건축가이기도 하였다. 그는 소위 말하는 권주열의 '라인' 중에서도, 가장 끈끈한 관계를 가지고 있는 건축가였다.

"준호, 공모전 준비는 잘 돼가는 거 맞지?"

"예, 선배님. 하하, 너무 당연한 말씀을 하십니다."

"짜식, 능글맞기는… 앉기나 해, 거기 서서 그러고 있지 말고."

사실 준호와 주열은 같이 학교를 다녔던 적조차 없었다. 두 사람의 나이 차이가 띠동갑이 훌쩍 넘는 수준이었으니 너무도 당연한 사실. 그럼에도 주열은 많은 후배들 중에서도 준호를 가장 아꼈는데, 여기에는 당연히 이유가 있었다.

"준호."

"예, 선배님."

"도면은 어디까지 나왔어?"

일단 첫 번째 이유는 그가 무척이나 빠릿빠릿하다는 점이었으며,

"기본설계 이미 들어갔죠."

"벌써?"

"빡시게 준비 중입니다, 하하. 선배님께서 이렇게 밀어주시는데, 떨어지기라도 하면 쪽팔리지 않겠습니까."

두 번째 이유는 눈치가 엄청나게 빠르다는 점이었다.

"너, 인마. 나한테 콘셉트 스케치도 아직 안 보여줬잖아?"

"흐흐, 그랬죠."

"내가 고문인 거 몰라? 검수는 받고 넘어가야지."

"하핫, 선배님. 제가 누굽니까."

"네가 준호지 누구냐."

"제가 이미 검수 서류는 작업 싹 다 해놨지 말입니다."

"뭐?"

"선배님 자리에 서류봉투 올려 뒀습니다. 검토해주시고, 도장만 찍어서 보내주시면 됩니다."

"흐음…."

"어차피 제 설계가 곧 선배님께 전수받은 설계 아닙니까."

"…"

"선배님 그렇잖아도 바쁘신데 굳이 귀찮게 해드릴 필요 없다고 생각했습니다, 하하하."

준호의 말에 주열이 허허 웃으며 고개를 절레절레 저었다.

"어휴, 이 자식은, 진짜 말이나 못 하면…."

주열은 준호에게 꿀밤이라도 놓으려는 듯한 시늉을 하고 있었지만, 얼굴에는 미소가 떠올라 있었다.

주열은 이번 성수 전략정비구역 설계 공모에서, 준호를 밀어주기로 하였다. 이미 준호를 비롯하여 국토부에 있는 후배와 이야기도 다 끝내놓은 상태였으며, 준호의 설계에 고문으로 이름도 올려놓은 상황이었다. 그래서 오늘 준호와 이호 설계사무소 관계자들을 부른 이유는, 공모에 들어갈 준호의 설계를 검수하기 위함이었다.

어차피 이런 절차 자체가 형식적인 것이었지만, 나중에 다른 말이 나오지 않기 위해서는 엄연히 서류화하여 남겨두어야 했으니까. 그런데 준호는 주열이 해야 할 그 최소한의 작업조차 미리 싹 다 작업하여 사무실로 들고 온 것이었다. 주열의 입장에서는 알아서 그의 수고까지 전부 덜어주는 후배가 예쁘지 않을 수 없는 노릇이었다.

"그럼 오늘 여긴 왜 온 거야?"

"예?"

주열이 자신의 방을 턱짓으로 가리키며 다시 입을 열었다.

"그냥 저 서류철만 등기로 쐈어도 됐잖아? 내가 도장 찍어서 다시 보내줬을 텐데."

주열의 말에, 준호가 실실 웃으며 대답하였다.

"에이, 그래도 이럴 때 아니면 언제 선배님 존안을 뵙겠습니까."

준호의 아부에 주열이 피식 웃으며 핀잔을 줬다.

"존안은 무슨, 얼어 죽을."

준호가 다시 입을 열었다.

"지난번에 선배님께서 사주셨던 고깃집 있지 않습니까?"

"아, 저기 삼청동 쪽?"

"예, 선배님. 오늘은 제가 대접하겠습니다."

"야, 밥은 선배가 사야지. 무슨 소리야?"

"아닙니다. 제가 항상 얻어먹기만 해서, 죄송해서 그렇습니다."

"죄송하기는⋯."

"이번에 이렇게 좋은 기회도 제게 주셨는데, 제가 사게 해주십시오."

준호의 이야기에 못 이기는 척 자리에서 일어난 주열은 사무실을 정리하고 그를 따라 자리를 나섰다. 직원들을 시켜 자리를 싹 정리하고 나서는 준호를 보며, 주열은 속으로 흐뭇하게 웃었다.

'다른 녀석들이 진짜 준호 반만 닮아도 정말 좋을 텐데 말이지.'

하는 짓 하나하나 예쁘기 그지없는 후배 덕에 주열은 무척이나 기분이 좋아졌다. 이번 일에 준호를 밀어준 것이, 정말 잘했다는 생각이 드는 주열이었다.

'그래, 준호 정도면 내 지원까지 받고 공모 떨어질 일은 없을 테지. 워낙에 실력도 괜찮은 녀석이니까.'

준호의 차에 올라탄 주열은 최근 들어 가장 좋은 기분이었다. 준호가 대접하겠다는 고깃집도 주열이 가장 좋아하는 단골집 중 하나였으니 맛있는 저녁 식사까지, 그야말로 금상첨화라고 할 수 있었다.

'오랜만에 기분이 괜찮군.'

하지만 주열의 그 좋았던 기분은, 고깃집에 도착할 때까지 그대로 이어지지 못하였다. 조수석에 앉아 한참 준호와 대화하던 중,

위이잉-!

갑자기 그의 휴대폰으로 걸려온 전화가 바로 그 발단이었다.

"전화 받으세요, 선배님."

"어, 그래. 잠깐만."

전화의 발신인은 평소에 그의 비서 역할을 하던 협회의 실장이었는데,

"어, 무슨 일이야? 이 시간에."

그와의 통화는 주열의 좋았던 기분을 그대로 박살 내기에 충분하다 못해 남았다.

"뭐? 그게 무슨 말이야? 약속을 못 잡았다고?"

[말씀드린 그대롭니다, 협회장님. 시장님께서 용무가 있으시면 공식적인 절차를 밟으시라고….]

"야, 그 새끼. 동준이 후배 아니야?!"

조금 전까지만 해도 흐뭇한 표정이던 주열의 얼굴이 어느새 시뻘겋게 달아올라 있었다.

—— * ——

[그, 그게… 서동준 의원님도 어쩔 수 없다고 하십니다. 직속 후배이긴 한데, 원체 말이 잘 안 통하는 사람이라고….]

"아니, 말도 잘 안 통하는 놈이 어떻게 서울시장까지 올라갔어?"

[…죄송합니다.]

"네가 왜 죄송해?"

[어떻게든 자리를 만들었어야 했는데….]

"됐다. 꼴통 같은 놈, 굳이 만나서 뭐 할까."

[그럼 일단 일정은 캔슬할까요?]

"서울시는 됐고, 국토부 쪽이나 다시 자리 만들어봐."

[네, 협회장님.]

"제기랄. 이거 별난 새끼가 서울시장이 됐네."

주열이 신경질적으로 전화를 끊자, 운전 중이던 준호가 조심스레 물었다.

"선배님, 무슨 일 있으십니까?"

주열이 인상을 살짝 찌푸리며 다시 입을 열었다.

"너 동준이 알지?"

"아, 서동준 의원님이요?"

"그래, 내 친구잖냐."

"알고 있습니다."

서동준은 S대 출신의 서울시 지역구 3선 의원으로서, 주열의 학창 시절 친구였다.

"이번 서울시장이 걔 직속 후배거든."

"아…!"

"이번 프로젝트 관련해서 얘기나 좀 나눠보려고, 동준이 통해서 한번 연락을 넣어봤는데…."

주열이 말꼬리를 흐리자, 대충 상황을 이해한 준호가 고개를 끄덕였다.

"잘 안 되셨나 보군요."

"그냥 얼굴이나 좀 보자는데, 원칙은 무슨. 지랄."

주열의 이야기를 듣던 준호는 속으로 무척이나 아쉬웠다.

'서울시장까지 엮었으면 진짜 거저먹을 수 있었는데….'

겉으로 티를 내거나 하지는 않았지만, 서울시까지 자신의 편으로 만들면 땅 짚고 헤엄치는 상황을 만들 수 있을 뻔했으니 말이다. 만약 그렇게 되면 이호스튜디오의 공모 당선은 기정사실이나 다름없고, 그러면 자신은 콘셉트 설계 단계에서 크게 공을 들이지 않아도 될 터. 당선을 확정적으로 만들 수 있는 데다 공수까지 줄일 수 있을 뻔하였으니, 준호의 입장에서는 아쉬울 수밖에 없는 것이다. 하지만 준호는 괜찮은 척 입을 열었다.

"걱정 마시지요, 선배님."

"무슨 걱정?"

준호가 씨익 웃으며 말을 이었다.

"실력으로 눌러보겠습니다. 선배님께서 이렇게 판 깔아주셨는데, 이 정도는 받아먹어야죠."

결과적으로 서울시장과의 미팅은 결렬되었지만, 준호는 주열의 파워에 적잖이 놀라 있었다. 어쨌든 그의 인맥 안에서 부임한 지 얼마 되지 않은 서울시장에게까지 영향력을 행사할 수 있다는 말이었으니까. 그래서 준호는 주열의 줄을 꽉 붙들고 가야겠다고 생각했다.

그러기 위해서는 입 발린 말을 하는 것도 필요하지만, 이럴 때 확실하게 실력을 보여주는 것 또한 필요하다. 알맹이도 없으면서 듣기 좋은 말만 할 줄 아는 스타일은 주열도 좋아하지 않는다는 사실을 잘 알고 있는 준호였다. 그리고 준호의 이런 태도는 주열의 마음에 쏙 들었다.

"허허, 그래. 후배님 실력이야 내가 믿지."

준호가 자신 있게 다시 말했다.

"해외 설계사무소들 미리 컷해주신 것만으로도 충분합니다."

"하긴, 내가 미리 얘기 돌려놨으니, 협회 소속 다른 애들도 들어오진 않을 테고."

"…!"

"이 정도 깔렸으면, 준호 실력이면 받아먹을 수 있겠지."

주열의 말이 끝난 순간, 준호는 저도 모르게 환호성이 튀어나오려는 입을 꾹 다물었다. 이어서 운전대를 잡은 그의 양손에 힘이 더 들어갔다. 협회에 소속되어 있던 다른 건축사무소들까지 암묵적으로 빠지게 된 상황이라면, 서울시의 도움 같은 것도 필요 없는 수준이었다. 이런 굵직한 건을 소화할 수 있는 수준의 설계사무소는 대부분 협회에 소속되어 있었으며, 그렇지 않다고 해도 거의 만만한 곳들뿐이었으니까.

'됐어!'

준호는 이미, 백억 대가 넘는 설계 공모에 당선된 기분이었다.

— * —

아직 5월, 본격적인 여름이 오지 않았음에도 불구하고 WJ 스튜디오의 회의실은 무척이나 후끈한 분위기였다. 스튜디오의 모든 설계인력이 전부 참여한 회의에서 벌써 세 시간째 열띤 토론이 오가고 있었으니 말이다. 토론의 주제는 당연히 성수 전략정비구역의 통합설계 공모에 대한 건이었다.

근 두세 달 동안 WJ 스튜디오 설계 파트의 가장 큰 관심사가 바로 이 프로젝트였으니까. 기본적인 디렉팅이야 우진이 했지만, 이제 세세한 아이디어나 구체적인 설계는 우진의 손에서 이뤄지지 않는다. 밖으로 바삐 오가야 하는 우진에게 그럴 만한 시간조차 없었거니와, 그럴 필요도 없었으니까.

프로젝트에 대한 이해도가 높은 우진이 몇 가지 방향성을 제시해놓으면, 그것을 기반으로 설계팀의 디자이너들이 머리를 맞대고 구체적인 설계안을 제시하는 것이 지금 WJ 스튜디오의 디자인 설계 프로세스. 그동안 WJ 스튜디오 설계 파트의 역량은 일취월장하였다.

기존 멤버들의 실력이 향상된 것도 있었지만, 외부에서 뛰어난 실력자들을 영입해오기도 했기 때문이다. 때문에 이제 우진의 역할은 이들에게 정확한 설계 방향성과 디자인 철학 등을 짚어주는 것이었다. 오늘도 마찬가지였다. 설계팀에서 지난 일주일 동안 밤낮없이 일한 결과물들을 깔아놓고, 우진의 피드백이 이어지고 있었다.

"제가 지난 회의 때도 여러 번 강조했던 부분이지만, 이번 프로젝트는 단순히 주거공간을 설계하는 프로젝트가 아닙니다."

우진의 말이 이어질 때에는 다들 집중해서 스크린에 시선을 고정하고 있었다.

"이 프로젝트의 클라이언트는 성수 전략정비구역 조합원들이기도 하지만, 한강공원을 이용할 모든 시민들이기도 합니다."

회의실 커다란 스크린 위에 떠올라 있는 평면도를 레이저 포인트로 가리킨 우진이 다시 좌중을 둘러보며 말을 이었다.

"이번 프로젝트의 핵심은 거주민들의 프라이버시를 지키면서도 한강공원과 최대한 어우러질 수 있는 공간을 만들어내는 겁니다."

우진은 또박또박 설계의 보완점에 대한 핵심을 짚었으며,

"강변북로가 지하화되면서 확보되는 광활한 면적에 아름다운 녹지와 공공시설을 설계하고….'

명확한 방향성을 제시하였다.

"해당 시설에 접근성 높은 입주민들로 하여금 이로 인한 프리미엄을 느끼게 만들면서도, 다른 곳에 거주하는 서울시민들도 성수 한강공원을 매력적으로 느끼도록 설계해야만 합니다."

우진은 단순히 이상적인 방향성만을 얘기하는 것이 아니었다. 대표라고 해서 '이렇게 해라'라고 무턱대고 지시하기보다는, 자신이 제시한 방향에 대한 정확한 근거와 다양한 레퍼런스를 항상 같이 제시하였다. 그래서 WJ 스튜디오의 디자이너들은 우진의 방식을 무척이나 좋아하였다.

"이건 뉴욕 센트럴파크의 사례군요."

"저건 런던의 하이드파크인 것 같고….'

"뤽상부르 공원도 확실히 참고할 만하겠습니다. 영국의 리젠트 파크도 멋지고… 하지만 한강과 완벽하게 비슷한 입지조건을 가진 공원은 세계 어디에도 찾기 힘들군요."

"애초에 세계 어디에도 인구 천만 이상의 대도시에 한강 같은 아름답고 커다란 강이 흐르는 곳은 잘 없으니까요."

"한강공원의 매력이지요."

"저희가 너무 프리미엄 주거공간에 집중했던 것 같습니다."

"대표님 말씀대로 수정안 좀 내보겠습니다."

우진이 이런저런 안건들을 제시하자, 또다시 분주하게 회의가 진행됐다. 집단지성의 힘이란 대단한 것이어서, 우진이 혼자 고민할 때에는 생각조차 하지 못했던 아이디어들도 여럿 튀어나왔다.

"아예 커뮤니티 시설의 일부를 한강변 쪽으로 셰어해도 괜찮겠습니다."

"그건 너무 위험한 발상 아닐까요, 팀장님?"

"프라이버시 때문에 그러시죠, 대표님?"

"당연하죠."

"당연히 기본 커뮤니티 시설은 분리해야 합니다. 주민들 반발도 심할 거고요."

"그럼…?"

"하지만 기존에 저희가 제안드렸던 워터파크 시설을 아예 한강 공원 방면으로 절반 정도 빼버리고, 외부인에게 사설시설보다 비교적 싼 이용료를 걷어서 관리비에 보탠다면…."

"오! 그런 방법이!"

"입주민이건 외부인이건 서로 윈윈할 수 있는 구도가 충분히 나올 수 있다고 생각합니다."

"충분히 가능한 방법이군요. 워터파크 관리비용이 만만치 않을 텐데, 확실히 좋은 아이디어입니다."

회의는 몇 시간에 걸쳐 길게 이어졌지만, 그 누구도 집중도가 떨어지지 않은 채 열정적으로 회의에 임하였다. 회의 분위기가 워낙 좋기도 했지만 다들 서울 한복판에 이런 거대한 규모의 공간을 자신들의 손으로 설계한다는 사실 자체가 고무적이었던 것이다.

"타입별 평면구성부터 시작해서 설계 퀄리티는 아주 훌륭하군요."

"감사합니다, 대표님."

"다만 외관 특화는 같이 좀 더 고민해보십시다."

"네, 그렇지 않아도 일반적으로 쓰이는 커튼월 룩이 조금 밋밋한 감이 있지 않나 고민 중이었습니다."

"제가 최근에 작업했던 패러매트릭 디자인을 일부 적용해봐도 좋을 것 같군요."

"주거공간인데… 너무 기하학적인 형태를 생각하시는 건 아닌 지요."

"아, 그런 것은 아닙니다. 전반적인 건물 형태는 그대로 가고… 커튼월 느낌을 내기 위해 커튼월 룩(Curtain wall look) 디자인을 사용하는 것처럼, 패러매트릭 디자인을 접목한 특별한 패턴을 스킨 형식으로 건물에 씌워볼 생각을 하고 있었거든요."

"오…! 그건 멋지겠습니다."

그래서 결국 4시경에 끝날 예정이었던 설계 변경 회의는, 퇴근 시간인 6시가 거의 다 되어서야 마무리될 수 있었다.

"모두 수고하셨습니다."

"고생 많으셨습니다!"

하지만 길어진 회의에도 다들 의욕적인 표정을 잃지 않고 있었고, 특히 회의를 주도했던 우진은 무척이나 흡족한 얼굴이었다.

'이제 다들 도가 텄어. 설계 중간 결과물들이 생각보다 만족스럽네.'

대표실로 걸어가던 중 사업부 팀장과 마주친 우진이 그를 잡고 물었다.

"유 팀장님, 저희 공모 마감이 며칠 남았죠?"

"앞으로 3주 정도 남았습니다."

"시간은 충분하군요."

"하하, 공고가 나기 전부터 미리 시작했으니까요."

"사업부 쪽에는 별문제 없죠?"

"걱정 마세요, 대표님. 유보금 아직 많이 남아있습니다."

"이번에 공모 준비한다고 인력을 워낙 많이 투입해서… 매출이 필연적으로 떨어질 수밖에 없으니 걱정이죠."

우진의 말에 유 팀장이 기분 좋게 웃으며 대답했다.

"이번 사업, 어차피 따오시는 것 아니었습니까? 흐흐."

우진도 피식 웃으며 대꾸했다.

"그야 그렇게 되게 하긴 하겠지만…."

우진은 물론 자신이 있었지만, 말꼬리를 조금 흘렸다. 어쨌든 이번 사업을 따오는 것이 아직 확정적인 사안은 아니기 때문이었다. 아무리 우진이 해당 프로젝트를 최초로 제안한 사람이라고 해도, 더 좋은 설계를 제안하는 회사가 있으면 일은 그쪽에 가는 것이 맞았으니까.

'그럴 일은 없게 해야겠지.'

아마 공공성 있는 설계 중에서 규모가 역대급으로 크다 보니, 해외 굴지의 설계사무소들도 많이 참여할 터. 해외의 스튜디오에서 어떤 제안을 해올지, 그들과 어떤 경쟁을 해야 할지 벌써부터 기대되는 우진이었다.

'메이저급 스튜디오들이 들어온다면 경쟁은 치열하겠지만… 그래도 결국 승자는 우리가 될 거야. 사업장의 실정을 나만큼 잘 아는 사람은 어디에도 없을 테니까.'

그런데 우진이 이런 생각을 하고 있던 이때, 자리로 돌아가려던 사업부 유 팀장이 갑자기 다시 걸음을 돌려 우진을 향해 말했다.

"아, 참. 대표님."

"네?"

"방금 들어온 따끈따끈한 소식이 하나 있는데….'"

유 팀장의 말에 우진이 고개를 갸웃거리며 되물었다.

"따끈따끈한… 소식이요?"

"넵."

"좋은 소식인가요?"

"물론입니다."

그리고 다음 순간.

"어떤 소식인가요?"

"국토부에서 공문이 내려왔습니다."

"공문?"

생각지도 못했던 유 팀장의 이야기에, 우진은 두 눈이 휘둥그레져야만 했다.

"이번 성수 프로젝트 말입니다. 해외 설계사무소들의 참여가 제한된답니다."

— * —

우진은 당황했다.

'공문이라고? 갑자기?'

건축협회와 국토부 간의 어떤 관계 등에 대해 모르는 그로서는, 전혀 생각하지 못했던 상황이었으니 말이다.

"그러니까 그 공문이라는 게… 오늘 온 거죠?"

팀장이 고개를 끄덕였다.

"네, 대표님. 회의 들어가 계시는 동안 내려온 공문입니다."

"한번… 볼 수 있을까요?"

"물론입니다. 이쪽으로 오세요."

팀장을 따라간 우진은 그의 모니터로 국토부에서 내려온 공문을 확인할 수 있었다. 해당 공문은 공모에 참가의향서를 보낸 업체들에 일괄적으로 들어온 메일이었는데, 분명히 국토부 장관의 직인이 찍혀있는 공식적인 문서였다.

"해당 지구 단위 개발 프로젝트는 서울시 개발계획 내에서도 상징성이 있는바…."

작은 목소리로 중얼거리던 우진이 어이없는 표정이 되었다.

'건설업 내수증진과 사업 추진 차원에서 공공기관과 소통의 원활함을 위해, 해외에 본사 소재지를 두고 있는 해외 법인을 전부 공모 대상에서 제외한다고?'

우진이 어이없는 이유는 간단했다. 그가 생각할 땐 이 내용 자체가 거의 헛소리에 가까웠으니까. 이게 정말 국토부의 생각이라면, 중국 공안 당국의 쇄국정책과 다를 바 없는 마인드였으니 말이다.

'성수 사업장이 크긴 하지만, 건설업체뿐만이 아니고 설계사무소까지 해외 업체를 차단해버린다는 게… 내수증진에 대체 무슨 도움이 된다고.'

'소통의 원활함'이라는 부분은 더더욱 웃기기 그지없었다. 말은 그럴싸하게 써놨지만 결국 '한국말로 일하고 싶다'는 건데, 80년대도 아니고 뉴 밀레니엄 글로벌 시대에서 말도 안 되는 마인드였으니 말이다. 이 정도 규모의 사업장이면 사업비로 즉시 통번역 가능한 통역가들을 여럿 고용할 수 있을 텐데, 우진이 보기에 이 공문은 억지에 지나지 않았다.

'대체 누구 머릿속에서 이런 어이없는 제안이 나온 걸까?'

물론 이 상황 자체는, 사업부 팀장이 이야기한 것처럼 WJ 스튜디오에 더할 나위 없이 좋은 상황이 맞았다. 국내의 설계사무소들을 무시하는 것은 아니지만, 해외 사무소들의 공모를 원천 차단할 수 있다면, 공모의 난이도는 절반 이하로 떨어지는 게 자명한 사실이었으니까.

하지만 이렇게 좋은 상황임에도 불구하고, 우진은 본능적으로 찜찜함을 느끼고 있었다. 정확히 어떤 건지야 알 길이 없었지만, 보통 국가가 주체인 사업장에서 이런 당황스런 일이 발생할 때에는 어떤 이권이 개입되어 있는 경우가 많았으니까.

"대표님…?"

"넵?"

"혹시 어떤 문제라도 있는지…."

당연히 좋아할 줄 알았던 우진이 심각한 표정이자 사업부 팀장이 걱정스런 목소리로 물어봤고, 그에 우진은 고개를 휘휘 저으며 멋쩍은 표정으로 대답하였다.

"아, 그런 것 아닙니다. 그냥 조금 이상해서요."

"하하, 확실히 이상하기는 하죠."

"하지만 뭐, 좋은 게 좋은 것 아니겠습니까?"

우진의 말에 팀장이 고개를 끄덕였다.

"맞습니다. 정말 잘됐다고 생각합니다."

우진이 다시 말을 이었다.

"이렇게 된 이상, 이번 공모는 무조건 당선시켜야겠습니다."

"흐흐, 믿습니다, 대표님. 성수 사업장만 따내면, 내년에는 정말 회사 덩치를 확 불릴 수 있을 것 같거든요."

사업부 팀장과 웃으며 대화를 좀 더 나눈 우진은 찜찜한 마음을 덜어내고는 기분 좋게 대표실로 돌아왔다.

'그래, 말 그대로… 좋은 게 좋은 거지, 뭐.'

처음 공문을 보자마자 느꼈던 것처럼 뭔가 이해관계가 얽혀있는 것 같기는 했지만, 그런 것을 감안하더라도 우진의 입장에서는 무조건 좋은 상황이었으니까.

'누가 장난질 좀 친다고 해도, 내 쪽에도 방법이 없는 상황은 아니지.'

만약 일 년 정도 전이었다면, 좀 더 초조했을지도 모른다. 이런 상황에서 믿을 만한 인맥이 없다면, 눈 뜨고 코 베이는 일도 비일비재한 것이 건설업계였으니까. 하지만 우진의 뒤에는 이제 정책실장으로 부임할 황종호가 있었으며, 이번 사업을 주도하는 현 서울시장 구윤권이 있었다. 그들의 성향상 우진을 일부러 더 도와주거나 하지는 않겠지만, 어떤 부당한 상황에 직면하는 것을 막아주는 정도는 충분히 가능할 것이다.

'일이나 더 열심히 하자.'

그래서 우진은 아직 확실치도 않은 어떤 상황에 대한 걱정을 하기보다는 지금 할 수 있는 것들에 힘을 쏟기로 하였다. 문제야 발생했을 때 해결할 방법을 모색하면 되는 것. 미리부터 걱정하는 것은 우진의 스타일이 아니었다.

끼이익-

대표실로 다시 돌아온 우진은 전화를 걸어 석현을 불렀다.

"석구, 대표실로 좀 올 수 있어?"

[무슨 일이야?]

"이번 성수 사업장, 외관 디자인 때문에 논의할 부분이 있어서."

[알겠어. 10분만 줘.]

"오케이."

WJ 스튜디오는 많은 장점들을 가지고 있지만, 그중에서도 가장 특별한 것은 역시 디지털 건축과 3차원 설계에 대한 이해도. 우진은 남은 시간을 전부 쏟아부어서, 할 수 있는 최고의 디자인을 뽑아내기로 마음먹었다. 해외 스튜디오들이 배제된다는 유리한 상황이 되었음에도 불구하고, 우진은 오히려 더 작업에 박차를 가하기 시작하였다.

— * —

또다시 뜨거운 여름이 왔다. 12년의 여름은 꽤 후텁지근한 편이었고, 이런 날씨에 가장 힘든 곳 중 하나가 바로 공사현장이었다. 아직까지 WJ 스튜디오의 주력은 설계와 디자인이었지만, 건설사를 인수한 뒤로부터는 실제 시공 분야에서 또한 조금씩 자리를 잡아가는 중이었고, 그래서 현재 WJ 스튜디오가 발을 들인 사업장은 두 군데 정도가 있었다.

일단 첫 번째 사업장은 당연히 성수동에 있는 WJ 스튜디오의 사옥. 이제 첫 삽을 뜬 지 9개월쯤 지난 WJ 스튜디오의 사옥은 건물의 윤곽이 거의 다 잡힌 상황이었다. 9월 말로 잡혀있는 준공 예정일에, 조금 빡빡하지만 충분히 일정을 맞출 수 있을 정도. 어느 정도 덩치 있는 회사를 인수하여 소화시키는 과정이다 보니, 불협화음은 당연히 생겨났다.

하지만 결과적으로 우진은 회사 인수를 깔끔하게 해내었고, 그로 인해 생긴 부채들도 이제 거의 정리가 되어가는 상황이었다. 그래서 얼마 전에 수주를 따낸 것이, 바로 두 번째 사업장이었다. 두 번째 사업장은 사실, 아직 확정적으로 계약이 끝난 상황은 아니었다. 구두로는 이야기가 다 끝났지만, 어쨌든 도장을 찍고 변호사 공증까지 마치기 전까지는 언제든 엎어질 수 있는 게 사업이었으니까. 오늘 우진은 그 '도장'을 찍기 위해 움직이는 중이었다.

"진태 형, 나 눈 좀 붙일게. 도착하면 깨워줘."

"알겠다."

진태의 차 조수석에 탄 우진은 의자를 뒤로 젖히고 눈을 감았다.

성수동 전략정비구역의 공모 마감이 며칠 남지 않은 상황이었기 때문에 몇 날 밤을 새어 얼굴이 퀭했지만, 이런 와중에도 오늘 직접 움직이는 이유는 오늘의 일이 그만큼 중요하기 때문이었다.

'우리 사옥이야 따로 클라이언트가 없으니까 예행연습 같은 거였지만… 이제는 진짜로 실전이니까.'

여기서 예행연습이라는 건, 건축 자체를 연습처럼 한다는 얘긴 당연히 아니었다. 다만 건축시공 전반에 대한 컨트롤을 직접 하는 것이 처음이었으니, 그에 대한 예행연습이라고 말한 것이었다. 공사 일정을 맞추고 예상치 못했던 상황들에 임기응변하는 등 오너로서 해내야 하는 여러 가지 대처들에 대한 예행연습.

공사판이야 전생에서 질리도록 경험한 부분이었지만 컨트롤타워의 꼭대기에서 그것을 경험하는 것은 또 다른 문제였고, 우진은 그 또한 성공적으로 해내었다. 현장에 대해 누구보다 빠삭하게 알고 있었다는 점이 큰 장점으로 작용한 듯싶었다.

'어쨌든 생각보다 기회가 빠르게 왔어. 성수 설계권을 따내는 것도 중요하지만… 이번 시공권도 그에 못지않게 중요하니까….'

눈을 감은 채로도 계속해서 일 생각을 하던 우진은 스르르 잠에 들었다. 진태의 차를 타고 향하는 곳은 이번 사업권을 가지고 있는 시행사. 지식산업센터의 부지매입과 시행을 전문적으로 하는 '클라우드 파트너스'라는 회사였다. '클라우드 파트너스'의 분양 사무실은 성수동에 있었지만, 본사는 은평구에 있었고, 때문에 성수동에서 본사까지 가는 길은 거의 한 시간은 걸리는 여정이었다.

부우웅-

광화문 쪽을 지나 통일로 초반부를 빠져나오자, 길은 그래도 수월히 뚫렸다. 출퇴근 시간을 피했기 때문인지, 진태의 차는 목적지까지 50분 정도 안에 도달할 수 있었다.

끼익-

차가 멈추는 소리가 나자 반사적으로 눈을 뜬 우진이 커다랗게 기지개를 켜며 진태를 향해 물었다.

"도착했어, 형?"

"그래, 다 왔다. 거울 좀 보고, 머리 좀 정리하고 올라가자."

"알겠어."

조수석 거울을 열어 부스스해진 머리를 가다듬은 우진은 차 문을 열고 주차장에 내렸다. 이어서 주머니에서 스마트폰을 꺼내어, 누군가에게로 전화를 걸었다.

띠리리링-

컬러링 없는 단조로운 송신음과 함께, 잠시 후 밝은 목소리가 전화를 받았다.

[대표님! 도착하셨습니까?]

"네, 과장님! 저희 방금 주차장에 도착했습니다."

[그, 저희 건물 1층에 카페가 하나 있는데, 거기 잠깐 계시겠어요?]

"위치 알려주시면 저희가 올라가도 되는데…."

[아, 아닙니다. 제가 모시고 올라와야죠. 금방 내려가겠습니다!]

"그럼 커피라도 한 잔 시켜놓을까요?"

[좋습니다! 아직 미팅 시간도 넉넉히 남았으니, 커피 한 잔 같이 하시죠.]

"커피는 어떤 거로…."

[저는 아메리카노 한 잔이면 될 것 같습니다. 저희 회사 미팅 왔다고 말씀하시면, 따로 결제하실 필요는 없을 겁니다!]

우진의 통화음은 꽤 큰 편이었고, 그래서 바로 옆에 서 있던 진태는 대략적인 내용을 들을 수 있었다. 그리고 내용을 들었기 때문에 진태는 의아한 표정이 될 수밖에 없었다.

"너, 여기 클라우드 파트너스에 아는 사람이 있었어?"

아무리 우진이 한 회사의 '대표'라고는 하지만, '클라우드 파트너스'와 같은 대형 시행사 직원이 이렇게 깍듯이 대접하는 것은 잘 이해되지 않았으니 말이다. 게다가 목소리 톤만 들어봐도, 우진을 무척이나 반긴다는 게 느껴질 정도. 그런 진태의 기색을 느낀 건지 우진이 피식 웃으며 입을 열었다.

"형, 우리 지금 쓰는 사무실 건물 있잖아. 서울숲 IT타워."

"지금 쓰고 있는 지식산업센터?"

"응, 지금 우리 건물."

"갑자기 그건 왜?"

더욱 의아해진 진태의 표정을 보며 우진이 재밌다는 듯 다시 말을 이었다.

"형, 혹시 서울숲 IT타워 시행사가 어디였는지 기억해?"

뜬금없는 우진의 이야기에 진태는 고개를 갸웃하였다.

"야. 그걸 내가 어떻게 기억하냐? 내가 직접 매입한 것도 아닌…."

하지만 바로 다음 순간,

"잠깐."

"흐흐, 눈치챘어?"

이 상황이 어떻게 된 건지 머릿속에서 퍼즐이 맞춰진 진태가 놀란 표정으로 다시 입을 열기 시작하였다.

"설마 서울숲 IT타워 시행했던 시행사가 클라우드 파트너스야?"

우진이 씨익 웃으며 대답했다.

"빙고, 바로 그거지."

"그럼 방금 너랑 통화했던 분은…?"

우진은 대답 대신 유리문을 밀고, 카페 안으로 걸어 들어갔다. 이어서 간단하게 아메리카노 세 잔을 시킨 우진은 푹신한 소파 자리에 몸을 기대어 앉았다. 아직 대답을 듣지 못한 진태가 궁금해 죽겠다는 표정으로 우진의 맞은편에 앉았고, 그런 그의 표정을 본 우진이 웃으며 다시 말을 이었다.

"서울숲 IT타워 내가 매입할 때, 분양사무소에 있던 직원 한 분께 전 호실 싹 다 매입했었거든."

"그럼 그때 그분이 바로…."

우진의 입가에 기분 좋은 미소가 걸렸다.

"맞아, 그때는 대리셨는데 그 이후로 잘 풀리셨는지 본사로 발령 나면서 과장까지 진급하셨더라고. 클라우드 파트너스 내에서도 입지가 괜찮게 생기신 모양이야."

Give & Take

클라우드 파트너스의 김준영 과장과 우진의 인연은, 단순한 영업사원과 고객으로서의 인연이 아니었다. 두 사람이 처음 알게 된 것부터 우진이 지식산업센터를 편하게 매수하기 위해 박경완으로부터 소개받은 것으로 시작이 되었으며 그 뒤로도 인연의 끈을 꾸준히 이어오고 있었던 것이다.

사실 우진이 지식산업센터를 매수한 뒤 김준영 과장이 따로 연락하지 않았더라면, 아마 인연은 이어질 수 없었을 것이다. 당시 김준영 과장은 우진 덕에 크게 실적을 쌓을 수 있었는데, 그것이 고마워 경완과 우진에게 밥을 산 적이 있었고, 그 덕에 이후로도 연락을 주고받게 됐던 것이었으니까.

[진짜 이번에는 시말서 쓸 뻔했는데… 두 분 덕에 살았습니다.]

[하하, 뭐 우리 덕을 봤다고 할 것까지 있나. 다 같이 잘되면 좋은 거지.]

[부장님 말씀이 맞습니다. 덕분에 저도 분양가 할인도 좀 더 받고… 최대한 싸게 매수할 수 있었고요.]

[전에는 김 대리 자네가 날 도와줬으니, 고마울 것도 없어.]
[그렇게 말씀해주신다면야 더 감사하죠.]

당시 영업부의 대리였던 김준영은 영업 압박에 엄청 크게 시달리던 중이었다. 지금이야 성수동의 지식산업센터가 2년 전의 분양가라면 매수 대기자들이 줄을 서서 사가려고 할 테지만, 당시에는 미분양 위험도가 아주 크던 상황이었으니까.

상부에서는 감봉에 권고사직까지 들먹이며 어떻게든 다 팔아 치우라고 하는 상황이었고 이런 내리 갈굼의 가장 큰 희생양은, 당연히 현장 일선에서 뛰는 영업사원들이었다. 그런 와중에 우진이 매수해간 여덟 개 호실은 가뭄에 단비와도 같은 것이었다.

"가뭄의 단비 수준이 아니었죠. 서 대표님 덕에 저 혼자 10호실을 팔아 치운 셈이 됐으니까요."
"하하, 그런 일이 있었군요."
"그 뒤로도 갑자기 일이 좀 풀려서, 다섯 채나 더 계약하게 됐었습니다. 일이 풀리기 시작하니까 술술 풀리더라고요."

당시의 일을 설명하는 김준영 과장은 무척이나 밝은 표정이었고, 진태는 흥미로운 표정으로 이야기를 듣고 있었다. 옆에 앉은 우진은 꽤나 멋쩍은 표정이었고 말이다.

"게다가 그게 끝이 아닙니다."
"끝이 아니라는 말씀은…."
"제가 여기 서 대표님 덕을 본 게, 거기서 끝이 아니라는 말이죠."

그때 그 술자리. 김준영이 두 사람에게 고맙다며 밥을 샀던 그날, 준영은 경완과 우진에게 이런 이야기도 했었다.

[사실 이 영업 일. 적성에 너무 맞지 않는 것 같아 그만둬야 할지 고민입니다.]

[그래? 적성이라… 영업이란 게 원래 힘든 일이기는 한데….]

[그래도 이번에 실적도 좋으실 텐데, 퇴사는 너무 아쉽지 않으신가요?]

[뭐, 진급한다고 해도 분양 때마다 스트레스는 더 심해질 텐데… 연봉 조금 오르는 게 무슨 의미가 있나 싶습니다.]

술이 조금 들어가자 평소 가지고 있던 고민에 대한 이야기가 흘러나왔고,

[그럼 부서 한번 옮겨보시는 건 어떠세요?]

[부서요?]

[시행사라고 해서 영업 파트만 있는 건 아니잖습니까. 사업부도 있을 테고 마케팅 부서도 있을 테고….]

[어, 음… 그게 쉽진 않아서….]

[실적 좋고 분위기 좋으실 때, 윗선에 딜 한번 때려보세요. 다 사람이 하는 일인데, 분명 유도리가 있을 겁니다.]

그에 대해 우진이 생각지도 못했던 제안을 했던 것이다.

[사실 예전부터 사업부로 가고 싶긴 했습니다. 그런 쪽으로 고민

하는 게 제 적성과 맞거든요.]

　[그렇다면 이런 딜은 어떻습니까?]

　[어떤 딜 말입니까?]

　[IT타워 아직 미소진 물량 조금 남아있지 않습니까?]

　[그렇긴 합니다만 아마 다음 달 안으로는 소진될 것 같아요. 그
런데 그건 갑자기 왜…?]

　[미소진 물량 한 호실 정도, 대리님이 사시는 겁니다.]

　[네?]

　[아마 윗선에서는 지금, 하루라도 빨리 다 털어버리고 싶어 하시
겠죠?]

　[물론입니다. 지금 자금 흐름 때문에, 회사도 급한 상황인 모양
이더라고요.]

　[이럴 때 실적도 좋은 대리님이 '내가 한 손 거들겠다, 대신 본사
사업부로 발령 좀 내달라.']

　[헛….]

　[이렇게 딜을 때리면, 충분히 가능성 있지 않겠습니까?]

　처음 김 대리는 우진의 이 제안을 들었을 때, 황당하기 그지없었
다. 아무리 퇴사가 간절할 정도로 보직이 힘들다고 하더라도, 억
단위가 넘는 호실 하나를 매입하면서까지 상사와 딜을 하는 것은
배보다 배꼽이 훨씬 더 커 보였으니 말이다. 이런 제안을 진짜 그
가 한다고 해서 실제로 우진의 말처럼 될지도 미지수였고. 그래서
그 술자리에서는 우진의 말을 그냥 웃어넘겼었다.

　[에이. 그래도 그렇게까지 할 건 아닌 것 같습니다, 대표님.]

[뭐, 좀 과해 보일 수도 있지만… 저 같으면 그렇게 했을 것 같아서 한번 말씀드려봤어요. 주제넘었으면 죄송합니다.]

[어우, 주제넘다니요. 절대 그렇지 않습니다. 이런 말씀까지 해주셔서 제가 정말 감사드리지요.]

하지만 그러고 나서 얼마 후, 김 대리는 적잖이 당황할 수밖에 없었다. 잊고 있었던 우진의 그 이야기를, 다시 떠올릴 수밖에 없는 상황에 직면하게 된 것이다.

"본사에서 아예 노골적으로 영업사원들한테 압력을 넣더군요."

"어떻게요?"

"가장 판매실적이 높은 세 사람에게, 11년도 인사 우선권을 주겠다고요."

"허…."

"심지어 저 얘기가 나왔을 때, 제 실적이 정확히 공동 3등이었습니다. 한 호실만 더 계약해내면, 안정적으로 3등 안에 들 수 있는 상황이었죠. 기가 막히지 않습니까? 결국 서 대표님이 하셨던 제안을, 리스크 없이 그대로 선택할 수 있는 기회가 온 거지요."

"그래서 설마…."

진태의 말에, 김준영이 웃으며 고개를 끄덕였다.

"그 설마가 맞습니다. 그때 뭐에 홀리기라도 했는지, 눈 딱 감고 제 명의로 한 호실 사버렸어요. 제 3년 치 연봉을 그대로 때려 박았죠."

김준영은 그때의 일을 아직까지도 잊을 수가 없다고 했다. 그 이후로 준영의 답답했던 회사생활은 마치 고속도로처럼 뻥 뚫렸으며 심지어 그때 샀던 IT타워 한 호실도, 재테크 수단으로서 효자 노릇을 톡톡히 하고 있었으니까. 진태가 물었다.

"그때 계약면적 기준 50평 정도 되는 거 사신 거죠?"

"맞습니다."

"그럼 한 2억 8천 정도에 사신 건가요?"

"전 내부직원이니까… 좀 더 싸게 샀죠."

"그럼 2억 5천 정도…?"

"하하, 노코멘트 하겠습니다."

당시 준영은 대출 1억 5천을 받아, 2억 3천 정도에 호실 하나를 계약했다. 1억 5천 대출에 대한 이자는 130만 원 정도 나오는 월세로 충분히 메워졌고, 오히려 매달 80만 원 정도의 괜찮은 부수입까지 생겼다. 게다가 2년이 지난 지금, 준영이 그때 계약했던 호실은, 3억 5천을 주고도 살 수 없을 정도로 값이 올라 있었다. 실제 투자금만 놓고 보면, 150%가 넘는 수익을 달성한 것이다.

"그러니까 서 대표님께선 제 은인이실 수밖에요."

김준영 과장의 이야기에, 우진이 손사래를 치며 대꾸했다.

"은인이라뇨, 그냥 김 과장님께서 그때 선택을 잘하셨던 겁니다."

준영이 고개를 저으며 말했다.

"아뇨, 대표님께서 그때 술자리에서 한마디 던지셨던 게 아니라면, 아마 저는 이렇게 결단 못했을 겁니다."

그리고 둘의 대화를 옆에서 듣고 있던 진태가 갑자기 한숨을 푹 하고 내쉬었다.

"하아…."

의아한 표정이 된 우진이 물었다.

"형은 갑자기 왜 한숨이야?"

그에 진태가 우울한 표정으로 대답했다.

"난 지난 2년 동안 뭐 했나 싶어서."

"뭐?"

진태가 우진을 툭툭 건드리며 다시 입을 열었다.

"그렇잖아. 바로 옆에 투자 귀신이랑 온종일 붙어 다니면서도, 월급이나 받아먹었지 투자는 한 번도 못 했으니까."

그제야 진태가 무슨 말을 하는지 이해한 우진이 피식 웃으며 대꾸하였다.

"그러게, 내가 사랄 때 말 좀 듣지. 우리 IT타워 살 때도 형한테 내가 얘기했었잖아?"

"야, 살려고 했어. 돈 조금만 더 모으고 나서. 근데 그렇게 갑자기 확 오를 줄은 몰랐지."

"내가 항상 말하지만, 형. 지금 사도 된다니까?"

"이미 4억이 다 돼가는데?"

"몇 년 지나면 6억이야."

"하… 난 못하겠다. 2억 중반 때 봤던 걸 4억에 사라고 하니까, 손이 도저히 안 가."

"크크, 내년에 후회할걸?"

고개를 절레절레 젓는 진태를 보며, 우진과 준영이 동시에 웃었다. 그리고 준영과 우진의 과거 이야기 덕에, 분위기는 더욱 훈훈하게 흘러갔다. 기분 좋게 이런저런 이야기들을 더 나누던 중, 시계를 확인한 준영이 우진을 향해 물었다.

"자, 그럼 이제 시간도 거의 다 된 것 같으니… 슬슬 올라가 보실까요, 대표님?"

"좋습니다. 계약 진행도 과장님이 직접 해주시는 건가요?"

"그건 아닙니다. 규모 좀 작은 편에 속하기는 해도 시공 건이라… 아마 차장님께서 테이블에 나오실 겁니다."

엘리베이터를 타고 올라가면서, 준영은 문제없이 계약이 진행될 거라고 했다. 최근 우진의 활약 덕에 WJ 스튜디오라는 회사에 대한 인지도가 제법 높아져 있었던 데다 준영 본인이 푸시를 세게 밀어 넣어줘서, 아마 순조롭게 진행될 것이라고 말이다.

"대표님 네임밸류라면, 분양가 좀 세게 책정해도 다 팔려나갈 거라고 제가 강하게 얘기해놨습니다."

"으… 그렇게 말씀하시니까 갑자기 부담되는데요?"

"하하, 전 이미 마케팅 전략도 다 짜놨습니다."

"어떻게요?"

"기존의 아파트형 공장 이미지가 아닌 IT 기업의 사옥 이미지로, 패러필드의 파빌리온을 디자인한 서우진 대표의 WJ 스튜디오가 직접 디자인한 건물이다."

"저희가 시공은 하지만… 디자인 설계는 아니지 않습니까?"

"설계도 WJ 스튜디오 설계팀에서 해주시면 되잖습니까."

"예?"

"제가 떡밥은 뿌려놨으니 대표님께서 한번 요리 잘해보세요, 하하."

　김준영의 이야기를 듣던 우진은 놀랄 수밖에 없었다.
　'김 과장님이 원래 이런 분이셨나…?'
　처음 만났을 때에는 꽤 소심하고 소극적인 성향의 사람으로 생
각했었는데 못 본 사이 사람의 분위기나 에너지 자체가 완전히 바
뀐 것처럼 느껴졌으니 말이다.
　'자리가 사람을 만든다더니….'
　영업부서에서 매번 실적압박을 받으며 갈굼당하던 현장직원
시절에는 소심해 보이던 김 대리가, 적성에 맞는 사업부에 와서
본인의 능력을 인정받자, 주도적이고 적극적인 사람으로 다시 태
어난 것.

　"감사합니다, 과장님. 이번에는 제가 정말 빚을 많이 지네요."
　우진의 감사 인사에, 준영이 웃으며 한쪽 눈을 찡긋하였다.
　"다음에 박 부장님. 아니, 박 상무님이랑 고기나 한번 구우시죠."
　"좋습니다."
　"이번에는 서 대표님께서 사시는 겁니까?"
　"하하, 물론입니다."

　그리고 그날 우진은 김준영의 서포팅 덕에 시공권 계약을 깔끔
하게 따낼 수 있었다. 물론 준영이 말했던 설계권은 덤이었다. 다
지어놓은 밥을 떠먹는 정도는, 업계에서 닳고 닳은 우진에게 일도
아니었으니까.
　'김 과장님 덕을 이렇게까지 크게 볼 줄은 몰랐는데….'

그래서 우진은 계약을 마치고 기분 좋게 다시 성수동으로 돌아올 수 있었다. 오늘의 계약이 WJ 스튜디오의 성장에 큰 도움이 되는 것은 분명했지만 우진은 이 계약 건보다, 김준영이라는 인맥을 확실하게 얻은 것이 더 큰 수확이라고 생각하였다.

———— ＊ ————

　패러마운트사의 기획실장 김진수는 최근 기분이 날아갈 것만 같았다. 처음 기획실장으로 부임하던 작년 연초와 지금을 비교했을 때, 회사 내의 입지가 완전히 달라져 있었으니 말이다. 사실 처음 기획실장으로 발령 났을 때, 김진수는 앞이 캄캄한 상황이었다. 본래 사업부의 팀장급이었던 그가 실장으로 발령 난 것은 나이에 비해 파격적인 인사였지만, 사업부에서 무탈한 회사생활을 하던 그에게 당시 기획실은 전쟁터나 다름없는 곳이었으니까.
　건설 비리로 인해 몇 개 팀이 완전히 해체되기 직전까지 갔었던 기획실. 어수선한 분위기 속에 김진수는 실장 자리를 맡게 됐었고, 이것은 일종의 시험대였다. 이 상황을 수습해내면 더 높은 자리까지 성공 가도가 열릴 테지만, 반대로 능력을 증명하지 못한다면 옷을 벗어야 할지도 모르는 시험대. 본래 능력은 있지만, 보수적인 성향이었던 김진수에겐 그리 반갑지 않은 인사 발령이었던 것이다.
　'그땐 진짜 한숨이 절로 나왔었지.'
　하지만 결과적으로 그때의 인사발령은, 김진수에게 커다란 선물을 안겨주었다. 패러필드는 사내에서 기대하던 수준을 아득히 넘어설 정도로 성공했으며, 그 중심에는 그가 있었으니까. 물론 와해

되었던 기획실을 다시 휘어잡고 정비한 것은 김진수의 능력이 맞다. 하지만 패러필드가 완공된 뒤 이만한 대중적 반향을 불러일으킨 것은, 솔직히 운적인 요소가 아주 크다고 할 수 있었다.

세계적인 건축가 브루노의 건축 디자인이 역대급이라는 평가를 받을 정도로 멋지게 뽑혀 나온 것과 가장 핵심적인 공간인 메인 로비에 들어간 파빌리온의 디자인이 세계적인 화제성을 가질 정도로 아름답게 어우러졌다는 것. 이것은 김진수의 능력으로 컨트롤 가능한 영역이 아니었으니까.

'게다가 그 젊은 대표님이 이렇게까지 화제의 인물이 될 줄은 몰랐지.'

이 모든 상황의 일등공신이나 다름없는 한 남자를 떠올린 김진수는 콧노래를 흥얼거리며 걸음을 옮겼다. 오늘 그는 패러필드가 완공된 이후 처음으로 아내와 함께 쇼핑을 하러 나와 있었다.

"여기 진짜 너무 좋다, 오빠."

유명 브랜드 매장에서 옷을 한 벌 산 아내가 기분 좋게 웃으며 팔짱을 꼈다. 그런 그녀를 보며, 진수가 웃으며 입을 열었다.

"그래?"

아내가 다시 고개를 끄덕이며 입을 열었다.

"브랜드도 진짜 다양하게 입점돼 있고, 식당가도 괜찮은 프랜차이즈들 깔끔하게 잘 들어와 있고… 다음엔 우리 지율이 데려와도 좋겠어."

올해 다섯 살 난 아들을 떠올린 진수가 고개를 주억거렸다. 아내의 이야기에, 그도 전적으로 동의하는 바였다.

'외관만 멋있게 뽑힌 게 아니고, 내부 구조도 진짜 효율적으로 잘 갖춰졌어. 애들 데려와서 시간 보내기도 좋고….'

진수는 이 패러필드 왕십리점 기획을 직접 컨트롤한 실무자였지만, 건축 분야의 전문가는 아니었다. 그래서 패러필드를 돌아다니면서 느껴지는 편리함과 안락함 그리고 공간 자체에서 느껴지는 호감에 대해, 구체적으로 어떻다 명확히 설명할 수는 없었다.

하지만 한 가지 명확하게 알 수 있는 것이 있었는데, 그것은 기획 단계에서 세팅하고 기대했던 결과물보다 훨씬 더 이상적인 공간이 만들어졌다는 사실이었다. 왕십리 패러필드는, 예쁜 것들은 보통 불편하다는 그의 평소 생각을 완전히 깨부수는 디자인이었다.

"우리 회사에서 이번에 진짜 신경 많이 쓰기는 했거든."

"오빠, 보람 있겠다."

"그치. 여기 잘돼서, 나도 이렇게 잘 풀린 것 아냐."

"히히, 그래서 오빠 올해 또 승진 확정된 거야?"

"그건 아직 몰라. 요즘 회사 분위기는 최곤데, 아무래도 작년에 승진하고 올해 또 승진하는 건 쉽지 않으니까."

"아쉽네."

"그래도 아마 보너스는 두둑하게 나올걸?"

"오… 진짜?"

"아마도…?"

아내와 기분 좋은 대화를 하며 쇼핑을 하던 진수는, 적당히 쇼핑을 마친 뒤 최하층 로비로 향했다. 에어컨이 빵빵한 복합몰이라고는 해도 오래 돌아다녔더니 슬슬 지치고 배가 고팠는데, 최하층에는 식당가부터 시작해서 쉴 수 있는 공간들이 많이 마련되어 있었으니까.

"여기 엘리베이터 타자."

"좋아."

두 사람은 뻥 뚫린 로비 중정으로 가서, 측면에 마련된 투명 엘리베이터에 올라탔다. 투명한 엘리베이터의 벽을 통해 로비의 전경이 한눈에 들어왔고, 두리번거리던 아내가 어딘가를 가리키며 탄성을 터뜨렸다.

"우와, 자기야. 저거 뭐야?"

"응?"

"저기 커다란 조형물 있잖아. 와…! 대박이다!"

아내가 가리키는 방향을 향해 시선을 돌린 진수는, 순간 흠칫 놀랄 수밖에 없었다. 그녀가 감탄한 이유를 곧바로 깨달을 수 있었기 때문이다.

'아, 그래, 맞아. 저게 여기에 있었지.'

이 모든 공간기획에 참여한 김진수는 당연히 아내가 가리킨 조형물이 뭔지 잘 알고 있었다. 좀 전에 진수가 떠올렸던, 이 패러필드 흥행의 일등공신이자 요즘 가장 핫한 건축 디자이너 서우진, 그의 작품인 파빌리온.

그는 WJ 스튜디오와의 미팅 때 이미 파빌리온의 렌더링 컷을 여러 번 보았고, 때문에 이 작품이 어떤 형태인지 잘 알고 있었다. 아니, 잘 알고 있었다고 생각했다. 지금 이 순간, 실물을 처음 보기 전까지만 해도 말이다.

"와…."

진수의 입에서 저도 모르게 감탄사가 터져 나왔다. 분명 이미지로, 준공 사진으로 봤던 그 조형물이었건만, 실제로 눈앞에서 보니 느낌 자체가 차원이 달랐다. 크기의 차이에서 오는 압도적인 스케일감은 차치하고서라도, 중앙 홀을 휘감으며 쏟아져 내리는 빛줄기의 향연이 마치 3미터짜리 거대한 샹들리에를 보는 느낌이 들었다. 마치 커다란 빛의 덩어리를, 솜씨 좋은 보석 세공사가 한 땀 한 땀 조각해놓은 느낌이랄까. 감탄하는 그의 모습을 보며, 아내가 어이없는 표정으로 물었다.

"여기, 자기가 기획한 작품 아니었어?"

"그, 그렇기는 한데….'"

"무튼, 이건 대체 뭐야? 해외 미술작가 작품 같은 거야?"

아내의 질문에 진수는, 자신이 아는 히스토리를 이야기해주었다. 그리고 그 이야기를 듣던 아내가 두 눈을 동그랗게 뜨며 물었다.

"그 서우진이라는 사람, 혹시 〈우리 집에 왜 왔니〉 나왔던 그 서우진이야?"

"어? 자기 알아?"

"알지! 나 그 프로 완전 팬이었는데!"

"안다니까 설명이 편하네. 아무튼 그 사람이 디자인한 파빌리온이야. 해외 매거진에도 실리고 요즘 핫하더라고."

엘리베이터에서 내린 뒤에도, 두 사람은 잠시 멍한 표정으로 파빌리온을 감상하였다. 파빌리온은 위에서 내려다볼 때도 멋있었지만, 바로 앞에서 올려다보는 웅장한 느낌이 가장 멋지게 느껴졌다. 그리고 이것을 감상하는 동안, 진수는 문득 미안한 생각이 들기 시작했다.

'이런 작품을 구상하고 있었던 사람한테… 잠깐이나마 그런 부정적인 생각을 했던 게 미안해지네.'

진수의 머릿속에 떠오른 것은, 1년 전 우진과의 미팅 날이었다. 처음 우진이 카페 프레스코의 입점을 무기로, 파빌리온 설계권을 달라는 딜(Deal)을 이야기했던 미팅 날. 그때 진수는 우진을 '카페 프레스코'라는 무기를 가지고 크게 한탕 당겨 먹으려는 기회주의자가 아닌지 의심했었고 우진은 그런 그의 속을 들여다보기라도 한 것처럼 백지수표를 제안했다. 디자인 피(Fee)에 대한, 완전한 백지수표를 말이다.

[백지수표라는 말씀은… 디자인 값을 저희가 원하는 대로 책정하라는 말씀이신가요?]
[그렇습니다. 저희는 원가에 대한 부분만 깔끔하게 영수증으로 남겨서 따로 청구하겠습니다. 그 부분에 대해서만 확실하게 챙겨주시면…디자인 피는 패러마운트에서 얼마를 책정하든 그대로 수용하겠습니다.]

그때는 대체 뭘 믿고 이런 제안을 하나 싶었는데, 이제는 명확히 알 수 있을 것 같았다. 그것은 거의 확신에 찬 자신감이었다.
'그러고 보니, 이제 곧 잔금 날인가?'
패러필드는 완공되어 오픈까지 한 상태였고, 때문에 공사대금부터 설계비까지는 이미 완전히 다 지급된 시점이었다. 하지만 파빌리온에 대한 계약은 아직 마무리가 되지 않은 상황이었는데, 그 이유가 바로 저 백지수표 계약 때문이었다. 아무래도 일반적이지 않은 계약 방식이다 보니, 얼마를 책정해줘야 할지 내부에서도 의견이 분분했던 것이다.
'그 계약 건은 그럼 어떻게 결정된 거지?'
김진수는 이번 프로젝트를 총괄했지만, 그래도 기획실장이지 재무담당은 아니다. 그래서 백지수표에 대한 계약대금을 꽤 괜찮게 책정해주기로 했다는 이야기 정도만 들었을 뿐, 구체적인 내용은 정확히 알지 못했다.

"자기야, 나 발 아파."
"어, 그래. 카페에서 잠깐 쉴까?"
"좋아. 저기 카페 프레스코 있던데, 거기로 가자."
"알겠어."

때문에 그는 아내와 함께 걸으면서 생각했다.
'내일 출근하면, 한번 재무팀에 물어봐야겠어.'
자신이 진행시켰던 이 백지수표라는 특이한 계약 건이, 내부적으로 정확히 얼마로 책정됐는지 그리고 그 액수가 얼마가 됐든 자신이 힘을 써서 그보다 좀 더 올려줄 수는 없을지.

"와, 역시 카페 프레스코. 사람 진짜 많다. 대박."
"저쪽에 자리 있긴 하네."
"어디? 오…! 내가 먼저 가서 자리 맡아 놓을게. 자기가 알아서 주문해줘."
"알겠어."

솔직히 이 파빌리온의 가치가 얼마나 될지, 비전문가인 김진수로서는 감조차 잡기 힘들다. 다만 우진에게 진 마음의 빚을, 자신이 할 수 있는 최선을 다해 갚아주고 싶을 뿐이었다.
'뭐, 내가 힘 좀 썼다고 따로 생색낼 건 아니지만… 서 대표님 덕을 많이 보기는 했으니까.'
사람 사는 것이 그렇다. 본래 오는 것이 있으면, 가는 것도 있어

야 하는 법. 그렇게 생각한 진수는, 더욱 마음이 가벼워지는 기분
이었다.

— * —

우진은 놀랐다. 아니, 표정 관리가 힘들 정도로 당황할 수밖에 없
었다.

"음… 이 정산서, 그러니까… 이대로 확정된 거죠?"

오늘 우진은 패러마운트사와 마지막 미팅을 하고 있었다. 그가
왕십리에 제작한 파빌리온에 대한 대금을 최종적으로 정산받기
위해서 말이다. 그래서 오늘 WJ 스튜디오에는 패러마운트 재무팀
장이 방문해 있었고, 우진은 그와 함께 정산금에 대한 최종 조율을
하는 중이었다.

일반적인 계약이었다면 이럴 필요조차 없다. 도급계약서에 명시
되어 있는 대로, 그냥 시행사에서 공금을 하면 그만이었으니까. 하
지만 그 '백지수표'라는 특이한 계약조건 때문에, 이렇게 재무팀장
이 직접 우진을 찾아온 것이었다.

"네, 대표님. 혹시 계약서에 문제라도…."

계약서에는 당연히 문제가 없었다. 패러마운트라는 대기업에서,
이런 중요한 계약 문서에 실수를 할 리 없었으니까. 다만 우진이
당황한 것은 액수가 예상했던 것의 족히 다섯 배 이상은 될 정도로
거액이었기 때문이었다.

'0을 하나 실수로 더 붙인 건 아니겠지? 하긴, 그렇게 치면 또 너
무 적은 액수고….'

십억 단위가 훌쩍 넘게 책정된 디자인 피를 다시 한번 확인한 우

진이 재무팀장을 향해 조심스럽게 물었다.

"여기 디자인 Fee에 대한 부분이 19억 7천만 원으로 책정된 것. 맞는 거죠?"

그제야 우진이 왜 당황했는지 깨달은 재무팀장이 기분 좋게 웃으며 고개를 끄덕였다.

"하하, 맞습니다, 대표님. 설마 저희가 금액에서 실수했을까요."

그 대답을 들은 우진이 솔직하게 말했다.

"생각했던 것보다 좀… 많아서요. 혹시나 해서 여쭤봤어요."

이미 연 매출이 백억 대를 훌쩍 넘은 WJ 스튜디오에게, 사실 19억이라는 돈이 어마어마한 수준의 금액은 아니다. 하지만 이것은 원가가 포함된 전체금액이 아니었고, 그렇다는 말은 세금 떼면 전부 다 남는 돈이라는 말이었으니 결코 적다고 얘기할 수는 없는 수준의 액수였다.

아마 처음 계약 시점에 우진이 백지수표를 제시하지 않았더라면, 디자인 피로 요구할 수 있었던 금액은 아무리 많아도 1억을 넘지 못했을 테니까. 그래서 우진은 물어본 것이었고, 재무팀장이 빙긋 웃으며 다시 입을 열었다.

"대표님께서 작업해주신 작품은 이제 저희 패러마운트사의 자산입니다. 그렇지 않습니까?"

우진이 고개를 끄덕였다.

"그야 물론입니다. 저야 의뢰를 받고 제작해드린 거니까요."

재무팀장의 말이 이어졌다.

"처음엔 아니었지만, 이제 대표님께는 브랜드 가치가 생겼습니다."

"브랜드 가치라면…."

"저희는 단순히 파빌리온을 의뢰한 게 아니라, 건축가 서우진의 작품을 소장하게 된 거죠."

"아하."

그가 무슨 말을 하고 있는 것인지 이해한 우진이 흥미로운 표정으로 고개를 주억거렸고, 재무팀장이 다시 입을 열었다.

"물건의 가치는 판매자가 책정하지만, 작품의 가치는 그것을 소장하는 사람이 결정하는 법입니다."

재무팀장이 기분 좋은 목소리로 한마디 덧붙였다.

"저희는 저희가 갖게 된 작품의 가치가 이 정도는 된다고 생각했을 뿐입니다."

— * —

우진은 오늘, 오랜만에 석중의 집에 방문했다. 바로 윗집이었지만 워낙 서로 바쁘다 보니, 이렇게 서로의 집에 놀러 갈 일은 생각보다 잘 없었던 것이다. 오늘도 원래 미리 약속된 일정은 아니었다. 다만 갑작스럽게 연락이 닿은 상황에서 서로 시간이 맞아떨어졌고, 그래서 맥주나 한 캔 마시기로 한 것이었으니까.

[우진이, 퇴근했냐?]

[네, 형님. 지금 귀가 중입니다.]

[저녁에 별일 없으면, 맥주나 한잔할래?]

[형, 집이세요?]

[오늘 석호가 우리 집에 놀러 와서. 너도 시간 되면 같이 보면 좋을 것 같아서 전화해봤어.]

[오, 그래요? 저야 좋습니다. 30분 내로 올라갈게요.]

패러필드의 준공식 날 석호를 처음 봤던 우진은 그 후로도 한 번 정도 석중과 함께 그를 만난 적이 있었다. 큐레이터로서 자수성가 한 석호라는 사람의 이력은 우진에게도 흥미를 불러일으키기에 충분했으며, 또한 석호가 워낙 우진을 관심 있어 했으니 5월 말 즈음 자연스레 자리가 만들어졌던 것이다. 그래서 이번이 세 번째 만남인 우진은 어색하지 않게 석호와 인사할 수 있었다.

"오, 형님. 오랜만에 뵙습니다."

"하하, 오랜만은 무슨. 대충 한 달 만인가?"

"한 달은 좀 더 지났죠."

"일단 앉자. 석중이네 테라스는 진짜 올 때마다 생각하는 거지만, 전망 장난 아니네."

"야경은 처음이지?"

"그러니까."

굽이치는 한강을 따라 여의도까지 쭉 보이는 서울 밤 풍경을 우진도 잠시 감상하였다. 우진의 집 거실에서 보이는 풍경과 크게 다를 것 없는 그림이었지만 그래도 이렇게 펜트하우스의 뻥 뚫린 테라스에서 경치를 보고 있으면, 개방감 때문인지 훨씬 더 풍경이 아름답게 느껴졌다.

끼익-

우진이 자리를 잡고 앉자 석중이 캔맥주를 한 캔 건네었으며, 우진은 망설임 없이 그것을 따서 한 손에 들었다.

톡-

이어서 가벼운 건배와 함께 세 사람의 대화가 시작되었다.

"오늘은 어쩐 일로 오셨어요?"

"성수동 갤러리 쪽에 일 있어서 왔다가, 그냥 겸사겸사 들른 거지, 뭐. 가까우니까."

"갤러리요?"

"이번에 괜찮아 보이는 신인 작가 한 사람이 단독전시를 열었거든. 구경하러 다녀왔어."

석호의 이야기를 듣는 우진의 눈이 반짝였다. 미술품 투자와 관련된 이야기들은 우진도 전혀 경험한 적 없는 완전한 신세계였고 때문에 실제로 투자할 생각이 있는 것과 별개로, 석호의 이야기들이 흥미롭게 느껴지는 것은 당연하였다. 예술이라는 측면에서 놓고 보자면, 우진이 추구하는 건축 디자인과 통하는 부분도 분명히 있는 분야였으니까.

"형님은 미국에서 일하실 때도, 주로 괜찮아 보이는 신인 작가를 선점하는 방식으로 투자하셨다고 했죠?"

우진의 질문에, 석호가 웃으며 고개를 저었다.

"뭐, 비슷해. 하지만 단순 선점이라고 생각하면 곤란해. 뛰어난 큐레이터는, 가능성 있는 작가를 발굴해서 빨리 성장할 수 있도록 키우는 역할도 하니까."

"오… 키운다고요?"

우진이 흥미를 보이자, 석호 또한 기분 좋게 이야기를 계속하였다.

"아직 대중에 알려지지 않은 신인일수록, 처음에 어떤 사람에게 투자받았느냐가 중요하거든."

"아…?"

"쉽게 설명하자면 A라는 신인 작가와 B라는 신인 작가가 있어."

맥주를 한 모금 마신 석호가 천천히 다시 말을 이었다.

"이 둘이 비슷한 시점에 데뷔해서 비슷한 가능성을 가지고 있었다고 치자."

우진은 점점 더 흥미를 느끼고 있었고, 석호의 이야기는 계속되었다.

"그런데 A라는 작가의 작품은 평범한 갤러리에서 첫 전시를 했고, 작품이 몇 점 팔리지 못했어. 팔려나간 작품도, 신인 작가 본인이 책정했던 낮은 가격의 작품이었던 거지."

이런 이야기는 석중도 들어본 적 없었기 때문에, 그 또한 흥미롭게 친구의 이야기를 듣고 있었다.

"반대로 B라는 작가의 작품은 능력 있는 큐레이터의 눈에 들어서 그가 일하는 이름 있는 갤러리에서 첫 전시를 했어. 작품의 가격 또한 큐레이터가 신경 써서 책정해줬고, 세계적으로 유명한 콜렉터에게 작품을 한 점 판매하는 데까지 성공하게 돼."

"큐레이터가 투자자에게 연결해주는 역할을 하는 거군요?"

"맞아."

씨익 웃은 석호가 우진을 향해 다시 물었다.

"이러면 비슷한 수준이었던 두 작가의 격차는 얼마나 벌어질까?"

"그야… 엄청나게 벌어지겠죠."

석호의 이야기를 들으며 우진은 저도 모르게 고개를 주억거렸다. 그가 신인 작가를 '키운다'라고 한 말이 어떤 의미인지, 확 와닿았으니 말이다.

"사람들의 심리가 재밌어서, 같은 수준의 작품이라도 그것을 포장하는 포장지가 어떤지에 따라 평가가 천차만별로 갈리게 돼."

"그럴 것 같아요."

"유명해지면 똥을 싸도 박수를 쳐준다고 하잖아?"

"그렇죠."

"비슷한 맥락에서 유명한 투자자, 갤러리, 콜렉터가 투자한 작품이라면, 대중의 눈에는 그 작품이 더 좋아 보이게 되는 거지. 업계에서 톱클래스에 있는 사람들이 투자하고 지원한다면, 거기에는 분명 어떤 이유가 있을 거라고 생각하게 되는 거야."

석호가 말하는 이 비슷한 맥락의 일들은 분명히 건축업계에도 존재하는 일이다. 물론 해석하기에 따라 가치가 천차만별로 달라지는 미술품에 비교할 바는 아니겠지만 건축에 대한 평가에도 건축가의 네임밸류는 분명히 작용할 수밖에 없으니까.

"물론 내가 이렇게 쉽게 말했다고 해서, 이 작업들이 그렇게 쉬운 작업들은 아니야."

"당연히 그렇겠죠."

"기본적으로 키우려는 신인 작가의 실력이 '진짜'여야 하니까, 그 본질을 볼 줄 아는 눈을 가지고 있어야 하고…."

"그리고요?"

"그 작가의 성향, 작품에 담긴 감성과 느낌. 이 모든 요소들을 분석해서 그에 가장 최적화된 브랜딩을 해주는 게 큐레이터의 역할이라고 할 수 있지."

"어떤 느낌인지, 맥락은 알 것 같아요."

"흐흐, 이십 대 중반에 기업가치 수백억 대 회사를 키워낸 CEO 라면, 이 정도는 바로 이해할 수 있을 거라고 생각했지."

톡-

어느새 맥주 한 캔을 다 마신 석호가 새 캔을 하나 따서 손에 쥐었다. 말을 많이 했더니, 목이 타는 모양이었다. 그런 그를 향해 우진이 다시 입을 열었다.

"그래서, 이번에 성수동에서 찾은 작가는 어때요? 가능성 있어요?"

석호가 고개를 으쓱하였다.

"글쎄. 괜찮은 것 같긴 한데, 아직 애매해. 작품은 느낌 있는데, 스타성을 아직 못 찾았다고 해야 하나."

"그렇군요."

"한국에 들어온 이후로 첫 투자를 하는 거라, 내가 좀 더 신중하기도 하고."

탁-

가볍게 맥주 캔을 부딪친 세 사람은, 미술품에 대한 이야기를 시작으로 다양한 대화를 계속해서 나누었다. 석호의 이야기가 마무리되고 나서는 석중의 사업 이야기가 이어졌으며, 그 뒤에는 석중과 우진의 연결고리 중 하나인 소정에 대한 이야기도 나왔다.

"그나저나 소정이는 요즘 드라마 만든다며?"

"맞아. 〈천년의 그대〉라고 꽤 크게 준비하는 것 같던데. 나도 투자금 좀 태웠어."

"재밌네. 소정이 걔가 어릴 때부터 똘똘하기는 했지."

소정은 석중과 나이 차이가 꽤 많이 나는 동생이었기에 두 사람이 미국으로 유학 갈 즈음 고등학생이었고, 석호는 마지막으로 봤던 그녀의 모습이 고등학생에 머물러 있었으니 그녀가 기획사를 차려서 드라마까지 제작한다는 사실이 신기한 모양이었다.

이야기는 돌고 돌아 다시 우진의 이야기까지 이어졌다. 소정이 제작하는 드라마에 우진도 관계되어 있었으니, 자연스레 이야기가 우진의 사업 얘기까지 흘러온 것이다. 그런데 한참을 이야기하던 우진은 파빌리온에 대한 이야기를 하던 도중 석호와 눈이 마주치자 문득 궁금했던 게 하나 떠올랐다.

"그런데 형님."

"응?"

"혹시 이번 파빌리온 대금 책정에… 형님께서 개입되어 계신 건 아니죠?"

그리고 우진의 그 질문을 들은 석호는 기분 좋은 너털웃음을 터뜨렸다.

"하하, 아 맞다. 그 얘길 까먹고 있었네."

"네?"

"우진이 너 그때 우리 회사 기획실장한테 백지수표를 제안했었다며?"

우진이 멋쩍은 표정으로 뒷머리를 긁적였다.

"아… 들으셨어요?"

"그 얘기 듣고 진짜 내가 감탄했다니까."

"감탄이요?"

"네 수완에 감탄한 거지. 거기서 어떻게 우리 기획실에 그런 딜을 칠 생각을 했는지. 물론 결과론적인 얘기긴 하지만, 그건 네 입장에서든 우리 패러마운트사 입장에서든, 정말 최고의 선택이었거든."

　석호의 이야기를 듣던 우진은 고개를 갸웃할 수밖에 없었다. 그 딜이 우진의 입장에서야 최고의 선택이었다고 치더라도, 패러마운트의 입장에서는 왜 최고의 선택인지 이해할 수 없었으니 말이다. 하지만 석호의 다음 말이 이어지자 우진은 그가 무슨 말을 하는 것인지 깨달을 수 있었다.

　"오늘 내가 여기 앉자마자 했던 얘기 기억하지?"

　"음… 신인 작가 키우는 이야기요?"

　"맞아."

　잠시 뜸을 들인 석호가 다시 입을 열었다.

　"이건 서우진이라는 건축가의 네임밸류가 이미 커졌으니 경우가 좀 다르긴 한데, 어쨌든 패러필드의 파빌리온은 소장 가능한 네 첫 작품이나 다름없는 상황이거든."

　"그렇… 죠?"

　"아마 이 파빌리온의 가치는 앞으로 네가 성장함에 따라 더 크게 증폭될 거야. 한 십 년 정도 지나면, 열 배 아니 그 이상도 가치가 증가하겠지."

　석호가 우진을 마주보며 의미심장한 목소리로 말을 덧붙였다.

　"그런데 네가 백지수표를 던졌다고 해서, 우리가 이 작품의 디자인 Fee를 헐값에 지불한다? 그건 아주 바보 같은 짓인 거야. 패러마운트쯤 되는 대기업의 입장에선 당장 1억이나 20억이나 별 부담 없긴 마찬가지인데… 처음에 우리가 책정한 가격이 너무 헐값이 돼버리면, 나중에 재평가될 수 있는 가치에도 그에 따른 한계가 생겨버리거든."

그리고 이 말을 듣는 우진은 동시에 두 가지를 깨달을 수 있었다. 첫 번째는 석호의 말처럼, 패러마운트가 결코 손해 보는 액수를 지불한 게 아니라는 점. 두 번째는 우진의 파빌리온에 책정된 가격에 석호의 입김이 확실히 들어갔다는 점.

　"그러니까 그때 네 제안은, 결과적으로 우리 회사든 너든 윈윈할 수 있었던 최고의 제안이었어."
　"이게 그렇게 되는 거군요, 하하. 솔직히 거기까지 생각하진 못 했었는데…."
　"거기까지 생각했으면 네가 사람이냐, 크크."

　때문에 우진은 석호에게 고맙다는 말을 할 수밖에 없었다. 이 제안이 결국 패러마운트 사에도 이득이 되는 제안이기는 했지만, 그것과 별개로 우진이 도움 받은 것 또한 사실이니까.

　"감사합니다, 형님."
　"뭐가?"
　"형님께서 제 작품 키워주신 거잖아요?"
　"하하, 키워줬다라… 그게 그렇게 되나?"
　우진이 다시 말을 이었다.
　"그런 셈이죠. 형님 말씀처럼 제 첫 작품이 어떤 평가를 받느냐에 따라 미래가치의 가능성이 훨씬 더 커질 테니까요."
　우진의 이야기를 듣던 석호는 말없이 웃었다. 그것은 무언의 긍정이었다. 딱히 우진에게 생색낼 생각을 한 것은 아니지만, 도움

준 것을 부정할 필요도 없었으니까. 그래서 조용히 우진의 말을 들
으며 맥주를 마시던 석호가 잠시 후 장난스런 어투로 다시 입을 열
었다.

"우진이 너, 기브 앤 테이크 알지?"

우진이 웃으며 대답했다.

"알죠. 당연히 오는 게 있으면, 가는 것도 있어야죠."

석호도 마주 웃으며 한마디를 덧붙였다.

"내가 조만간 서울에 갤러리 하나 지어볼 생각이야."

"갤러리요?"

"슬슬 완전히 독립해볼 생각이거든."

그리고 석호의 말을 듣던 우진은 그가 무슨 이야기를 하려는지
알 수 있었다.

"네가 지어줬으면 좋겠어."

"…!"

"그리고 그 갤러리가… 한국에서 가장 아름다운 갤러리였으면
좋겠어."

새 술은 새 부대에

초여름 저녁. 석중의 집에서 잠시 있었던 석중, 석호와의 만남은 우진의 열정에 또 한 번 좋은 연료가 되어주었다. 이제 우진과 세 번째 만나게 된 석호는 이전보다 좀 더 깊고 진지한 이야기들도 많이 해주었고 우진이 전생에서조차 전혀 경험하지 못했던 새로운 분야에서 최고의 반열에 오른 석호의 이야기들은 건축과 디자인에 집중되어 있던 우진의 시야를 한층 넓혀준 것이다. 그리고 우진은 석호에게 약속하였다. 조만간 그가 갤러리를 오픈할 구체적인 계획을 세운다면, 설계와 건축은 꼭 WJ 스튜디오에서 맡아 해주겠다고 말이다.

"이건 제가 부탁드려야 할 일 같은데요?"

"하하."

"구체적으로 계획이 서면, 그때 꼭 제게 연락 주셔야 합니다, 형님."

"물론이야. 하지만 각오해야 할 거야."

"뭐를요?"

"난, 꽤나 까다로운 클라이언트니까. 흐흐."

석호에게 들은 이야기들을 종합해봤을 때, 언제가 될지 정확히
는 알 수 없었지만 그래도 그리 머지않은 미래에 그의 갤러리를 디
자인하게 될 것 같았다. 그리고 우진은 이 약속이 무척이나 기꺼웠
다. '갤러리'라는 건축 카테고리는 우진이 아직 경험해보지 못했던
분야였고, 새로운 건축에 대한 욕망은 건축 디자이너 우진에게 항
상 내재되어 있는 것이었으니 말이다. 그리고 석호가 이야기한 것
처럼 우진은 그 갤러리가 한국을 넘어 전 세계에서 가장 아름다운
갤러리가 될 수 있도록 최선을 다해볼 생각이었다.

"일단 지금은… 벌여놓은 것들부터 매듭짓고…."

출근해 자리에 앉은 우진은 컴퓨터 바탕화면에 주르륵 깔려 있
는 도면 파일들을 보고는 고개를 절레절레 저었다. 석호와의 만남
과는 별개로 요즘 그가 가장 많은 공을 들이며 신경 쓰고 있는 프
로젝트인 성수동 전략정비구역 설계 공모. 이 프로젝트의 마감일
이 코앞으로 다가왔고, 그래서 오늘도 우진은 야근이 예정되어 있
었다.
'내일까지 설계는 전부 픽스하고 남은 3일 동안에는 제안서 완
성도 올리는 작업만 해야 해.'
곧바로 자세를 고쳐 앉은 우진은 설계팀에서 보내온 도면 파일
을 꼼꼼히 검토하기 시작하였다. 우진이 오늘 내로 모든 컨펌을 끝
내주어야, 내일 완성된 최종 설계안이 만들어질 수 있을 테니까.
이제 세부적인 설계 작업은 손을 뗀 우진이었지만 그래도 최종단

계에서의 컨펌은 결코 남에게 맡기지 않는 그였다.

'다들 실력이 점점 더 좋아지시네. 크게 아쉬운 부분은 보이지 않는군.'

오전 내내 대표실에서 한 발짝도 움직이지 않고 작업만 하던 우진은 점심 식사마저 거르고 1시가 될 때까지 모니터 앞을 떠나지 않았다. 그리고 이렇게 우진이 작업에 집중해있던 그때, 누군가 우진의 대표실 문을 두들겼다.

"대표님, 이제 준비하셔야 합니다."

문을 열고 들어온 사람은 사업부의 프로젝트 관리팀장이었고 그녀의 목소리를 들은 우진이 시계를 확인하고는 놀란 표정이 되었다.

"아, 시간이 벌써 그렇게 됐군요."

파일들을 그대로 띄워둔 채 모니터 전원만 눌러서 끈 우진은 곧바로 가방을 챙기고 대표실을 나섰다. 오늘 우진이 해야 할 일은 도면 검토뿐만이 아니었다.

— * —

오늘 우진의 오후 일정은 조금 특별한 클라이언트를 만나러 가는 일이었다. '특별한' 클라이언트라고 표현한 이유는 간단했다. 오늘 만날 사람은, 지금까지 우진과 WJ 스튜디오가 상대해왔던 클라이언트와 조금 종류가 다른 케이스였으니까. 게다가 그 클라이언트는, 과거 우진과 약간의 인연이 있었던 사람으로부터 소개받은 사람이었다. 우진이 오늘 향한 곳은, 청담동의 청담부동산이었고 약속이 있는 사람은 청담부동산의 사장 김 씨였다.

'조금 서둘러야겠네.'

시계를 확인한 우진은 서둘러 시동을 걸고 차를 운전했다. 약속 시간까지 20분밖에 남아 있지 않았으니 말이다. 하지만 우진의 사무실에서 조금 나와 영동대교만 건너가면 바로 도착할 수 있는 곳이 청담부동산이었기에 조금 늦게 출발했음에도 약속 시간에 늦지 않고 도착할 수 있었다. 인근 주차장에 차를 댄 우진은 낯익은 사무실의 문을 열고 들어갔다.

딸랑-

이어서 우진의 얼굴을 발견한 것인지, 안쪽에서 반가운 목소리가 흘러나왔다.

"오, 그간 안녕하셨습니까, 대표님!"

"하하, 사장님, 잘 지내셨어요?"

"저야 뭐, 잘 지내지 못할 게 뭐 있겠습니까."

"그나저나 이제 물건만 소개해주시는 게 아니라 제게 일거리까지 소개해주시는군요."

"하하핫, 그러게 말입니다. 저도 이런 일로 대표님께 연락드릴 날이 올 줄은 몰랐는데요."

"여튼 감사드립니다. 꽤 연락드린 지 오래됐는데, 절 기억해주셔서요."

"대표님을 기억하지 못하기도 쉽지 않을 겁니다."

"그런가요?"

"그때 일 자체가 워낙 임팩트 있기도 했었고… 최근에는 기사에도 자주 등장하시던 걸요?"

"아, 최근에 패러필드 관련 기사를 보셨나 보네요."

"그냥 인터넷 검색하다 보면, 심심찮게 보이더군요."

반갑게 인사를 나눈 우진은 부동산 사무실의 소파에 걸터앉았다. 그러자 김 씨가 인스턴트 커피를 타서 우진의 앞에 올려두었고, 잠시 후 부동산 사무실 문이 다시 열렸다.

딸랑-

이어서 우진은 직감할 수 있었다. 지금 들어온 저 사람이, 오늘 우진과 약속이 잡힌 바로 그 클라이언트라는 사실을 말이다.

'역시 나이는 좀 있으시네.'

오늘 우진이 만나게 된 클라이언트는 우진처럼 건축사무소를 운영하는 동종 업계 회사의 사장이었다. 우진이 '조금 특별한' 클라이언트라고 한 이유가 여기에 있었다.

"사장님, 오셨어요?"

"허허, 제가 조금 늦었나 봅니다."

"아닙니다. 시간 딱 맞춰서 오셨는걸요. 이쪽으로 오시지요."

남자와 눈이 마주친 우진은 자연스레 자리에서 일어나 손을 내밀었다. 그러자 김 씨와 우진을 한 번씩 번갈아 본 남자가 김 씨를 향해 물었다.

"여기 이분이…?"

"맞습니다. 여기는 WJ 스튜디오의 서우진 대표님, 이쪽은 다진 건축의 임중우 사장님이십니다."

남자는 기분 좋게 웃으며 우진이 내민 손을 맞잡았고, 두 사람은 인사를 나누었다.

"허헛, 반갑습니다, 서 대표님. 말씀은 많이 들었습니다. 임중우라고 합니다."

"저도 반갑습니다, 사장님. WJ 스튜디오의 서우진이라고 합니다."

악수를 나눈 두 사람은, 테이블을 가운데 놓고 소파에 마주 앉았다. 그리고 잠시 후, 두 사람의 만남을 주선한 청담부동산의 김 씨가 입을 여는 것으로 대화가 시작되었다.

— * —

다진건축은 WJ 스튜디오와 달리, 설계나 디자인보다는 건설 쪽에 가까운 시공 전문 업체였다. 하지만 그렇다고 해서 천웅건설처럼 커다란 규모를 가진 건설사냐고 묻는다면 그 또한 아니었다. 물론 이제 처음 시공 쪽에 입문한 WJ 스튜디오보다야 훨씬 더 큰 매출 규모를 가진 회사였지만, 일반적인 건설사처럼 건축 수주를 받아 시공을 하는 타입의 건설사는 아니었던 것이다.

다진건축의 대표 임중우는 일반적인 건설사의 대표라기보단 부동산계의 큰손이었다. 원래 건축 쪽에서 일하던 그가 부동산&토지 투자로 번 돈을 가지고 차린 회사가 다진건축이었고 땅을 매입하고 그곳에 건축을 해서 분양을 하거나 통 건물로 매도하는 것이 다진건축의 수익모델이었다.

처음에는 작은 부지에 빌라를 지어 분양하거나 다가구 주택을 지어 팔아넘기는 것으로 매출을 올리기 시작한 다진건축의 사장 임중우는 점점 더 사업을 크게 확장하고 있었다. 다진건축은 기본 베이스가 부동산 재벌이다 보니 부채가 거의 없는 알짜배기 회사였고 대부분의 사업장에서 시행자이자 시공사의 역할을 동시에 하는 회사이기도 하였다.

다진건축은 WJ 스튜디오와 마찬가지로 법인이긴 하지만 임중우의 개인회사와 다름없는 곳이었으며 자본이 넉넉하다 보니 미리 건축 가능한 부지를 여기저기 사둘 정도로 돈이 많은 알부자가 바로 임중우였다. 우진은 사실 임중우에 관한 이야기를, 예전에 청담 선영 거래를 할 때 김 씨로부터 들은 적이 있었다. 김 씨는 그때, 우진에게 이런 말을 했던 적이 있었으니까.

[제 고객분들 중에 임중우 사장님이라고 대단하신 분이 한 분 계신 데, 서 대표님도 그분만큼이나 부동산에 빠삭하신 것 같습니다. 하하.]

[임중우… 사장님이요?]

[저와 거래하시는 분 중에 제일 큰손이시죠. 청담동에 토지만 천 평 이상 갖고 계신 분입니다.]

청담동에 천 평이라는 이야기를 들은 우진은 사실 어느 정도 허풍이 섞인 이야기라고 생각했었다. 서울 강남에서도 핵심지역인 청담동에 개인이 토지를 천 평이나 가지고 있다는 이야기 자체가, 너무 허황되게 들렸으니 말이다. 그래서 우진은 임중우라는 사람을 만나게 될 줄은 상상조차 하지 못했다. 게다가 이렇게, 일적으로 만나게 될 줄은 더더욱 몰랐고 말이다.

'청담동 토지 천 평이 사실이었다니… 세상은 넓고 돈 많은 사람은 정말 많다니까.'

그리고 두 사람이 만나게 된 것은 임중우가 이번에 벌이는 새로운 사업 때문이었다. 임중우가 가지고 있다던 그 천 평이 넘는 청담동의 토지. 다진건축이 드디어 그 부지에 사업을 하기로 한 것이다.

"여기 김 사장님이, 서 대표님 이야기를 정말 많이 하시더군요."

"제 이야기를요?"

"이십 대에 벌써 부동산 투자에 도가 트신 분이라면서… 허허. 그래서 한번 만나 뵙고 싶었습니다."

"부끄럽습니다. 사실 가지고 있던 정보를 잘 활용한 수준이었는데 말입니다."

"정보를 활용해 돈을 굴리는 게 곧 투자 아니겠습니까?"

임중우 사장이 십 년째 묵혀두고 있던 토지에 드디어 사업을 시작하려는 이유는 간단했다. 그의 토지 바로 옆에, 벌써 몇 년 동안 매수하기 위해 작업하던 필지를 드디어 매입하는 데 성공했기 때문. 그래서 이번에 임중우가 청담동에 신축하려는 사업지는 2천 평이 훌쩍 넘는 규모였고 이곳에 그는 지금껏 벌어들인 돈을 크게 투자해서 역대급으로 큰 사업을 할 생각이었다.

잠시 이런저런 주제로 대화를 나눈 뒤, 일에 관한 이야기를 먼저 꺼낸 것은 우진이었다.

"이번에 빌라를 지으신다고 하셨죠?"

우진의 물음에 임중우가 고개를 끄덕이며 대답하였다.

"들으셨겠지만 평범한 빌라는 아닙니다."

"부지 크기로 따지자면 한두 동짜리 아파트도 지을 수 있을 만한 규모인데… 당연히 평범한 빌라를 짓지는 않으시겠지요. 그것도 청담동에요."

"아파트를 지으면 좋겠지만, 용적률 때문에라도 그건 좀 힘들 것 같군요, 허허."

임중우가 2천 평의 부지에 지으려고 하는 것은, 최상류층을 위한 럭셔리 빌라였다. 파노라마처럼 한강의 전경이 한눈에 들어오는, 대형 평형으로만 구성된 도심 속 타운하우스 느낌의 럭셔리 빌라.

이것은 임중우의 오랜 꿈이기도 하였다. 서울 도심, 강남의 한복판에 빼곡한 아파트가 아닌 전원주택 같은 느낌의 타운하우스를 지어보는 것. 하지만 이 꿈에는 당연히 현실적인 문제가 있었으니, 비싼 부지에 이렇게 세대수 적은 주거를 짓는다는 것 자체가 사업성이 떨어진다는 점이었다.

땅값이 비싸고 사업성이 좋을수록 건축비에 대한 부담은 적어지게 되기 때문에 청담동 같은 금싸라기 땅에 타운하우스 느낌의 주거를 짓는 것은, 수지가 맞기 힘든 일이었던 것이다. 물론 용적률이야 최대한 꽉 채워서 지을 테지만 그렇다고 해도 최대한 효율적으로 공간을 활용하는 아파트에 비할 바는 아니었으니까.

그래서 임중우는 고민하였다. 어떻게 하면 이 꿈과 현실의 간극을 메울 수 있을까. 그리고 중우는 그에 대한 해답을 우진에게서 찾았다. 비교적 적은 세대수로 호화롭게 지은 타운하우스에 상품성을 불어넣어 줄 수 있는 '서우진'이라는 브랜드를 찾아낸 것이다.

— * —

전생의 어린 시절. 우진은 '포장지'가 그리 중요하다고 생각지 않았다. 포장지는 결국 상품을 감싸고 있는 껍데기일 뿐, 진정한 가치는 그 안에 들어있는 알맹이라고 생각했으니까. 하지만 나이를 먹어가고 여러 사업장을 돌며 수많은 경험들을 하면서 그 생각이 잘못됐다는 사실을 깨달을 수 있었다.

아무리 알맹이가 알차고 튼실하더라도 포장지가 너무 후줄근하면, 그 안에 담긴 훌륭한 가치까지도 빛이 바랠 수 있다는 사실을 깨달은 것이다. 물론 포장지만 번지르르하고 알맹이가 비어있는 것은, 당연히 최악의 상품일 수밖에 없다.

하지만 우진이 깨달은 것은 포장지 또한 상품의 일부가 될 수 있다는 개념이었고, 그것이 곧 브랜딩이었다. 그리고 지금 우진의 앞에 앉은 노신사 임중우는 '브랜딩'이라는 단어를 얘기하고 있지 않을 뿐 정확히 그 개념에 대해 이야기하고 있었다.

"다진건축. 처음 들어보셨지요?"

임중우의 이야기에 우진이 고개를 끄덕이며 대답했다.

"죄송하게도 그렇습니다."

미안하다는 듯 말하는 우진을 향해, 중우가 웃으며 대답했다.

"허허, 미안할 것 없습니다. 애초에 저희는 회사 이름을 걸고 사업을 잘 벌이지 않으니까요."

"그렇군요."

중우가 쓴웃음을 지으며 말을 이었다.

"사실 이 회사 자체가 부동산 투자의 일환으로 설립한 회사여서 그런지, 제가 처음부터 회사를 키울 생각보다는 자산을 키울 생각이 강해서 그랬던 것 같습니다."

회사를 키우는 것과 자산을 키우는 것은 다르다. 본질적으로 '가치'를 키우는 방향성이라는 측면에서는 같은 맥락이기도 했지만 회사에 돈이 많은 것과 인지도가 높은 것은 엄연히 다를 수밖에 없었으니 말이다. 자산가치로 따지면 임중우 사장의 다진건설이 우진의 WJ 스튜디오보다 훨씬 더 큰 매출 규모와 자본을 가지고 있었지만 대중적인 인지도 측면에서는 반대로 WJ 스튜디오의 인지도가 훨씬 더 컸으니. 이것은 두 회사 대표가 각각 가지고 있는 성향 차이에서 비롯된 것이었다.

이런 이야기를 하던 임중우 대표가 커피를 홀짝이며 조금 더 진지한 어투로 말을 이었다.

"그런 의미에서 다진건축과 WJ 스튜디오는 서로 훌륭한 시너지를 낼 수 있을 것이라고 생각합니다."

"시너지라면…."

"저희 다진건축은 돈과 땅을 가지고 있고, 서 대표님께서는 인지도와 설계역량을 가지고 계시고."

"그렇게 말씀해주시니 감사합니다."

우진이 고개를 살짝 숙여 보이며 대답하자, 임중우는 기분 좋게 웃었다.

"그리 겸손하실 필요 없습니다. 저도 건축업계에 벌써 30년을 넘게 있었고, 최근 서 대표님께서 해내신 일들이 얼마나 대단한 것들인지 알고 있으니까요."

처음 우진은 임중우의 이 칭찬이, 최근 이슈화되고 있는 패러필드의 파빌리온을 이야기하는 것인 줄 알았다. 하지만 알고 보니 임중우는 우진이 EAC에서 인정받았다는 사실을 무척이나 높게 평가하고 있었고, 이것은 우진에게 의외였다. 우진의 눈에 임중우는 디자이너라기보다 사업가에 가까웠는데, EAC는 건축학도가 아니라면 그 가치를 잘 알기 힘든 것이었으니까. 우진의 이런 이야기에, 임중우는 한마디를 덧붙였다.

"아주 오래된 이야기지만, 저도 건축이 전공이었습니다."
"아, 그렇군요…!"
"돈 버는 일이 재미있어서 직접 설계하는 데에는 손을 뗀 지 오래지만, 업계 사정이야 누구보다 잘 알지요."

대화할수록 임중우라는 인물은 배울 점이 많은 호감형의 인물이었고, 그래서 대화는 아주 훈훈하게 물 흐르듯 흘러갔다. 처음부터 임중우가 우진이라는 사람에 대해 호감을 가지고 이야기를 시작했으니, 당연한 결과였는지도 몰랐다. 부동산 김 씨는 두 사람이 편히 대화할 수 있도록 최대한 배려해주었고, 그 가운데 두 사람의 사업 이야기는 천천히 진전되기 시작하였다.

임중우가 오픈한 필지의 지번을 확인한 우진은 두 눈이 휘둥그레졌다.
"와… 진짜 금싸라기 땅을 잘 잡으셨군요."
"허허, 서 대표님이 그리 말씀해주시니 기분이 좋습니다, 그려."
부동산 김 사장에게서 받은 지도를 펼치고 사업지에 동그라미를 친 우진은 잠시 지도를 살펴보았다. 그리고 다음 순간, 고개를 끄덕이며 다시 입을 열었다.
"확실히 타운하우스 느낌의 초호화 빌라 단지를 조성하기에 최적화된 입지입니다."

"그렇습니까?"

"입지의 유일한 단점이 역에서 꽤나 멀다는 부분인데… 사실 초호화 주거에 역세권은 의미가 없는 입지조건이지요."

"후후, 역시 핵심을 바로 보시는군요."

"게다가 설계만 잘하면 강변북로 진출입까지 편리하게 만들 수 있을 만한 위치이니… 어중간하게 역에 가까운 것보다 이 편이 훨씬 더 매력적이네요."

임중우가 청담동에 짓고 싶어 하는 고급 빌라는, 한 세대당 최소 분양가 30억부터 시작하는 초호화 주택이었다. 그리고 이런 집에 사는 사람에게, 대중교통이 얼마나 가까운지 여부는 그리 중요치 않은 게 당연하였다. 그리고 우진과 대화가 이어질수록 임중우는 점점 더 감탄할 수밖에 없었다.

"세대수는 일부러 30세대에 맞추시려는 거죠?"

"예리하시군요. 맞습니다. 분양가로 태클 걸리고 싶지는 않거든요."

"좋은 판단이신 것 같습니다. 말씀하신 대로 호화주택 콘셉트라면 이 부지에 아무리 세대수를 구겨 넣어도 35~40세대 정도가 한계거든요."

"허허, 설계안도 안 짜보시고 바로 견적이 나오십니까?"

"제가 사실 주거설계는 좀 도가 텄거든요, 하하."

솔직히 처음 김 사장의 주선으로 이 자리에 나올 때만 해도, 임중우는 우진이라는 인물에 대해 반신반의하고 있었다. 우진의 커리어나 브랜드 가치를 높이 평가하는 것과 별개로, 손발을 맞출 수 있는 사람인지는 만나서 이야기를 나눠보기 전까지 알 수 없는 부분이었으니까. 중우는 우진의 나이가 20대라는 사실도 미리 알고 있었고, 그 나이 대에 이런 커다란 성공을 거두면 사람이 거만해질 수밖에 없다는 사실도 알고 있었다.

그런데 우진은 중우가 생각했던 느낌과 너무 다른 사람이었다. 거만하기는커녕 과할 정도로 겸손한 사람이었던 데다 건축이라는 업계 전반에 대한 지식과 노련함이 도저히 20대라고 믿을 수 없을 만큼 뛰어났으니 말이다. 땅을 보는 눈도 뛰어났고, 부동산의 흐름을 읽을 줄도 알았으며 대화 속에서 자신의 가려운 부분을 살살 긁어줄 줄도 아는 친구였다.

십 년 이상 현장 바닥에서 구른 업자 같기도 하였으며, 중우 자신과 동류인 닳고 닳은 투자자 같기도 하였다. 오히려 우진을 만나보기 전에 막연히 생각하고 있던 외국물 먹은 디자이너의 이미지가 가장 찾아보기 힘들 정도였다.

'대체 어떤 경험을 하고 어떻게 인생을 살아야 20대에 이런 수준이 될 수 있는 거지?'

그래서 사업장에 대한 이야기들이 얼추 다 끝나갈 무렵, 중우는 속으로 혀를 내두르고 있었다. 처음 중우의 목적이 '서우진'이라는 브랜드 가치를 빌리는 정도였다면 지금 중우의 머릿속에 우진은 어디서도 찾기 힘든 완벽한 사업 파트너였다.

"사장님께서 원하시는 건, EAC에서 인정한 스타 디자이너 서우진이 직접 설계&디자인한 프리미엄 주거라는 타이틀이시겠지요?"

우진의 물음에 중우가 고개를 끄덕이며 대답하였다.

"그렇습니다. 저희 다진건축은 대형 건설사들과 달리 브랜드가 없으니 서 대표님의 인지도를 빌려 부족한 부분을 메워보려는 것이었지요."

솔직하고 담백한 중우의 이야기에, 우진이 고개를 끄덕이며 다시 입을 열었다.

"제 타이틀이라서 그런 건 아니고, 확실히 효과가 있을 전략입니다."

"허허, 그러니 이렇게 김 사장님께 부탁드려 서 대표님을 만나뵙고자 한 것이지요."

"하지만 한계점도 분명히 존재하긴 합니다."

"한계점이라면…."

"반대로 사장님께서 짓고자 하시는 프리미엄 주거의 네임밸류가, 제가 가진 인지도라는 천장을 넘기 힘들다는 부분이지요."

"…!"

우진의 말을 들은 순간 중우는 잠시 생각에 잠겨야 했다. 그런 방향으로 생각해본 적은 없었는데, 충분히 그럴 수 있겠다는 생각이 들었으니까.

'서우진 대표의 인지도가 대단하긴 하지만, 그래도 그것만으로 대형 건설사의 프리미엄 브랜드를 넘어서긴 쉽지 않겠지.'

물론 꼭 대형 건설사를 넘어서야 한다는 생각이 있는 것은 아니다. 업력은 물론 자본 규모부터가 압도적으로 차이 나는데, 그것을 뛰어넘겠다는 생각으로 우진을 찾아온 것은 아니었으니까. 그래서 우진이 말한 그 '한계점'이라는 것에 대해 괜찮다고 말하려는 순간 우진이 먼저 입을 열었다.

"그럼 차라리 이건 어떻습니까, 사장님."

우진의 반짝이는 눈을 발견한 임중우가 기대 어린 표정이 되었다.

"어떤 다른 괜찮은 제안이 있습니까?"

임중우와 눈이 마주친 우진이 잠시 뜸을 들인 뒤 은근한 목소리로 입을 열었다.

"이 기회에 한번, 도심의 타운하우스라는 콘셉트를 가진 프리미엄 주거 브랜드를 제대로 론칭해보시는 겁니다."

"…!"

"저희 WJ 스튜디오에 단순히 디자인&설계를 의뢰하시는 걸 넘어서, 협업으로 신규 브랜드를 론칭해보자는 것이지요."

"오호…."

관심을 보이는 중우의 표정을 확인한 우진이 확신에 찬 목소리로 이야기를 덧붙였다.

"말씀하셨던 것처럼 다진건설은 자본과 인프라를 가지고 있고, 저희 WJ 스튜디오는 글로벌에서 인정받은 디자인 역량과 인지도를 가지고 있습니다."

우진과 중우의 눈이 허공에서 다시 한번 마주쳤다.

"아직 한국 주택시장에 개척되지 않은 새로운 분야의 브랜딩에 한 번 도전해보자는 겁니다."

─── * ───

임중우와 우진의 이야기는 꽤 오래도록 이어졌다. 우진이 워낙 큰 건에 대한 떡밥을 던져 놓은 탓에, 나눠야 할 이야기들이 훨씬 더 많아진 것이다. 하지만 그렇게 오랜 시간 대화를 나눴음에도 불구하고, 두 사람의 표정에는 활기가 넘쳤다. 대화를 하는 데 에너지가 소모되기는 하지만, 한마디 한마디가 생산적이지 않은 내용이 없었으니 말이다. 하여 그렇게 거의 저녁 시간까지 대화를 나눈 뒤에야, 두 사람은 자리에서 일어설 수 있었다.

"이거… 김 사장님께 미안합니다, 그려. 저 때문에 오늘 장사도 제대로 못 하시고…."

"하하, 아닙니다. 저도 좋은 이야기 많이 들었습니다."

"저도 감사드립니다, 김 사장님. 덕분에 이런 좋은 기회도 얻게 되네요."

기분 좋게 김 씨와 인사를 나눈 두 사람은 부동산 밖으로 나섰다. 김 씨의 부동산 앞에는 우진의 차와 임중우의 차 한 대가 나란히 주차되어 있었다. 임중우가 나오는 것을 발견한 개인 기사가 차 문을 열고 나와 살짝 고개를 숙여 보였다.

"오늘 정말 즐거웠습니다, 서 대표님."

"저도 마찬가집니다, 사장님. 제게 이런 좋은 제안을 주셔서 진심으로 감사드립니다."

"하하, 제안이야 저도 서 대표님께 받았지요."

우진과 악수를 한 번 더 나눈 임중우가 다시 입을 열었다.

"이제 오늘은 퇴근하십니까?"

우진이 대답했다.

"아, 이 뒤에 또 미팅이 있어서 아쉽게도 퇴근은 못 합니다."

"일이 바쁘시군요, 하하. 어떤 미팅입니까?"

중우의 물음에, 우진이 가볍게 다시 입을 열었다.

"이번에 성수동 전략정비구역 쪽에 설계공고가 떴는데, 그 건 관련해서 미팅 잡혀있는 게 있어서 말입니다."

우진은 진짜 별생각 없이 이야기를 꺼낸 것이었다. 임중우는 우진 이상으로 부동산 투자에 빠삭한 사람이었고, 때문에 성수 전략정비구역도 바싹 꿰고 있을 것이라 생각했으니까. 그런데 우진의 그 말을 들은 임중우가 왠지 묘한 표정이 되었다.

"흠, 혹시 서 대표님… 이번에 전략정비구역 통합 설계 공모를 말씀하시는 겁니까?"

우진이 고개를 끄덕였다.

"그렇습니다만…?"

이어서 임중우의 입에서 의미심장한 이야기가 흘러나왔다.

"허허, 이거 일이 뭔가 재밌게 굴러가는데…."

"뭐가 말입니까?"

임중우가 우진을 향해 다시 물었다.

"조금 외람된 말씀입니다만… 혹시 서 대표님. 건축가 협회 쪽에 연줄이 좀 있으신지요?"

——— * ———

기분 좋게 사무실로 복귀하려던 우진은 순간 멈칫하였다. 임중우의 입에서 나온 이야기가 너무 예상 밖의 것이었으니 말이다.

'건축가… 협회? 갑자기 그 얘기는 왜 하시는 거지?'

사실 업계에서 수십 년 회사를 키워온 임중우라면 건축가 협회와 어떤 방식으로든 연관이 있는 것은 너무 당연한 일이었다. 다진건축이 설계보다는 시공 위주의 회사였으니, 협회 소속 설계사무소와도 종종 일을 할 수밖에 없었을 테니까. 다만 우진이 의아하게 생각한 부분은, '성수 전략정비구역 통합 설계 공모'에 대한 이야기가 나오던 중 갑자기 협회 얘기가 왜 튀어나왔냐는 부분이었다.

'게다가 연줄이라니… 뭔가 구질구질한 냄새가 나는데 이거.'

그래서 우진은 물어볼 수밖에 없었다. 본능적으로 임중우의 이야기 안에, 뭔가 중요한 것이 있다고 느낀 것이다.

"저희 WJ 스튜디오는 협회 소속이 아닙니다, 사장님. 딱히 그쪽과 어떤 연이 있는 것도 아니고요."

"허허, 그렇군요."

"한데 그 부분을 왜 물어보신 건지… 반대로 여쭤도 되겠습니까?"

우진의 물음에 임중우는 천천히 고개를 주억거렸다. 그리고 차 문밖으로 나와 있던 기사를 향해 살짝 손짓하였다. 다시 운전석에 들어가 앉아 있으라는 의미. 우진과의 대화가 조금은 길어질 것이라고 생각한 것이다.

"내가 서 대표님 처음 만난 자리에서 이런 오지랖까지 부리게 될 줄은 몰랐는데…."

시작부터 의미심장한 임중우의 이야기에 우진이 귀를 기울였고,

"그 설계 공모. 너무 큰 자원을 투자하시지는 않는 게 좋을지도 모르겠습니다."

천천히 그의 말이 이어지기 시작하였다.

— * —

우진이 임중우로부터 들은 이야기는 어쩌면 우진이 막연하게나마 예상하고 있던 부분이기도 하였다. 처음 해외 설계사무소의 공모 입찰을 제한한다는 공문이 내려왔던 그 시점부터 어떤 이권이 개입되기 시작했다는 사실을, 어렴풋이나마 느끼고 있었으니까.

[업계에 대해 빠삭하시니 당연히 알고 계시겠지만, 서 대표님의 스튜디오 같은 특이 케이스를 제외하고는 어느 정도 규모 있는 건축사무소라면 거의 대부분이 협회에 소속되어 있습니다.]

[그렇겠지요. 아무래도 협회에 가입하면 든든한 인프라를 얻는 셈이고… 또 일감을 얻기도 더 쉬울 테죠.]

[맞습니다. 서 대표님처럼 수완이 좋으신 분이 아니라면, 협회를 찾을 수밖에 없는 구조이지요.]

임중우는 먼저 협회에 대한 이야기들을 간단히 설명해주었다. 협회가 굴러가는 구조들부터 시작해서, 그 구성원들에 대한 이야기까지. 물론 우진도 어느 정도는 알고 있던 부분들도 있었다. 전생에 시공사에서 일했던 우진은 협회 소속의 설계사무소와 일했던 적도 많았으니까.

[제가 주로 거래하는 몇몇 설계사무소들도 이 협회에 속해 있습니다. 특히 그중 한 곳은, 저와 아주 친한 친구가 운영하는 사무소지요.]

[그렇군요.]

[그래서 지금 말씀드리는 부분은… 그 친구로부터 알게 된 이야기들입니다. 그리고 대외적으로는 비밀로 해주셨으면 좋겠습니다.]

[물론입니다. 그렇게 하겠습니다, 사장님.]

하지만 우진이 알던 것보다도 임중우는 훨씬 더 깊숙이 알고 있었다.

[그러니까 국토부부터 시작해서 정계 쪽까지⋯ 건축가 협회의 인프라가 죄다 끈끈하게 이어져 있다는 거군요.]

[그렇지요. 그래서 좀 규모가 있다 싶은 공공사업들의 설계는 거의 다 협회 쪽으로 넘어가고 있는 상황이라고 보시면 됩니다.]

[한마디로 은연중에 유지되고 있는⋯ 일종의 카르텔*이라는 거군요.]

[어느 정도 알고는 계셨던 것 아닙니까?]

[그렇죠. 하지만 이렇게 구체적으로 들으니 더 와닿는 건 어쩔 수 없나봅니다, 하하.]

[이제 대충 돌아가는 구조는 말씀드린 것 같으니⋯ 이번에 참여하신다는 전략정비구역 설계 공모 관련해서 조금 더 말씀드리겠습니다.]

[정말 감사드립니다, 사장님. 경청하겠습니다.]

임중우는 최근 건축협회 소속인, 설계사무소를 하는 친구와 술을 한 잔 마신 적이 있다고 하였다. 그 친구 또한 국내에서는 메이저급의 설계사무소를 운영하고 있었고, 중우와 자주 일을 함께하는 친구였는데 원래 이번 성수 전략정비구역 공모에 참여하려 했었다는 것이다.

[준비 중이라면 아시겠지만, 이번 공모는 어중간한 규모와 실력을 가진 설계사무소는 엄두조차 내기 힘든 수준입니다.]

[아무래도 그렇지요.]

---

* 같은 산업에 존재하는 기업들 간의 자유 경쟁을 배제하여 독과점적인 수익을 올리기 위해 시행하는 부당한 공동행위.

[그래서 제 친구 놈은, 공고를 보자마자 바로 입찰 준비를 시작했습니다. 소화 가능한 설계사무소 자체가 많지 않다 보니, 충분히 승산이 있다고 판단한 게지요.]

[친구 분께서 운영하시는 사무소가 꽤 규모 있는 곳인가 보군요.]

[그렇습니다. 들어보셨는지는 모르겠지만, 오성 설계사무소라고… 객관적으로도 업계 최상위권 규모를 가지고 있는 사무소입니다.]

[들어본 적 있습니다.]

임중우의 친구가 운영한다는 오성 설계사무소는 우진도 알고 있는 곳이었다. 회귀 후에 인연이 있는 것은 아니었지만, 전생에서 일해본 적 있는 사무소였으니까. 그래서 임중우의 이야기는 더 몰입하기 쉬웠고, 공감하기도 더 편했다.

[그런데 공모 입찰을 위해서 팀 세팅까지 다 끝내놨을 즈음, 협회장한테 전화가 왔답니다.]

[지금 건축가 협회 협회장이 어떤 분이시죠?]

[권주열 건축가가 지금 협회장이지요.]

[아…!]

[아시나봅니다?]

[별세하신 박문주 건축가의 제자 분 아니십니까.]

[오호, 업계 족보에 대해서도 알고 계시는군요.]

[사실 권주열 건축가는 잘 모릅니다. 박문주 님이야 워낙 유명한 분이시니 아는 거고요. 그나저나 친구 분께선 협회장에게 무슨 전화를 받으신 겁니까?]

[이미 짐작하고 계시지 않습니까?]

[…!]

[입찰에 들어오지 말라는 권고 전화를 받은 겁니다.]

[대놓고요?]

[원래 그런 식입니다. 협회에서 밀어주기로 한 내정자가 완전히 정해진 공모는, 협회 소속 다른 건축사무소조차 참여하지 못하게 만들지요.]

[하….]

[이건 그들의 암묵적인 룰 같은 겁니다. 재밌는 건, 다른 사무소들 입장에서도 그 전화를 오히려 고마워한다는 겁니다. 이미 내정자가 정해진 공모에 참여하겠다고 팀 세팅하고 설계를 진행하면, 허공에 삽질을 하는 셈이 되는 건데… 그걸 사전에 방지할 수 있으니까요.]

[그럼 친구 분께서도….]

[하하, 워낙 큰 건이다 보니 술자리에서 조금 투덜대기는 했는데, 그냥 이런 일이 있었다 정도의 이야기일 뿐 협회에 불만을 갖지는 않습니다.]

[어떻게 불만이 생기지 않을 수 있죠?]

[언젠가 그 친구의 차례도 돌아올 테니까요.]

[아…!]

[권주열 협회장이 물론 본인 사람을 위주로 챙기는 경향이 있기는 하지만, 그래도 협회 소속의 사무소들은 골고루 챙기는 편입니다.]

[그렇군요.]

[협회 내에서 민심을 잃어버리는 순간, 그 또한 지금의 자리를

보전치 못할 테니까요.]

[국토부에 정계까지 움직일 수 있는 파워가 있는 인물이라면…
그런 민심 같은 건 상관없는 것 아닙니까?]

[그렇지는 않습니다. 그가 가진 힘들 대부분이 건축가 협회의 협
회장이라는 타이틀에서 비롯되는 것이니까요.]

[아하.]

[타이틀이 없다고 인맥이 사라지는 것은 아니겠지만, 발휘할 수
있는 힘이 현저히 줄어드는 게지요.]

임중우의 이야기들을 듣는 동안 우진은 화가 나고 기분이 상한
다기보다는, 아이러니하게도 흥미를 느끼고 있었다.

'내가 깔아놓은 판 위에… 이런 더러운 오물이 끼어있었단 말이
지?'

만약 우진 또한 동일 선상에서 출발하는 평범한 설계사무소의
대표였다면 이 비하인드 스토리를 듣는 동안, 얼굴이 시뻘게졌을
지도 모를 일이었다. 아무리 노력해도 넘을 수 없는 어떤 유리천장
을 느꼈을 때, 열정이 가득했던 사람일수록 더 큰 허탈감과 허무함
을 마주하게 되는 게 당연했으니 말이다.

그래서 우진이 이렇게 흥미를 느낄 수 있었던 이유는 '여유'에서
비롯되는 것이었다. 저들이야 이번 공모 자체를 '자신들이 깔아놓
은 판'이라고 생각할 테지만 사실 그들이 설계한 판이라는 것은 우
진의 손바닥 위에 놓인 것과 다름없는 상황이었으니까.

'아예 몰랐으면 조금 곤란했을 수도 있겠지만… 이렇게 다 알게
된 상황에서야 난감할 것도 없지.'

물론 우진도 최초에 자신이 가진 인프라를 활용해서 '판'을 깔았

다는 측면에서는 협회와 조금 비슷할지도 몰랐다. 하지만 협회와 우진 사이에 완전히 다른 부분은 우진은 적어도 '공모'라는 경쟁시스템의 본질적인 부분에서만큼은 공평한 경쟁을 추구했다는 부분이었다.

물론 경쟁에서 이길 수 있을 만큼 실력에 대한 확신이 있기는 했지만, 만약 WJ 스튜디오보다 더 뛰어난 설계를 들고 나온 사무소가 있었다면 우진은 깔끔하게 설계권을 포기했을 것이다. 결과적으로 가장 좋은 설계가 당선되는 것이 서울시에도 좋은 일이며 성수동에도 좋은 일이었고, 이 성수동에 여러 방면으로 투자 중인 우진에게까지도 좋은 방향성이었으니까.

하지만 중우의 이야기들을 통해 구체적으로 알게 된 이 건축가 협회라는 놈들은, 애초에 그런 본질적인 가치를 추구하는 집단이 아니었다. 그들이 추구하는 것은 서울시의 발전도 아니었으며, 성수동의 발전도 아니었고, 심지어 이 전략정비구역의 조합원들과 서울시민들에게 멋진 공간을 선물하기 위함도 아니었다.

협회가 움직이는 논리는 완벽히 자본의 논리였으며, 그 과정에서 어떠한 공정성도 고려되지 않은 것이다. 그래서 우진은 이제 자신의 손바닥 위에 놓인 이 더러운 오물들을 어떻게 치우면 좋을지 고민하기 시작하였다.

이런 불합리한 카르텔을 혁파하고 업계의 공정한 경쟁 구도를 바로잡겠다는 등의 거창한 생각은 아니었다. 다만 이런 카르텔 속에서 불공정한 이득을 보고 있던 이들에게 지금껏 다른 이들이 느꼈을 무력감과 좌절감을 똑같이 맛보여주고 싶을 뿐이었다.

'인맥이든 인프라든 내가 아직 협회를 넘을 수 있는 수준이 당연히 아니겠지만… 적어도 성수 전략정비구역의 설계 공모라는 판

위에서는 내가 압도할 수 있을 테니까.'

어쩌면 이번 공모로 인해 협회를 적으로 돌리게 될 수도 있겠지만, 그런 것은 상관없었다. 이미 우진은 충분한 인지도를 쌓았으며, 협회의 힘이 닿지 않는 해외까지도 인프라를 쌓을 수 있는 기틀을 마련해뒀으니까. 그래서 우진은 지금의 상황이 재미있었다. 업계를 쥐락펴락하던 협회장에게, 실력에서도 인프라에서도 완벽한 패배를 안겨준다면 그가 어떤 기분이 될지 몹시 궁금해진 것이다. 그래서 중우의 이야기가 전부 끝났을 때…

"그러니까 지금이라도 프로젝트를 중단하시는 건 어떻겠습니까?"

"사장님께선 제가 아무리 좋은 설계를 들고 공모에 입찰한다고 한들… 승산이 없다고 생각하시는 거죠?"

"그렇습니다. 사실 공모 준비라는 것도 꽤나 큰 자원이 소모되는 일이 아닙니까?"

"그렇지요."

"특히나 이 정도로 규모가 큰 공모라면…."

우진은 고개를 저으며 빙긋 웃었다.

"오늘 처음 만난 절 위해서 이렇게까지 조언해주신 부분은 정말 감사드립니다."

"흠…?"

"하지만 제가 이번 프로젝트를 드롭할 일은 아마도 없을 것 같습니다."

"허허. 역시 젊은 나이의 패기인가 보군요. 서 대표님이 이십 대라는 게 방금 전까지도 믿기질 않았었는데… 처음으로 그 나이대

422

로 느껴집니다, 허허헛."

  우진은 임중우에게 이 이상 이야기를 덧붙이지는 않았다. 그가
믿을 만하고 고마운 사람이라고 생각하지만, 그래도 아직 우진의
사람이라고 하기는 많이 이른 시점이었으니까. 다만 우진은 속으
로 다짐하고 있었다. 지금 그의 눈앞에 있는 고마운 임중우건, 이
더러운 카르텔의 핵심에 있는 협회장 권주열이건 그들이 알던 세
상이 조금은 틀렸을 수도 있다는 사실을 꼭 보여주리라는 다짐 말
이다.

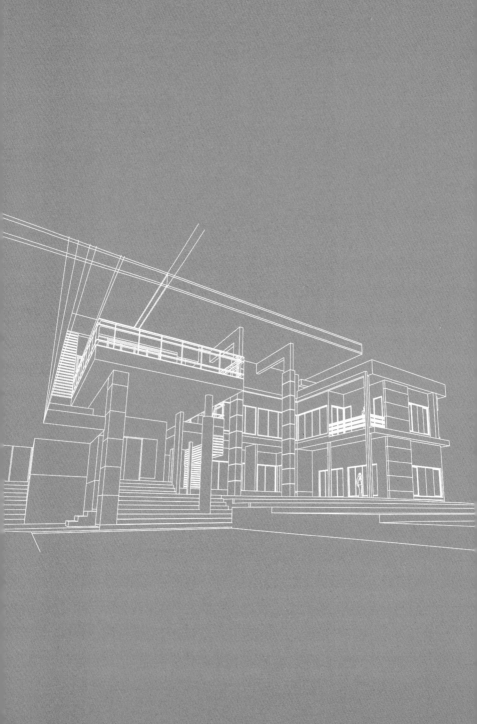